LUCAS

LUCAS

Kevin Brooks

traducción de
IGNACIO PADILLA

FONDO
DE CULTURA
ECONÓMICA

Primera edición en inglés, 2002
Primera edición en español, 2009
   Primera reimpresión, 2013

Brooks, Kevin
   Lucas / Kevin Brooks ; trad. de Ignacio Padilla. —
México : FCE, 2009
   334 p. ; 23 × 14 cm — (Colec. A Través del Espejo)
   Título original: Lucas
   ISBN 978-607-16-0078-3

   1. Literatura juvenil 2. Literatura infantil I. Padilla,
Ignacio, tr. II. Ser. III. t.

LC PZ7   Dewey 808.068 B263

Distribución en Latinoamérica y Estados Unidos

D. R. © 2009, Fondo de Cultura Económica
Carretera Picacho Ajusco 227, Bosques
del Pedregal, C. P. 14738, México, D. F.
www.fondodeculturaeconomica.com
Empresa certificada ISO 9001:2008

Colección dirigida por Eliana Pasarán
Edición: Mariana Mendía
Diseño del forro: León Muñoz Santini
Diseño de interiores: Fabiano Durand

Comentarios: librosparaninos@fondodeculturaeconomica.com
Tel. (55)5449-1871. Fax (55)5449-1873

ISBN 978-607-16-0078-3

Impreso en México • *Printed in Mexico*

Para Susan... por todo, por siempre

Fue idea de mi padre que escribiera sobre Lucas y Angel, y sobre todo lo ocurrido el verano pasado.

—No te hará sentir mejor —me dijo—. Tal vez incluso empeore las cosas por un tiempo. Pero no debes permitir que la tristeza muera dentro de ti. Tienes que inyectarle algo de vida. Tienes que...

—¿Sacarla toda?

Sonrió.

—Algo así.

—No sé, papá —suspiré—. No estoy segura de poder escribir una historia.

—No digas tonterías. Cualquiera puede escribir una historia. Es lo más fácil del mundo. ¿Cómo, si no, supones que puedo ganarme yo la vida con eso? Todo lo que tienes que hacer es decir la verdad, contarlo tal como sucedió.

—Pero yo ni siquiera sé cómo fue. No conozco todos los detalles, los hechos...

—Las historias no son hechos, Cait. No son detalles. Las historias son sentimientos. Tú tienes sentimientos, ¿verdad?

—Demasiados —dije.

—Ahí tienes. Es lo único que necesitas —posó su mano en la mía—. Llórate una historia, hija. Funciona. Créeme.

De modo que eso hice: me lloré una historia.

Ésta es la historia que lloré.

CAITLIN McCANN

UNO

Vi a Lucas por primera vez el verano pasado, en una hermosa tarde de finales de julio. En ese momento no sabía quién era... De hecho, ahora que lo pienso, ni siquiera sabía *qué* era. Desde el asiento trasero del auto apenas pude distinguir una criatura vestida de verde que caminaba sigilosamente a lo largo del Stand en medio de una brillante nube de calor. Era una figura delgada y andrajosa con pelo rubio color paja y una manera de andar —me hace gracia recordarlo ahora—, una manera de andar que susurraba secretos al aire.

Nosotros volvíamos de tierra firme.

Mi hermano Dominic se había quedado con unos amigos de Norfolk desde hacía un mes, cuando terminó su primer año en la universidad. Esa mañana nos llamó para avisarnos que venía camino a casa. Su tren estaba programado para las cinco y nos pedía que lo recogiéramos en la estación. Debo decir que papá odia que lo interrumpan mientras escribe (o sea, casi todo el tiempo), y odia también tener que salir a cualquier parte. Pero a pesar de sus habituales quejas y suspiros —"¿Acaso el chico no puede tomar un taxi?, ¿qué tiene de malo el maldito autobús?"— pude notar por el brillo de sus ojos que estaba ansioso por ver a Dominic otra vez.

No es que a papá le incomodara tener que pasar todo el tiempo conmigo. Pero creo que algo faltaba en su vida desde que Dom iba a la universidad. Tengo dieciséis años (entonces tenía quince), y papá tiene cuarenta y pico. Son edades difíciles —para ambos—. Crecer, tener que ser mayor, cosas de chicas, cosas de adulto, tener que lidiar con emociones que ninguno de los dos comprende... no es sencillo. No siempre podemos tener aquello que necesitamos, no importa cuánto nos esforcemos, y siempre es útil un intermediario a quien acudir cuando las cosas nos sobrepasan. Dominic, al menos, siempre ha sido bueno para ponerse en medio.

Claro que esa no era la única razón por la que papá estaba ansioso por verlo de nuevo; después de todo, era su hijo. Su muchacho. Estaba orgulloso de él. Se preocupaba por él. Lo amaba.

Yo también.

Pero a mí, por alguna razón, no me entusiasmaba tanto como a papá verlo de nuevo. No sé por qué. No es que no quisiera verlo, porque sí quería. Era sólo qué... no lo sé.

Algo no estaba bien.

—¿Estás lista, Cait? —preguntó papá a la hora de marcharnos.

—¿Por qué no vas solo? —sugerí—. Así podrán tener una charla de "padre e hijo" en el camino de vuelta.

—Hey, vamos. Él querrá ver a su hermanita.

—Espérame, entonces. Voy por Deefer.

Papá tiene terror a conducir solo desde que mamá murió hace diez años en un accidente de automóvil. Yo intento alentarlo pero no tengo corazón para presionarlo demasiado.

El caso es que habíamos conducido hasta tierra firme y recogido a Dominic en la estación. Allí estábamos todos: la familia McCann entera apretujada en nuestro decrépito Fiesta, camino a la isla. Papá y Dominic iban al frente, Deefer y yo en la parte trasera. (Por cierto, Deefer es nuestro perro. Una cosa grande, negra, pestilente, con una mancha blanca en un ojo y la cabeza del tamaño de un yunque. Papá dice que es una cruza de zorrillo con burro.)

Dominic no había dejado de hablar desde que arrojó su mochila en la cajuela y entró en el auto. Que la universidad esto, que la universidad aquello. Escritores, libros, revistas, fiestas, gente, dinero, clubes, tocadas... Sólo callaba para encender su cigarro, lo que hacía como cada diez minutos. Y cuando digo que hablaba no me refiero a hablar como quien tiene una conversación: digo que hablaba como si estuviera loco:

—Te digo, papá, no lo creerías... De hecho, estamos analizando la telenovela *EastEnders*, ¡qué tal!... Dicen que tiene que ver con la "cultura popular", lo que quiera que *eso* signifique... Y además, en la primera clase, ¿te imaginas? Estoy allí, en mi rollo, simplemente escuchando a ese viejo catedrático imbécil divagar acerca del maldito marxismo o algo así, cuando de pronto se detiene y dice: "¿Por qué no estás tomando notas?" ¡No podía creerlo! *¿Por qué no estás tomando notas?* ¡Carajo! Se supone que la universidad se trata del libre albedrío, ¿no? La disciplina de la autoeducación, la libertad de aprender a tu propio ritmo...

Y siguió y siguió y siguió...

No me gustaba.

Su manera de hablar, su constante maldecir, la forma en que fumaba su cigarro y gesticulaba como un falso intelectual... Era vergonzoso. Me hacía sentir incómoda —ese tipo de incomodidad estremecedora que sientes cuando alguien a quien aprecias, alguien cercano a ti, empieza de pronto a comportarse como un completo idiota—. Tampoco me gustó su manera de ignorarme. A juzgar por la atención que mi hermano me concedía, yo podría no haber estado allí. Me sentí como una absoluta desconocida en mi propio auto. No fue sino hasta que casi habíamos llegado a la isla cuando Dominic se tomó un momento para respirar, volteó, le sacudió la cabeza a Deefer ("¡Hey, Deef!") y finalmente me dirigió la palabra:

—¿Todo bien, niña? ¿Cómo estás?

—Hola, Dominic.

—¿Qué te pasa? Pareces distinta. ¡Dios mío! ¿Qué has hecho con tu cabello?

—Eso mismo estaba a punto de preguntarte.

Sonrió y pasó sus dedos por su cabellera decolorada, cortada casi a rape.

—¿Te gusta?

—Muy bonito. Muy como de vago de playa. ¿Así es como se ven todos en Liverpool?

—Bueno, no todos se ven *así* —dijo mi hermano dando un

capirotazo a mi pelo—. Lindo estilo. ¿Cómo se llama? ¿El puercoespín?

—Los puercoespines tienen *púas* —le dije mientras me reajustaba el lazo del pelo—. Esto es un penacho.

—¿Un *penacho*? Sí, claro —dio una calada a su cigarro—. ¿Tú qué opinas, papá?

—Creo que se le ve bien —dijo papá—. Como sea, prefiero tener en la familia un puercoespín a un surfista neonazi.

Dominic sonrió sin apartar la vista de mi cabello.

—¿*Und was denkt deiner Liebling davon?*

—¿Qué?

—Simon —dijo—. ¿Qué opina Simon de tu peinado?

—No tengo idea.

—No habrán terminado, ¿verdad?

—Oh, no seas tan infantil, Dominic. Simon es sólo un amigo...

—Eso es lo que él quiere que pienses.

Suspiré.

—¿No se supone que madurarías en la universidad?

—Yo no —dijo él con una mueca—. Yo voy hacia atrás.

Todos mis malos recuerdos de Dominic volvían poco a poco a mi memoria. Los comentarios punzantes, malintencionados, las constantes tomaduras de pelo, su manera de tratarme como a una niñita estúpida... Supongo que ésa era una de las razones por las que estaba un poco mosqueada por su retorno: ya no quería ser tratada como una niñita estúpida, especialmente por alguien que no sabía comportarse de acuerdo con *su propia* edad. Y el que nadie me hubiera tratado en un año como a una estúpida sólo empeoraba las cosas. Me había desacostumbrado. Y cuando te desacostumbras a algo es más difícil soportarlo. Por eso me sentía molesta.

Pero entonces, justo cuando mi enojo estaba a punto de estallar, Dominic estiró la mano y tocó mi mejilla.

—Me alegra verte, Cait —dijo con suavidad.

Por un instante fue el Dominic que yo había conocido antes de que creciera, el verdadero Dominic, el que me cuidaba cuando necesitaba ser cuidada: mi hermano mayor. Pero casi enseguida se apartó con un encogimiento de hombros, como si se sintiera avergonzado de sí mismo. El Dom conocido y gritón estaba de vuelta.

—Oye, papá —vociferó—. ¿Cuándo diablos piensas comprar un auto nuevo?

—¿Y por qué querría un auto nuevo?

—Porque éste es un montón de mierda.

Encantador.

El cielo de la isla tiene su propia e inconfundible luminosidad, un brillo iridiscente que se mueve según el humor del mar. Nunca es el mismo, pero es siempre el mismo, y siempre que lo veo sé que estoy a punto de llegar a casa.

Mi hogar es una pequeña isla llamada Hale. Tiene unos cuatro kilómetros de largo y dos de ancho en su parte más amplia, y está unida a tierra firme por una pequeña carretera elevada conocida como el Stand, un estrecho camino que hace con el estuario las veces de puente. Normalmente no se nota que es una carretera elevada como tampoco se nota que conduce a una isla, pues la mayor parte del tiempo el estuario es tan sólo un vasto trecho de juncos y viscosidades color marrón. Sólo te das cuenta de que es una isla cuando sube la marea y el estuario se alza un medio metro sobre el nivel del camino y no se puede pasar hasta que la marea baja de nuevo.

Ese viernes por la tarde, sin embargo, mientras nos aproximábamos a la isla, la marea estaba baja y el Stand se extendía frente a nosotros, claro y seco, humeante por el calor: era una franja de concreto gris pálido franqueada por un pretil blanco y un sendero a cada lado, con riberas pedregosas y disparejas que descendían hasta el borde del agua. Más allá de la cerca, el estuario brillaba con esa maravillosa luz plateada que llega con el atardecer y se queda fija hasta el anochecer.

Íbamos a medio camino cuando vi a Lucas.

Recuerdo claramente aquel momento: Dominic reía sonoramente por algo que acababa de decir mientras hurgaba en sus bolsillos en busca de otro cigarro; papá hacía lo posible por parecer entretenido, se acariciaba la barba con un dejo de cansancio;

Deefer, como de costumbre, iba sentado muy erguido en su postura de perro-muy-bien-portado-en-el-auto, parpadeando sólo ocasionalmente; y yo me inclinaba hacia un lado para ver mejor el cielo. No, a ver... puedo hacerlo mucho mejor. Recuerdo mi postura *exacta*. Estaba sentada justo hacia la derecha de la mitad del asiento, con las piernas cruzadas, levemente recargada hacia la izquierda, mirando hacia afuera por el parabrisas delantero, sobre el hombro de Dominic. Mi brazo izquierdo rodeaba la espalda de Deefer y mi mano descansaba sobre el polvo y los pelos de perro que había en una cobija sobre el asiento trasero. Me anclaba en esa posición aferrándome con la mano derecha al marco de la ventana abierta... Lo recuerdo con absoluta precisión. La sensación del metal caliente en mi mano, el borde de hule, el viento refrescante en mis dedos...

Fue en *ese* momento que lo vi por primera vez: una solitaria figura en el extremo opuesto del Stand, a la izquierda, nos daba la espalda en su camino hacia la isla.

Además de desear que Dominic dejara de rebuznar, mi primer pensamiento fue cuán extraño era ver a alguien caminando por el Stand. No es frecuente ver a nadie caminar por estos rumbos. El pueblo más cercano es Moulton (de donde veníamos en ese momento, como a quince kilómetros tierra adentro), y entre Hale y Moulton no hay más que cabañas pequeñas, granjas, terrenos baldíos, los llanos y una que otra taberna. De modo que los isleños no caminan, básicamente porque no hay hacia dónde caminar. Si van a Moulton conducen o toman el autobús. Así que los únicos peatones que uno puede encontrar por aquí son excursionistas, observadores de aves, cazadores furtivos o, muy de vez en cuando, personas (como yo) a quienes sólo les gusta caminar. Pero incluso desde la distancia podía ver que la figura frente a nosotros no pertenecía a ninguna de estas categorías. No estaba segura de cómo lo sabía, simplemente lo sabía. También Deefer lo sabía, pues aguzó los oídos y entornó los ojos con curiosidad para ver a través de la ventana.

La figura se hacía más nítida a medida que nos acercábamos. Era un joven o un muchacho vestido holgadamente con una playera verde militar y amplios pantalones verdes. Llevaba una chamarra verde militar anudada a la cintura y una bolsa de lona verde sobre el hombro. Lo único no verde en él era el par de botas negras estropeadas que calzaba. Aunque era más bien pequeño, no era tan delgado como pensé en un principio. No era exactamente *musculoso*, pero tampoco era del todo enclenque. Es difícil de explicar. Había en él un aire de fortaleza oculta, una elegante fuerza que se notaba en su equilibrio, en su porte, en su modo de andar...

Ya he dicho que el recuerdo del modo de andar de Lucas me hace sonreír. Es un recuerdo increíblemente vívido. Puedo verlo ahora mismo si cierro los ojos: un trote tranquilo, lindo y firme. Ni muy apresurado ni muy lento. Lo bastante veloz como para llevarlo a alguna parte, pero no tan rápido como para no enterarse de nada. Un paso lleno de vitalidad, seguro, alerta, resuelto, despreocupado y sin vanidad. Un modo de andar que lo mismo pertenecía y se hallaba alejado de todo a su alrededor.

Se pueden deducir muchas cosas de alguien a partir de su manera de andar.

A medida que el auto se aproximaba a Lucas me di cuenta de que papá y Dominic habían callado. De pronto me percaté de un silencio extraño, casi fantasmal, en el aire —no sólo en el auto, también afuera—. Los pájaros habían dejado de cantar, el viento se había detenido y el cielo a lo lejos se había iluminado con el azul más intenso que jamás hubiera visto. Era como algo salido de una película, uno de esos episodios en cámara lenta mostrados en el más absoluto silencio mientras te hormiguea la piel y simplemente *sabes* que algo impactante está a punto de ocurrir.

Papá conducía a una velocidad regular, como siempre, pero parecía que apenas nos movíamos. Podía oír el murmullo de los neumáticos sobre el asfalto seco y las ráfagas de aire barrer la ventana. Veía también las cercas al lado del camino destellar junto a nosotros como una mancha blanca. Por eso sabía que *sí* nos movíamos, aunque la distancia entre nosotros y el chico no parecía acortarse.

Era extraño, casi como un sueño.

De repente el tiempo y la distancia parecieron tropezar hacia delante y nos emparejamos con el chico. Él giró la cabeza y nos miró. No, más bien, volteó la cabeza y me miró. Miró directamente hacia *mí*. (Cuando hace poco le conté esto a papá, me dijo que él también tuvo la misma sensación: que Lucas miraba directamente hacia *él*, como si *él* fuera la única persona en el mundo.)

Nunca olvidaré ese rostro. No sólo por su belleza —Lucas era indiscutiblemente bello— sino porque daba la maravillosa impresión de estar *más allá* de las cosas. Más allá de los ojos azul pálido y el cabello alborotado y la sonrisa triste... había algo más allá de todo eso.

Algo...

Sigo sin saber qué era.

Dominic rompió el hechizo cuando se asomó por la ventana y gruñó:

—¿Qué diablos es *eso*?

Y el muchacho se esfumó, pasó a toda velocidad mientras nos alejábamos del Stand y virábamos hacia el este de la isla.

Yo quería mirar hacia atrás. Estaba ansiosa por mirar hacia atrás, pero no podía. Temía que él ya no estuviera ahí.

El resto del viaje fue algo así como una mancha borrosa. Recuerdo que papá hizo un curioso sonido, como si olisqueara algo, mirándome de reojo por el retrovisor; después aclaró la garganta y me preguntó si me sentía bien.

Yo dije:

—Mmmm... sí.

Y luego Dominic dijo:

—¿Lo conoces, Cait?

—¿A quién?

—Al baboso ese, al vago... esa cosa con la que te quedaste embobada.

—Cállate, Dominic.

Rio burlándose de mí. *"Cállate, Dominic"*. Y pasó a otra cosa.

Recuerdo que papá cambió la velocidad y aceleró el auto cuesta arriba por Black Hill con un repentino arrebato de confianza, y recuerdo vagamente haber pasado junto al anuncio que dice: "Cuidado con los tractores", sólo que la *t* y la *r* están ocultas tras un arbusto, por lo que se lee "Cuidado con los actores". Cada vez que pasamos por ahí, alguno de nosotros se encarga de decir: ¡cuidado!, allí va John Wayne o Hugh Grant o Brad Pitt... Pero no recuerdo a quién nombramos esa tarde.

Por un rato tuve la cabeza en otra parte.

No sé dónde.

Sólo recuerdo una sensación extraña y zumbante en mi cabeza, una intensa mezcla de emoción y tristeza que nunca antes había sentido y que probablemente nunca más volveré a sentir.

Era como si desde entonces supiera lo que iba a suceder.

Muchas veces en este último año me he preguntado qué habría ocurrido si no hubiera visto a Lucas aquel día. Si hubiéramos cruzado el Stand diez minutos antes o diez minutos después. Si el tren de Dominic se hubiera retrasado. Si hubiera estado alta la marea. Si papá se hubiera detenido a cargar gasolina en el camino de vuelta. Si Lucas hubiera salido del lugar de donde sea que venía un día antes o un día después...

¿Qué habría pasado? ¿Sería todo diferente? ¿Sería yo ahora una persona distinta? ¿Sería más feliz? ¿Estaría más triste? ¿Tendría sueños diferentes? ¿Y Lucas? ¿Qué habría sido de Lucas si no lo hubiera visto ese día? Estaría aún...

Entonces me percato de cuán insensatos son en verdad esos pensamientos. Qué tal si... Qué habría pasado si...

No importa.

El hecho es que lo vi, y que nada podrá cambiar eso jamás.

Estas cosas, estos momentos que consideramos extraordinarios tienen su manera de fundirse con la realidad: mientras más nos alejábamos del Stand —mientras más nos alejábamos del momento— menor era el hormigueo que sentía. Para cuando enfilamos hacia el angosto camino que lleva a casa, la sensación de zumbido en mi cabeza casi había desaparecido y el mundo había vuelto a ser algo más o menos normal.

El auto se estremecía por el sendero mientras yo observaba fijamente aquel paisaje que me era tan familiar: los álamos por cuyas ramas se filtraban haces de luz solar, el campo verde, el camino maltrecho que conduce a la entrada; luego la vieja casa gris con su aire pacífico y acogedor bajo el sol refrescante; y al fondo de todo, la playa y el mar brillando en la distancia del atardecer. De no ser por un solitario carguero que se desplazaba despacio por el horizonte, el mar estaba vacío y quieto.

Papá me dijo alguna vez que esa parte oriental de Hale le recordaba su casa de infancia en Irlanda. Nunca he estado en Irlanda, de modo que no podría confirmarlo. Pero sí sé que amo todo en este lugar: la paz, lo silvestre, los pájaros, el olor a sal y algas, el clamor del viento, lo impredecible del mar... Amo incluso esa antigua casa descuidada, con su viejo techo enmohecido y sus paredes disparejas y su conjunto de letrinas exteriores y sus cobertizos derruidos. Puede que no sea la casa más bonita del mundo, pero es mía. Es donde vivo. Aquí nací.

Pertenezco a este lugar.

Papá estacionó el auto en el patio y apagó el motor. Abrí la puerta. Deefer brincó afuera y comenzó a ladrarle a Rita Grey, nuestra vecina, quien paseaba en el sendero a su perra labrador. Salí del auto y la saludé con un gesto de la mano. Mientras ella respondía a mi saludo, un par de cisnes blancos volaron casi al ras del campo, sus alas vibraban en la brisa. La perra comenzó a correr tras ellos, ladrando como una lunática.

—Nunca los alcanzará —gritó papá.

Rita se encogió de hombros y sonrió:

—Le hará bien, John. Necesita el ejercicio... ¡Ah! ¡Hola Dominic! No te había reconocido...

—Hola, señora G. —replicó Dom escabulléndose hacia el interior de la casa.

La labrador ahora estaba en medio del sendero con la lengua de fuera, ladrando al cielo despejado.

Rita movió la cabeza y suspiró.

—Condenada perra. No sé por qué... ¡Ah, Cait! Antes de que se me olvide, Bill preguntó si podrías llamarla sobre lo de mañana.

—De acuerdo.

—Estará aquí hasta las nueve.

—Está bien, gracias.

Luego se despidió de papá con la cabeza y se alejó por el sendero detrás de su perra, silbando y riendo, balanceando la correa en el aire, con su melena pelirroja al viento.

Noté que papá la miraba con atención.

—¿Qué? —dijo cuando notó que lo observaba.

—Nada —sonreí.

En casa, Dominic había arrojado su mochila al suelo y subía ruidosamente las escaleras.

—Avísenme cuando esté lista la comida —nos ordenó—. Me voy a echar un rato. Estoy molido.

La puerta de la habitación se cerró de golpe.

Era extraño tener a alguien más en casa. Me incomodaba. Supongo que me había acostumbrado a estar sola con papá. Nuestros ruidos, nuestros silencios. Me había acostumbrado a la calma y a la soledad.

Papá alzó la mochila de Dominic y la recargó contra la escalera. Me dirigió una sonrisa tranquilizadora, como si leyera mis pensamientos.

—Es sólo un niñote, Cait. No pretende lastimarte.

—Lo sé.

—Todo estará bien. No te preocupes.

Asentí.

—¿Quieres comer algo?

—Ahora no... Dale una hora o dos y luego comeremos algo todos juntos.

Se inclinó y apretó una de las cintas de mi cabello.

—¿*Penacho*, dices?

—Penacho —asentí.

Arregló la cinta. Luego dio un paso atrás y me contempló.

—Realmente te queda bien. De verdad.

—Gracias —sonreí—. Tú tampoco te ves nada mal. ¿Viste cómo te miraba Rita?

—Ella mira a todos de la misma manera. Es peor que su hija.

—Siempre pregunta por ti, ¿sabes?

—Vamos, Cait...

—Sólo estoy bromeando, papá —le dije—. No te preocupes tanto.

—¿Quién se preocupa?

—Tú. Te preocupas por todo.

Charlamos unos minutos, pero me di cuenta de que ansiaba volver a su trabajo. No dejaba de mirar su reloj.

—Llamaré a Bill —le dije—. Luego llevaré a Deefer de paseo. Prepararé algo de comer cuando vuelva.

—De acuerdo —dijo—. Supongo que más vale aprovechar un par de horas mientras pueda.

—¿Cómo va el nuevo libro?

—Ah, ya sabes, siempre es lo mismo —por un momento sólo se quedó allí parado, contemplando fijamente el suelo mientras se acariciaba la barba; pensé que me diría algo, que compartiría conmigo alguno de sus problemas. Pero al cabo de un rato simplemente suspiró de nuevo y dijo—: Está bien, más vale continuar... asegúrate de volver antes de que anochezca. Te veo más tarde, cariño.

Y se fue; caminó encorvado hacia su estudio y cerró la puerta.

Papá escribe libros para adolescentes, adultos jóvenes, como les llaman en las librerías. Seguramente has oído hablar de él. Puede que hasta hayas leído alguno de sus libros: *Una especie de Dios, Nada nunca muere, Mundo nuevo...* ¿No? Bueno, aunque no los hayas leído es probable que hayas leído acerca de ellos. Son la clase de libros que son nominados a premios que nunca ganan, la clase de libros de los que los diarios publican tontería y media porque les parecen inmorales, porque dan mal ejemplo, porque contribuyen a la destrucción de la inocencia de la juventud de hoy. Básicamente, son la clase de libros que no dejan mucho dinero.

Bill estaba comiendo cuando contestó el teléfono.

—¿Mmmsí?

—¿Bill? Soy Cait...

—Un mmi... espera... —podía oír la televisión rugiendo al fondo, a Bill masticando, tragando, repitiendo—. Bien —dijo al fin—. Urrp... perdón por eso.

—Tu madre me dijo que te llamara. La vi en el sendero.

—Sí. Pensé que nunca se iría... un minuto...

—¿Bill?

—Así está mejor. Moría por un cigarro. ¿Estás bien?

—Perfectamente...

—Te vi cuando regresabas en el auto. ¿A dónde fuiste?

—A recoger a Dom.

—Soy toda oídos...

— Oh, ¡vamos Bill!

—¿Qué?

—Ya *sabes* qué. ¡Tiene diecinueve años, por favor!

—¿Y?

—Tú tienes quince...

—Las chicas maduran antes que los chicos, Cait. Eso lo sabe todo mundo.

—¿Sí? Pues es evidente que *tú* lo has hecho.

Rio.

—¿Puedo evitar que mis hormonas estén hambrientas?

—Podrías ponerte a dicta.

—¡Ja!

—De todos modos, Dom ya tiene novia.

—¿Quién?

—No lo sé. Alguien de la universidad, creo... —armé una imagen mental a toda velocidad—. Una rubia alta con piernas largas y mucho dinero.

—Lo estás inventando.

—No, no lo estoy inventando. Se llama Helen y vive en Norfolk, en alguna parte...

—Pues allí lo tienes.

—¿Qué?

—Ella está en Norfolk... yo estoy a dos minutos a pie por el sendero. Fin de la historia.

Rio de nuevo, luego tapó el auricular y habló con alguien al fondo.

Enredé entre mis dedos el cable del teléfono y deshice una telaraña que había en la pared. Sacudí el pie. Me dije: "Ignórala, olvídalo, no dejes que te moleste..." Pero no pude. Este rollo con Bill y Dominic se estaba saliendo de control. Antes era gracioso...: "Querida Trish, mi mejor amiga está enamorada de mi hermano mayor, ¿qué debo hacer?" Sí, era gracioso cuando Bill tenía diez años y Dominic catorce. Pero había dejado de serlo porque Bill ya no bromeaba. Se lo tomaba verdaderamente en serio y eso me molestaba. El problema era que si le decía lo que en verdad pensaba, ella sólo se reiría de mí. Me diría: "Ash, vamos, Cait, no seas tan seria todo el tiempo, sólo me divierto un poco, niña..."

De modo que, para bien o para mal, sólo le seguía la corriente.

—¿Cait?

—Sí, ¿quién era?

—¿Qué?

—Creí que hablabas con alguien.

—No, es la tele. Sólo bajaba el volumen. Como sea, ¿todavía estás puesta para mañana?

—¿A qué hora?

—Te veo a las dos en la parada del autobús...

—¿Por qué no mejor nos vemos en tu casa? Podríamos caminar juntas.

—No, primero tengo que ir a otra parte. Te veo a las dos.

—El autobús pasa al diez para las dos.

—Está bien, nos vemos al cuarto. ¿Qué te vas a poner?

—¿Ponerme? No sé, nada en especial... ¿Por qué?

—Por nada. Sólo pensé que sería divertido arreglarnos un poco más para variar.

—¿Arreglarnos?

—Ya sabes: falda, tacones, blusa entallada...

Reí.

—Si sólo vamos a Moulton.

—Sí, de acuerdo, pero te ves bien cuanto te vistes bien. Deberías hacerlo más a menudo. No puedes usar siempre esos pantalones cortos gastados y una playera.

—No lo hago.

—Sí lo haces. Pantalones cortos y playera en verano, jeans y sudadera en invierno...

—¿Eso qué tiene de malo?

—Nada... Lo que digo es que a veces tienes que esforzarte. Enseñar un poco de pierna, un poco de abdomen, ponerte un poco de pintura en los labios, ya sabes...

—Ya veremos. Tal vez...

—Oh, vamos Cait. Será divertido.

—Dije tal vez...

—Nunca se sabe. Podríamos toparnos con alguien decente... ¿Qué hará Dom mañana?

—Mira, Bill...

—Ups, me tengo que ir. Me pareció oír a mamá y estoy a medio cigarro. Te veo mañana a las dos...

—Cuarto para... ¿Bill?

Pero ya había colgado.

Devolví el teléfono a su sitio y fui a la cocina. La casa estaba en silencio. Flotaban sonidos tenues en el aire, el suave *tap-tap* del teclado de mi padre, el zumbido de un aeroplano volando alto en el cielo, el grito lejano de una gaviota solitaria. A través de la ventana podía ver el carguero flotando en torno al Point, su enorme casco gris bajo el peso de un cargamento multicolor de contenedores metálicos. El cielo sobre el barco estaba un poco nublado, pero el sol aún calentaba y brillaba cubriendo la isla con una gasa de color rosa pálido.

Me gusta esta hora del día cuando la luz brilla suavemente y en el aire flota una especie de somnolencia... como si, después de un largo día de trabajo, la isla exhalara alistándose para la noche. Durante el verano con frecuencia me siento en la cocina durante una o dos horas, simplemente observando cómo el cielo cambia de color mientras se pone el sol. Pero esa tarde no podía estarme quieta. Me preocupo demasiado, como papá. Estaba preocupada por él. Me preocupaba Dominic, que había cambiado tanto en el último año. Y el muchacho del Stand... Me preocupaba por qué no podía dejar de pensar en él... Y Bill... deseaba no haberla llamado. Deseaba no tener que ir al pueblo al día siguiente. Deseaba... no lo sé. Deseaba no tener que crecer. Era demasiado deprimente.

Llamé a Deefer y nos dirigimos hacia el sendero.

Lo que pasa con papá es que tiene demasiada tristeza en los huesos. Se le nota en la manera como camina, en cómo ve las cosas, inclusive en su modo de sentarse. Cuando salí de casa esa tarde me asomé a la ventana de su estudio y lo vi encorvado sobre su escritorio, mirando fijamente la pantalla de la computadora, fumando un cigarro y sorbiendo whisky irlandés. Se veía tan triste que me dieron ganas de llorar. Tenía esa mirada de franca tristeza que rara vez se ve, la mirada de alguien que piensa que está solo y no tiene por qué ocultarlo.

Es mamá, desde luego. Ha estado solo con su tristeza desde que ella murió.

No es que no me hable de ella... Lo hace. Me dice cuán maravillosa era, cuán hermosa era, qué buena, qué detallista, qué graciosa era... "Dios, Cait, cuando Kathleen reía, hacía cantar al corazón." Me cuenta cuán felices eran juntos. Me muestra fotografías, me lee sus poemas, me dice cuánto se la recuerdo... Me dice lo triste que está. Pero no atiende sus propios consejos; no da ninguna vida a su tristeza.

No sé por qué.

A veces pienso que es porque *quiere* que esa tristeza se le muera adentro. Cree que si muere dentro de él podrá protegerme de ella, pero no se da cuenta que no *quiero* quedar fuera de su tristeza. Quiero ser parte de ella. Quiero sentirla también. Era mi mamá. Casi no la conocí, pero lo menos que puede hacer papá es dejarme compartir su muerte.

No sé si esto tiene algún sentido.

Ni siquiera sé si es verdad.

Pero eso es lo que pensé.

Allá, en el arroyo, Deefer había llegado hasta el pequeño puente de madera y contemplaba una familia de cisnes —un par de adultos y tres polluelos grandes—. Uno de los adultos convertía la defensa de sus crías en un espectáculo: se acercaba a Deefer con las alas extendidas, arqueaba el cuello y emitía un fuerte silbido. A Deefer aquello no podía importarle menos. No era nada que no hubiera visto antes. Simplemente se mantuvo allí, con la mirada fija, moviendo la cola con dulzura. Luego de uno o dos minutos el cisne se dio por vencido, meneó la cabeza y chapoteó de vuelta a su familia.

El arroyo surca un profundo valle que corre paralelo a la playa y se extiende desde la mitad de la isla hasta las marismas detrás del Point. Entre el arroyo y la playa hay una amplia franja de saladar, una alfombra verde claro de hinojo marino y verdolagas salpicada de innumerables charcas de lodo ribeteadas de juncos y carrizos. Quienes conocen bien el lugar —como yo lo conozco— saben que hay sendas que cruzan el saladar hacia la playa. De otro modo es necesario seguir el sendero hasta la orilla oeste de la playa, donde los pantanos se adelgazan y se funden en la orilla. También se puede ir hacia el este a través de un laberinto de dunas y aulagas hasta la bahía baja que está junto a los pantanos.

Llamé a Deef y cortamos camino a través del saladar hasta que desembocamos en la playa cerca del viejo fortín de concreto. A medida que nos acercábamos por la costera la brisa marina se intensificaba perfumando el aire con una mezcla de sal y arena y esas cosas desconocidas que sólo los perros pueden oler. Mientras Deefer trotaba junto a mí con la cabeza erguida, olisqueando las historias de este mundo, hice una pausa para escuchar los sonidos del mar. Las olas lamían la orilla suavemente, el viento, la arena susurrante, las aves marinas... y debajo de todo esto, o por encima de todo esto, el murmullo del lodo de los pantanos junto al Point.

El Point es el extremo este de la isla, un dedo fino de guijarros cercado de un lado por el mar abierto y por los pantanos por el otro. Cuando baja la marea se pueden ver restos de barcos antiguos que fueron succionados y se perdieron en las profundidades. Cual esqueletos de bestias muertas hace mucho tiempo, sus armazones desmantelados y renegridos emergen de la viscosidad, como una firme advertencia sobre los peligros que acechan en el lodo. Más allá de los pantanos, la maraña de un bosque raquítico ensombrece un islote agreste en la boca del estuario. La diminuta isla encara la playa con una inquietante mezcla de belleza y amenaza: las extremidades de sus árboles marchitos han sido torcidas por el viento y la marea hasta convertirse en suplicantes figuras, como manos deformes clamando ayuda.

Aun en verano esta parte de la playa suele estar desierta. Quienes visitan la isla se quedan por lo general en el lado oeste, del lado del pueblo, donde la arena es suave y hay lugar para estacionarse. Es un parque campestre (un bosque provisto de basureros) donde hay senderos para bordear los acantilados y espacio para volar cometas, camiones de helados, un quiosco de música —incluso se planea abrir un sitio para acampar—. Pero eso es otro mundo. En el lado este de la isla sólo se ve gente local: pescadores, personas que pasean a sus perros, el ocasional impermeable con un detector de metales y, a veces, bien entrada alguna noche de verano, amantes furtivos en las dunas.

Esa tarde, sin embargo, la playa estaba desierta mientras la luz languidecía. Una brisa cruda venía del mar y la temperatura comenzaba a disminuir. No faltaba mucho para que se cerrara el frío nocturno y todo lo que traía puesto —como Bill amablemente había señalado— era una playera y un par de viejos pantalones cortos. De modo que llamé a Deef otra vez mientras me frotaba los brazos y me puse en marcha apresurando el paso por la playa en dirección al Point.

Sin querer volví a pensar en el muchacho del Stand, preguntándome quién era, hacia dónde se dirigía, qué hacía por allí... inventando historias en mi cabeza. Imaginé que era el hijo de algún habitante de la isla que había estado lejos por un tiempo, quizá en el ejército, tal vez incluso en prisión, y que ahora volvía a casa. Su padre sería un viejo canoso que vivía solo en una diminuta cabaña de pescadores. El hombre habría pasado el día entero limpiando el lugar, cocinando algo rico para comer, preparando una habitación para su hijo...

No, pensé. El muchacho no es lo bastante grande para haber estado en el ejército. ¿Qué edad tendrá? ¿Quince, dieciséis, diecisiete? Volví a imaginar su cara y —maldición— mi corazón brincó un latido. Aquellos ojos azul pálido, ese cabello enmarañado, esa sonrisa... podía verlo todo con suficiente claridad. Lo extraño era que no podía calcular la edad del chico por más que estudiara su cara en mi memoria. Por un segundo parecía de trece y al siguiente era un joven de dieciocho, diecinueve, veinte...

Muy extraño.

Como sea, decidí, el chico no podía ser hijo de un isleño, no encajaba con ese tipo. Los isleños —y sus hijos— tienen un aspecto muy particular. Son bajos y morenos, con largas pestañas y cabello hirsuto para combatir el viento. Y aun si no son bajos ni morenos con largas pestañas ni cabello hirsuto, parece como si debieran serlo. El muchacho —ahora pensaba en él como el muchacho—. El muchacho no era un isleño. El rostro que recordaba no estaba curtido por el viento. El rostro que recordaba era el de un muchacho de ninguna parte.

¿Buscará trabajo?, pensé. ¿O busca a alguien? ¿Una muchacha, una novia?, ¿tal vez un enemigo? Alguien que le ha hecho daño. Alguien que ha ofendido su honor. Ha viajado a lo largo y ancho del país en busca de...

Me detuve en seco, súbitamente consciente de lo que hacía. Dios mío, Caitlin, pensé. ¿Qué diablos estás haciendo? ¿Novias? ¿Enemigos? ¿Honor? Esto es digno de Mills & Boon. Es vergonzoso. Mírate. Actúas como una niña tonta desmayada ante la fotografía de una estrella *pop* con cara de bobo en una revista. Por amor de Dios, niña, contrólate. Madura, madura, madura...

Sacudí la cabeza y comencé a caminar de nuevo.

Es difícil pensar en madurar cuando estás justo en mitad del proceso. Es complicado saber qué quieres. A veces hay tantas voces en tu cabeza que es difícil saber cuál de ellas es la tuya. Quieres esto, quieres aquello. Crees que quieres esto pero después quieres lo otro. Piensas que deberías querer esto pero todo el mundo opina que deberías querer lo otro.

No es sencillo.

Recuerdo que una vez —tendría diez u once años— volví de la escuela llorando como loca porque los demás niños me habían llamado bebé. Luego de consolarme y de esperar pacientemente que las lágrimas se secaran, papá me sentó y me dio un consejo.

—Escucha, Cait —dijo—, pasarás la mitad de tu infancia deseando ser mayor y luego, cuando seas mayor, pasarás la mitad del tiempo deseando ser niña de nuevo. De modo que no te preocupes demasiado acerca de lo que está bien o mal para tu edad... simplemente haz lo que quieras.

Eso me puso a pensar otra vez en papá, en su soledad, en su escritura, en su forma de beber... De pronto, un movimiento inesperado captó mi atención y todos mis pensamientos se esfumaron. Alguien nadaba en el mar, justo enfrente del Point, y ahora se dirigía hacia la playa. De golpe me di cuenta de que oscurecía, hacía frío y no sabía dónde estaba Deefer.

—¡Deefer! —grité mirando alrededor—. ¡Aquí, muchacho! ¡Ven aquí, Deef!

Esperé mientras trataba de oír el cascabeleo de su collar, luego silbé y volví a llamar, pero no obtuve respuesta. En el mar el nadador casi había alcanzado la playa. Me hice sombra con la mano para poder ver mejor. Era un joven de cabello claro con gogles oscuros. Había en él algo vagamente familiar, pero la luz no era lo bastante clara y no podía reconocer su rostro. Quienquiera que fuera era sin duda un buen nadador. Conforme se acercaba a la orilla podía distinguir sus brazadas rítmicas rebanando el agua. *Slip... slip... slip...* un sonido extrañamente escalofriante.

Miré a mi alrededor y llamé de nuevo a Deefer. Nada. Busqué por todas partes —de vuelta a lo largo de la playa, a orillas del saladar, en los pantanos—. Nada. Ni perro negro ni ninguna otra señal de vida. Sólo yo y una enervante figura con gogles oscuros que se balanceaba fuera del mar y hacía crujir los guijarros dirigiéndose hacia mí. Alto, musculoso y de espalda amplia, con un bañador ajustado, un elegante reloj negro y nada más. Cruzaba su boca una sonrisa delgada y burlona, y según se aproximaba pude notar que su piel estaba cubierta por una especie de aceite o grasa clara. El agua resbalaba por su piel, perlada con diminutos arcoíris.

—¡Vaya, es la pequeña Caity McCann! —dijo quitándose los gogles y sonriendo—. ¡Qué *agradable* sorpresa!

—Ah... Jamie —titubeé—. ¿Qué haces por aquí?

No sabía si reír o llorar mientras lo veía acercarse hacia mí ajustando su bañador con aquella sonrisa. Jamie Tait; hijo de Ivan Tait, terrateniente local, rico empresario y miembro del parlamento de Moulton del Este... era lo más cercano a una celebridad que la isla hubiera producido jamás: capitán del County Schools Junior Rugby xv, campeón nacional de natación a los dieciséis y ahora una estrella emergente en su segundo año en la Universidad de Oxford.

Jamie Tait era un "joven brillante".

O, como decía mi padre, el más brillante pedazo de mierda en la isla.

Se había detenido como a un metro de distancia de mí y golpeaba sus gogles en la pierna, respirando pesadamente y mirándome de arriba abajo.

—¿Entonces, qué piensas, Cait? —dijo—. ¿Todavía lo tengo?

—¿Qué cosa?

Se apartó de un manotazo el cabello mojado de los ojos.

—El estilo, lo que se necesita... Te vi observándome.

—No te *observaba*. Buscaba a mi perro.

—Sí, claro —guiñó—. Ya entiendo.

Su mirada penetrante me dio escalofríos. Tenía ojos azul pálido eléctrico, como de androide, y era imposible adivinar qué había detrás de ellos. Tampoco me gustó su forma de pararse, la manera en que sostenía el cuerpo. Demasiado cerca, pero no *demasiado* cerca. Lo bastante cerca como para que fuera demasiado incómodo mirar hacia otra parte. Lo bastante cerca como para insinuar, para decir... mira esto, ¿qué opinas?

Di un paso atrás y llamé a Deefer con un silbido mientras revisaba el horizonte. Todavía nada a la vista. Cuando volví la cabeza Jamie se había acercado con los pulgares enganchados en su bañador. Podía oler la grasa en su piel, algo dulce en su aliento.

—¿Ha vuelto Dom de Liverpool? —preguntó.

—Esta tarde, volvió esta tarde... ¿Te importaría...?

—¿Va a salir esta noche?

—De verdad que no lo sé. Creo que yo...

—¿Qué te pasa, Cait? Mírate, estás temblando —sonrió—. Te daría algo que ponerte, pero como ves no tengo mucho qué ofrecer —miró hacia abajo y rio—. Es el frío, ¿sabes?

—Me tengo que ir —dije, y di media vuelta para alejarme. Mi corazón latía como un tambor y sentía débiles las piernas. Esperaba por un momento que una mano se aferrara a mi brazo... pero no pasó nada.

No creo haber estado realmente asustada en ese momento, sólo molesta. Molesta conmigo misma por... ni siquiera sé por qué. Por estar ahí, supongo. Enojada de que él me hubiera hecho enojar.

Después de una media docena de pasos lo escuché crujir tras de mí, llamándome con voz amigable.

—Espera, Caity, espera. Quiero preguntarte algo.

Seguí caminando.

Pensé que le llevaba ventaja. Yo llevaba zapatos y él no. Caminar descalzo sobre guijarros filosos no es lo más sencillo del mundo. Pero después de unos instantes ya me había alcanzado y caminaba junto a mí, dando saltos y sonriendo.

—Hey, ¿dónde está el incendio? ¿Cuál es tu prisa?

—Ya te dije. Tengo que encontrar a mi perro.

—¿Cómo se llama?

—Deefer.

—¿Deefer? —rio—. Muy bueno, muy *imaginativo* —rio de nuevo, luego se llevó las manos a la boca y comenzó a llamar—. ¡Dee...fer, perro! ¡Dee...fer, perro! ¡Deefer! —mientras gritaba iba girando sobre sí mismo, como un faro—. ¡Dee...fer, perro! ¡Dee...fer, perro! ¡Dee...fer, perro!

Yo seguí adelante, hacia el fortín, mientras trataba de decidir qué hacer. Corrían toda clase de rumores desagradables acerca de Jamie Tait, la mayoría de los cuales, según Dom, había echado a andar él mismo.

—Jamie no tiene nada malo —me dijo Dom alguna vez—. Sólo necesita soltar un poco de vapor de vez en cuando. Todo ese rollo del loco son sólo habladurías de la isla; Jamie en realidad es como un oso de peluche.

Bien, pensé. Oso de peluche o no, cuanto antes encuentre a Deefer y llegue a casa, mejor.

Habíamos alcanzado el fortín. Un edificio circular, achaparrado, semihundido en el suelo, con gruesas paredes de concreto y un techo plano que parece —y huele a— baño público sucio y viejo. El olor me hizo fruncir la nariz y comencé a alejarme, pero no sabía hacia dónde ir. ¿Debía cortar por el saladar y dirigirme a casa o volver a la playa y seguir buscando a Deefer? ¿Hacia dónde? ¿Saladar, playa, o de regreso al Point?

Jamie había cesado de aullar como un lunático y saltaba sobre un pie por la orilla del saladar, hurgando entre los cáñamos.

—No está por aquí —gritó y se agachó a recoger un palo que había en el suelo—. Oye, tal vez le llegó el olor de la perra de Rita Grey. Ya sabes cómo se ponen los perros cuando les llega ese olor —blandió el palo contra una lata de Coca-Cola vacía y se dirigió hacia donde yo estaba—. Por cierto, ¿cómo está Bill? ¿Todavía muere por tu hermano?

Lo ignoré mientras volvía a buscar en la playa, mirando hacia la orilla en busca de Deefer. Pero la luz languidecía y era poco clara, de modo que no podía distinguir nada. El cielo se oscurecía y se llenaba de franjas grises y amarillas, y el mar adquiría un aire negro y gélido.

Jamie se acercó a mí con el palo atravesado sobre los hombros.

—Entonces —dijo—. ¿Qué hacemos ahora? —sin decir nada, puse las manos en los bolsillos. Jamie sonrió en silencio y señaló el fortín con la cabeza—. Mi vestidor.

—¿Qué?

—El fortín, ahí es donde me cambio de ropa —miró su bañador—. ¿No creerás que pretendo caminar todo el camino de vuelta con sólo esto puesto? ¿O sí? Me arrestarían.

Miré hacia otra parte.

—Me tengo que ir ya.

Jamie se acercó más.

—¿Cómo está tu viejo, Cait? ¿Todavía escribe sucias historias para niños?

No respondí nada.

Jamie sonrió. Aún respiraba con pesadez, pero no porque le faltara el aliento.

—Tengo que visitarlos un día de éstos —dijo—. Debo tener una conversación con el gran hombre. ¿Qué opinas? Yo y Johnny McCann. Johnny Mac. Podríamos beber juntos un poco de whisky *seudoirlandés*, echarnos una fumada... ¿Qué opinas, Cait? ¿Te gustaría?

—Buenas noches, Jamie —dije y di la vuelta para irme.

Se movió con rapidez, se acercó y atravesó su palo para bloquearme el camino. Una luz fría congeló su mirada.

—Te hice una pregunta, Cait.

—Quítate de mi camino...

—Te hice una pregunta.

—Por favor, quiero irme a casa.

Frunció los labios y sonrió.

—Oh, vamos, Caity, dejemos de jugar. No me puedes traer hasta acá para después cambiar de opinión.

—*¿Qué?*

— Ya sabes de qué hablo. Ven, hace frío. Vamos adentro. Deja que te muestre mi vestidor. Tengo una botella en mi chamarra. Una rica gota de whisky nos dará calor...

—¿Cómo está Sara? —pregunté.

Sara era su prometida. Sara Toms. Una chica notablemente hermosa, con todos los atributos sociales que una joven puede desear; era la hija del inspector Toms, jefe del cuerpo local de policía. También era demencialmente posesiva. Supongo que pensé que en esas circunstancias era buena idea mencionar su nombre, pero apenas lo hice deseé no haberlo hecho. En cuanto oyó el nombre de su prometida, Jamie se congeló. Sus pupilas se encogieron al tamaño de una punta de alfiler y su boca se redujo a una apretada ranura. Por un momento pensé que explotaría o algo así, pero entonces —con un suspiro apenas audible— la furia lo abandonó y algo más tomó su lugar. Algo peor. Sonrió y dio un paso hacia mí. No lo bastante cerca como para tocarme, pero lo bastante cerca como para acorralarme contra el muro del fortín. La cabeza me daba vueltas a toda velocidad, la sangre se agolpaba en mis venas, pero aún no alcanzaba a creer que algo andaba mal. La verdad es que era ridículo. Mi instinto me decía que le pateara la ingle y corriera, pero algo más, una especie de urbanidad natural, supongo, me decía: "No, espera, espera sólo un minuto, sólo está probando, no va en serio, piensa qué vergonzoso sería que le pateara la ingle, lo que dirían los diarios, 'Hijo del miembro del Parlamento atacado por chica local'". De hecho, *visualicé* el encabezado. ¿Lo pueden creer?

Jamie no dijo ni hizo nada por un rato. Sólo se quedó ahí respirando fuerte y mirándome fijamente a los ojos. Yo todavía intentaba convencerme de que todo estaba bajo control, que no había nada de qué preocuparme, que sólo se trataba de un mocoso engreído y ligeramente descarriado que a veces necesitaba soltar un poco de vapor... Entonces sentí que tomaba mi mano y la movía hacia él.

—No...

—Cállate.

Sentí su piel desnuda, fría y grasienta. Traté de retirar la mano pero él era demasiado fuerte.

—No me...

—¿Qué? —sonrió.

Patéalo, pensé, *patéalo*... Pero no pude hacerlo. No podía moverme. No podía hacer nada. Todo lo que podía hacer era mirarlo, incrédula, mientras él apretaba mi mano y se acercaba aún más... De repente un gruñido áspero y penetrante desgarró el aire detrás de él.

—¡Mierda! —exclamó entre dientes, paralizado de miedo—. ¿Qué es eso?

Era Deefer, erguido, con los dientes pelados y el áspero pelo de su cuello erizado. Su gruñido sonaba húmedo y sangriento.

Jamie aún tenía mi mano en la suya. Se la arrebaté.

—¿Qué es? —susurró tratando de mirar sobre su hombro.

Yo no podía hablar. Aunque hubiera querido, no podía decir nada. Quería que Jamie estuviera lejos de mí, quería apartarlo, pero no soportaba la idea de tocarlo. Mi mano, la mano que él había aferrado... Noté que la tenía al lado, lejos de mí. Sentía la garganta tan seca como un hueso.

—Cristo, Cait —dijo con los dientes apretados—. ¿Qué demonios es eso? ¡Dímelo!

Estuve a punto de echarle a Deefer encima. Una palabra mía y habría despedazado a Jamie. En cambio, después de lo que me pareció como una hora, aunque seguramente fueron como treinta segundos, logré calmarme un poco, ordené mis pensamientos y recuperé la voz. Ordené a Deefer que se sentara. Le pedí quedarse en guardia. Después le dije a Jamie que se echara hacia atrás.

—¿Qué?

—Apártate ahora mismo o te echo al perro.

Dio un cauteloso paso atrás.

—No voltees —le dije—. No te muevas. Si te mueves, te morderá.

Jamie me miró.

—Anda, Cait, vamos. Mira, no creerás que era en serio, ¿verdad? Sólo bromeaba. No estaba...

Me alejé.

—¡Cait! —gritó—. Un minuto... ¿Qué haces? ¿Cait? No puedes dejarme aquí. Me congelaré. ¡Cait!

Cuando alcancé el arroyo mi calma se había evaporado y temblaba como una hoja. Aspiré hondo y llamé a Deefer. Mientras esperaba su respuesta, me deslicé hacia la ribera del arroyo y me lavé las manos en la corriente, tallándolas hasta que se entumecieron, hasta que ya no quedaba en ellas ni rastro de sensibilidad. Luego lavé las lágrimas de mi cara.

Es tu culpa, me dije. ¿Cómo pudiste ser tan estúpida? Estúpida, estúpida, estúpida... ¿Por qué no volteaste y te largaste en cuanto lo viste? Ya sabes cómo es. ¿Por qué no simplemente te fuiste?

Sabía la respuesta.

No me fui porque no quería parecer grosera. No quería parecer *antipática*...

Qué patético.

Cuando subía de nuevo a la ribera Deefer estaba sentado en el puente, meneando la cola.

—¿Dónde diablos *estabas*? —dije, limpiando las lágrimas moquientas de mi cara—. Se supone que debes cuidarme. Ven aquí —agachó la cabeza y se balanceó hacía mí, agazapado muy cerca del suelo—. La próxima vez... —le dije—. La próxima vez... vuelve cuando te llame, ¿de acuerdo? —le acaricié la cabeza—. No tiene caso dejarlo hasta el último momento... Cuando te llame, *vuelve* —golpeó el suelo con la cola y bostezó avergonzado—. Y no te atrevas a decirle a nadie lo que pasó —sollocé—. Esto queda entre tú y yo, ¿de acuerdo? Si papá se llega a enterar, lo mata. No estoy bromeando, Deef. Lo mata.

Cuando volví la casa estaba en silencio. Subí las escaleras y me duché. Me puse ropa limpia, me revisé en el espejo para asegurarme de que no se notaran las lágrimas; luego revolví mi playera y mis pantaloncillos con un montón de ropa sucia y volví a la cocina. Estaba poniendo la ropa sucia en la lavadora cuando entró mi papá.

—¿Cait? ¿Qué haces?

—Estoy lavando un poco de ropa... Estaba... Es que había un poco de aceite en la playa.

—¿Aceite?

—Brea o algo así —me encogí de hombros—. Me ensucié un poco la playera.

—Ah —dijo, mirándome con atención—. ¿Estás bien? Tus ojos...

Miré hacia otro lado.

—No es nada. Sólo un poco de arena...

—Déjame ver.

—Dije que estoy *bien*, papá.

Me miró inquisitivamente.

—¿Qué pasa?

—Nada, lo siento. No quería contestarte así. De verdad, no es nada. Estoy bien —llené la lavadora y la encendí—. ¿Ya comiste?

—La verdad es que no tengo nada de hambre, linda.

—¿Y Dominic? No está dormido, ¿o sí?

—Salió. Tenía que ver a algunas personas...

—¿Dónde?

Negó con la cabeza.

—En El Perro y el Faisán, supongo.

—Y tú, ¿no querías ir?

Sonrió incómodo.

—Bah, sólo avergonzaría al muchacho. Ya sabes cómo es esto... Probablemente tomaremos juntos un trago, tranquilamente, en otra ocasión...

Fue hacia la alacena y sacó una nueva botella de whisky. Podía adivinar por su exagerada firmeza que llevaba ya algunos tragos encima. Se sentó a la mesa y se sirvió uno más.

—¿Tuviste un lindo paseo? —preguntó.

—Sí... Estuvo bien... Hacía un poco de frío...

Asintió, mirando por la ventana.

—Cait, ¿me dirías si algo estuviera mal?

—Sí, papá. Te lo diría.

—¿Lo prometes?

—Lo prometo.

Sorbió su trago y me miró con ojos ligeramente cristalizados.

—Nadie como los niños para guardar bien un secreto.

—No soy una niña.

—No —dijo con tristeza—. Esa es la pura verdad.

—Papá...

—El muchacho —dijo de pronto—. Dime qué piensas de él.

—¿Cuál muchacho?

Sonrió con perspicacia.

—El muchacho guapo del puente.

—¿El Stand?

Bebió un poco más.

—Puente, Stand, lo que sea... ¿No te hizo preguntarte?

—¿Preguntarme qué? ¿De qué hablas, papá?

—Secretos —guiñó.

—Creo que has bebido demasiado.

—Estoy bien.

—No parece.

—La verdad es que ha sido un día muy extraño...

—Sí.

Me miró por un instante, la cabeza ligeramente encajada entre los hombros. Luego respiró profundamente y se puso de pie.

—Bien, es mejor que siga. Mira que si no logro inventarme algo para pagar las cuentas... —sonrió de nuevo. Luego dio la vuelta y se dirigió hacia la puerta, botella y vaso en mano.

—Papá —dije.

—¿Sí, cariño?

—No bebas demasiado. ¿De acuerdo?

—Está bien.

—Por favor.

—Tienes mi palabra.

Se acercó a mí y me besó. Después salió arrastrando los pies, de vuelta a su estudio. Su aliento olía a whisky y a tabaco dulzón.

Esa noche no conseguí dormir por un buen rato. El aire era pesado y denso, y no podía tranquilizarme. Las sábanas se me pegaban al cuerpo, las almohadas eran demasiado suaves, demasiado abultadas, el colchón demasiado duro. No podía dejar de pensar en lo que había sucedido en la playa. Jamie Tait. La sensación de su mano, sus ojos inquietantes, su piel grasosa... Sabía que debía contárselo a alguien, pero no podía pensar en nadie. Incluso si se lo decía a alguien, ¿qué caso tendría? Era mi palabra contra la suya. Jamie era el héroe local, un estudiante de Oxford, el hijo de un miembro del Parlamento. ¿Y qué era yo? Nada, sólo una niñita extraña con listones en el pelo, una niña que usaba la misma ropa todo el tiempo. La hija sin madre de un escritor sin esposa.

En todo caso, seguí pensando, ¿qué había sucedido en realidad? A duras penas te tocó, ¿no es cierto? No *hizo* nada... Apenas te tocó...

Entonces comencé a llorar de nuevo.

Más tarde, mientras estaba sentada cerca de la ventana abierta mirando la oscuridad, escuché a papá cantar suavemente en su estudio. Las palabras se dispersaron gentilmente en el aire de la noche. *Oh, te llevaré de vuelta, Kathleen, a donde tu corazón ya no sentirá dolor... Y cuando los campos estén frescos y verdes te traeré de vuelta a casa...*

Al final me quedé dormida, sólo para despertar al alba con los ruidos de Deefer, que ladraba mientras un automóvil rugía y rechinaba por el sendero hasta frenar en el patio. Risas y voces ebrias rasgaban la noche.

—¡Hey! Dommo, Dommo...

—¡Cuidado!

—¡Guau grrr, guau grrr!

—No puedo salir, hombre...

—Hey, hey, Caity...

—¡Shhh!

—Cuidado con la maldita *puerta*...

—Ja, claro...

Luego de dos minutos de portazos y gritos, el auto se echó en reversa, chirrió en el patio y rechinó sobre el camino. Permanecí en cama escuchando el ruido de pesados pasos que se arrastraban por el patio, toses, llaves que intentaban abrir la puerta principal. Después la puerta se abrió y se cerró de golpe; Dominic tropezó pasillo adentro y avanzó ruidosamente de puntillas por las esca-

leras hasta su habitación. En menos de cinco minutos retumbaban las paredes con el ruido de ronquidos ebrios.

Cerré los ojos.

Las voces...

"Hey, hey, Caity..."

"¡Shhh!"

No estaba segura, pero quien pedía silencio sonaba como Bill.
Y el otro, el que había dicho mi nombre... era Jamie Tait.

DOS

Al día siguiente salí de casa a eso de la una de la tarde y atravesé la isla para encontrarme con Bill. No había dormido mucho y me sentía del asco. En realidad no me apetecía una tardeada sabatina en el pueblo, pero no veía escapatoria. Era demasiado tarde para cancelar y no podía simplemente no aparecer, ¿verdad?... Bueno, de acuerdo, sí *podía*... pero después seguramente iba a pasar el día entero preocupándome por eso, esperando a que Bill llamara y se portara toda pesada conmigo, y no quería eso. Ya había suficiente tensión entre nosotras.

La parada de autobús donde acordamos encontrarnos está del lado occidental de la isla en el centro del pueblo. En circunstancias normales habría caminado a lo largo de la playa y cortado por el parque, pero desde el episodio con Jamie Tait quise olvidarme de la playa por un tiempo. De modo que tomé el camino largo, siguiendo la carretera oriental hasta el Stand y luego hacia el sur por la carretera de la isla que conduce al pueblo. Era un excelente día para caminar: cálido, brillante y claro, con una ligera brisa que refrescaba la piel... Pero eso no mejoró mi ánimo. Estaba cansada. Molesta. Alterada. El recuerdo de la noche previa seguía asediándome: el ruido del auto, los gritos, el sonido de Dominic y Jamie Tait... y Bill. No podía dejar de pensar en eso. ¿Qué demonios hacía Bill con ellos? ¿En *verdad* había escuchado su voz? ¿En *verdad* era ella? Lo habría jurado en ese momento, pero empezaba a tener mis dudas conforme caminaba hacia el pueblo por los angostos caminos. Ahora que ya estaba despierta, ahora que el día había cobrado vida, la oscuridad de la noche parecía muy, muy lejana y el recuerdo de las voces ebrias se desvanecía a cada paso. Para cuando llegué a la parada de autobús estaba bastante convencida de que me había equivocado. Puede que Bill haya cambiado, me dije, puede que haya crecido más rápido que yo, incluso puede ser que se meta en problemas de vez en cuando; pero aun así... ¿Salir a beber con Dominic y Jamie y Dios sabe quién más hasta las primeras horas de la mañana?

No.

Imposible.

No estaba tan loca.

Tampoco estaba en la parada del autobús.

A las dos de la tarde el autobús había llegado y se había vuelto a marchar sin que hubiera rastro de Bill. Me daba igual esperar, pero comenzaba a sentirme un poco cohibida por mi aspecto. La sugerencia de Bill —*arreglarme* un poco— me había confundido por completo, y esa mañana había pasado como una hora o más tratando de decidir qué ponerme. De haberme arreglado tanto como ella proponía me habría sentido ridícula. Me habría matado de vergüenza andar por el pueblo vestida como una prostituta quinceañera. Por otro lado, si hubiera ignorado su sugerencia, si hubiera usado la misma ropa de siempre, Bill habría armado un drama, pues ella llegaría vestida —o desvestida— para matar y creería que me había vestido menos escandalosamente a propósito para hacerla parecer una golfa. Por supuesto, si *ambas* nos vestíamos como golfas no habría problema, eso estaba perfecto...

Una absoluta confusión.

Al final logré un punto medio: jeans deshilachados, una blusa negra muy corta, cabello engominado y lentes oscuros. Pero nada de lápiz labial y, definitivamente, nada de tacones.

No me disgustaba el resultado. De hecho, me pareció que me veía bastante bien, sólo que no estaba acostumbrada a vestirme así. Me hacía sentirme extraña, poco natural, como si intentara ser alguien más, y mientras más tiempo esperaba ahí parada, más me sentía como si todo mundo me mirara fijamente.

Cuando dieron las dos y diez, ya había revisado los horarios, me había sentado, me había levantado, había deambulado durante un rato, me había vuelto a sentar y ahora leía por tercera vez el cartel de actividades: sábado 29 de julio (hoy): venta de garage en el Ayuntamiento del pueblo; domingo 30 de julio: concierto gratuito en el Country Park, bandas de música y bastoneras de Moulton; sábado 5 de agosto: regata de West Hale; día de diversión familiar; sábado 12 de agosto: Festival de Verano de Hale...

—No has olvidado qué día es, ¿verdad?

El sonido de su voz me hizo dar un brinco. Mi cuerpo dio un pequeño tirón y volteé para ver a Simon Reed de pie en la entrada de la parada del autobús sosteniendo contra el pecho un largo rollo de papel para dibujar.

—El festival —explicó asintiendo en dirección al anuncio.

—Ah... cierto —tartamudeé—. Sí... no... no me he olvidado. Sólo estaba... espero a Bill.

—El autobús ya se fue. Se fue hace veinte minutos.

—Sí, ya sé.

Lo vi mirar mis piernas furtivamente. Luego bajó los ojos y se quedó mirando fijamente al suelo, sin saber qué decir. Simon Reed. Solían llamarlo Weedy Reedy. O Simon el Simplón. O solamente El Raro. Siempre un muchacho algo distante. Incluso cuando estaba en el jardín de niños nunca congeniaba con los demás. La única persona con quien parecía sentirse feliz era su hermano mayor Harry, un muchacho robusto con cara sonrojada y una sonrisa siempre radiante. Simon tendría diez años cuando Harry murió en un accidente de granja y después de eso se volvió aún más distante. Pasaba la mayor parte del tiempo simplemente a la deriva por el pueblo, solo, mientras estudiaba plantas, observaba aves, casi sin hablar con nadie. Llegué a conocerlo bastante bien cuando fui voluntaria en la sede de la RSPCA, la Real Sociedad para la Prevención de la Crueldad contra los Animales, que dirigía su madre. Normalmente no me encanta eso de involucrarme con grupos y me había metido en aquél sólo por equivocación. El año anterior Bill había padecido una breve

41

fase de activismo ecológico. Pasa por estas fases más o menos cada dos semanas: chica *grunge*, chica *hippie*, hija de la tierra, hombruna... ninguna de ellas dura mucho. Como sea, durante su fase ecologista se enamoró perdidamente de Simon, y con gran habilidad me convenció de unirme a ella como voluntaria en la sociedad como parte de su plan para involucrarse con él. El enamoramiento, desde luego, duró casi una semana, y cuando llegamos al punto de tener que *hacer* algo de trabajo, Bill no quiso saber nada del asunto.

—¡Ya párale! —fueron sus palabras exactas—. No pienso desperdiciar mi fin de semana vendiendo fotografías de ballenas muertas.

Pero yo era demasiado cobarde para zafarme, de modo que quedé atrapada y después de un tiempo comencé a tomarle gusto, así que continué. Simon y yo nos reuníamos de vez en cuando para arreglar asuntos relacionados con los puestos de la sociedad en las fiestas y espectáculos locales. Diseñábamos carteles, insignias, información local, esa clase de cosas. A eso se refería él con el "festival". Habíamos estado trabajando en algunas ideas para un puesto en el Festival de Verano... de hecho, iba a venir a mi casa el viernes siguiente para mostrarme algunos de los carteles que había diseñado. Por lo general nos reuníamos en mi casa. A veces su madre venía por mí y me llevaba a la pequeña granja en medio de la isla donde vivían, pero la mayoría de las veces él caminaba hasta mi casa. Por eso a Dominic le gustaba decir que Simon era mi novio, y por eso... Bueno, como quiera que sea, no era mi novio. Era sólo un muchacho de aspecto ligeramente extraño, buena gente, callado, que resultaba ser mi amigo.

Esta vez me fijé mejor. Simon era más bien bajo, más o menos delgado, con una cara larga y un mechón de cabello negro azabache que caía sobre sus cejas, lo cual hacía que tuviera que echárselo hacia atrás con la mano. Aunque vivía en una granja, tenía la complexión de alguien que evitaba el sol. Un aire pálido, casi enfermizo. No ayudaba nada el hecho de que, cualquiera que fuera el clima, siempre usaba un largo abrigo negro, una camisa de trabajo con manga larga y unos pantalones de pana viejos y polvorientos... nunca pantalones cortos. Pero a pesar de todo eso

—o tal vez por eso— había algo enigmático en él... cierta belleza, creo. Pero una especie de belleza que la mayoría de las chicas rechazan y que otros chicos temen. Y por supuesto, lo que se teme —o no se comprende— se odia. Así que, en resumen, Simon no era precisamente un chico popular.

Me acerqué a él y me paré a su lado. Sonrió nervioso y comenzó a balancear contra su pierna el rollo de papel.

—¿Eso es para los carteles? —pregunté.

—Sí, es sólo papel rugoso. Es lo mejor que pude conseguir. Estaba a punto de ir al pueblo para buscar algo más adecuado...

—Voy hacia allá. Podría conseguírtelo. Hay una tienda de arte cerca de la biblioteca... ¿Qué debo pedir?

—Papel para dibujar A1. Es algo caro... —comenzó a escarbar en sus bolsillos buscando algo de dinero.

—No importa —dije—. Yo lo pago. ¿Qué son? ¿Pliegos o block?

— Bien, pues si puedes conseguir una media docena de pliegos...

—¿Blancos?

—Sí, gracias.

—No hay de qué.

Asintió de nuevo y luego volvió la mirada al pavimento. Un silencio incómodo flotaba en el aire. Pensé en preguntarle si querría venir al pueblo con nosotras. Sabía que no aceptaría, pero me preguntaba si le gustaría que lo invitara. ¿Me gustaría a mí si yo fuera él?, me pregunté.

Probablemente no.

—¿Irás a la carrera el próximo sábado? —le pregunté.

—No creo.

—¿Por qué?

—No sé... No me gustan mucho esas cosas.

—Podrías venir con nosotros, si quieres. Por lo general lo vemos desde aquel pequeño acantilado que está sobre la bahía. Es un lugar muy tranquilo.

—Bueno, tal vez.

—Sólo vamos mi padre y yo... y Deefer.

—¿Y tu hermano?

Me eché a reír.

—Dudo mucho que venga con nosotros.

—Bueno, no sé...

—Ven, será divertido —en ese momento me detuve al notar que sonaba igual que Bill cuando quería convencerme de pasarla bien.

—¿Qué? —preguntó Simon.

—Nada, no importa —cambié de tema—. ¿A qué hora vendrás el viernes?

—Humm... como a las... ¿seis? ¿Te parece bien? Podría llegar más temprano si...

—No, está bien... Por cierto, tengo la información aquella sobre el santuario para aves. Enviaron un montón de cosas... volantes, insignias...

—Eso está perfecto —dijo—. Pensé que podríamos...

Se detuvo a media oración y ambos levantamos la vista mientras una camioneta verde brillante se estacionaba a un costado de la calle; el motor aceleraba sin avanzar y una música estridente tronaba a través de las ventanas abiertas. El conductor era un joven gordo con lentes oscuros y una camiseta sin mangas a quien identifiqué como Robbie Dean. La niña que mascaba chicle en el asiento del copiloto era su hermana menor, Angel. Y justo cuando me puse a pensar "Oh Dios, ¿qué querrán?", Bill se asomó por la ventana trasera con el rostro surcado por una enorme sonrisa.

—¡Hey, Cait! —gritó—. ¡Vamos Caity!

La miré incrédula. ¿Qué demonios hacia con los Dean? ¿A qué *jugaba*? Miré avergonzada a Simon, quien se había encogido dentro de su abrigo y hacia su mejor esfuerzo por no parecer demasiado incómodo. Quería decirle algo, pero no se me ocurría nada.

—¡Apresúrate, Cait! —gritó Bill abriendo la puerta del auto—. ¡Mueve el trasero, niña!

—Más vale que me vaya —le susurré a Simon—. Te veo el viernes, ¿está bien?

Sus ojos permanecieron fijos en el pavimento mientras yo caminaba hacia el escandaloso auto, inhalaba hondo y me introducía en él.

—Mejor que el autobús, ¿no crees? —dijo Bill encendiendo su cigarro.

Íbamos a toda velocidad a través del Stand, sumergidos en una sofocante nube de humo de cigarro y perfume y ensordecedores tamborazos.

—¿Qué? —grité.

—¡Mejor que el autobús! —gritó ella de vuelta.

—Sí... estupendo.

Me ofreció un cigarro.

—¿Quieres uno?

—No gracias.

—¿Qué opinas?

—¿Qué?

Se volvió hacia mí, posando con las manos en la cintura.

—¿Qué piensas? ¿Te gusta?

Se refería a una blusa apretada y sin tirantes, una falda en dos tonos increíblemente corta y un par de zapatos gris metálico con correas al tobillo y plataformas de ocho centímetros. Llevaba el pelo rubio disparejo alisado con gel, carmín y ojos totalmente maquillados. Parecía una princesa de dieciocho años en una noche de fiesta con sus amigas.

—Muy bien —le dije.

Me dio una palmada en el muslo.

—Veo que has hecho un esfuerzo... Oye, Angel. ¿Te dije, no? ¿Angel?

La chica en el asiento del copiloto se volvió a mirarnos, reventó una bomba de chicle y me recorrió de arriba abajo con ojos fríos. Tenía dieciséis años entrados en veintiuno. Rizos de rubio oxigenado, ojos azules maquillados, labios como Madonna y una actitud acorde con su imagen.

—Sí —dijo jugueteando con la parte superior de su delgadísimo vestido blanco—. Muy tierna. Eso les gusta.

Me tambaleé cuando el auto viró para sortear el tráfico que circulaba por una angosta colina. Después me tambaleé de nuevo cuando Robbie frenó a tiempo para no chocar contra un autobús de dos pisos que pasaba del otro lado. Rechinaron llantas. Sonaron bocinas. Robbie sonrió y sacó un dedo por la ventana gritando:

—¡La tuya!

Angel rio. Luego se inclinó hacia él y le susurró algo al oído. Robbie gruñó y lo vi ajustarse los lentes oscuros y echarme una mirada de soslayo por el retrovisor. Busqué apoyo en Bill, que estaba revisando su labial mientras sacudía de su falda las cenizas de cigarro y meneaba la cabeza al ritmo de la música. Me hizo un guiño.

Me eché hacia atrás y fijé la mirada en la ventana, consolándome con la idea de que el viaje no duraría para siempre.

A medida que nos aproximábamos a la glorieta al final el pueblo, el tráfico se hizo más pesado y el auto redujo la velocidad. Los últimos minutos Angel había estado jugueteando con un paquete de cigarros y con un rompecabezas hecho con papelinas para liar tabaco. Ahora había encendido un churro y echada hacia atrás con un brazo colgando de la ventana abierta, llenaba de humo el fondo de sus pulmones. Yo no comprendía por qué había esperado hasta que llegáramos al pueblo para fumar y por qué parecía darle tanta importancia a aquel asunto. Asumí que lo hacía para impresionarme. Luego de algunos toques se removió en su asiento y me pasó el porro meneando el trasero de aquí para allá.

—No, gracias —dije.

—No pasa nada —se burló—. Es sólo un poco de humo.

—Sé lo que es... No fumo.

—Es hierba, niña. No te va a matar.

Se inclinaba sobre el asiento con el trasero al aire. La miré a los ojos intentando verla más allá de aquella pose, tratando de imaginar cómo era cuando se encontraba sola... pero no pude verla. Es del tipo de chicas que nunca están solas porque sin compañía tienen que ser ellas mismas y no soportan ser ellas mismas.

—Tu hermano fuma —dijo pasando el porro a Bill.

—Supongo que sí.

Me miró con desprecio.

—Y tu padre.

—¿Y eso qué?

Por un instante pareció sorprendida, como si hubiera esperado que me escandalizara. Apretó la boca y entrecerró los ojos. Entonces Robbie le dio una nalgada y le preguntó:

—¿Por dónde, Angel?

Ella aprovechó para escabullirse de vuelta a su asiento y retomar su pose de niña mala.

—Al multifamiliar de Crown Street —respondió Angel resoplando—. Y si vuelves a darme una nalgada te rompo el cuello, ¿Ok?

Entretanto, Bill tosía hasta ahogarse con el porro.

—¿Te diviertes? —le pregunté.

—Wuuff —respondió ella mientras las lágrimas surcaban sus mejillas.

Sólo cuando estacionamos el auto y Angel y Robbie se escabulleron hacia la penumbra en espiral de los pasillos del multifamiliar, pude preguntarle a Bill qué rayos pensaba que estaba haciendo.

—¿De qué hablas? —dijo alejándose de mí con una risilla inocente—. Nos ahorré algo de dinero en pasajes, ¿cierto?

—Ay, por favor, Bill... Angel Dean, por amor de Dios...

—Angel es una buena chica, es divertida.

—No es verdad.

—Tienes que llegar a conocerla. Eso es todo.

—Y supongo que tú la conoces bien.

Tropezó con una banqueta y comenzó a reír de nuevo. Después brincó y echó su brazo sobre mi hombro.

—Oh, Caity... amiga... ¿No estarás celosa? ¿O sí? Sabes que *siempre* serás la única para mí...

—Ya, ya. ¿Podrías quitárteme de encima?

La observé mientras se inclinaba para revisar su maquillaje en el espejo lateral de un auto y vi cómo un grupo de treintañeros en playeras de futbol que pasaba junto se daban codazos para verla. ¡Por favor!... todo eso en verdad me provocaba náuseas, el fin de semana completo, todo. Sentía como si me hubieran sacado de la nada para aventarme justo en medio de una vulgar telenovela australiana, donde todos y todo giraba en torno a tetas, traseros y sexo. Estaba harta de todo eso. De haber sabido lo que me esperaba habría dado media vuelta y me habría ido a casa en ese mismo instante; y eso que no tenía idea de lo que faltaba todavía. Bill era mi mejor amiga y la verdad yo no quería parecer *antipática, ¿o sí?* Así que la seguí fuera del estacionamiento y hacia el puente que atraviesa la autopista de doble sentido mientras movía la cabeza para verla brincar sobre la verja y escupir a los autos que pasaban.

—¿A dónde vamos? —pregunté hastiada—. El pueblo está hacia el otro lado.

—Ah —dijo, enarcando las cejas—. Ven para acá, preciosa. Ya verás la sorpresa que te aguarda...

La sorpresa era tener que pasar el resto de la tarde en un bar llamado *La Caverna,* al otro extremo del puente, en compañía de los dos jóvenes más patéticos con los que me haya topado jamás. Nos esperaban en una terraza al fondo del bar, sentados junto a una mesa de plástico a la sombra de un toldo también de plástico. El tráfico gruñía de arriba abajo por ambos carriles de la carretera, sofocando casi del todo el sonido de la rocola, mientras que, desde la penumbra del bar hacia afuera se respiraba un rancio olor a cerveza y humo de cigarro. Bill me presentó a los chicos: Trevor y Malc.

—El año que viene comienzan la preparatoria —explicó con orgullo, cruzando las piernas y haciendo pucheros mientras se sentaba junto al que se llamaba Trevor. Era delgado, con anteojos oscuros y una camisa casual de manga corta. El otro era aún más delgado, en pantaloncillos blancos y una polo a rayas beige con blanco. Tenía cara de lagartija.

—Hola, Kay —dijo—. ¿Qué quieres beber?

No tengo palabras para describir cómo fue el resto de esa tarde. En resumen, fue terrible. Un vértigo de risas, bebidas, sonrisas, fumadas, alardeo sobre autos, chistes malos y trucos con portavasos, papas fritas, humo de automóvil, moscas, bebidas con alcohol, miradas maliciosas e insinuaciones, y luego, cuando las bebidas hicieron efecto, caras enrojecidas y rasguños y guiños, eructos y pedos, miradas sucias y manos sueltas, con Bill mostrando los calzones por todas partes como una abuela borracha en Navidad y Trevor manoseándola bajo la mesa. Malc, simplemente sentado ahí como un niño enfermo después de que le pateé la rodilla por intentar meter su cochina lengua en mi oreja.

Cuando Bill y Trevor se deslizaron al rincón de la terraza para manosearse un poco más, ya no pude soportarlo. Me fui al lavabo, me encerré en uno de los retretes y me quedé ahí sentada, implorando que el día terminara de una buena vez.

No había bebido *tanto*, pero era imposible pasarse la tarde entera sin beber *algo*, al menos para amortiguar la pesadumbre. Además, estoy segura de que en la barra Talcy Malcy añadió subrepticiamente algunos vodkas a mi jugo. Además, no había comido gran cosa. Y estaba cansada. Y nos habíamos sentado toda la tarde bajo el rayo del sol... De modo que, en resumidas cuentas, debo admitir que ya estaba bastante ebria para cuando dejamos el bar. No recuerdo muy bien si caminamos hacia el estacionamiento, pero en algún momento perdimos a Malcolm y a Trevor y nos reunimos con Angel y Robbie. Venían con un hombre llamado Lee Brendell, a quien ya había visto antes por la isla. No sabía de dónde venían, o por qué estaban juntos, y en realidad no me importaba. Sólo estaba feliz de sentarme en la parte trasera del auto y recargarme en el asiento mientras Robbie conducía fuera del estacionamiento, rodeaba la glorieta y se dirigía fuera del pueblo.

Luego de juguetear con una pila de bolsas de compras y de retocarse los labios, Angel se giró en el asiento y encendió un cigarro. No podía dejar de sonreír a Bill, que estaba acurrucada en el rincón con los ojos semicerrados y un cigarro sin encender suspendido de las comisuras de la boca. Lee Brendell se había apretujado en la parte trasera y estaba sentado hurañamente entre Bill y yo, con las piernas relajadas y los ojos en blanco.

Era obvio que Robbie, por su parte, había tomado algo. Sus ojos de alimaña brillaban como platos negros y no podía dejar de hablar y manotear. Conducía aún más alocadamente que antes. Rebasaba, daba volantazos por doquier, aceleraba el motor... Daba miedo.

Abrí la ventana para dejar entrar un poco de aire.

—¿Quieres ruido, Bren? —gritó Robbie estirando bruscamente la cabeza—. ¿Eh? ¿Qué quieres? ¿Algo de *boom*? ¡Quieres algo de *boo-boom*!

Brendell sólo lo miró. Era un hombretón de unos veintimuchos o treintaipocos, vestido con una playera gris deslavada y jeans polvorientos. Tenía un rostro áspero y manos grandes ajadas por el clima, que mantenía extendidas sobre las rodillas. Todo lo que sabía de él es que vivía en una casa flotante al oeste de la isla y que no era alguien con quien uno debiera meterse. Olía a químicos y a sudor.

Robbie giró la cabeza y volvió a sonreírle.

—¿Qué dices? ¿Quieres fumar? ¿Eeeeeh? Saluda a Mari Juana. ¿Quieres un poco de *boom-boom*? ¿Angel te va a...?

—Sólo conduce —le dijo Brendell en voz baja.

—Okidoki, Bren —respondió Robbie alegremente—. Jodidoki.

Las afueras del pueblo se desdibujaban a nuestro paso y antes de darme cuenta nos enfilábamos ya por caminos vecinales de vuelta a la isla. Aunque aún me sentía un poco mareada, el aire que entraba por la ventana comenzaba a despejarme y empecé a sentirme un poco mejor.

Sin embargo Bill... pobre Bill, la pasaba mal. Desplomada contra la ventana, Bill era un absoluto desastre con la cabeza entre las manos y la falda toda arrugada y el rímel corrido en los ojos. No le tuve mucha lástima. De hecho, no le tuve ninguna. En ese momento, la alucinaba.

Aun así, era mi mejor amiga. No podía dejarla así nada más, ¿o sí? Me incliné por encima de Brendell y le tomé la mano.

—¿Bill? ¡Bill! ¿Te sientes bien?

—Nnn... nooh —dijo, dándome una palmada en la mano—. Maldzituzz baztardz...

—Vamos, Bill. Soy yo, Cait.

—Zdéjame sool...

Brendell volvió la cabeza y me miró con rostro inexpresivo. No dijo nada, no movió un músculo. Se limitó a mirarme como si yo fuera algo dentro de una jaula y luego desvió lentamente la mirada. Alisé la falda de Bill tanto como pude, que no fue mucho, y me arrastré de vuelta a mi lado del auto.

Angel había retomado su posición de trasero al aire y me observaba con un brillo burlón en los ojos. Con Brendell al parecer inexistente, Bill semiconsciente y Robbie perdido en un aturdimiento de autos a toda velocidad, Angel y yo estábamos más bien solas. Las dos lo sabíamos. Se metió en la boca una goma de mascar doblada y me guiñó el ojo.

—Bienvenida al mundo, querida —dijo; cuando vio que no le respondía, me lanzó una mirada larga y dura mientras hacía mucho escándalo al mascar su goma. Luego la reventó y se burló—: Te gusta pensar que eres especial, ¿verdad? Algo especial. Limpia y pura, Caity McCann. Ninita de playa... La pequeña Caity McCann... ¿O no es así como suele llamarte?

—¿Quién?

—¿Quién?, dice ella... Mierda... pues, ¿cuántos son?

—No sé de qué me hablas.

—Por supuesto que no... no sabes nada, ¿verdad? Sólo caminas por la playa con tu perro, mirando al cielo... —se inclinó hacia mí y su voz adquirió un tono cruel—. Escucha, niña —silbó—, sólo mantente alejada de mi chico.

—¿Qué?

—No toques lo que no vas a poder controlar, ¿entendido?

Sacudí la cabeza. Angel estaba loca. ¿Qué chico? ¿De quién demonios hablaba? ¿Malcolm? ¿Talcy Malcy? ¿Simon? ¿Se refería a Simon?... No, no miraría dos veces a Simon. De pronto lo entendí... la pequeña Caity McCann. Así es como Jamie Tait me había llamado en la playa. "Vaya, si es la pequeña Caity McCann..." ¿Se refería a él? ¿Jamie Tait? Pero, si era ridículo. Angel no tenía nada que ver con él, no era su novia. Sara Toms era su novia... su prometida, de hecho. Aunque, pensándolo bien, Jamie no tenía el tipo de ser el novio más fiel del planeta, ¿o sí? De cualquier forma... ¿Angel Dean? ¿Con Jamie? Seguro que no... Y como sea, incluso si se *está* refiriendo a Jamie, ¿cómo sabe ella lo que pasó? Él debe habérselo dicho, tiene que haberle mentido...

Un horrible quejido interrumpió mis pensamientos. Al voltear vi a Bill llevarse la mano a la boca, su cara tan pálida como una sábana.

—Estaciónate, Robbie —dijo Angel—. La pequeña zorra va a vomitar.

Robbie lanzó una maldición y detuvo el auto.

—¡Sáquenla! ¡Rápido, sáquenla! Me lo acaban de lavar esta mañana.

Bill comenzó a tener arcadas, enormes y aparatosos espasmos que comenzaban en su estómago y reptaban hasta su garganta. Angel sólo se quedó ahí sentada, riendo. No pensaba mover un dedo. Y a Brendell no podía importarle menos. De modo que mientras Robbie sufría un colapso nervioso, maldecía y farfullaba y jaloneaba la portezuela de su lado para quitarle el seguro, yo abrí la mía y me apresuré al otro lado. Saqué a Bill y la ayudé a llegar al bordillo. Después de un par de pasos sus piernas cedieron, cayó de rodillas y vomitó sobre el pasto. Podía escuchar a Angel vitorearla y aplaudir desde el auto:

—¡Sí! ¡Vamos, niña, sácalo todo! ¡Ja, ja!

Esto es el colmo, pensé, el colmo. No pudo ponerse peor. Miré a Bill, que tosía y eructaba en el pasto, y a Robbie, que finalmente había logrado abrir su portezuela y ahora caminaba de un lado a otro fumando rabiosamente un cigarro, mascullando entre dientes y tronando maniáticamente los dedos. Y miré a Angel, que observaba maliciosamente por la ventanilla del auto, una chica loca que dos minutos antes me había advertido que me mantuviera alejada de un hombre que menos de veinticuatro horas antes me había prácticamente atacado...

No podía creer lo que estaba pasando.

¿Cómo llegué hasta aquí?

¿Qué *hacía* yo allí?

Miré alrededor y reparé de pronto en dónde estábamos. El Stand. Estábamos estacionados en un costado de la carretera, aproximadamente a una cuarta parte del recorrido. Era casi insoportable. Todo eso —aquel auto, esa gente, el ruido de Bill sufriendo arcadas de muerte— toda esa mugre y este horror mediocres no pertenecían a este lugar... no a este.

Caminé y me paré junto a la verja; traté de controlarme, intentando poner distancia a tanta porquería. La marea estaba alta, a punto de bajar. Había crecido tanto como es posible sin desbordarse. El agua clara y plateada apenas se movía, como un espejo, apenas un golpeteo contra los juncos y un remolino azul difuso allá lejos, en mitad del estuario. Era hermoso. Durante unos segundos me olvidé del resto y todo se disolvió en el fondo mientras miraba fijamente el reconfortante silencio del agua.

Entonces el silencio se rompió en mil pedazos con un insulto gutural y un sonido de agua al salpicar.

—¡Yay! ¡Le di!

Miré hacia el otro lado y vi a Robbie inclinado sobre la baranda arrojando piedras hacia algo en la ribera. Las arrojaba con todas sus fuerzas con las facciones descompuestas en una máscara de maldad.

—¿Qué haces? —grité.

Me ignoró y se inclinó para desenterrar más piedras del borde del camino.

—Mira, Angel —gritó—. Ven acá, mira esto.

Angel salió del auto y se pavoneó para llegar a la baranda al mismo tiempo que yo.

—Mira —dijo Robbie alzando otra piedra—. Mierda, allá va el bastardo.

Me asomé esperando ver un pájaro lastimado o algo así. Pero no era un pájaro: era un muchacho. *El* muchacho, el muchacho de verde. Estaba como veinte metros río abajo, batallando por subir a la ribera con su caña de pescar en una mano y su morral verde en la otra. Tenía el cabello cubierto de sangre en el punto de la nuca donde lo había golpeado la piedra.

—¡Oh, Dios! —susurré.

Angel se había trepado a la baranda y alentaba a su hermano.

—Dale, Rob. Vamos, se escapa. ¡Dale!

Cuando el sonriente Robbie se preparaba para lanzar otra piedra, tiré de su brazo y le hice perder el equilibrio. Robbie lanzó un manotazo y me empujó, luego arrojó la piedra con una fuerza enfermiza hacia la espalda del muchacho. El muchacho se tambaleó de nuevo y medio resbaló hacia la ribera. Luego se enderezó y saltó a través de un angosto surco antes de fundirse con una maraña de juncos altos. Justo cuando desaparecía de nuestra vista, volteó sobre el hombro y nos miró. De alguien en su situación yo habría esperado una mirada de miedo o de enojo o de dolor, incluso de estupefacción. Pero su rostro no decía nada.

Absolutamente nada. Era la mirada sin emoción de un animal, una mirada de puro instinto.

La mirada de unos ojos que me habían visto.

—Cerdos gitanos —escupió Robbie al tiempo que encendía un cigarro.

—¿Qué? —dije.

—Gitanos, vagabundos... ¿Hey, cuál es tu maldito juego? ¿De qué lado estás?

—Sí —dijo Angel aproximándose a mí—. ¿De qué lado estás, pequeña Cait?

Apenas podía hablar.

—¿Lado? —farfullé—. ¿Gitanos? ¿Cuál es *su* problema? Están todos locos.

—Así que también es uno de ellos, ¿verdad? —se burló Angel—. Vaya, sí que tienes de dónde escoger, niña. Estudiantes, raritos, niños ricos, gitanos... ¿No dices que no a *nada*?

—No olvides el perro —resopló Robbie.

La rabia crecía dentro de mí. Miré sus gestos de burla, sus dientes, los ojos inflamados y sentí el aire impregnado de crueldad en torno de ellos. Me dolió tanto que quise gritar, pero sabía que no tenía ningún sentido hacerlo. Siempre sería lo mismo. No había nada que pudiera hacer para cambiar las cosas. De modo que sólo di media vuelta y comencé a andar.

—Dale nuestros saludos al Gran Dom —gritó Angel a mis espaldas—. Dile que Angel le envía su amor... ¿Me oyes? La pequeña Angel le envía su *amor*...

Su voz burlona se alejó flotando en la brisa.

Bill estaba sentada en la acera, la cara entre las rodillas, gimiendo aún. Cuando pasé junto a ella me miró con ojos llorosos.

—¿Cait? ¿Q'scede? ¿Q'passa? ¿Ond'vas?

Pasé de largo sin responder y me dirigí a casa.

Lo que más me incomodó de aquella jornada nada tenía que ver con Bill. No era su estupidez ni el bar ni los chicos idiotas. Ni siquiera el malévolo despotricar de Angel y Robbie. No, lo que más me molestó era imaginar lo que el muchacho pensaría ahora de mí. Mientras recorría el largo camino a casa, luchando por contener las lágrimas, murmurando inútiles maldiciones contra mí misma, tropezando de vez en cuando por lo que quedaba de los efectos del alcohol, un solo pensamiento horrible me fastidiaba desde el fondo de la mente: "Dios, ¿qué pensará que soy? Una estúpida mocosa con amigos insoportables que vomitan a los cuatro vientos y apedrean a los extraños... una intolerante desconsiderada... sólo otra adolescente tonta..."

Sé que eso suena increíblemente arrogante y egoísta de mi parte, pero no podía evitarlo. No podía sacarme esa idea de la cabeza. Imaginé al muchacho sentado en silencio en un escondite pequeño de alguna parte, limpiando con cuidado su cabeza herida y visualizándome junto a los demás mientras reía y lo acribillamos con piedras. ¡Me sentí tan avergonzada!

Desde luego, también estaba preocupada por él. No hace falta que lo diga. Una terrible sensación de náusea se agitaba en la boca de mi estómago, una furia sorda que no experimentaba desde hacía un par de años, cuando intenté parar a un grupo de chicos que torturaban a un gato. Era la noche de Guy Fawkes. Los chicos habían atado un cohete a la cola del gato y el pobre animal corría por todas partes chillando entre alaridos de pánico y de dolor mientras los chicos reían como locos. Intenté ayudar pero el gato huyó y desapareció en un lote baldío, y los chicos comenzaron a reírse de mí. No podía hacer nada. Eran demasiados. Me sentí tan impotente... Así es como me sentía ahora. Impotente. Enferma. Estaba preocupada por el muchacho. Quería que estuviera bien, quería que él...

La verdad es que quería que supiera que me importaba.

Papá siempre me dice que no debe importarme lo que los demás piensen de mí, o lo que yo creo que piensan de mí. "Sólo sé tú misma —me dice—. Si a ti algo te parece bien, es que está bien." Ya sé que tiene razón, pero no siempre es tan fácil. Con gente como Angel y Robbie puedo llegar a controlarlo. Puedo decirme: no me importa lo que ellos crean, sus opiniones no valen nada. Déjalos que piensen lo que quieran... ¿Qué importa? Puedo decirme eso. No siempre funciona, pero al menos puedo hacerlo. Pero cuando se trata de personas cuya opinión valoro... vaya, eso es distinto. Allí la cosa se pone difícil. Cuando alguien a quien respetas, admiras o amas piensa mal de ti, entonces no basta ser tú misma. Porque si estás siendo tú misma y aún así piensan mal de ti, entonces o ellos están mal o eres tú quien lo está.

Tal como yo lo veía, el muchacho tendría que pensar mal de mí, aunque estuviera equivocado. O al menos estaría cometiendo un error. No era su culpa si cometía ese error. Acaso era mi culpa. Aún así, cometía un error. Eso era bastante comprensible. Lo que no podía entender era por qué parecía importarme su opinión. No sabía de él ni lo más elemental. ¿Por qué me importaba lo que pensara de mí? ¿Por qué tendría que valorar su opinión? ¿Lo respetaba? ¿Cómo podía hacerlo? ¿A cuenta de qué? No lo amaba... Ni siquiera lo conocía. Entonces, ¿por qué me importaba lo que pensara de mí?

Pensé todo eso en el camino a casa, pero no conseguí concluir nada. Me dolía la cabeza. Sentía seca la boca. Hacía demasiado calor para pensar. Al final, me di por vencida.

Ni una ducha helada, una muda de ropa y dos tazas de café negro muy cargado me ayudaron a sentirme mejor. Apenas comenzaba la noche, serían las ocho, pero yo sentía como si llevara varios días despierta. Mi cabeza estaba toda embrollada y me sentía exhausta, pero tampoco quería irme a la cama. Tampoco tenía muchas ganas de hablar con nadie. La idea de mirar en la televisión la programación del sábado por la noche era demasiado deprimente para tomarla en cuenta. Por supuesto, lo que en verdad quería hacer era ir a caminar a la playa. Sabía que ese era el único lugar donde podría deshacerme de todas las porquerías que llenaban mi cabeza, pero no me sentía totalmente preparada para enfrentarlo. El recuerdo de Jamie Tait estaba aún demasiado fresco en mi memoria. El problema era que, mientras más evitara ir a la playa, más contaminado estaría aquel recuerdo y entre más contaminado estuviera, más difícil me sería superarlo. La playa no merecía eso. Tampoco yo.

Pero era duro, especialmente después de lo que había sucedido esa tarde. Demasiado duro. Y mientras estaba sentada en la cocina mirando por la ventana, supe que no podría salir a la playa esa noche.

Estaba todavía allí, sentada y medio dormida, cuando Dominic volvió.

—Hola, extraña —me dijo al entrar muy campante en la cocina—. ¿Qué haces sentada en la oscuridad?

—Nada —le dije tallándome los ojos somnolientos—. ¿Qué hora es?

—No sé. Las once y media. Doce... ¿Dónde está papá?

—Trabajando.

—Para variar —se dirigió al refrigerador, sacó una lata de cerveza, la abrió y se sentó conmigo a la mesa—. ¿Saliste? —preguntó encendiendo un cigarro.

—No, en realidad no...

—Pensé que te verías con Bill.

—Sólo fuimos al pueblo...

—¿A darse la buena vida?

—Algo así...

Lo observé mientras bebía su cerveza. Casi no lo había visto desde que regresó y no había tenido oportunidad de fijarme en él. Ahora, en la semioscuridad nocturna de la cocina, pude ver cuánto se parecía a alguien que había sido mi hermano. El mismo rostro silenciosamente guapo, la misma boca delicada y los ojos color madera oscura, la misma energía traviesa... Sólo que ahora estaba todo pinchado y apagado, la piel descolorida y sin vida, como bajo una capa de ese papel transparente con que suelen envolverse los alimentos.

Bebió un poco más de cerveza y tiró la ceniza en el cenicero.

—¿Sabes a qué me recuerda esto?

—¿A qué?

—A la escena de *El guardián en el centeno*. Ésa donde Holden vuelve subrepticiamente a casa de sus padres para ver a su hermana pequeña... ¿Cómo se llamaba?

—Phoebe.

—Sí, claro, Phoebe. Él entra sigilosamente en su casa y la despierta en medio de la noche.

—Sí, pero ella es tan sólo una niñita.

—Ya lo sé.

—Ella sólo tiene ocho o algo así.

57

—Sí, ya sé.

—Yo tengo quince años, Dominic.

—Sé tu edad... Mi intención no era decir que eres *tal cual como*... ¿cómo dices que se llama?

—Phoebe.

—Phoebe, cierto. No quise decir que fueras como ella, sólo quise decir que...

—¿Qué?

—Nada, no importa. Olvídalo.

—Yo sólo decía...

—Sí, ya sé —su voz se endureció—. No eres una niñita y yo no soy para nada como Holden Caufield y esto no es Nueva York, es la maldita Isla de Hale.

Apuró su cerveza y tomó otra. Por la manera como azotó la puerta del refrigerador y encendió de mal modo otro cigarro pensé que se había enojado conmigo, pero cuando se sentó de nuevo tenía una enorme sonrisa en el rostro.

—Entonces —dijo tamborileando con los dedos en la mesa—, un cocodrilo entra en un bar...

—Mira, Dominic, no estoy de humor...

—No, escucha. Este cocodrilo entra en el bar. Se acerca a la barra y ordena una cerveza. El barman le sirve la cerveza y lo mira y le dice: "¿Hey, por qué la cara larga?"

Forcé una sonrisa.

—Muy bueno.

Sorbió de la lata y me miró:

—¿Entonces?

—¿Qué?

—¿Por qué la cara larga?

Me encogí de hombros.

—Sólo estoy un poco cansada.

—Vamos, Cait. Sólo trato de ayudar. ¿Qué pasa? ¿Problemas con el novio? ¿Simon se está haciendo del rogar?

—¡Ya déjalo en paz!

Sonrió.

—Si quieres, puedo hablar con él. La próxima vez que venga...

—A ti todo te parece un estúpido juego, ¿no?

—¿Qué? —preguntó inocentemente.

—Ya *sabes* qué. En serio, Dom, no estoy de humor. Estoy hasta el gorro de todas estas tonterías sobre Simon. Ya déjalo, ¿de acuerdo?

Permaneció en silencio durante un minuto o dos. Sorbía su cerveza, miraba afuera por la ventana, tiraba ociosamente de su barbilla sin afeitar. Algo lo inquietaba. Podía advertirlo en la manera en que lo veía juguetear con su pie de arriba abajo. Es un gesto de familia. Todos jugueteamos así con nuestros pies cuando estamos molestos. Tenía la sensación de que había algo de lo que mi hermano quería hablar conmigo, pero no sabía cómo comenzar. Ése era su problema. Nunca podía simplemente soltar lo que quería decir, siempre tenía que darle vueltas a las cosas, hasta que le arrancaran la verdad.

—Es papá, ¿verdad? —dijo después de un rato—. Te está dando lata.

Suspiré.

—No, claro que no...

—Como sea, ¿qué le pasa? Me puso una regañiza por lo que pasó anoche.

—No le pasa nada. Está perfectamente bien...

—Ha de ser el nuevo libro que está escribiendo. Lo tiene todo histérico.

—Nada lo tiene histérico, Dominic. Sólo estaba enojado contigo por habernos despertado a deshoras y por actuar como un idiota.

—¡Pero qué es esto! —dijo—. Veo que eres peor que *él*. No puedo creer en lo que se ha convertido este lugar. Es como vivir con un par de malditas monjas...

—Deja de *maldecir* todo el tiempo, ¿quieres? Suena horrible.

—Oh, por *amor* de Dios —replicó levantándose y caminando ruidosamente hacia la ventana, esparciendo cenizas por el suelo. Mientras vertía cerveza por su garganta y fumaba rabiosamente, no pude evitar pensar en cuán ridículo se veía, como un niño mimado. Igual que los otros...

—Mira, Dom —le dije—. No es sólo el ruido lo que enojó a papá...

—¿No? —regresó de la ventana—. ¿Entonces qué fue? ¿No me digas que *papi* está molesto porque su precioso hijo se puso un poquito borracho? Porque eso no lo voy a tolerar, no viniendo de él. ¡Mierda! El burro hablando de orejas... Se la ha pasado ebrio la mitad del tiempo desde que mamá murió.

Lo miré.

—No puedo creer que hayas dicho eso.

—Bien, pues es verdad, ¿no? —preguntó bajando la mirada.

—He tenido suficiente por hoy —suspiré—. Me voy a la cama.

Me dirigía hacia la puerta cuando Dominic me detuvo poniendo la mano sobre mi hombro.

—Vamos, Cait —dijo—. Todo lo que hice fue salir a tomar unos tragos con algunos amigos. De acuerdo, hicimos un poco de escándalo al volver...

—Simplemente no entiendes, ¿verdad? —le espeté.

—¿Entender *qué* cosa?

Le lancé una mirada furibunda, me temblaban los labios.

—Tú... tú y tus supuestos amigos... —mi voz se fue desvaneciendo. No podía hablar. No hallaba las palabras adecuadas.

—¿Qué hay con ellos?

—Nada... no importa. Sólo déjame en paz.

—Cait...

—Quítame las manos de encima.

Se echó hacia atrás, desconcertado.

—Está bien, está bien. Tranquila, baja la voz... Escúchame, lo siento. No quería decir nada... Sé que no debí decir eso acerca de papá...

—No, no debías.

—Pero no quería decir...

—Olvídalo.

—Todo lo que quise decir era que...

—Sí, ya sé lo que quisiste decir —me detuve en el quicio de la puerta y lo miré a los ojos buscando algún rastro del viejo Dominic, *mi* Dominic... pero no lo encontré.

—¿Qué? —preguntó, incomodado por mi mirada.

—Nada, no te preocupes —di media vuelta para marcharme—. ¡Ah, por cierto! Angel te manda besos.

Se relamió.

—¿Quién?

—Angel Dean —repetí.

—¿Qué? ¿Cuándo...?

—Buenas noches, Dominic.

Él tenía nueve años cuando murió mamá. Yo tenía cinco. Papá tenía treinta y cuatro. Supongo que a cada uno nos afectó de diferente manera.

Esa noche soñé con el muchacho. Llovía. Él corría por la playa y la gente lo perseguía arrojándole piedras y poniéndole apodos. *¡Gitano! ¡Ladrón! ¡Cerdo pervertido!* Había cientos de ellos, blandiendo palos y tubos, palas y rocas, lo que sea que tuvieran al alcance, sus caras de pesadilla contorsionadas por el odio y bañadas en lágrimas de lluvia. *¡Mugre gitano! ¡Cochino bastardo!* Jamie Tait estaba ahí, cubierto de aceite, con el traje de baño demasiado apretado. Angel y Robbie estaban ahí. Lee Brendell, Bill, Dominic, Deefer, Simon, papá, todos los de la isla estaban ahí, todos se agolpaban en la playa y clamaban sangre... También yo estaba ahí. Estaba con ellos. Corría con la turba, podía sentir la arena mojada bajo mis pies, la lluvia en mi cabello. El peso de la piedra en mis manos. Sentía el corazón retumbar de miedo y excitación conforme corría por la playa, más allá del fortín, hacia el Point. El muchacho había dejado de correr y estaba parado en la orilla de los pantanos. El aire brillaba en torno suyo con colores nunca antes vistos. Miró por encima del hombro, mirándome con ojos implorantes, suplicando ayuda. Pero, ¿qué podía yo hacer? No podía hacer nada. Eran demasiados. Era demasiado tarde. "¡No pares! —clamó una voz. Era mi voz—. ¡No lo hagas! ¡No pares! ¡Sigue corriendo! ¡No te rindas! ¡Sólo corre, corre siempre!..."

TRES

El clima no mejoró en los días que siguieron. En una misma jornada pasábamos por un brillante sol matutino seguido de nublados y una ligera llovizna de verano por la tarde. Luego venía otro rato de calor abrasador antes de que las nubes volvieran a tupirse y cayera una lluvia torrencial. Era como mirar una de esas películas que muestran el paso de las estaciones en cámara rápida. Por la tarde una brisa refrescante llegaba del mar dispersando en el aire las nubes de polvo y de arena, y a medida que la luz del horizonte se filtraba entre la bruma, el cielo adquiría los colores pastel del otoño. Después, por la noche, el aire se calentaba y se hacía pegajoso, y a veces era posible escuchar un débil tronar en la distancia como los gruñidos de un bravucón descontento.

Eran tiempos inestables.

Me quedé en casa cuanto pude. Por un rato me sentí harta de la gente. No quería hablar con nadie ni quería pensar. Sólo quería sentarme y no hacer nada.

Pero no era fácil.

¿Sabes cómo se siente cuando no sabes cómo sentirte? ¿Cuando tu mente sigue deslizándose de una cosa a otra, cuando no consigues relajarte, cuando sabes que tienes comezón pero no sabes dónde rascarte?

Así me sentía después de los acontecimientos del fin de semana. No sabía cómo sentirme acerca de nada: acerca de mí o de papá, acerca de Bill, Jamie, Dominic, Angel, la playa, el muchacho... Todo daba vueltas y más vueltas en mi cabeza. Era como si alguien hubiera abierto un cajón de mago y una docena de sonrientes muñecos de resorte sacudieran mi cabeza y me gritaran preguntas... ¿Qué piensas de Simon? Te gusta, ¿verdad? ¿En qué sentido te gusta? ¿Y qué hay del muchacho? Y tu sueño, ¿qué significa? ¿Y qué pasa con Dominic? ¿Por qué anda con Jamie? ¿Está saliendo con Bill? ¿Y Angel? ¿Te importa? ¿Quieres que te importe...?

Ojalá lo supiera.

Ojalá... Sí, ojalá.

Al menos el fin de semana había terminado. Había sido largo; largo, caótico e inquietante. Terrible. Probablemente de los peores días de mi vida. Pero había terminado, me repetía. Había terminado. Las cosas pronto volverían a la normalidad. El cielo se despejaría y yo me acomodaría en un tranquilo verano de largos días cálidos sin nada que hacer ni nada en qué pensar. Sólo cielo azul, buenos libros, bebidas frías y noches frescas. No más sorpresas, no más horror, no más tonterías.

Eso era todo.

Eso era lo que deseaba.

Nada que hacer.

Nada en qué pensar.

No más tonterías.

Qué más quisiera.

El martes por la mañana me topé con Bill en el pueblo. Yo iba con papá. En realidad no quería ir con él, pues siempre que vamos juntos al pueblo me siento como en una de esas escenas de película vieja del lejano oeste, cuando los colonos que no quieren venderse al ganadero más importante de la región entran en el pueblo en su viejo y crujiente carromato y todos los forajidos y bravucones se ríen y les lanzan miradas de pistola...

Así me siento, por lo menos.

Y no es que a los locales les caiga mal mi papá. Quizá le tengan un poco de recelo. Son un tanto suspicaces, un poco distantes... pero estoy segura de que papá no les *cae* mal. Bueno, tal vez a algunos sí. Probablemente piensen que es un poco raro. Un poco *desaliñado*. Un poco *desagradable*. Bebe, ¿sabes? Fuma marihuana. Escribe libros. Y lo peor es que no es un isleño. Puede que haya vivido en Hale por más de quince años, pero aun así no *nació* aquí. Todavía es un forastero. Todavía es un *irlandés*.

De modo que no me entusiasmó mucho que me pidiera que lo acompañara, pero se le había terminado el whisky y quería ir a la biblioteca, y si yo no lo acompañaba él tendría que caminar... y se sentía un poco deprimido... y de cualquier modo yo estaba libre... ¿qué más podía hacer? Me planté una sonrisa en la cara, me peiné y nos marchamos.

Cuando llegamos al pueblo nos estacionamos en la plaza y nos dirigimos a la biblioteca por la calle mayor. No había mucha gente por ahí... uno o dos ancianos holgando en las bancas, madres jóvenes con Jeeps llenos de niños, un par de pescadores deambulando con botas y cigarros suspendidos en los labios. Un par de motociclistas daban vueltas en la parada del autobús mientras nos lanzaban miradas hostiles, y un grupo de chicos de la escuela holgazaneaba afuera de la tienda, pero ninguno de ellos me vio y preferí dejarlo así.

La biblioteca es un hermoso edificio antiguo al final de la calle mayor, con pilares de piedra desmoronados que guardan la entrada y altos ventanales que escarchan el interior con una luz refrescante. Aunque es pequeña y su acervo es limitado, la biblioteca tiene una sección de consulta razonablemente buena y una atmósfera tranquila y relajada, como deben tenerla siempre las bibliotecas.

Papá necesitaba fotocopiar algo de un libro de consulta, pero la copiadora hacía de las suyas. De modo que mientras él aguardaba paciente a que el viejo bibliotecario hurgara en la máquina sin demasiada esperanza, yo me entretuve en la computadora de la biblioteca.

Me había conectado y estaba revisando el portal de la RSPCA cuando alguien me tocó el hombro.

—¿Buscas pornografía, niña?

Al girarme descubrí a Bill, que mascaba chicle y me miraba desde arriba.

—¡Ah, hola! —le dije.

—¿Qué haces?

—Nada, sólo navegaba, ya sabes —eché un vistazo alrededor—. ¿Vienes sola?

Parecía un poco avergonzada.

—Angel está afuera.

Miré hacia afuera. Angel Dean se recargaba en una puerta al otro lado de la calle y charlaba con uno de los motociclistas. Vestía un chaleco muy delgado y pantaloncillos de mezclilla rasgada. Se había maquillado con un labial gótico y una tonelada de delineador, y arqueaba la espalda y entrelazaba los dedos detrás de la cabeza de modo que pudiera mostrar el abdomen.

—¡Qué bien! —le dije.

Bill se encogió de hombros.

—Entonces, ¿qué haces aquí? —le pregunté.

—Te vi entrar y pensé en venir a saludarte.

Asentí mirando fijamente la pantalla. No sabía qué hacer.

—Mira —dijo—. Sobre el otro día...

—No te preocupes.

—Seguimos siendo amigas, ¿verdad?

Me encogí de hombros.

—Supongo.

—Sólo me divertía un poco.

—Claro.

—¡Vamos, Cait!

Se había teñido de negro el cabello y vestía una chamarra de piel corta y mallones negros ajustados. Parecía una golfa de motocicleta de los años cincuenta con aquellos ojos llenos de rímel y los labios delineados como un arco de cupido de labial rojo oscuro. No es que tenga nada de malo. De hecho, creo que se veía bastante *cool*. Sólo que no era la Bill que yo *conocí*.

Se echó el cabello hacia atrás y dijo:

—Oye, ¿supiste del gitano?

—¿El qué?

—El chico que vimos en el Stand.

—No es un gitano, por amor de Dios. Y tú ni siquiera lo viste. Estabas vomitando a un lado de la carretera...

66

—¡Shhh! —siseó la bibliotecaria lanzándome una mirada furibunda.

—Lo siento —susurré.

Bill sonrió.

—Vieja loca.

Bajé la voz.

—¿Y qué con él?

—¿Con quién?

—El chico... El chico del Stand.

Bill sonrió.

—¿Lo has visto? ¡Cielos! Yo no le diría que no, aunque sea un...

—¿Aunque sea un qué? —la interrumpí—. ¿Cuándo lo viste?

Se inclinó para quedar más cerca.

—Lee tiene un amigo que tiene una lancha de motor. Anoche dimos la vuelta en ella y llegamos hasta el otro lado del Point.

—¿Quiénes dimos?

—Lee, Angel, Robbie y un par más...

—¿Qué hacían en el Point?

—Vaya, ya sabes... —me guiñó el ojo y señaló un costado de su nariz—. Como decía, íbamos a la deriva con el motor apagado cuando Lee vio a un *chico* desnudo en un estanque que se forma en la orilla del bosque frente a los pantanos —se echó a reír—. Era él, el gitano tomando un baño.

—¿Cómo sabes que era él?

—Lee llevaba unos binoculares. Angel lo reconoció del Stand.

—¿Lo miraron con binoculares?

—¡Vaya si lo hicimos!

Sacudí la cabeza. No podía haber sido el muchacho. El único camino hacia el bosque es a través de los pantanos y sólo los nativos conocen los pantanos lo bastante bien como para pensar siquiera en atravesarlos. Si no sabes qué haces allí, estás muerto en cuestión de segundos.

—Debe haber sido alguien de la isla —dije.

—No es posible —dijo Bill—. Si alguien de por aquí se viera así, yo lo sabría —dijo con una sonrisa burlona—. Y si no yo, Angel seguro lo sabría.

Suspiré.

—¿Y qué pasó? ¿Los vio?

—¿No quieres saber lo que *yo* vi?

—Sólo cuéntame qué pasó —le dije fríamente—. ¿Los vio? Un gesto de enojo cruzó su cara, y por un instante pensé que me mandaría al demonio. No podía culparla; le estaba hablando como a un montón de basura, pero Bill nunca ha sido del tipo de persona que se deja ganar por la ira. Y de cualquier modo, su deseo de contármelo todo era demasiado grande.

Se acuclilló junto a mí.

—Fue de verdad extraño, Cait. Lo estaba observando con aquellos binoculares... No podía ver mucho porque el estanque estaba medio escondido detrás de unos arbustos —me lanzó una mirada cómplice—; de todas formas pude ver suficiente, ya sabes lo que quiero decir.

Ignoré sus codazos.

Bill prosiguió:

—Sólo estaba ahí sentado... totalmente desnudo... mirando fijamente algo dentro del agua. Era como si estuviera en trance o algo así. Y entonces, mientras lo miraba, se dio vuelta de repente y me miró —sus ojos se entrecerraron con el recuerdo—. Fue realmente extraño. Quiero decir, él no podía saber que estábamos ahí. No hacíamos nada de ruido ni nada y estábamos bastante lejos... No sé cómo supo. Sólo recuerdo sus tranquilos ojos azules mirándome fijamente a través de los binoculares... —su voz se fue perdiendo y su mirada quedó fija en el suelo.

—Y luego, ¿qué pasó? —pregunté en voz baja.

Bill levantó la cabeza.

—Sólo desapareció. Fue tan extraño. Debo haberme distraído un segundo... aunque estoy casi segura de que no me distraje... pero supongo que lo hice. En un segundo estaba allí... y al siguiente había desaparecido.

Yo miraba fijamente la pantalla mientras imaginaba la cara del muchacho: los ojos, la sonrisa... y recordé el silencio fantasmal cuando lo vi por primera vez en el Stand, mientras sentía cosquillearme la piel...

—Dicen que vive en el descampado —dijo Bill levantándose.

—¿Quién?

—El gitano.

—¿Quién dice eso?

—No sé, es lo que oí. Lo han visto por el pueblo un par de veces. Compró algunas cosas en la tienda del pakistaní: tabaco, cerillos, jabón. Parece que ha hecho un poco de trabajo informal para el viejo Joe Rampton. Limpió sus cobertizos, les pasó un poco de pintura... —rio—. Joe le dio cinco libras por su trabajo de una jornada. Fíjate que además he escuchado que se ha estado robando cosas...

La granja de Joe Rampton está cruzando los campos frente a nosotros. No la puedes ver desde nuestra casa. Se esconde tras un collado, pero si estás parado en el puente sobre el arroyo alcanzas a ver su casa a través de los huecos de un bosque larguirucho que va de su sendero al nuestro.

—Quiero decir... Se les conoce por eso, ¿no?

—¿Qué?

—Los gitanos. Siempre están robando...

—Ah, ¿sí?

No respondió. Sólo mascó su chicle y se rascó la panza mirando la biblioteca como si fuera el lugar más patético del mundo.

La odié por eso.

Solíamos venir aquí juntas, Bill y yo, cuando éramos niñas. Nos encantaba. A veces pasábamos horas aquí, hojeando todos los libros, hablando en voz baja, riéndonos y pasándola bien... Dios, solían emocionarnos mucho aquellos viajes a la biblioteca...

¿De verdad fue hace tanto tiempo?

La miré ahora. Sí, definitivamente sí. Fue hace toda una vida.

—Me tengo que ir —le dije y eché una mirada de soslayo a papá, que esperaba en la puerta aferrado a sus fotocopias y contemplaba pensativamente el techo.

Me puse de pie.

Bill dijo:

—Llámame uno de estos días, ¿de acuerdo?

Mascullé algo poco comprometedor y me marché.

Papá me dijo alguna vez que hay magia en el viento, y que si escuchas con suficiente atención te dirá lo que quieres escuchar. No sé si creo en la magia, ni siquiera estoy segura de que sea algo en lo que se pueda creer, pero esa noche, acostada en mi cama, decidí intentarlo.

Cerré los ojos, me mantuve perfectamente quieta y escuché... Era sólo una brisa ligera y al principio era difícil separarla de los demás sonidos de la noche: los crujidos y los zumbidos de la casa, el ruido ocasional de un auto a lo lejos, el débil retumbar del mar. Sin embargo, mientras más la escuchaba, más clara se volvía. Y después de un rato pude distinguir los diferentes sonidos que provenían de diferentes árboles: un seco crujir del olmo en el jardín trasero, el rumor de hojarasca de los álamos dispuestos a lo largo del sendero y el sonido del olmo viejo en el campo detrás de la casa, un lamento fatigado, como el de un viejo al levantarse de una silla. Logré incluso distinguir la diferencia entre la brisa del mar y el sonido del viento que llegaba de la isla. La brisa marina transmitía una sensación de suavidad, relajada, algo así como el sonido del propio mar. Por su parte, el viento de la isla era más acelerado, corría entre las hojas como si tuviera una cita importante.

Pero, por más que me esforzara en escuchar, por más que escuchara con cuidado, el viento y los árboles no me decían nada.

¿Será acaso que no soy lo bastante mágica?

Todavía me faltaba reunir valor para volver a la playa y para el jueves eso comenzaba de verdad a molestarme. Había mucha tensión en casa, principalmente entre Dominic y mi padre. No dejaban de intercambiar comentarios sarcásticos desde la noche en que Dom había salido con Jamie Tait: miradas enconadas, pequeñas burlas, comentarios irónicos, silencios helados. Hacia el miércoles habían sostenido una batalla campal. No recuerdo cómo comenzó, ni siquiera recuerdo a qué se debió... aunque estoy segura de que tenía algo que ver con las costumbres de Dominic. Ahora casi nunca estaba en casa y cuando se aparecía por allí casi no hablaba con nadie. Había dejado de afeitarse, usaba la misma ropa sucia todo el tiempo y sus ojos comenzaban a verse pálidos y fuera de foco. Parecía extraído de una película de Mad Max.

El pleito comenzó a la hora de la comida. Papá había estado bebiendo y Dominic hacía lo imposible por seguirle el paso. Se empeñó en beber un litro de vino tinto como si fuera Coca-Cola y ambos fumaban como chimeneas. Una nube de humo de cigarro flotaba en el aire y la mesa estaba atestada de ceniceros desbordantes y platos de comida a medio terminar. Yo estaba allí, sentada con la cabeza gacha, paseando por mi plato un pedazo de lechuga marchita, cuando de pronto vi a Dominic y papá de pie, gritándose.

—¡Tú y Tait y el resto de esa escoria de astillero!

—Ay, por favor...

—¡Ahí es donde has estado yendo, ¿no?!

—No me trates como a un niño...

—¡Ah, claro, ni *soñarlo*!, ¿verdad? ¿A un hombre hecho y derecho como tú?

—No tengo por qué escuchar esto... ¿Por qué no puedes dejarme en paz? Deja que me divierta, por amor de Dios.

—¿Eso haces? ¿Divertirte?

—Mierda... Y tú, ¿qué sabes acerca de diversión...?

Y más y más y más y más...

Odié el momento.

Me recordaba los malos ratos que pasamos después de que mamá murió, cuando papá estaba cerca de perder la cabeza y Dom luchaba con la pubertad y yo no entendía qué pasaba. Me recordó todas las lágrimas y todos los gritos, las acusaciones y las recriminaciones, las constantes disputas... Y en el fondo no podía evitar pensar que todo aquello era culpa de Dominic, que todo hubiera seguido perfectamente si él no hubiera vuelto.

Pensar aquello sólo me hacía sentir peor.

Necesitaba salir, caminar en la playa, sentir en mi cabello la brisa del mar y escuchar cómo las olas bañaban la arena. Necesitaba mirar el horizonte y preguntarme qué había detrás, observar los pájaros, sentir que estaba de nuevo en un lugar al que pertenezco.

Pero no podía.

Simplemente no podía enfrentarlo.

Simon llamó el jueves por la noche. Iba a meterme en la cama cuando oí a papá llamarme desde el piso de abajo.

—¡Cait! ¡Teléfono! Creo que es Simon.

Me sentía cansada y la verdad es que no quería hablar con él, pero cuando me acerqué sigilosamente al descanso para pedirle a papá que le dijera que estaba dormida, vi el teléfono mecerse sobre la pared y a papá cerrar la puerta de su estudio.

Bajé y tomé la bocina.

—¿Hola?

—¿Cait? Soy Simon. No te desperté, ¿o sí?

—No.

—¿Segura?

—Sí. ¿Cómo estás?

—Bien.

—¡Qué bueno!

Esperé a que dijera algo más pero la línea permaneció en silencio. A veces Simon cuesta trabajo.

—¿Y qué has hecho? —le pregunté.

—No mucho... Ayudar a mi padre, básicamente. Pasamos casi todo el día recogiendo una carga de abono.

—¿Abono?

—Bueno, de hecho era guano.

—¿Caca de pájaro?

Rio.

—Sí; es del viejo faro que está al otro lado de la bahía, el que demolieron el año pasado. Hay toneladas... sale baratísimo. Papá lo usa como fertilizante.

—Apuesto a que huele muy bien.

—Es bueno. Está lleno de nitrógeno. Y de cualquier forma es mejor que vaciar en el campo un montón de químicos. ¿Sabes cuánto tiempo permanece el fertilizante químico en la cadena alimenticia?

Suspiré. No quería ser descortés, pero realmente no tenía ganas de hablar de las bondades o las maldades de los fertilizantes químicos.

—¿Oye? —le dije—. No puedo hablar mucho tiempo. Mi padre espera una llamada.

—Ah, está bien... Ok.

Enmudeció de nuevo. Imaginé a Simon en su vieja cabaña llena de corrientes de aire, sentado en la banca de su oscuro pasillo mientras se enreda en los dedos el cordón del teléfono y el pelo le cae sobre los ojos; su madre escucha la llamada desde la cocina...

Lo escuché aclararse la garganta.

—¿Sigues ahí?

—Sí... lo siento... pensaba...

—¿Qué cosa?

—Nada.

—Ah.

Deefer se acercó y se sentó a mi lado. Le rasqué la cabeza y se echó ruidosamente en el piso. En el teléfono podía oír a Simon aclararse de nuevo la garganta, luego sonarse la nariz mientras tamborileaba con los dedos en el auricular.

—Humm —dijo titubeante—. ¿Aún estamos puestos para mañana?

—¿Perdón?

—Para los carteles y eso... para el festival. Iba a pasar a tu casa, ¿recuerdas?

—Ah, sí. A las seis.

—Llevaré los diseños de los que te hablé.

—Está bien.

—¿Compraste el papel?

—¿Qué papel?

—Ibas a comprar algo de papel de dibujo A1.

—¡Uff, lo siento! No pude hacerlo. Era mi intención...

—Está bien, llevaré otras cosas.

—Lo siento.

—No importa, de verdad.

—Ok... Bueno... Entonces te veo mañana.

—¿Como a las seis?

—Sí.

—¿Segura?

—Sí, segura. A las seis en punto, mañana.

—Ok, te veré entonces.

—Ok.

—Seis.

—Sip.

—Seis en punto.

—Seis en punto.

—Ok... adiós.

—Adiós.

Colgué el teléfono y entré en la cocina. Sentía el piso helado bajo mis pies. El refrigerador zumbaba. A través de la ventana podía ver un parpadeo de luz roja... un horizonte de sangre, un mínimo destello reflejado en el mar. La luna estaba baja. Estaba oscuro. No sabía qué podía ser esa luz palpitante... ¿Un barco, tal vez? ¿Algo en el mar? ¿Plancton? ¿Peces?... Mientras estaba ahí parada, mirando a través de la ventana, la luz poco a poco se desvaneció en la oscuridad.

Debe haber sido mi imaginación.

Pensé en Simon.

(... en el muchacho.)

Pensé en Simon.

(... en el muchacho.)

Pensé en Simon.

Siempre era lo mismo cuando Simon pedía verme... Siempre tenía que haber una *razón* para ello: carteles, insignias, boletines, peticiones sobre buques petroleros o parques para acampar o lo que fuera. Nunca podía sencillamente decir: "Cait, me gustaría verte".

Supongo que aquello tendría que haberme molestado. Bueno, tal vez no exactamente molestado, pero tenía que significar algo. Tendría que haber sentido algo al respecto: irritación, frustración, enojo, tristeza... Pero no sentía nada. Porque, en ese momento, mientras estaba parada frente a la ventana de la cocina y miraba la noche, sólo podía pensar en el muchacho. El muchacho de ninguna parte, el chico con el que jamás había hablado, el chico del que no sabía nada...

El muchacho.

CUATRO

No creo que la valentía sea algo de lo cual haya que sentirse particularmente orgulloso. Por lo general se trata sólo de hacer algo que no quieres hacer con tal de evitar hacer algo de lo que tienes aún menos ganas. En mi caso, me di cuenta de que si no me obligaba a volver a la playa tendría que quedarme en casa durante el resto del verano esperando a que me explotara la cabeza. Así que la tarde del viernes, luego de un par de horas de mirar fijamente por la ventana de mi habitación, mentalizándome, bajé las escaleras, llamé a Deefer y me propuse exorcizar el recuerdo de Jamie Tait.

Eran las cuatro de la tarde.

Mientras recorría el sendero pude sentir un nudo de ansiedad que crecía dentro de mí y entre más me acercaba a la playa, más nerviosa me sentía. Sabía que era algo irracional, que no había nada que temer, pero eso no hacía ninguna diferencia. Una sensación nauseabunda como de mariposas me cosquilleaba en el estómago y tenía ese extraño sentimiento que te da cuando caminas por una ruta que te es familiar y todo en torno tuyo parece poco familiar. No sabes qué ha cambiado, no consigues dar con ello, pero sabes que algo no está del todo bien. Es como una de esas historias de ciencia ficción en las que alguien vuelve en el tiempo y pisa una hormiga o una mariposa o algo así, y cuando vuelve al presente todo ha cambiado. Los cambios son tan sutiles que al principio el viajero no se da cuenta de que algo ha cambiado... pero de cualquier forma está consciente de que *algo* no está del todo bien.

Hay algo *fantasmaaaal* en el aire.

Así me sentía yo esa tarde. No era exactamente fantasmal, pero tampoco estaba del todo bien. Había un aroma extraño en el aire, ese aroma sutil, metálico de la lluvia sobre el pavimento seco. Los árboles permanecían quietos de manera poco natural. El suelo bajo mis pies se sentía demasiado duro y demasiado distante. Hasta Deefer actuaba de manera inusual. En lugar de correr por todas partes como un lobo rabioso se limitaba a deambular junto a mí, casi sin molestarse en olisquear nada, y sus ojos volaban todo el tiempo de un lado a otro mirando las cosas como si nunca antes las hubiera visto.

Era una sensación rara y yo sabía que era algo más que simple miedo. Era la clase de sensación que te da cuando sabes que algo va a suceder, algo que has estado esperando, sólo que ahora que está finalmente a la vuelta de la esquina, de pronto ya no estás tan segura...

Cuando llegué al puente sobre el arroyo me detuve un momento para tranquilizarme. Deefer se sentó junto a mí olisqueando suavemente el aire mientras yo miraba bien alrededor y me aseguraba de que no hubiera moros en la costa. El aire estaba caliente y pegajoso, y mientras revisaba el área alrededor del fortín miraba hacia el otro extremo del mar, me abanicaba con el borde de mi chaleco agradeciendo la refrescante brisa sobre mi piel. La playa estaba desierta y el mar estaba liso y vacío. Ningún movimiento, ningún nadador, sólo una franja interminable de agua azulada y ondulante ribeteada de gemas de luz solar.

A veces, cuando está así de tranquilo, el mar adquiere una hondura que me hace pensar en la eternidad.

Volví la mirada hacia la playa.

Al oeste, el panorama estaba lleno de color: el rojo de los peñascos que se fundía con el cielo, los papalotes que volaban alto sobre el parque en la distancia, el frondoso verde de los campos circundantes, el amarillo pastel de la arena. El saladar de la periferia se veía gris e inhóspito bajo el calor, pero también había color en él. Miles de flores diminutas comenzaban a florecer y formaban una neblina rosada que parecía elevarse en el aire por encima de las marismas.

Hacia el este el panorama era muy distinto.

Allí los colores eran primitivos y recios: el gris frío del Point, el eterno marrón de los pantanos y más allá de los pantanos la oscuridad torcida de los bosques, un matorral desprovisto de luz, en ocre quemado y verde fantasmal. Con la luz del sol los pantanos refulgían de forma inquietante despidiendo un brillo mortecino que paralizaba el aire. Parecían casi inofensivos. Por eso son tan peligrosos. Para los distraídos, son sólo una vasta franja de pegajosa viscosidad marrón. Tal vez algo a evitar. Algo un tanto desagradable... un tanto sucio. Pero son mucho más que eso: son mortíferos. Un pie en el lugar equivocado y el cuerpo se hunde en las profundidades para no emerger más.

Deefer me hocicó la pierna y gimió.

—Está bien, muchacho —dije—. Ya nos vamos.

Nos fuimos en dirección al Point y luego lo rodeamos hacia la bahía baja que descansa junto a los pantanos. La bahía se eleva suavemente hacia una amplia ribera de limo moteado de conchas, y más allá de la ribera la playa está delineada por un camino fangoso que serpentea a través de dunas y aulagas y manchones de pastizal de playa hasta que vuelve finalmente al puente sobre el arroyo.

Deefer daba saltos por uno de los senderos. Lo seguí.

Los senderos son difíciles de seguir incluso cuando hace buen clima. La superficie enlodada es resbalosa y pegajosa, y las dunas y el pasto juegan con tu sentido de la ubicación. Hay numerosos caminos sin salida donde el paso simplemente desaparece o es trabado por el pastizal o bloqueado por marismas inesperadas. No es el más sencillo de los paseos, ni el más limpio, pero aun así es agradable ir por ahí.

Caminaba despacio, me impregnaba de sol y de silencio y paraba de vez en vez para echar un vistazo al interior de las marismas o para mirar pequeños pájaros revolotear por las aulagas. Los conejos se escabullían entre las dunas, intentando mantenerse fuera del camino de Deefer, y allá donde el sendero se eleva sobre las dunas, pude ver cormoranes apertrechados sobre las boyas en la bahía, extendiendo sus alas al sol.

Era maravilloso.

Podía sentir que mi cabeza se vaciaba.

Podía sentir mis pensamientos indeseados y mis miedos desvanecerse en el aire.

Entonces lo vi.

Estaba parado descalzo junto a una marisma con un cangrejo en una mano y un pedazo de cáñamo en la otra. El cáñamo tenía atado al extremo un pequeño trozo de carne. A medida que yo rodeaba la esquina del camino enlodado, él mecía el cáñamo y se preparaba para arrojar la carne en el centro de la marisma mediante una grácil lazada.

Paré y me quedé mirando.

Deefer paró y se quedó mirando.

El sol estaba justo detrás de él, marcando su silueta en un halo de pura luz blanca. Mientras miraba, mi mente se deschavetó y por un instante brevísimo fui una niña de cinco años sentada en las rodillas de mi padre hojeando las páginas de un antiguo libro, observando ilustraciones de ángeles.

La carnada para cangrejos cayó en la charca con un suave *plop* y el muchacho se volvió hacia mí con una calma que parecía frenar el viento. Un ligero movimiento de su cabeza atrapó el sol y su silueta despareció junto con mi recuerdo. Ahora era un muchacho de carne y hueso.

Y yo era una niña de quince años con ojos de tonta.

—Hola —me dijo sonriendo.

Sin apartar la vista echó el cangrejo en su morral, revisó sus aparejos, y enredó el cáñamo en sus dedos. Su ropa, limpia pero deslavada por el uso, colgaba amplia sobre su cuerpo. Era la misma ropa que llevaba puesta cuando lo vi por primera vez en el Stand: pantalones de lona verdes, una playera verde militar y una chaqueta verde militar atada a la cintura. Sus botas y su morral de lona estaban a sus pies. El sol había decolorado su enmarañada melena rubia y aclarado las puntas hasta darles un hermoso tono amarillo dorado.

—Cait, ¿verdad?

Por un terrible momento temí haber perdido el habla. Todo lo que atiné a hacer fue quedarme ahí parada con la boca abierta, como una idiota. Dios, pensé, qué vergüenza. El instante duró quizá un segundo o dos, pero sentí que duraba mucho más. Al final logré aspirar un poco de aire.

—¿Cómo sabes mi nombre? —pregunté.

Todo me salió mal. Lo que quise decir fue: "¿Cómo sabes mi *nombre?*" en algo parecido a un tono casual y curioso. Pero lo que en realidad dije fue: "*¿Cómo sabes* mi nombre?", como si lo acusara de algún horrendo crimen.

Pero él no pareció notarlo.

—Joe me lo dijo —respondió sin más.

Para mi sorpresa, me encontré caminando hacia él. Parecía lo más natural. Sus ojos no abandonaron los míos mientras me aproximaba. Su mirada era refrescantemente franca, casi inocente en su honestidad. Era como ser observada por un niño.

Me detuve a unos metros de él.

—¿Joe Rampton?

Asintió.

—El otro día trabajé un poco para él. Te señaló cuando pasabas por el arroyo —dibujó una sonrisa y dijo—: "¿Ves esa chica allá lejos?", me dijo, "es Cait McCann. Su papá escribe libros".

Reí.

—Espero que no te moleste —dijo.

—No —dije—. No me molesta.

De cerca pude notar que sus dientes eran blancos como la leche. Pude ver que su piel estaba ligeramente bronceada. Pude ver pequeñas gotas de sudor perlar su frente.

—He leído los libros de tu padre —dijo—. Debe de ser un hombre interesante.

—Algo hay de eso.

Miró hacia otra parte, jalando ligeramente su caña para cangrejos. Luego volvió a mirarme.

—Mi nombre es Lucas, por cierto —dijo.

—Encantada de conocerte, Lucas.

Asintió echando un vistazo a mi costado. Por un momento no supe qué miraba. Después volteé y vi a Deefer. Me había olvidado de él completamente. Por lo general, cuando Deefer se topa con un extraño hace una de dos cosas: o corre hacia ellos y se les encarama o se pone rígido y mantiene su distancia, gruñendo bajito desde el fondo de la garganta. Ese día no hizo ni lo uno ni lo otro. Sólo se sentó ahí, silencioso y sereno, como un perro Buda, mirando a Lucas fijamente. Nunca antes lo había visto así.

—Éste es Deefer —le dije a Lucas—. Normalmente no es tan tímido. ¿Verdad, Deef?

Lucas sólo sonrió. Deefer se levantó y caminó hacia él meneando con suavidad la cola. Cuando alcanzó a Lucas dio media vuelta sobre su eje y se sentó junto a él. Yo no podía creerlo. Parecía otro perro. Un perro bien portado, tranquilo, obediente. Alzó su pesada cabeza para mirar con adoración a su nuevo amigo. Lucas le rascó distraídamente por detrás de la oreja derecha... exactamente donde le gusta.

—Es un perro magnífico —dijo Lucas.

Retiró la mano para revisar de nuevo su cordel. Deefer se echó a sus pies, reposando la cabeza en las patas.

Los tres permanecimos un rato en silencio.

Lucas volvió a sacar el cordel y ató de nuevo la carnada. Luego la enrolló bajo su brazo y la arrojó otra vez en la marisma. Deefer alzó los ojos para escuchar el *plop*. Fuera de eso, no se movió. Yo esperaba que al menos olisqueara la carnada, pero no, ni se inmutó. Nunca antes un perro pareció tan en armonía con el universo.

Enjugué el sudor de mi frente.

El silencio era sorprendentemente relajante. No sentía necesidad de decir nada para llenar aquel vacío, de hacer conversación... Me sentía perfectamente feliz ahí parada bajo el calor del sol de la tarde observando a Lucas pescar cangrejos. Me gustaba cómo se movía. Todo era lento y suave, sin movimientos bruscos. También era simple. Nada rebuscado. Nada elaborado.

Sí, eso me gustaba.

Su voz no tenía la huella de un acento en específico, no alguno que yo pudiera reconocer. Definitivamente no era local; era un acento simpático y tranquilo, claro y preciso. Tenía una voz agradable, serena, relajada. Simple. Nada extravagante. Nada elaborada.

También me gustaba.

Recuerdo haber pensado en Lucas aquel primer día, mientas caminaba por la playa, justo antes de mi desencuentro con Jamie Tait. Recuerdo haber imaginado su cara para adivinar su edad. ¿Trece? ¿Dieciocho, diecinueve, veinte...? Era difícil decirlo aun ahora que lo tenía tan cerca. Ese rostro infantil con piel lisa, imberbe. Esos ojos inocentes. Ese cuerpo delgado, casi subdesarrollado.

Sí, parecía bastante joven. Pero no actuaba como ningún joven con quien me hubiera topado antes. No había en él ninguna torpeza, ninguna soberbia, ninguna prepotente autocomplacencia. No se acicalaba ni hacía guiños. Nada que lo moviera a representar nada. Era simplemente él mismo: tómalo o déjalo. Y pese a su complexión ligeramente frágil me dio la impresión de ser perfectamente capaz de cuidarse solo... perfectamente capaz.

Entonces, ¿qué edad tendría?

Le calculé dieciséis. Tal vez menos.

No es que importara.

Me acerqué y me senté en un banco de arena junto a la marisma. La charca tenía unos cuatro metros de largo por dos de ancho, con bancos empinados, casi verticales. El agua era profunda y clara. En el fondo podía distinguir varias rocas grandes que descansaban sobre una cama de limo. Allí estaban los cangrejos.

Lucas estaba parado por encima de mí, en la orilla adyacente.

—¿Qué usas como carnada? —le pregunté.

—Pollo.

— ¿Un pollo de los de Joe?

Sonrió.

—No le sobraba nada de tocino.

Lo vi arrojar la cuerda apuntando hacia la sombra de las rocas.

—¿El tocino es mejor?

—A veces —respondió—. Depende del cangrejo. Algunos son quisquillosos. Ayer probé con cabeza de pescado pero no les interesó.

—No los culpo.

Jaló el cordel y vi la carnada deslizarse lentamente por detrás de la roca. Lucas la dejó descansar allí un segundo y luego dio al cáñamo un pequeño tirón. Algo se movió debajo de la roca, un movimiento rápido y cortante que levantó una pequeña nube de limo y luego el agua volvió a aquietarse.

Lucas rio mientras enrollaba el cordel.

—Éste es listo. Recuerda lo que le ocurrió a su amigo.

Mientras se concentraba en la marisma, el color de sus ojos parecía reverberar con la luz que reflejaba. Observé, fascinada, cómo pasaban de un azul de lino pálido hasta un tono casi transparente, tan pálido como el azul de una solitaria gota de agua. Luego, mientras arrojaba la cuerda y la luz del sol rasgaba la superficie del agua, el color de sus ojos se intensificó abrillantándose por distintos tonos hasta alcanzar un impactante azul zafiro.

Reinició el proceso, jalar la cuerda, dejarla reposar, una pequeña sacudida, un jalón, otro descanso...

Hacía fresco junto a la charca. Estábamos en un tramo pequeño y poco profundo, un tramo sombreado por dunas repletas de aulagas y pastizales de playa. Aunque el sol todavía estaba alto, el suelo alrededor se sentía fresco, húmedo. Flores de aulaga endulzaban el aire con un ligero aroma a coco. Podía oler las algas en la charca, la arena, el salitre en el aire. Desde la orilla podía escuchar el chillido lastimero de un zarapito.

Lucas seguía pescando.

—¿Qué clase de cangrejos buscas? —le pregunté.

—Cangrejos comestibles.

—¿Los que son rojo opaco?

Asintió.

—¿Te los comes?

Me miró con una sonrisa divertida.

—Pregunta tonta —dije, avergonzada.

Permaneció un rato en silencio, arrastrando la cuerda alrededor de la roca. Luego dijo:

—Debes tener cuidado de no comerte la cabeza o las partes verdes. Fuera de eso, son bastante apetitosos. ¿Nunca has probado uno?

Me encogí de hombros.

—Sólo en un restaurante.

Asintió.

Pregunté:

—¿Cómo los cocinas?

—En una olla. Sobre una fogata.

—Claro, ya veo.

Miré la mochila de lona a sus pies, imaginé el cangrejo que tenía adentro y me pregunté si estaría vivo aún, y si estaba...

—Agua hirviendo —dijo como si hubiera leído mi mente.

Temblé ligeramente.

—¿No es algo cruel?

Lo pensó por un instante y luego se limitó a asentir.

—Supongo que sí.

Entonces recordé la tarde del sábado en el Stand... su mirada mientras huía de Robbie Dean, brincando al otro extremo de un angosto surco antes de desvanecerse en una maraña de juncos altos... el cabello en la nuca manchado de sangre... y la expresión de su cara cuando volteó a vernos sobre su hombro... cuando volteó a verme... la mirada sin emociones de un animal, una mirada que era puro instinto: la misma mirada de ahora.

¿Crueldad? La crueldad es un hecho de la vida.

Me pregunté si me recordaba. ¿Me había reconocido?

Sin darme cuenta miré su nuca de soslayo. No había señal alguna de su herida.

De pronto me sentí avergonzada de mí misma y miré hacia otra parte. Me sentí como una impostora. Una mentirosa. Una tramposa.

Lucas habló en voz baja:

—Tal vez se veía peor de lo que era en realidad.

—¿Perdón?

Se tocó la nuca.

—Sólo una pequeña cortada. Luego de lavarla no quedó nada —sonrió—. Es por el cabello rubio... hace que se note mucho la sangre.

Lo miré. No había enojo ni sarcasmo en su mirada, sólo un genuino aire de entretenimiento.

—No sé qué decir... —tartamudée—. Me siento tan...

—Tú no hiciste nada —dijo.

—Lo sé, pero...

—Intentaste detenerlo.

—Sí, pero no sirvió de nada.

—De cualquier modo lo intentaste —comenzó a enrollar el cordel—. Te lo agradezco —el carrizo zumbó entre sus dedos y el cordel subió desde la charca con un suave silbido. Lucas desató la carnada y devolvió el cordel a la charca, luego anudó el carrizo y lo metió en su bolsillo.

Me miró:

—Esa gente con la que estabas...

Sacudí apenada la cabeza.

—Fue un error.... Bueno, no fue un error, pero...

—No necesitas explicarte —dijo—. También yo he estado en una situación así.

—¿Ah, sí?

Asintió.

—No siempre es fácil evitar las cosas malas. A veces no te queda opción. Sólo tienes que hacer lo que consideres que es lo mejor.

Descendió a la orilla y sacó una botella de agua de su mochila. Era una de esas botellas tipo militar: de metal verde con una tapadera que servía de vaso y una correa de cuero. Parecía vieja y muy usada. Lucas sirvió un poco de agua en la tapa y la colocó en el suelo. Deefer bebió de ella. Lucas me pasó la botella.

—Me temo que está un poco tibia.

Al tomar de su mano la botella percibí el leve aroma de cuero del brazalete que llevaba atado a la muñeca. Había otro olor. Un aroma apenas perceptible de tierra fresca y pescado. No el olor acre del pescado muerto sino el luminoso y penetrante sabor del océano, un olor de animal vivo.

Bebí de la botella.

Lucas se sentó en una roca plana y lio un cigarro. Guardaba su tabaco en una pequeña bolsa de cuero. Lo observé mientras esparcía el tabaco sobre el papel de fumar y lo enrollaba en un tubo delgado. Luego lo metió en su boca y lo encendió con un estropeado encendedor de latón viejo. El humo se disolvió rápidamente en la brisa.

Lucas estaba sentado bastante cerca de mí. Lo bastante cerca como para charlar, pero no demasiado cerca... Entonces me pregunté si lo había hecho a propósito para que el humo del cigarro no me molestara. O simplemente porque era lo correcto.

Deefer fue tranquilamente hacia él y se echó a su lado. Lucas tenía una manera espontánea de ignorarlo sin parecer desdeñoso. Era como si se conocieran de años y no necesitaran la constante seguridad del contacto físico.

Era en verdad sorprendente.

Tapé la botella y la coloqué en la arena.

Lucas me miraba pensativo.

—La chica del vestido blanco —dijo—. La de ojos fríos...

—Angel —dije—. Se llama Angel Dean.

Asintió.

—¿Es la hermana del *yonqui* de las anfetaminas?

—¿Te refieres a Robbie?

—El lanzapiedras.

—Sí, Angel es su hermana —me sentía confundida—. ¿Qué sabes de Robbie?

—No es de Robbie de quien tienes que preocuparte —dijo, distante—. Es de Angel.

Mientras hablaba percibí una extraña sensación en el fondo de la garganta, un sabor frío, cobrizo, como de moneda antigua. Me recordó cuando era pequeña. Papá solía tener un frasco de centavos viejos en su escritorio, esos grandes centavos viejos de antaño, y por alguna razón, yo los encontraba irresistibles. Siempre estaba metiendo la mano en el frasco para sacarlos y chuparlos. No sé por qué. Supongo que es lo que hacen los niños. Se meten cosas en la boca. Papá siempre me reñía: "Saca eso de tu boca, Cait, está sucio, no sabes por dónde ha pasado".

Eso es lo que me recordaba aquel sabor en el fondo de mi garganta: viejos centavos sucios.

Pasé saliva, pero el sabor permaneció.

¿Es de Angel?

Miré a Lucas.

—¿De qué hablas?

Por un momento no respondió. Dio una última calada a su

cigarro, lo apagó con cuidado y lo enterró en la arena. Luego se sacudió la arena de las manos y alzó la vista.

—¿Sabes si está enferma?

—¿Enferma? ¿Qué quieres decir?

—¿No está mal de nada?

Reí.

—No, nada físico, no. ¿Por qué?

Alzó un guijarro y comenzó a juguetear con él.

—Me pareció notar algo cuando la vi en el puente.

—¿Qué cosa?

—Nada.

—Dime —le supliqué—. Dime qué viste.

—Es... nada. Eso es lo que vi: no tenía rostro.

No creo que Lucas quisiera preocuparme o impresionarme o espantarme... No creo que intentara hacer nada más que decirme lo que había visto o lo que pensaba haber visto. Era una impresión. Algo lo había impresionado y con los años había aprendido a no ignorar sus impresiones, las comprendiera o no. Desde ese entonces pienso en sus sentimientos como en los que tienen los animales, lo que lleva a las aves a migrar o lo que permite a los perros saber que se avecina una tormenta, o cuando las hormigas saben que ha llegado la hora de volar. Los animales no saben cómo saben esas cosas e ignoran lo que significan. Lo único que saben es que cuando aparece una sensación deben actuar conforme a ella.

Lucas sólo intentaba prevenirme, nada más.

Sin embargo creo que él sabía que aquello no haría ninguna diferencia. El futuro ya esta allí y es imposible cambiarlo.

—Lo siento —me dijo—. No debí haberte dicho eso.

—¿Por qué no?

—Hay cosas que es mejor no decir. Lo siento.

Un aire triste había oscurecido su rostro, su mirada me recordó la de mi papá. Era la descarnada mirada de la tristeza, la mirada de alguien que cree estar solo. No me gustó: le iba demasiado bien.

—¿Y qué hay de mí? —pregunté—. ¿Yo tenía cara?

Me miró.

—Sí, claro. La tuya era la de alguien molesto e infeliz. Y confundido.

—¿Sí? —sonreí. No sé por qué sonreí. Lo que había dicho de Angel era genuinamente aterrador, lo bastante aterrador como para entristecerlo de ida y vuelta al infierno, y heme ahí, sonriendo como una tonta.

Muy madura.

Pero a Lucas no pareció importarle. Al menos ya no parecía tan triste.

De modo que decidí preguntarle como si nada:

—¿Qué otra cosa sabes, señor Misterio? ¿Qué desayuné esa mañana?

—Desde mi puente de observación, olía a jugo.

Lo miré fijamente.

—Sólo estás adivinando, ¿verdad? Seguramente viste vomitar a Bill... Sí, eso es. La viste vomitar, adivinaste que estaba ebria y asumiste que yo también había bebido. Eso es, ¿verdad?

Sonrió.

—Bien, ¿y cómo adiviné que era jugo lo que habías bebido?

—Eso es lo que toman las chicas. Es obvio. Cualquiera lo sabe.

Rio. Su risa era suave, tranquila.

La tristeza había desaparecido.

Alcancé la botella y tomé otro trago de agua. También había desaparecido el sabor a cobre en el fondo de mi garganta. Ahora era difícil imaginar que alguna vez estuvo allí.

Lucas se calzó las botas, se puso de pie y caminó hacia el banco de arena al otro lado de la marisma. Subió y echó un vistazo hacia la playa, con los brazos levemente cruzados detrás de la espalda. Una brisa ligera le revolvió el cabello. La tarde comenzaba a refrescar. Una o dos nubes pálidas habían aparecido en la distancia, surcando el cielo como misiles, como blancas madejas de cardos.

—Eso que dijiste de Angel, ¿qué crees que signifique?

—Probablemente nada —dijo bajando del banco de arena—. Tener cuidado podría ser una buena idea, eso es todo. Mantén tu distancia, mantén los ojos abiertos —cruzó hacia la marisma y recogió su mochila—. No te agrada, ¿verdad?

—¿Quién? ¿Angel?

Asintió.

—No la soporto —dije.

—Entonces no te será difícil mantenerte lejos de ella.

—Para nada.

Se echó la mochila al hombro.

—Bien —dijo—; entonces, está bien.

Me puse de pie.

—¿Ya te vas?

—Tengo algunas cosas que hacer.

Deefer estaba sentado junto a la marisma. Miró a Lucas. Él hizo un ligero movimiento de cabeza y Deefer se levantó y caminó en silencio hacia mí, moviendo la cola como si no me hubiera visto en una semana.

—Hola, desconocido —le dije.

Me lanzó una mirada huraña.

Lucas dijo:

—Bueno, me dio gusto conocerte, Cait.

—Sí —dije—. Sí, gracias.

Con un último movimiento de cabeza y una sonrisa inició su camino por un sendero que yo ni siquiera sabía que existía.

Tendría que haberlo dejado ahí. Debí haber mantenido la boca cerrada y verlo partir. Por supuesto, no pude. Lo llamé.

—¿Te quedarás mucho tiempo?

Se detuvo y volvió a mirarme.

Me sentí enrojecer.

—Quiero decir, aquí en la isla... ¿Te quedarás...?

—En realidad, no lo había pensado.

—Bien, si estás todavía por aquí mañana... y si no tienes nada mejor que hacer... está la carrera...

—¿Carrera?

Sonreí.

—La carrera de West Hale. Diversión para toda la familia. Yates, carreras de balsas, té y panecillos... Todo gratis. Menos el té y los panecillos, claro está.

—¡Suena irresistible!

—¡Lo es!

—Bien, si aún estoy por aquí... y si no tengo nada mejor que hacer...

—Hay un pequeño risco sobre la bahía —le dije—. De un lado tiene escalones... Por lo regular vemos los barcos desde ahí. Mi papá y yo...

De pronto me di cuenta de que seguramente estaba haciendo el ridículo, parloteando como una niña demasiado emocionada. Respiré hondo, me calmé e invoqué pensamientos serenos... pensé serenamente.

—De modo que ya lo sabes —dije muy tranquila, según yo—. Si sigues por aquí...

Volvió a sonreír.

—Te buscaré.

—Ok.

Hizo un saludo con la mano y continuó sendero abajo. Esta vez lo dejé partir.

Hay muchos tipos de sensaciones. Está la sensación que te da mientras caminas rumbo a casa bajo el sol de la tarde con la cabeza en las nubes y los pies flotando sobre el pavimento. El estómago te revolotea tanto que piensas que no podrás soportarlo. Entonces todo se ve brillante y claro y todo huele a nuevo. Entonces la frescura del aire cosquillea tu piel y se siente como algo vivo; no puedes dejar de sonreír y la arena bajo tus pies es tan suave que quieres quitarte los zapatos y dar vueltas y vueltas y vueltas... Y sabes que pareces una tonta pero te da igual...

Hay ese tipo de sensación.

También está la sensación que te invade cuando haces una pausa para sentarte junto al arroyo y pensar las cosas.

Me senté.

El arroyo permanecía callado salvo por el murmullo suave del agua que fluía bajo el puente y el débil susurro del viento en el pasto. El agua se veía fresca y oscura bajo la luz del atardecer. Fluía lentamente, rica en lodo y sedimento acarreado desde las elevadas colinas boscosas que se encuentran en el corazón de la isla. Lluvia, madera, hojas putrefactas, animales muertos hace mucho tiempo, minerales, tierra.... Imaginé los elementos abriéndose paso desde lo alto de las colinas hacia el arroyo y finalmente hasta el mar abierto, donde a la postre se fundirían con el mar y se evaporarían en nubes para caer de nuevo como lluvia sobre otras colinas boscosas...

¿Y yo qué?

¿Qué era yo?

Bien, por una parte, era alguien que pensaba. Pensaba en el arroyo, en las colinas, los bosques, el agua... Pensaba en cómo todo da vueltas y vueltas sin cambiar nunca en realidad. En cómo la naturaleza recicla todo lo que usa. En cómo el producto último de un proceso se convierte en el punto de partida de uno nuevo, en cómo cada generación de seres vivientes depende de los químicos liberados por las generaciones que los precedieron...

Sí, eso era en lo que yo pensaba.

Y no sé por qué pensaba en eso. Simplemente se me ocurrió.

Y también pensaba en cangrejos. Me preguntaba si en verdad tenían memoria, como Lucas había sugerido. Y si la tenían, ¿qué recordaban? ¿Recordaban su infancia, su niñez de cangrejos? Se recordaban a sí mismos como cosas minúsculas escurriéndose por todas partes en la arena para evitar ser comidos por peces y por otros cangrejos y por casi cualquier cosa más grande que ellos? ¿Pensarían en eso mientras rascaban sus huesudas cabezas con sus pinzas? ¿Recuerdan lo que pasó ayer? ¿O sólo recuerdan los últimos diez minutos? ¿O los últimos cinco?

También pensaba en qué se sentiría ser arrojado en una cazuela llena de agua hirviendo...

Pensaba en todas esas cosas y en otras, pero en realidad no pensaba ninguna de esas cosas. Sólo estaban ahí, flotando en el fondo de mi cabeza, pensándose solas.

Por supuesto, en lo que realmente pensaba era en Lucas.

Y mientras estaba ahí sentada, contemplando el arroyo, caí en la cuenta de que aún no sabía nada de él. Sabía su nombre, pero eso era todo. Y aun así, no sabía si era su primer nombre o su apellido. Podría ser Lucas Grimes, Lucas Higginbotham, John

Lucas, Jimmy Lucas... Sonreí: dada la información con la que contaba, Lucas podía ser un Wayne o un Darren.

No sabía de dónde venía ni qué hacía aquí ni qué edad tenía. No sabía qué guardaba en su mochila (además de cangrejos y una botella de agua). No sabía a dónde había asistido a la escuela, ni si había ido a la escuela. No sabía nada de sus padres. No sabía si tenía hermanos o hermanas. No sabía lo que le gustaba o le disgustaba o lo que pensaba de las chichas que se peinan con penacho...

Pero no parecía importar.

Nada parecía importar.

Hay muchos tipos de sentimientos. Está el que experimentas cuando entras en casa y te sientes tan bien que no crees que pueda haber nada capaz de bajarte el ánimo. Pero entonces tu padre asoma la cabeza por la puerta del estudio y te dice:

—Simon vino a buscarte.

Demonios, me había olvidado de él por completo. "A las seis", había dicho él.

—¿Qué hora es? —jadeé.

Papá se encogió de hombros.

—Siete, siete y media.

—¿Qué? —no podía creerlo; había estado fuera más de tres horas—. ¿Ya se fue?

Papá asintió.

—Se fue hace unos diez minutos. Le dije que no creía que fueras a tardar mucho, pero ya había esperado una hora. ¿Dónde has estado?

Sacudí la cabeza.

—Sólo salí a dar un paseo con Deefer... Debo haber perdido la noción del tiempo.

Papá sonrió.

—¿No crees que deberías conseguirte un reloj?

—No es gracioso.

—No, para Simon no es gracioso.

Suspiré.

—¿Cómo estaba? ¿Estaba enojado?

—Vaya, es difícil de decir con Simon, ¿no? No es la persona más expresiva que haya conocido.

—¿Dijo algo?

Papá se encogió de hombros.

—No exactamente...

—¿Hablaste con él?

—No vino a hablar conmigo.

—Pudiste haber hablado con él, papá. Es tímido. Podrías al menos haberle hecho sentir que era bienvenido.

—Lo hice. Le preparé una taza de té, le pregunté cómo estaba... ¡Oye! ¿Por qué tengo *yo* que disculparme? Fuiste tú quien lo plantó, no yo.

—No lo planté... No era una cita ni nada por el estilo... De cualquier forma, sólo me olvidé de la hora...

Sonrió.

—Ya lo dije. Harías bien en conseguirte un reloj.

—Ya, ya.

Llamé a Simon más tarde, pero su madre me dijo que había salido. Dijo que había ido a visitar a una amiga.

¿Una amiga?, pensé. Vaya amiga.

Me sentí bastante mal por eso, especialmente al principio. Imaginé cómo debía haberse sentido Simon mientras me esperaba sentado: avergonzado, incómodo, exhibido, humillado...

Yo, en su lugar, me habría sentido pésimo.

Lo gracioso es que, aunque me sentía mal, no me sentía *tan* mal por aquello. Quiero decir que no me torturé por eso ni nada por el estilo.

Esa noche me fui a dormir con una sonrisa en el rostro.

Tal vez estuvo mal que lo hiciera.

No sé.

Hay muchos tipos de sensaciones: amor, odio, amargura, alegría, tristeza, emoción, confusión, miedo, rabia, deseo, culpa, vergüenza, remordimiento, arrepentimiento...

Y no puedes controlar ninguna de ellas.

CINCO

Nunca entendí realmente lo que pasó aquel día en la regata. Fue una mezcla de cosas tan extraña que tiendo a recordarla como un mal sueño, un sueño que pasa en un instante de la alegría a la desesperación y de regreso. Puedo recordar todo lo que ocurrió con bastante claridad, a veces con demasiada claridad. Puedo recordar los acontecimientos y lo que me hicieron sentir y lo que significaron para mí en ese momento. Pero, aunque he aprendido mucho desde entonces, aún no comprendo bien qué sucedió.

Y creo que nunca podré hacerlo.

Supongo que de algún modo aquello fue el principio de todo. El principio del fin.

Nos pusimos en marcha a eso de las diez y media de la mañana. Yo, papá y Deefer. Aunque el cielo comenzaba a nublarse, aún hacía suficiente calor como para caminar por la playa en camiseta y shorts. De todos modos traíamos por si acaso un cambio de ropa en la mochila de papá. También traíamos una pila de sándwiches y pastelillos, una botella de Coca, agua para Deefer, una toalla, unos binoculares y cuatro latas de cerveza Guinness.

Una licorera abultaba el bolsillo trasero de papá.

Antes de partir había llamado de nuevo a Simon, pero nadie me respondió. Ya no esperaba verlo en la carrera, aunque en realidad nunca creí que fuera. Como dijo, aquello no era lo suyo. Lucas, sin embargo... bueno, pues la verdad es que no sabía qué esperar de él. Medio esperaba que apareciera, y medio esperaba que no. Desde luego, deseaba verlo otra vez. Quería preguntarle todo lo que no se me ocurrió preguntarle antes. Quería saber quién era y de dónde venía. Quería saber qué era en verdad lo que había querido decir acerca de Angel... Qué guardaba en su morral de lona... Dónde había aprendido a pescar cangrejos...

Sí, quería verlo otra vez.

Pero no estaba segura de querer verlo con otras personas alrededor. Debo advertir que no se debía a alguna oscura razón, y tampoco era porque no quisiera que nadie más supiera de él. Bueno, la verdad es que *no* quería que nadie más supiera de él; pero esa no era la razón principal por la que no quería verlo ese día. La principal razón para no querer que hubiera nadie a mi alrededor cuando viera a Lucas era que quería mantenerlo puro. No tenía idea de qué era *aquello:* una amistad, una hermandad, una concordancia de mentes. No importaba. Lo que quiera que fuera, no quería verlo contaminado.

Éramos yo, Lucas y tal vez Deefer. Eso era todo. Nadie más.

Miré sobre mi hombro hacia los pantanos y los bosques mientras cruzábamos el arroyo y torcíamos por el sendero. Negras nubes se agrupaban a lo lejos, oscureciendo el cielo sobre el bosque con un feo matiz amarillo que desdibujaba los árboles; los convertía en un bosque embrujado.

—Vamos —dijo papá—. Queremos llegar antes de que llueva.

Seguimos adelante y volví a pensar en Lucas. ¿Y qué si de verdad aparece en la regata?, pensé. ¿Qué harás? No puedes sólo ignorarlo, ¿o sí? No puedes hacer de cuenta que no lo conoces. Está bien, habrá otras personas alrededor... ¿y qué? ¿En verdad es algo tan malo? Piénsalo. Nunca se sabe, podría incluso ser bastante agradable...

—¡Hey!

Alcé la vista al escuchar la voz de papá. Se había detenido en el sendero y me observaba detenidamente con una mirada chispeante.

—¿Qué? —dije.

—Estás hablando sola.

—¿Estoy qué?

Asintió, sonriendo.

—Yo que tú, tendría cuidado... Uno de estos días podrías hacer el ridículo.

Me sentí ruborizar.

—Por suerte para ti —añadió— nunca escucho una palabra de lo que dices. De modo que no me entero de las travesuras que murmuras. Pero otros podrían no ser tan desinteresados.

—¿Desinteresados?

—Hay de desinteresados a desinteresados.

Y eso, ¿qué se supone que quiere decir?

—Quiere decir: mantén la mente abierta y la boca cerrada. El mundo está lleno de tontos habladores. Ahora vamos, andando.

Se dio la vuelta y siguió su camino por el sendero.

Tomando en cuenta cuánto sufría por Dominic, papá estaba de bastante buen humor. A decir verdad, se veía bastante rudo. Llevaba sus viejos shorts color caqui sujetos con un largo cinturón de cuero, un maltrecho sombrero de paja y un par de viejas sandalias sucias. Le hacía falta recortarse la barba y sus ojos se veían cansados e inyectados de sangre.

Lo alcancé y comencé caminar a su lado.

—¿Papá?— le pregunté en voz baja.

—¿Mmm?

—¿Has vuelto a hablar con Dominic desde el otro día?

—¿Desde cuándo?

—Ya sabes cuándo. En la cocina... desde que discutieron.

Suspiró con pesadez y me miró.

—Me porté como un perfecto imbécil, ¿verdad?

Sonreí.

—Sip.

—No pude evitarlo —dijo—. Traté de mantener la boca cerrada, pero a veces tu hermano es endiabladamente exasperante.

—Lo sé.

—No es que sea un idiota ni nada por el estilo. Sabe lo que hace.

Lo miré.

—¿Qué quieres decir?

—Saliendo con Tait y los demás. Lo vi en lo de Brendell, ¿sabes?

—¿Lee Brendell?

Asintió.

—Dom estaba en su bote. Había una especie de fiesta.

—¿Cuándo?

—Hace un par de días... Tuve que ir al pueblo por algo. Rita Gray me dio un aventón —hizo una pausa, pensando—. Estaban todos ahí: Dominic, Tait y su novia presumida, los Dean, Bill, Mick Buck, Tully Jones, una banda de motociclistas... todos pavoneándose por doquier como un montón de malditos gángsters —sacudió la cabeza al recordarlo—. Ya es bastante grave que Dominic esté mezclado con ese grupo... ¿Pero Bill y Angel Dean? Son unas niñas —me miró—. ¿A qué juega Bill?

—No lo sé.

—Pensé que era tu mejor amiga.

Me encogí de hombros.

—No nos hemos visto mucho últimamente.

Me miró fijamente un rato más. Luego volteó hacia otra parte, al parecer complacido. Papá nunca ha sido devoto de Bill. Incluso cuando éramos niñas a veces lo pescaba observándola con una mirada fría. Creo que pensaba que era una mala influencia o al menos pensaba que tenía el *potencial* para ser una mala influencia. Externamente, papá podía no ser el más atento de los padres, pero nada se le escapa desde su postura silenciosa.

Suspiró de nuevo.

—Ni siquiera creo que a Dominic le caiga bien esa gentuza. Sólo lo hace para darme lata. Sabe lo que pienso de ellos, especialmente de Tait. Sólo lo hace para fastidiarme.

—¿Ya hablaste con él al respecto?

—Más o menos.

—¿Qué te dijo?

—No mucho.

Nos acercábamos al parque. Podía escuchar el sonido de una banda tocar desde el estrado en el campo. La algarabía forzada de aquella música tenía un aire lúgubre, como el compás de una de esas marchas tristes que tocan en los funerales de Nueva Orleans. Pequeños grupos de personas paseaban por el campo, algunos con helados y globos, otros detenidos en el refugio arbolado desde donde observaban una exhibición de vuelo de papalotes. Había un trampolín, un puesto de *hot dogs*, una carpa de cerveza. El estacionamiento se había llenado a medias con visitantes de Moulton que habían venido a ver la carrera, pero la mayoría de los asistentes eran locales. Algunos incluso se habían vestido para la ocasión. Vi vestidos largos, sombreros elegantes, piratas, un par de payasos, un hombre en zancos.

El viento arreciaba y los voladores de papalotes batallaban por controlarlos. Se suponía que sería una exhibición de vuelo sincronizado, pero aquellos dos brillantes puntos coloridos descendían en picada y no parecían precisamente sincronizados mientras revoloteaban en las alturas.

El cielo parecía ominoso aunque la lluvia se resistiera a caer. Imperaba en el aire una sensación escalofriante, y aunque aún hacía bastante calor, la humedad lo hacía grueso y pesado. Resultaba uno de esos días en los que el clima viene a ensombrecerlo todo.

El mar parecía tronar.

Papá había enmudecido.

—Debe haber dicho algo —dije.

—¿Quién?

—Dominic. Debe haber dicho algo acerca de la fiesta en el bote de Brendell.

Papá ahuyentó una nube de mosquitos.

—Según él, no fue nada. Sólo una fiesta. Que no sabía quién estaría ahí... que no era su culpa que llegaran un montón de niñas, ¿o sí? Que qué podía hacer él. ¿Llamar a la Asociación Nacional de Protección a la Infancia?

—Supongo que tiene algo de razón.

—Siempre tiene algo de razón.

Me dio la impresión de que papá no quería hablar más del asunto. Y en realidad, tampoco yo. Todo aquello era sencillamente demasiado desmoralizador. Dominic y Bill, Bill y Angel, Angel y Jamie, Jamie y Dominic... Todo era vulgar y rebuscado y confuso.

—¿Quieres atravesar el parque? —preguntó papá.

Eché un vistazo al campo. Un grupo de personas disfrazadas de animales corría por doquier agitando cubetas de monedas frente a los transeúntes. La banda tocaba una versión apenas reconocible de *I Should Be So Lucky*.

—No —respondí—. Vamos a la playa.

Al oeste del parque un banco de riscos que descienden gradualmente hacia la bahía vigila la playa. En el risco hay senderos y escalones desde lo alto del parque, pero también puedes llegar hasta los riscos cortando por el rompeolas bajo el parque y siguiendo la playa a lo largo de aproximadamente un kilómetro hasta llegar a una brecha natural en el muro del risco. Desde ahí basta escalar un pequeño banco de barro para hallarte en el sendero principal del risco que lleva hasta la bahía. Es un camino más largo, pero más tranquilo. Había menos posibilidades de toparnos con quien no quisiéramos toparnos.

Por desgracia, menos posibilidades no es lo mismo que ninguna posibilidad y mientras cruzábamos el rompeolas nos llamó desde arriba una voz indeseada.

—¡Hola! ¿Qué hacen allá abajo? Se están perdiendo toda la diversión.

Alzamos la mirada para descubrir a Jamie Tait y Sara Toms recargados en la baranda a unos cuatro metros en la pared de roca por encima de nosotros. Jamie venía vestido de un modo casual, con un suéter de cuello en V y jeans, pero Sara había asumido a conciencia el espíritu del disfraz y se había arreglado como extraída de la portada de una revista de modas: vestido negro ajustado, medias, tacones altos, guantes negros de encaje, perlas y un sombrero negro con velo de lo más chic. Yo no estaba segura de qué se suponía exactamente que era y no creo que ella lo supiera tampoco... Pero, lo que quiera que fuera, le sentaba bien. Lo oscuro le venía bien. Mientras estaba ahí parada mirándonos hacia abajo, la brisa arrastró el aroma de su perfume: Chanel No. 5... el olor del dinero.

Lee Brendell estaba junto, fumando un cigarro y mirando distraído hacia el mar. Al fondo podía ver a los padres de Sara charlando con un par de ancianas sentadas en una banca. Bob Toms, el padre de Sara, vestía su uniforme policial de gala, cubierto de cintas y botones brillantes.

Jamie sorbía un helado en cono y su cara estaba enrojecida. Creo que estaba un poco ebrio.

—Vamos, Johnny —dijo Jamie sonriéndole a papá—. Hay de todo acá arriba: helados, vestidos elegantes, algodón de azúcar, cerveza helada... todo lo que un amante de la diversión pueda desear.

Me miró.

—¿Quieres que te compre un algodón de azúcar, Cait?

Sara le lanzó una sonrisa furibunda, luego miró hacia abajo y me lanzó otra mirada furibunda. Tenía la cara ideal para hacer eso: frente alta, cabello largo, negro y brillante, una boca rígida cubierta de labial, piel de porcelana y ácidos ojos verdes. Su rostro era tan bello que casi resultaba feo.

—Vamos, Cait —dijo papá en voz baja.

Me tomó del brazo y comenzó a guiarme por el camino.

Jamie lo llamó desde arriba.

—¡Hey, Mac!... ¿Dónde está Dominic? ¿Dónde está el chico?

Papá se detuvo. Pude sentir cómo se ponía rígido.

Sara rio —un sonido horrible y meloso— y dijo:

—Probablemente está encerrado en su habitación por ser un chico malo.

—Conociendo a Dom, estará encerrado *con alguien* en su habitación —añadió Jamie.

Papá no respondió, sólo los miró. Lo miraron de vuelta con burlona seriedad. Sara se llevó un cigarro a los labios, le dio una calada desdeñosa y luego enganchó su mano en la parte trasera del cinturón de Jamie. Era una de esas chicas encimosas que demuestran su afecto —o su propiedad— toqueteando constantemente a sus novios. Jamie parecía disfrutarlo. Mientras estaban ahí parados burlándose de nosotros, surgió junto a ellos un par de ojos bajo una rigurosa gorra de policía.

—Buenas tardes, John —dijo Bob Toms—. Hola, Cait.

Miró al cielo y se frotó las manos.

—No pinta nada bien, ¿cierto?

—No desde aquí —replicó papá.

Tom esbozó una apretada sonrisa.

—Es bueno ver que sales para romper con la rutina. Deberías hacerlo más a menudo.

Papá asintió.

—Veo que tú te has esmerado.

—¿Perdón?

—El uniforme de gala... Es el mejor Heinrich Himmler que he visto en un buen rato.

Toms contempló su uniforme de policía.

—Muy gracioso.

Papá lanzó una mirada a Brendell y a Tait.

—E incluso te has tomado la molestia de traer a un par de guardas para mayor autenticidad. Eso es lo que se dice ser concienzudo.

—Siempre bromista, ya veo.

—¿Quién está bromeando?

Mientras esto sucedía, Brendell había dejado de observar el mar y me observaba con la pálida vacuidad de un cadáver. Una hilera de tatuajes emborronados decoraba su cuello, una media luna de estrellas burdamente dibujadas. Entonces me pregunté qué se suponía que eran. ¿Algo náutico? ¿Un signo? ¿Una constelación? Decidí que no se suponía que fueran nada: sólo tatuajes. Brendell era un hombre grande, y desde acá abajo parecía aún mayor. Manos pesadas, hombros anchos y una cabeza enorme y cuadrada con facciones cicatrizadas por las batallas. Parecía como si le hubieran pegado en la cara con una pala. Nariz chata, labios planos, amoratados ojos amarillos... y sin apartar esos ojos de mí, arrancó el cigarro de sus labios, se asomó por la baranda y escupió. El escupitajo aterrizó a mis pies con un *splat* seco. Lo miré. Era marrón y fibroso. Me dio náuseas.

Papá dejó de hablar, me dirigió una rápida mirada y lentamente alzó la vista para ver a Brendell. Brendell se acomodó el cigarro en la boca y se le quedó viendo también, los ojos llenos de nada. Deefer empezó a gruñir. También papá.

—Está bien, papá —susurré—. Por favor, sólo déjalo así. Está bien.

No creo que me haya escuchado. Brendell se aclaraba la garganta con grandes aspavientos y hacía ruido con el pañuelo que le tapaba la boca, sin apartar la vista de mi padre. La mandíbula de papá se puso tensa y sus ojos llameaban mientras Brendell sonreía y guardaba el pañuelo doblado en su bolsillo para después fumar como si nada. Al fondo Jamie y Sara observaban la escena con cruel regocijo. Especialmente Sara tenía un brillo delirante en las pupilas. Su mirada me recordó una imagen que había visto cierta vez en un rostro entre la multitud que asistía a una pelea de gallos: una mirada sedienta de sangre.

El silencio fue sorpresivamente roto por Bob Toms.

—Eso es asqueroso, Lee.

Brendell volvió la cabeza lentamente. Una delgada sonrisa cruzó sus labios y con voz baja y ceceante dijo:

—Tengo una mosca en la boca, señor Toms. ¿Qué quería usted que hiciera? ¿Tragármela?

Toms sacudió la cabeza.

—No hay necesidad de hacer eso.

—¿Qué? —dijo.

—Creo que deberías disculparte.

—Oh, vamos, papá —dijo Sara acercándose—. No hagas tanto alboroto —me sonrió desde lo alto con sus labios gélidos y sus dientes perfectos—. Estoy segura de que Lee no tenía mala intención. La pequeña Caity está bien... ¿Verdad, cariño? —miró a papá con desdén—. Y de cualquier forma, estoy segura de que ha visto cosas peores.

Toms la ignoró mientras observaba a papá con mirada ansiosa.

—Vamos, John —dijo alzando los brazos en actitud conciliadora—. No hagamos nada tonto. Estoy seguro de que Sara tiene razón...

—No te preocupes, Bob —dijo papá con frialdad, la mirada aún fija en Brendell—. De cualquier modo, gracias por preocuparte. Es bueno saber que hay un policía cerca cuando lo necesitas.

—Escucha, John... —comenzó Toms.

Pero papá ya había dado la vuelta y bajaba hacia la playa por el rompeolas. Llamé a Deefer y comenzamos a caminar tras él.

La banda tocaba el tema de *Hospital de Animales*.

Llovía.

La carrera de balsas comienza en el astillero y prosigue por una serie de boyas hasta un punto intermedio en la base de los acantilados, donde las balsas sortean otra boya antes de regresar en *u* por la misma ruta. Es uno de los puntos culminantes de la jornada y por lo general una nutrida multitud se coloca a lo largo de la ruta para animar a los contendientes. Sin embargo, conforme la mañana avanzaba y el clima empeoraba, la multitud disminuyó, y para la una de la tarde probablemente no quedaban más de cuarenta o cincuenta personas, desperdigadas por la playa y en los riscos para animar las balsas con desánimo. La mayoría de quienes observaban desde la playa eran visitantes, mientras que quienes estaban en o alrededor de los acantilados eran locales.

Como de costumbre, las balsas eran una variopinta colección de tablas amarradas a tambos de petróleo y mástiles tambaleantes y velas hechas con sábanas. Algunas ondeaban una bandera pirata.

Cada año, una o dos balsas se desbaratan o se vuelcan o simplemente se hunden, y aunque las corrientes en la bahía por lo general no son peligrosas, hay salvavidas voluntarios pendientes de todo apostados en torno a la bahía y en los acantilados.

Ese año, sin embargo, hubo una confusión con el horario.

A la una y media, cuando inició la tormenta y las balsas se aproximaban al punto intermedio, el salvavidas voluntario que debía haber estado de guardia en la base de los acantilados se encontraba sentado en el Dog and Pheasant rociando medio litro de sidra con licor de grosella negra sobre un pastel de carne.

Papá y yo mirábamos las balsas desde un campo ligeramente inclinado en lo alto del acantilado, con vista a la bahía. Es un lugar de difícil acceso: hay que encaramarse sobre arroyuelos y zanjas y apretujarse para atravesar alambradas, pero al final vale la pena, pues no hay quien quiera hacer tanto esfuerzo y tienes el lugar entero para ti. Tiene también una vista grandiosa. Desde ahí puedes ver la boya donde deben virar las balsas, puedes abarcar la playa, y —lo mejor de todo— puedes ver al resto de los espectadores esparcidos abajo. La mayoría de ellos, o la mayor parte de lo que quedaba de ellos, se alineaban a lo largo de varios senderos en lo alto del acantilado, pero había un pequeño grupo dc locales reunidos en una saliente plana en la base de los acantilados, directamente debajo de nosotros.

Yo los observaba a través de los binoculares.

Observaba a Jamie Tait y a Sara Toms sentados sobre una roca, riéndose de algo.

Observaba a Lee Brendell hablando con Angel Dean.

Observaba a Bill Gray parada sola, aparte. Me pregunté si estaría esperando a Dominic.

Todos se veían un tanto desamparados bajo la lluvia. Sara con su vestido esnob, y su sombrero fúnebre, Brendell con su fino cabello aplastado como algodón húmedo contra su cráneo, Bill en su atuendo de cuero, y Angel... Angel no traía puesto más que un corpiño negro y un par de jeans ajustados. Parecía que se estaba congelando. Pero eso no le impedía lanzar cada dos minutos seductoras miradas hacia donde estaba Jamie.

Mientras enfocaba los binoculares capté un acercamiento de Jamie, quien le sonreía a Angel sobre el hombro cuando pensaba que Sara estaba mirando hacia otra parte; pero no era así. Con un rápido movimiento Sara lanzó a Angel una mirada asesina, susurró algo al oído de Jamie y luego le dio en la ingle una fuerte palmada con el dorso de la mano. Por la cara que puso Jamie, seguro le dolió. Bien, pensé.

—Se supone que debes mirar los botes —dijo papá.

Estaba echado de espaldas mirando la lluvia fijamente. Ya habíamos comido y nos habíamos puesto el equipo para lluvia, consistente en gorros e impermeables. Papá había bebido un par de latas de Guinness y había dado algunos sorbos a su licorera cuando creía que yo no lo estaba viendo. Parecía haberse olvidado del episodio en el parque. Al menos por ahora.

Le dije:

—No son botes, son balsas.

—Balsas, botes... —musitó—. Son todos un montón de idiotas.

—¡Papá!

—Bueno... —se sentó—. Digo, míralos. ¿Qué creen que están haciendo? ¡Está diluviando y ellos reman alrededor de la bahía sobre un montón de malditos tablones!

—Y nosotros aquí arriba, sentados bajo la lluvia, mirándolos.

Me sonrió.

—¡Ah! Pero no estamos en peligro de ahogarnos, ¿o sí? —miró a su alrededor—. ¿Dónde está el perro?

—Allá —señalé hacia la orilla del acantilado, donde Deefer estaba sentado cual centinela, mirando fijamente hacia la playa. Llevaba unos veinte minutos ahí sentado, casi inmóvil, sólo mirando fijamente.

—¿Qué hace? —preguntó papá.

—No me preguntes.

Papá limpió de su frente un destello de lluvia y abrió otra lata. Miró hacia el cielo que retumbaba sobre nosotros.

—No hay nada como un buen día de campo, ¿verdad?

—Sí, nada...

—... como un buen día de campo.

Se tumbó en el césped.

Me llevé los binoculares a los ojos.

La lluvia arreciaba. El viento comenzaba a calar. El mar empezaba a picarse. A lo largo de la base de los acantilados, las olas se estrellaban contra las rocas escarpadas, levantando fuentes de sucia espuma blanca.

Las balsas punteras rodeaban la boya de marcación cuando la pequeña niña cayó al mar. Desde donde yo estaba no se veía tan grave... al menos no al principio. Era casi cómico, algo así como lo que se ve en el programa de *Cámara oculta*... si es que eso te parece cómico. Estuve a punto de no verlo. Me había quitado los binoculares y sólo veía a medias las balsas cuando cayó la niña. En realidad, todo lo que vi fue un pequeño cuerpo caer desde una balsa en la distancia. No hubo grandes salpicaduras ni nada, ni un grito, ningún alarido, nada que indicara que algo andaba muy mal. Primero pensé que sería una mujer. Creo que subconscientemente debo haber notado el bikini, la forma familiar del bikini, y asumí que había sido una muchacha. Pero al alzar los binoculares esperando ver un rostro sonriente que nadaba de vuelta a la balsa para ser ayudada por sus risueños amigos, vi en cambio el rostro petrificado de una niña de diez años luchando sola por mantenerse a flote.

—Papá —dije con urgencia—. Hay una niña en el mar. Se cayó.

Papá se irguió rápidamente.

—¿Dónde?

Le alcancé los binoculares.

—Cerca de la boya —dije—. Estaba en la balsa con bandera azul... ¿Por qué no se detienen?

Papá se puso de pie para ver mejor.

Yo también me puse de pie. Podía ver a la niña aletear llena de pánico, agitar los brazos mientras las olas la arrastraban bajo el agua. La corriente la alejaba de las balsas y la empujaba hacia el acantilado.

—¿Por qué no se detienen, papá?

—No lo sé —dijo—. Quizá no la han visto.

Se dirigía a las rocas. La lluvia arreciaba y revolvía el mar y el cielo estaba negro y pesado. De pronto me di cuenta de cuán oscuro estaba. Mientras papá y yo corríamos hacia la orilla del acantilado para ver mejor, el cielo tronó y un relámpago estremeció el aire.

La niña se mantenía a flote moviendo los brazos como aspas de molino, pero era evidente que comenzaba a cansarse. Cada vez que rompía una ola grande, su cabeza se sumergía. Miré hacia la gente en la playa y en los acantilados. Todos estaban detenidos, mirando solamente.

—¿Por qué no hacen nada? —grité.

Papá se llevó las manos a la boca y gritó.

—¡Hey, ayúdenla! ¡Necesita ayuda! ¡No puede nadar! ¡Hey! ¡Hey!

El rugido del viento y el mar ahogó su voz. La gente abajo sólo seguía mirando, algunos de ellos apuntaban con indiferencia hacia el mar como si todo aquello fuera sólo parte del espectáculo.

Mientras tanto la niña seguía siendo arrastrada hacia las rocas.

He pensado mucho en ello desde entonces y todavía no logro comprender por qué nadie hizo nada. Tal vez la situación se veía distinta desde allá abajo. Tal vez pensaron que ella estaba bien, que estaba perfectamente, que sólo estaba jugando. Tal vez no querían hacer el ridículo: echarse un clavado para salvar a una niñita que siempre había estado perfectamente bien... ¿Qué tan bochornoso sería eso? Tal vez estaban asustados. Tal vez esperaban al salvavidas. O tal vez simplemente no les importaba.

No lo sé.

Otro escándalo de truenos estremeció el cielo. Papá gritó de nuevo, intentando que su voz se escuchara sobre el viento, pero era inútil. Corrí hacia el lado derecho del acantilado y me asomé hacia abajo a través de la lluvia hacia el saliente donde Tait y los demás estaban reunidos. Jamie es un buen nadador, pensaba yo, podría ayudarla. Cuando lo vi parado en la orilla quitándose el suéter, sentí una oleada de alivio. Al fin, alguien haría algo.

La niña estaba ya muy cerca de las rocas. Podía ver su cara con bastante claridad. Estaba pálida y horrorizada. Incluso si conseguía evitar las rocas, la corriente la arrastraría hacia alguno de los remolinos que se formaban en las aguas profundas bajo los acantilados.

Volví a mirar a Jamie. No se había movido. Sara estaba parada junto a él con una mirada extraña y fría. Podía jurar que se burlaba de él.

Grité hacia abajo:

—¿Qué esperan?

Ya sea porque el acantilado estaba ligeramente más abajo en aquel lado, ya sea porque mi voz es más aguda que la de mi padre o porque el viento se había calmado por momentos... No lo sé. El caso es que Jamie me oyó. No creo que reconociera mi voz, sólo oyó un grito y miró hacia arriba. Entonces entendí enseguida por qué no se había movido: estaba aterrado. Petrificado. Tenía los ojos desmesuradamente abiertos y el rostro lívido. Mi corazón se hundió. Jamie no iba a hacer nada. No podía moverse. Con una mirada vidriosa volvió a mirar el mar. No entraría en él. Ni en mil años. El mar estaba picado, era demasiado impredecible. Demasiado...

En la distancia una flotilla de balsas había rodeado la boya y se dirigía de vuelta a la bahía. La tormenta las mantenía cerca de la orilla. Varios competidores habían decidido abandonar la carrera y arrastraban sus balsas playa arriba.

Papá seguía gritando, pero su voz comenzaba a debilitarse y el viento se hacía cada vez más ruidoso. La gente abajo no podía oírlo. Jamie Tait no podía oírlo, aunque no hubiera hecho ninguna diferencia. Jamie estaba muerto para el mundo, ahí parado en el borde del saliente, el torso desnudo y desamparado, con una sonrisa avergonzada en el rostro. Detrás suyo, Sara observaba y fumaba un cigarro.

La niña estaba prácticamente junto a las rocas. Había dejado de luchar y se limitaba a flotar en el agua como una sucia muñeca de trapo. La corriente la había arrastrado hacia la izquierda de la saliente, donde giraban despiadados remolinos por entre las rocas.

Yo había perdido ya toda esperanza. Todo lo que podía hacer era quedarme ahí parada y observar cómo los remolinos jalaban de ella hacia abajo.

Entonces escuché un solitario ladrido de Deefer. No se había movido durante los truenos y los gritos y la gente que corría de un lado a otro. Seguía rígidamente sentado en la orilla del lado izquierdo del acantilado, mirando fijamente hacia la playa. Conozco la mayoría de sus ladridos —el ladrido de advertencia, el ladrido feliz, el ladrido enojado, el ladrido de conejo—, pero nunca antes había escuchado aquél. Era un sonido extraño: no fuerte, pero increíblemente claro, casi premonitorio. Algo en él me levantó el ánimo.

Mientras el solitario ladrido retumbaba en el acantilado, miré hacia abajo y vi una mancha verde corriendo por la playa.

—¡Lucas! —exclamé.

Papá me miró.

—Allá —señalé—. Es Lucas.

Estaba arriba, sobre las rocas, al pie del acantilado, brincando de piedra en piedra como una cabra montés, virando debajo de la saliente rocosa y apresurándose hacia el mar. Nunca había visto a nadie desplazarse tan deprisa. Descalzo, la ropa empapada y el cabello relamido por la lluvia, Lucas parecía y se movía como algo fuera de este mundo.

Me percaté apenas de que las cabezas giraban y los dedos lo señalaban. Escuché a papá decir:

—¿Qué diablos...?

Lucas entonces se arrojó desde la base del acantilado y comenzó a nadar hacia la niña, atravesando las olas como un torpedo. Pareció no haber pasado ni un instante. No pueden haber pasado ni veinte segundos desde el momento en que lo vi hasta el instante en que alcanzó a la niña. Fue todo tan fácil, tan natural.

Sin siquiera detenerse Lucas tomó a la niña bajo el brazo, se reclinó sobre el costado y nadó con un solo brazo hasta la orilla, dirigiéndose hacia una pequeña caleta arenosa que había a la derecha del promontorio.

—¡Dios mío! —dijo papá... sacudiendo la cabeza con admiración. Lo miré.

—Se llama Lucas.

—¿Lucas?

—El chico guapo del puente... ¿recuerdas?

Nos miramos por un momento. Había cien preguntas en los ojos de papá, pero ambos sabíamos que no era el momento de hacer preguntas. Volvimos la atención a la playa, donde Lucas salía a zancadas de las olas con la niña en brazos. La tormenta había amainado de repente. Seguía lloviendo, pero el viento ululante se había aplacado y el aire estaba en calma. La multitud se había congregado en el promontorio sobre la playa y observaba la escena con expresión aturdida: ¿Quién es él? ¿De dónde vino? ¿Qué está haciendo?

Lucas no pareció darse cuenta. Depositó a la niña en la arena y se arrodilló a su lado. La niña se veía pálida y débil, pero sus ojos estaban abiertos y noté que movía la cabeza. Las olas habían desacomodado su pequeño y patético bikini negro. La parte superior estaba torcida sobre un hombro y la parte inferior estaba a medio muslo.

Tal vez si hubiera estado en peores condiciones, sin respirar o seriamente lastimada, Lucas no se habría molestado en tratar de ponerla decente. Sólo la habría puesto a salvo y habría comenzado a darle respiración artificial. Pero sí respiraba y no estaba ahogándose o vomitando y había gente mirando, de modo que, ¿qué daño podía hacer tapándola, ayudándola a verse presentable?

¿Qué daño podía hacer?

Probablemente ninguno si la madre de la niña no hubiera aparecido en la playa en el preciso momento en que él delicadamente le acomodaba la ropa.

La voz de la madre tronó enojada.

—¿Qué haces? ¡Aléjate de ella! ¡Aléjate de mi hija!

SEIS

En cuanto oyó la voz, Lucas alzó la mirada. La mujer se abalanzaba sobre él atravesando la arena, los ojos desorbitados, el cabello lacio revoloteando al viento y sus facciones desencajadas por la rabia. Blandía enrollado en su mano un programa de la regata y gritaba como una bailarina africana frente al fuego.

—¡Pervertido! ¡Aléjate! ¡Vamos!

Lucas estaba demasiado impactado como para moverse. Mojado hasta los huesos, con la pequeña niña temblando junto a él y la tormenta desencadenada a su alrededor, se quedó mirando fijamente a la mujer con ojos desconcertados y una confusa inocencia en el rostro... ¿Qué sucede? ¿Qué he hecho? ¿Cuál es el problema?

La mujer se aproximaba.

—¡Aléjate, Kylie! ¡Aléjate de él *ahora mismo*!

La niña estaba aturdida y asustada, y el chillido repentino de la voz de su madre la hizo ovillarse en los brazos de Lucas. Él respondió instintivamente con un abrazo suave y una sonrisa tranquilizadora. Fue entonces cuando la mujer lo golpeó en la cabeza con su programa enrollado.

—¡Déjala en *paz*! —le rugió en la cara.

Alguien rio nerviosamente desde el promontorio.

Lucas se puso se pie y se echó hacia atrás.

—No la estaba lastimando —fue todo lo que dijo.

La mujer lo golpeó de nuevo, luego reacomodó a tirones el

bikini de su hija y comenzó a arrastrarla por la playa, sus helados ojos fijos en Lucas.

—Tú... yo sé lo que eres. ¡Eres un pequeño y sucio *bastardo*!

Lucas se había quedado sin habla. Miró en torno suyo con la boca abierta hacia las personas en el promontorio. Lo miraron de vuelta con ojos muertos, sin decir nada. No querían saber. Aquello no tenía nada que ver con ellos.

Mientras pasaba todo esto yo sólo me quedé ahí parada mirando hacia abajo, demasiado entumecida para hacer nada. Una sensación de irrealidad me aprisionaba, sustrayéndome de aquel instante. Era como si estuviera viendo una película o una obra de teatro. Aquello sucedía, yo estaba ahí, pero no formaba parte de ello. No podía participar. Estaba demasiado lejos. Todo lo que podía hacer era mirar hacia abajo sin poder creerlo mientras la escena de pesadilla se desarrollaba en la playa.

La mujer se había retirado y defendía su postura en lo alto de la playa, sin aliento y con una mirada bestial. Su hija estaba parada junto a ella, llorando y temblando, jaloneando patéticamente las cintas de su bikini. Las personas en la saliente comenzaban a murmurar entre sí. Había ahora unas treinta o cuarenta personas. No podía ver a Angel o a Brendell o a Bill, pero podía ver a Jamie y a Sara parados al fondo. Jamie se había vuelto a poner su suéter y parecía haber recobrado la compostura. Había recuperado el control de sí mismo y hablaba tranquilamente con una pareja del pueblo, señalando hacia la playa, explicando algo, sacudiendo la cabeza en señal de preocupación. Entretanto, Sara se había separado de él y estaba aparte, estudiando la multitud. Su rostro estaba marcado por esa pasión sin emociones que ya antes había notado, como si para ella todo fuera un juego, un juego lejano. El juego de la multitud, la dinámica de la multitud...

La multitud...

Las multitudes son algo extraño. Tienen una mente colectiva propia, una mente que ignora el sentido de las partes que las constituyen y que se nutre de las más bajas pasiones. La multitud vio lo que sucedió, vio a Lucas clavarse en el mar para salvar a la niña, sabía la verdad... pero las multitudes olvidan muy pronto la verdad. El apasionamiento en los actos de la mujer había sembrado dudas en ellos. La mente colectiva estaba tomando el control. Podía verla cambiar de parecer. Podía ver cómo miraba a Lucas y podía imaginar su razonamiento: "bueno, algo debe haber hecho mal. Si no, ¿por qué habría de estar tan enojada la madre de la niña? Míralo, mira sus ojos: está asustado. El chico está asustado. Si no hizo nada, ¿por qué está tan asustado? Sí, debe haber hecho algo malo..."

Lucas comenzaba a alejarse, retrocediendo hacia las rocas, y eso sólo empeoró las cosas: admitía su culpa. La multitud pareció percibirlo, unificando su voz; esto aumentó la confianza en la madre de la niña, que comenzó a gritar de nuevo.

—No creas que te saldrás con la tuya, pequeño *pervertido* mugroso. Te vi, todos vimos lo que hiciste... Te voy a echar a la policía. Sí... anda, eso es, corre. Ya no te crees tanto, ¿verdad? —escupió en la arena—. ¡Dios! ¡La gente como tú me da asco! Voy a llamar a la policía...

El viento se había desatado de nuevo. Ráfagas de arena y lluvia revoloteaban en el aire, encapotando el cielo. Miré hacia abajo a través de la llovizna y vi a Lucas desvaneciéndose en silencio entre las rocas al pie del acantilado. La mujer seguía vociferando tras él. La multitud seguía mirándolo. Pero al menos nadie lo perseguía.

¿Al menos nadie lo perseguía...?

No podía creer lo que estaba pensando. Había salvado la vida de la niña cuando nadie hizo nada. Había salvado su *vida*... y ahora yo sentía alivio porque *nadie lo perseguía.*

Era increíble.

—Tengo que hablar con él —dije, dando la vuelta para irme.

Papá me tomó del brazo.

—Uaaa, no tan rápido.

—Tengo que hablar con él, papá. Tú viste lo que pasó.

—Espera, Cait. Cálmate.

—Pero tengo que seguirlo.

Me miró a los ojos.

—Sólo tranquilízate un minuto. Mírame... —su voz era tranquila. La lluvia goteaba en su frente—. Cait... mírame. No vas a ninguna parte hasta que me digas qué sucede.

—No sucede nada.

—¿De dónde conoces a ese muchacho?

—No hay tiempo, papá...

—Encuentra el tiempo —dijo calmadamente.

Lo miré a los ojos y suspiré.

—Lo conocí ayer en la playa. Hablamos... sólo hablamos de cosas. Es una buena persona, papá. No es justo.

—¿Dónde en la playa?

—Por la bahía, en el Point... pescaba cangrejos.

—¿Cangrejos?

—Sólo hablamos de cosas... Es como...

—¿Como qué?

Iba a decir: "es como tú", pero me pareció mal, de modo que no lo hice. Dije:

—Te caería bien si lo conocieras. Es bueno, papá. De verdad. Tú viste lo que hizo. Esa niñita habría muerto de no ser por él. Nadie pensaba hacer nada. Y luego esa estúpida mujer viene y...

—No puedes culparla, Cait. Sólo intentaba proteger a su hija.

—Pero Lucas no hizo nada...

—Lo sé, amor —apretó mi mano—. Mira, no te preocupes, hablaré con ella. Le explicaré lo que pasó. Estoy seguro de que lo entenderá.

—¿Hablarás con ella ahora?

Lo pensó por un momento, y luego asintió.

Lo miré.

—Tengo que ir tras él, papá. Antes de que sea demasiado tarde...

—¿Demasiado tarde para qué?

Miré hacia la playa. La lluvia caía en apretadas ráfagas que disolvían el paisaje en una mancha incolora. Sólo podía distinguir la silueta oscurecida de los acantilados, pero el resto era una cobija grisácea. Ninguna perspectiva, ninguna altura, ninguna distancia, ningún mar, ninguna tierra firme... sólo un cambiante muro de lluvia.

—¿Adónde irá? —preguntó papá.

—No lo sé —admití—. Probablemente hacia el bosque.

—¿Al otro lado del Point?

Asentí.

112

Sacudió la cabeza.

—No irás ahí.

—Si me voy ahora, puedo alcanzarlo en la playa.

Papá pareció titubear.

—Por favor —supliqué—. Sólo quiero hablar con él... no tardaré. Sólo quiero asegurarme de que se encuentra bien. ¿Por favor?

Ahora que lo pienso en retrospectiva, descubro cuán difícil debió ser esta decisión para papá. Por lógica tendría que haber dicho que no. Sus instintos deben haberle dicho que dijera que no. ¿Por qué debía dejar a su hija de quince años correr tras un joven extraño en mitad de una tormenta? ¿Por qué habría de confiar en ella?

¿Por qué?

Porque la amaba.

—Anda, vete, pues —dijo finalmente. Había un dejo de tristeza en su voz, y por un instante cruzó por mi mente la idea de no ir. Era imprudente, era injusto, era estúpido y egoísta... Pero entonces papá limpió de mi mejilla una gota de lluvia y sonrió—. No me decepciones, Cait. Estoy poniendo más fe en ti de la que puedo darme el lujo de perder.

—No te preocupes, papá —lo besé—. Gracias.

—Bien, será mejor que nos vayamos a hablar con la señora loca. Llévate al perro. Te veré de vuelta en casa... Si no estás de vuelta a las seis...

Pero yo ya no podía escucharlo: había atravesado ya medio campo.

Hay algo emocionante en una playa empapada por una tormenta. A pesar de la amalgama de emociones que se revolvían dentro de mí, no pude evitar sonreír mientras corría por la arena con Deefer a mi lado, con las olas reventando en la orilla y la canción del viento aullando en la lluvia. Aquello era energizante, me hacía querer gritar y volar. La playa se veía árida y desierta, y no era difícil imaginarme como la única persona en el mundo, al pie de los acantilados, junto al único mar... Así es como debió de ser hace cien mil años, pensé. Sin gente, sin autos, sin bandas de música, sin juegos, sin odio, sin corazones retorcidos... sólo esto, las estaciones y los cielos y la lluvia y el viento y las mareas... Nada que recordar ni desear. Luz. Oscuridad. Un latido. Sin palabras en que pensar. Sin emociones que no fueran naturales, nada por evitar excepto el hambre y el frío. Sin mañana. Sin nombres, sin historia, ningún lugar a donde ir. Nada que hacer.

Nada que hacer salvo correr.

Corrí.

Hacia abajo por el sendero del acantilado, cruzando bardas y arroyos, a lo largo de la playa oeste al pie de la pared de roca, luego a través del rompeolas y hacia afuera por el lado este de la isla, donde la arena se transformaba en guijarros que crujían agradablemente bajo mis pies.

Ahora me sentía en casa.

Ése era mi mundo, mi playa, mi isla.

Ése era mi tiempo.

Aminoré el paso orillándome hacia el terreno más alto, cerca del saladar, donde el camino se volvía más fácil. Deefer me siguió. La lluvia había esponjado y oscurecido su pelaje, y mientras trotaba por la playa, con la lengua de fuera y su mirada salvaje al viento, me pareció una bestia primitiva.

A mitad del recorrido por la playa me detuve a secar la humedad de mi rostro. No podía distinguir si era lluvia o sudor.

La tormenta había amainado un poco. Aunque aún llovía intensamente, el cielo se había despejado lo bastante para dejarme ver hacia dónde me dirigía. Miré de un extremo al otro de la playa. Altos pastizales se mecían al viento y la arena se deslizaba al ras del suelo. En la playa rodaban pedazos de basura: flotadores desechados, pedazos de plástico y de cartón, cascarones vacíos de huevos de molusco.

Ni rastro de Lucas. Al menos ningún signo visible.

Podrá parecer tonto, pero podía sentir su presencia. Había un rastro invisible —aunque perceptible— en el aire. Como un túnel transparente o la estela que deja un pez en el mar. Podía verlo y, sin embargo, no podía verlo. Podía sentirlo. Seguía la línea de la playa justo fuera del alcance de las olas, serpenteando y virando bruscamente aquí y allá para evitar castillos de roca y bancos de arena, antes de desaparecer en la penumbra, en dirección al Point.

Corté hacia la playa y seguí el rastro. Cuando lo perdía, Deefer lo seguía por mí. Trotaba por el túnel invisible con la cabeza en alto y meneando la cola mientras yo trotaba a su lado.

Al pasar por él, la estela se dobló sobre sí misma y se desvaneció como si hubiera cumplido su misión.

Rodeaba el Point cuando escuché ladrar a Deefer. Era su extraño ladrido nuevo, el del acantilado, pero esta vez ya sabía qué significaba. Alcé la vista y vi a Lucas a unos cincuenta metros por delante de nosotros. Comenzaba apenas a atravesar los pantanos. Entre la cortina de lluvia y la bruma del mar, por momentos parecía que caminaba sobre el agua.

Lo llamé:

—¡Lucas, Lucas! ¡Hey, Lucas!

Se volvió y se asomó a través de la lluvia. Lo saludé con la mano, pero él no saludó de vuelta. Es el gorro de lluvia y la capa, pensé. No me reconoce.

—Soy Cait —le grité—. Cait McCann.

Aún no daba señas de reconocerme. Sólo se quedó ahí parado, una distante estatua verde bajo la lluvia. Entonces comencé a pensar que tal vez estaba cometiendo un grave error, que estaba haciendo el ridículo. Es decir, ¿en qué estaba pensando? ¿Por qué demonios querría él hablar conmigo? ¿Qué era yo para él? No era nadie, sólo una niña estúpida que había conocido en la playa, otra tonta isleña. No era mejor que el resto de ellos... Diablos, ni siquiera me recordaba.

Pero entonces lo vi sonreír y levantar la mano y hacerme señas para que me acercara.

Mientras atravesaba el Point podía escuchar una pequeña voz susurrando en el fondo de mi cabeza. ¿Así se supone que debe ser? ¿Así es como se supone que una debe sentirse? ¿Como en una montaña rusa? ¿Como en un torbellino de emociones arremolinadas en un solo minuto? ¿Como el cielo y el infierno, dulce y amargo, claro y oscuro...? ¿Como perder la cabeza?

Me costaba trabajo caminar. Mis pies parecían haber duplicado su tamaño y seguían tropezando en los guijarros. Deefer, sin embargo, brincoteaba como un cachorro. Corrió hacia Lucas y se detuvo frente a él. Luego se sacudió tan fuerte que casi se cae.

—Hola, perro —le dijo Lucas.

Deefer puso los ojos en blanco, como un tonto enamorado. Luego se sacudió de nuevo y se sentó. Lucas posó la mano en su cabeza y ambos me observaron mientras subía a trompicones playa arriba.

—Linda capa —dijo Lucas cuando me detuve frente a él.

—No es una capa —jadeé—. Es un poncho multiusos.

Sonrió.

—Es muy amarillo.

—El amarillo no tiene nada de malo.

—Es verdad —asintió.

Goteaba su cabello oscurecido por la lluvia y su ropa pesaba por la humedad. La tela sucia se adhería a la forma de su cuerpo. Mientras Lucas me observaba en silencio, me tallé del ojo un poco de arena inexistente y miré a mi alrededor. La lluvia salpicaba los pantanos detrás de él, emitiendo un repiqueteo sordo en el suave fango negro y llenando el aire con un débil olor a podredumbre. Más allá de los pantanos, los bosques estaban envueltos por un velo de neblina.

Debo de haberme sentido rara, supongo. Parada en una playa desierta bajo la lluvia, ataviada con un gorro de lluvia y una ridícula capa amarilla, hablando casualmente con un extraño muchacho empapado hasta los huesos; no fue así, no me sentía extraña, en absoluto. De hecho, me sentía bastante bien. No comprendía nada y no estaba segura de por qué me sentía bien, pero eso no parecía importar.

Pero entonces, justo cuando empezaba a disfrutar aquella sensación, la montaña rusa rugió y recordé lo que supuestamente había ido a hacer ahí: la niña pequeña, su madre loca, la muchedumbre; y la sensación agradable se esfumó.

—Vi lo que pasó en los acantilados —comencé a explicar—. Yo estaba ahí con mi padre. Lo vimos todo. Fue terrible... no lo que tú hiciste, eso fue increíble, sino lo que pasó después con esa mujer...

—Vamos —dijo Lucas—. Salgamos de esta lluvia.

—Mi papá dijo que él lo arreglaría todo...

—Podemos hablar de eso más tarde. Ahora necesito ponerme algo de ropa seca.

—Ah, claro, por supuesto —miré alrededor—. ¿En dónde...?

—Sígueme —dijo.

Se dirigió a los pantanos.

Tal vez sea porque perdí a mi madre o acaso es sólo porque soy algo cobarde, el caso es que no me gusta hacer cosas que sé que molestarían a papá. No es que tema que se entere y me castigue, porque sé que no me castigaría. Nunca lo ha hecho. No necesita hacerlo. Su decepción sería suficiente castigo. Y si esto suena bueno para ser verdad, pues ni hablar. Así son las cosas.

Cuando estoy haciendo algo que sé que no debería estar haciendo, siento náuseas.

Así me sentía mientras seguía a Lucas hacia los pantanos. Mi estómago revoloteaba, mi corazón palpitaba como un tambor y la voz de papá resonaba como un eco en mi cabeza. "No irás ahí... No me decepciones, Cait. Estoy poniendo más fe en ti de la que puedo darme el lujo de perder... No me decepciones..."

No quería decepcionarlo, no merecía que lo decepcionara. Pero a veces toma el control un poder superior, algo que se esconde muy dentro de ti, más allá de tu ser consciente, y te descubres haciendo cosas que normalmente jamás harías. Puedes poner las excusas que quieras —no dije que *no iría* a los bosques, *no prometí* nada, ¿o sí?—, pero sabes en tu corazón que sólo te engañas. Está mal, pero lo haces de cualquier forma.

Así que limítate a hacerlo.

Nos detuvimos en el borde de los pantanos. Nunca antes había estado tan cerca de ellos y mis sentidos se conmovieron con su mórbida belleza. El olor a podrido era más fuerte ahora. Era el olor del agua estancada, el ácido olor de lodo viejo y ennegrecido. La lluvia había parado y un sol pálido luchaba por abrirse paso a través de las nubes. Las arenas movedizas de los pantanos se extendían frente a nosotros, llegaban hasta los bosques de enfrente; una viscosa explanada marrón brillaba opacamente en la luz extenuada. Sonidos débiles y burbujeantes flotaban hasta la superficie. Goteos, chasquidos y acuosos *pops*, el sonido de gusanos y moluscos en sus asuntos fangosos, tal y como lo habían hecho durante millones de años. Así es como debe de haber sido, pensé. Nada que recordar o querer. Luz. Oscuridad. Sin palabras en qué pensar. Sin mañana. Sin nombres, sin historia...

—Tendrás que quitarte los zapatos y los calcetines —dijo Lucas. Comencé a desatarme los zapatos.

—Yo iré primero —explicó, quitándose las botas—. Sigue mis huellas —me miró—. Las sigues con precisión, ¿Ok? Ni media pulgada fuera.

Asentí, mirando dubitativa hacia el lodo.

—No te preocupes —dijo—. Es facilísimo.

—¿Pero cómo sabes adónde vas?

Ladeó la cabeza.

—Es fácil, puedes ver el suelo firme. Mira —hizo un gesto con la mano, indicando un sendero inexistente—. ¿Notas cómo colorea el aire?

Todo lo que yo podía notar era el lodo. Ladeé la cabeza, como había hecho Lucas, pero aún no podía ver nada. Pensé en el túnel invisible de la playa intentando recordar cómo había logrado verlo, pero ya no recordaba cómo se veía. No podía recordarlo en absoluto.

—¿Y qué hay con Deefer? —pregunté.

Lucas colgó las botas alrededor de su cuello.

—Es un perro —dijo, encogiéndose de hombros—. Los perros ven lo que necesitan ver. ¿Estás lista?

Metí zapatos y calcetines en mis bolsillos, eché al lodo un último vistazo y asentí.

Comenzamos nuestro camino.

Sentía como si estuviéramos saltando en las orillas de un precipicio.

Comencé a respirar de nuevo después de algunos pasos titubeantes. No estaba tan mal. La superficie era resbalosa y grasienta y no me gustaba la forma como rezumaba entre mis dedos y succionaba mis pies. Sin embargo, el piso debajo se sentía bastante seguro, aunque seguía sin verse demasiado seguro. Parecía que estaba caminando sobre la superficie de una espesa sopa marrón... Pero cuanto más avanzaba sin hundirme, tanto más fácil era ignorar lo que mis ojos me decían y escuchar a mis pies. Mis pies me decían: esto está bien. No es la sensación más maravillosa del mundo... pero está bien.

Lucas caminaba despacio, plantando cuidadosamente un pie frente a otro, dejando claras huellas para que yo las siguiera. En cuanto levantaba un pie, las huellas se llenaban de agua negra y granulosa. El agua estaba helada, como grasa helada.

—¿Vas bien? —me preguntó.

—Perfecto —le dije, tratando de sonar relajada.

—Avísame si voy muy deprisa.

—Sí, no hay problema.

Se detenía de vez en cuando, estudiaba el terreno y luego giraba hacia la derecha o hacia la izquierda. Cada vez que cambiábamos de dirección, Lucas me miraba sobre el hombro y decía alguna cosa.

—Ahora vamos hacia la derecha... Por aquí... unos diez pasos... Vuelta abrupta en un minuto...

Deefer trotaba junto a él. De vez en cuando Lucas le tocaba ligeramente la cabeza o susurraba una palabra por lo bajo y Deefer se detenía y caminaba en fila india por algunos metros. Luego, al ensancharse nuevamente el camino escondido, volvía a alcanzar a Lucas y retomaba su lugar junto a él.

Cuando llegamos a la mitad ya me sentía lo bastante segura como para moverme sin mirar fijamente el camino. Sabía que estaría bien mientras siguiera a Lucas. Alcé la cabeza y miré alrededor. A la derecha, el mar abierto apaciguaba después de la tormenta. Turbias olas marrón lamían cansadamente la orilla mientras, más allá, el océano se bamboleaba ebrio contra el cielo, y espectros de lluvia se proyectaban en vertical desde las oscuras nubes en el horizonte. La bahía poco profunda a nuestra izquierda había desbordado la ribera. Podía ver el agua llenar los caminos lodosos a través de las aulagas. El agua se drenaría en las marismas y pronto los senderos estarían limpios de nuevo, mas no lo bastante pronto para mí. Ese día no volvería a casa por ahí.

Los bosques frente a nosotros se volvían cada vez más claros. Más claros pero más oscuros. Los matorrales enmarañados estaban negros por la lluvia y los árboles estaban torcidos en posturas melancólicas que parecían desafiar las leyes de la naturaleza. Rizos y cuencos ribeteados con raíces colgantes, extremidades volátiles, troncos enredados, extrañas espirales donde las ramas se habían unido cual serpientes enroscadas...

—¿Viste esto?

Lucas se había detenido junto a los restos de un viejo barco de madera. No quedaba mucho de él: media docena de vigas renegridas asomándose a través del lodo, delgadas astillas de tablones podridos, uno o dos rizos de metal oxidado.

—Es un barco de ostras —le dije—. Lo usaban para pescar ostras a todo lo largo de la bahía, en torno al Point...

—¿Ostras?

Asentí.

—Ya se acabaron.

—¿Qué les pasó?

—Supongo que las pescaron todas. Como todo lo demás. Uno o dos de los chicos todavía van de vez en cuando, pero en estos tiempos hallan apenas suficientes para llenar una canasta. La verdad es que es triste.

—¿Por qué?

Lo miré.

—Pues... no está bien, ¿o sí?

—Tenemos que comer.

—Pero no tenemos que sacar todas y cada una de las ostras del mar, ¿o sí? Si la gente no hubiera sido tan codiciosa, todavía quedarían algunas.

Lucas recogió un trozo de madera húmeda del naufragio y lo desmoronó con los dedos.

—¿Quedarían para quién?

—¿Cómo?

—¿Para quién quedarían?

—Pues... para nosotros, para nosotros, para ellas mismas... No sé. Ya sabes lo que quiero decir.

Se limpió las manos en la camisa.

—¿Qué se supone que ocurrió con los hombres de este barco?

—Se ahogaron, supongo.

Asintió reflexivamente, mirando fijo más allá del barco náufrago hacia las profundidades del lodo.

—Estarán todos ahí abajo, ¿no es así? —dijo en voz baja—. Los pescadores, las ostras... Ahora todos son iguales...

Su voz se fue perdiendo mientras miraba fijamente el lodo sin mirar y por un momento todo estuvo en silencio. Nada se movía. Ni los pájaros ni el viento ni las olas. Miré a Lucas. Vi su piel, su ropa, su cabello, su cuerpo, sus pálidos ojos azules, su sonrisa triste, su presencia efímera. Y luego el aire comenzó a moverse de nuevo. Un viento apacible silbaba a través de los llanos, limpiando los estanques del agua de la superficie, revelando innumerables conchas diminutas que despuntaban sobre el lodo. Brillaban blancas y rosadas a la luz del atardecer, como pequeñas uñas con esmalte.

Temblé.

De repente comencé a sentir frío.

Lucas salió de su trance.

—Vamos, hay que salir de aquí.

— Tú primero —le dije.

—Estarás bien. El resto del trayecto es seguro. Mira —señaló a Deefer, quien corría por el lodo sacudiendo un racimo de algas en el hocico—. Todo el camino es terreno firme.

Miré hacia los bosques. Estábamos más cerca de lo que pensaba. A veinte metros de allí el lodo se fundía con una angosta playa de arena oscura y pedregosa, y más allá descansaba una hilera de árboles raquíticos que saludaban con sus deformes dedos.

—No te preocupes —dijo Lucas—. Es más bonito de lo que parece.

Más vale, pensé mientras chapoteábamos a través del lodo. Comenzaba a sentirme un poco harta del frío y la humedad y la confusión de todo aquello. Me vendría bien algo bonito.

Ahora reconozco que fue una tontería. Seguir a alguien a quien apenas conocía en medio de un bosque aislado, sola, sin salida y sin que nadie supiera dónde me encontraba... ¡Dios mío! ¡Fue increíblemente estúpido! Me estaba buscando un lío. Ahora me doy cuenta, pero en ese momento todo parecía estar bien. Y estaba bien. No, estaba mejor que bien, era maravilloso. Fuera del pequeño y extraño incidente en el barco, cuando Lucas pareció entrar en trance por un instante, nunca en mi vida me había sentido tan relajada. Y eso al final de un día en el que me habían escupido, humillado, aterrorizado, enfurecido, empapado, congelado y *montañarusificado*.

Sí, fue una tontería, pero todos debemos portarnos como tontos de vez en cuando. ¿No es cierto?

La lluvia goteaba de los árboles con suavidad mientras yo seguía a Lucas a lo largo de un sendero moteado de sol entre los árboles. Aunque el aire y la vegetación circundantes estaban mojados, el suelo estaba sorprendentemente seco. Era suave y blando, cubierto por una alfombra de hojas cerosas, y desprendía un dulce olor a tierra rica, oscura. El aire era húmedo y estaba en calma. De cerca, los árboles no eran tan raros como parecían al principio... pero aún eran bastante extraños. Soy bastante experta en esto de los árboles, conozco la mayoría de las especies, pero éstos me eran desconocidos. Algunos eran chaparros y rechonchos, con ramas raquíticas que crecían directamente desde el tronco mientras que otros parecían látigos y estaban torcidos, o eran pálidos y calvos, como si su corteza hubiera sido arrancada por una bestia hambrienta.

Caminamos en fila india por el angosto sendero. Lucas guiaba, caminando con la silenciosa confianza de alguien que sabe exactamente hacia dónde va. Deefer corría por todas partes olisqueando cuanto había a la vista, y yo sólo caminaba lentamente detrás en un silencio estupefacto. Nunca antes había estado en un lugar tan extrañamente hermoso. Era tan silencioso, tan tranquilo. Se sentía como el lugar más solitario del mundo.

A través de la maleza enmarañada alcancé a ver ocasionales destellos de la ensenada al otro lado del bosque. Contra la oscuridad de la densa vegetación, el azul del estuario refulgía como un zafiro. Recordaba a Bill decirme cómo había espiado a Lucas desde un barco en aquella parte... "íbamos a la deriva con el motor apagado cuando Lee vio a un chico desnudo en un estanque que se forma a la orilla del bosque... era él, el gitano tomando un baño." Extraje el recuerdo de mi memoria. Ahora estaba aquí. Estaba *aquí*. No quería pensar en Bill y los otros, eso quedaba allá *afuera*. No quería pensar en allá afuera.

Por delante de mí, Lucas se detuvo frente a un árbol delgado con un ribete de ramas colgantes. Se parecía un poco a un sauce llorón, sólo que más oscuro y más pesado, con hojas anchas y extraños y pequeños nódulos espaciados a lo largo de cada rama. Lucas apartó la cortina de ramas hasta revelar un pequeño claro en forma de media luna bañado de luz pálida.

—Después de ti —dijo.

Lo miré por un momento y luego entré en el claro. Era un claro resguardado como del tamaño de un pequeño jardín frontal, rodeado por arbustos de rododendro y desiguales conjuntos de árboles y cubierto por una alfombra de pasto verde brillante y musgoso. El pasto daba la impresión de no haber sido pisado jamás. A la orilla del claro un arroyo de agua dulce fluía suavemente sobre una cama de guijarros pálidos. Me adentré aún más, caminando con cuidado, disfrutando la suavidad del pasto musgoso bajo mis pies descalzos. El musgo húmedo estaba enjoyado con pequeñas flores azules y perlas de lluvia.

Justo a mi diestra, entre las ramas de dos árboles apartados por unos tres metros, colgaba un tramo de cobija color caqui. Rollos de cordel y pedazos de carrizo colgaban de una soga suspendida entre otras dos ramas y una variedad de cañas de pescar y palos afilados descansaban contra uno de los árboles.

Mientras estaba ahí parada, percibiéndolo todo, Lucas caminaba alrededor y tiró de la cobija para dejar al descubierto un cálido y pequeño refugio en el corazón de la arboleda. Tenía por techo unas láminas de plástico unidas con ramas, y las paredes eran una mezcla de lodo y cáñamo. Me acerqué más y me asomé al interior. Al frente del refugio vi los restos de una fogata sobre una ennegrecida laja de piedra. Había un tronco de árbol para sentarse y al fondo había una cama de helechos.

—Es maravilloso —dije.

Lucas entró y hurgó en el interior de una bolsa negra para

basura, sacando algo de ropa seca. Se veía exactamente igual que la ropa que llevaba puesta... sólo que más seca, por supuesto.

Me sonrió con torpeza y señaló hacia el cobertizo.

—Ponte cómoda, volveré en un minuto.

Desapareció para cambiarse en la parte trasera del refugio.

Me senté en el tronco y escruté el interior del cobertizo. Estaba bastante oscuro, pero no tenebroso, como el interior de una tienda de campaña. El aire tenía un agradable olor a vegetación húmeda. Imaginé a Lucas allí sentado, completamente cómodo y calientito, con la lluvia golpeteando en el laminado plástico, una fogata de leña ardiendo, el olor del humo flotando en la lluvia... y me recordó un libro que había leído cuando era niña: *My Side of the Mountain*, de Jean George. Es la historia de un niño llamado Sam Gribley, que se fuga de su casa en Nueva York para vivir en el tronco quemado de un abeto en las Montañas Catskill. Sam aprende a vivir de la tierra alimentándose de moras y raíces, atrapando venados y conejos... incluso domestica a un halcón joven para que lo ayude a cazar. Hay una escena en el libro donde Sam está sentado dentro de su abeto en mitad del bosque en una fría noche invernal. Está nevando. Todo es silencio. Se siente solo. Mira al halcón en su percha, acicalándose y limpiando su pico, y se pregunta: ¿Qué hace que un pájaro sea un pájaro y que un niño sea un niño?

Siempre me gustó esa parte. ¿Qué hace que un pájaro sea un pájaro y que un niño sea un niño?

No puedo recordar cómo termina la historia...

Sí que puedo.

La soledad del niño puede más que él y lo hace dejar el bosque y regresar a vivir con su familia en Nueva York.

Nunca me gustó ese final.

Conforme mis ojos se ajustaban a la media luz del refugio, comencé a notar más detalles: una pequeña pila de libros destartalados en un rincón, un trozo de vela en una concha de cangrejo vacía, manojos de hierbas secas, un cuaderno y una pluma al lado de la cama, y, en la pared, una fotografía desteñida en un pequeño marco de madera. Me levanté para mirarla más de cerca. Era la fotografía de una linda muchacha sentada con las piernas cruzadas en el piso de una habitación casi desamueblada. La chica era delgada, como de unos veinte años, con rubio cabello en puntas, ojos tristes y labios rojo pálido. Llevaba un vestido liso de algodón blanco con detalles de listón y cuero y cuentas, y botas Doc Marten rojo sangre. La sonrisa en su rostro era distante.

Escuché pasos afuera y me alejé de la pared. Lucas entró seguido por Deefer. Se había puesto la ropa limpia y secado el pelo a tallones. Echó una mirada a la foto en la pared, luego me miró a mí.

—Es bonita. ¿Es tu novia?

Rio.

—No, no precisamente.

Se arrodilló junto a la roca renegrida al frente del refugio y comenzó a hacer una fogata. Sus manos se movían velozmente, juntando teas de una pila junto a la pared, añadiendo luego ramas y troncos para formar una pequeña pirámide en la roca. Mientras trabajaba noté una cicatriz en el interior de su muñeca izquierda: una débil línea punteada, con el tamaño y la forma de una media sonrisa. Parecía antigua. Parecía parte de él.

—Es mi madre —explicó apuntando en dirección a la fotografía en la pared—. Esa foto fue tomada hace unos quince años.

Accionó su encendedor y acercó la flama a la base de la fogata. Se alzó una columna de humo, crujió la leña y llamas pálidas comenzaron a lamer las ramas. Lucas las observó un rato, asegurándose de que prendieran bien. Luego se guardó el encendedor y se irguió. Volvió a mirar la foto. Su rostro era inexpresivo. Miré la fotografía de la joven. Ahora podía ver el parecido. La tristeza interior, la lejanía, la capacidad de hallarse en alguna otra parte...

—¿En dónde está ahora?

—No lo sé —respondió apartando de ella la mirada—. Supongo que habrá muerto.

—¿No lo sabes?

Sacudió la cabeza.

—Nunca la conocí. Cuando nací, ella no me podía cuidar... tenía muchos problemas personales. No estaba bien —Lucas se pasó los dedos por el cabello y me miró—. ¿Estás bien? Tengo un suéter en alguna parte, si es que todavía tienes frío.

—No, estoy bien.

Deseaba preguntarle más acerca de su madre, pero no sabía por dónde comenzar. En vez de eso, me quité el gorro y la capa y me calenté con la fogata, que ahora ardía bien. El humo flotaba hacia arriba y desaparecía a través de una abertura en el techo, dejando tras de sí un olor dulzón a cenizas de madera.

—Mi madre está muerta —le dije, sorprendida de mí misma—. Murió cuando yo tenía cinco años.

Lucas asintió.

—Debe de haber sido duro.

—En realidad, no. Al menos no para mí. Era demasiado pequeña para entenderlo. Casi no lo recuerdo. Sólo recuerdo su no estar ahí. Un día estaba y el siguiente se había ido. Supongo que cuando tienes cinco años es más fácil aceptar lo que no entiendes. Estás acostumbrado a eso. No comprendes la mayoría de las cosas. Pero sí que fue increíblemente duro para papá... en realidad, nunca se repuso. Creo que todavía se culpa por ello.

—¿Qué pasó?

Me senté.

—Volvían de una fiesta en Londres, donde habían ido a celebrar la publicación del primer libro de papá. Era muy tarde y el asfalto estaba helado. Papá había bebido, de modo que conducía mamá... Nunca he tenido el valor de preguntar si también ella estaba ebria, pero por lo que sé de ella, probablemente sí. Le gustaba la copa tanto como a papá —miré al suelo; podía sentir el escozor de las lágrimas en los ojos. Nunca había hablado de esto con nadie y no sabía por qué lo estaba haciendo en ese momento. Aspiré hondo y continué—. Hay un tramo solitario del camino como a tres millas de la isla que corta a través de un bosque en la colina. Probablemente has pasado por ahí si has caminado desde Moulton hacia acá.

Lucas asintió.

—¿Un bosque de pinos?

—Ése. Hay una curva abrupta al pie de la colina... Deben haber ido demasiado rápido o algo así, o tal vez atravesaron una parte congelada de la carretera, nadie sabe en realidad... En fin... perdieron el control y salieron del camino, volaron sobre una loma y se estrellaron contra un muro de ladrillo. Mamá murió al instante.

—¿Y tu padre?

—Pues, la verdad es que nunca ha hablado de ello, pero mi hermano me contó que, debido al mal tiempo y a lo remoto del lugar, nadie llamó a una ambulancia hasta como una hora después del accidente. Un conductor que casualmente pasaba por allí se detuvo a orinar o algo así. Vio el auto accidentado y llamó al número de emergencias. Cuando al fin llegó la ambulancia, papá estaba sentado en el asiento del copiloto con la mano de mamá entre las suyas. Tenía heridas en toda la cabeza y la sangre se había secado sobre su piel. Cuando uno de los paramédicos le preguntó si estaba bien, papá sólo lo miró y dijo: "La maté. Dios me ampare. La maté".

La fogata crujió y las llamas escupieron un ascua brillante. Lucas la empujó de vuelta con el pie.

—Siempre es duro perder a alguien. Deja en tu corazón un hueco que no se llenará jamás —dijo.

No pude hablar por un buen rato. Deefer estaba echado en el piso junto a mí y me distraje acariciando sus pesados pelos grises. Estaban mojados y brillantes, como alambre muy delgado. Mientras lo acariciaba, sus ojos se iban cerrando lentamente. Yo misma me sentía un poco amodorrada.

—¿Quieres comer algo? —preguntó Lucas al cabo de un rato.

—La verdad es que no me puedo quedar mucho tiempo...

—No tardará nada.

Antes que yo pudiera añadir nada, Lucas ya había pescado un par de ollas maltrechas y las colocaba en la hoguera sobre un artilugio hecho con alambres y palos. Una bolsa de cuero surgió de alguna parte, una cuchara de madera, la cantimplora, y él estaba de repente cocinando una comida de ingredientes secretos. Mientras lo miraba pensé en todas las preguntas que había querido hacerle, pero en ese momento no parecieron importar. No tenían ninguna relevancia. Lo único que importaba eran las cosas simples —calor, frío, aire, lluvia, comida— e incluso ésas no parecían importar mucho. Estaríamos bien en tanto el mundo siguiera girando.

—Tu hermano —dijo Lucas removiendo el contenido de sus ollas—. ¿Es el que tiene el cabello teñido de rubio?

—Sí —dije—. ¿Cómo lo sabes? ¿Lo conoces?

—No; lo he visto por allí, nada más. Pensé que se te parecía un poco.

—Muchas gracias.

—No, no quiero decir que se parecía a ti... Ya sabes lo que quiero decir.

—Sí, bueno... mientras no pienses para nada que soy como él.

—¿Por qué? ¿No se llevan bien?

—No. Por el momento, no.

—¿Por qué no?

—Es un cuento largo.

Ajustó algo en la hoguera, luego se sentó a un lado y lio un cigarro. Se tomó su tiempo, concentrándose en el tabaco y el papel, dándole la forma correcta. Luego lo introdujo en su boca y lo encendió con un tizón que había tomado de la fogata.

—Ese cuento largo —dijo exhalando el humo— no tendrá que ver con aquel hombre fornido de los acantilados, ¿o sí?

—¿Un hombre fornido?

—El riquillo guapo de espaldas anchas...

—¿Jamie Tait? —dije en estado de *shock*.

Sonrió.

—Creo que sí.

—¿Qué sabes de él?

—No mucho. Lo he visto por la playa un par de veces...

—¿Cuándo?

—Entrada la noche, principalmente. Con los demás.

—¿Quiénes?

Se encogió de hombros.

—La novia rica, la arroja-piedras, tu hermano y otros más: motociclistas, chicas, parásitos... no es de mi incumbencia, Cait, pero no son las mejores personas que hay en este mundo.

—Lo sé.

—Llevan el rencor en la sangre, especialmente Tait y su novia. Están enfermos de eso —volvió a mirarme—. La rubia de quien te pregunté antes, la que no tiene rostro...

—¿Angel?

Asintió mirando fijamente al corazón de la hoguera.

—Busca cosas que no debería buscar... no con ellos. La tumbarán, Cait. La enterrarán. Y de paso arrastrarán a tu hermano si no tiene cuidado.

Lo miré.

—¿Qué hacen en la playa por las noches?

Me miró de vuelta mientras sacudía la ceniza de su cigarro.

—Se arruinan los unos a los otros.

Era una forma curiosa de plantearlo —como antigua; especialmente viniendo de un chico—; pero de algún modo sonaba correcto.

—¿Cómo sabes todo eso?

Se limitó a encogerse de hombros.

—No sé a qué juega Dominic —dije—. Eso de juntarse con gente así... Es como si de pronto se hubiera convertido en alguien distinto. ¿Estás seguro de que era él?

—Cabello rubio corto, ojos color marrón, altura media...

Sacudí la cabeza y suspiré.

—¡Es tan tonto!

Lucas volvió a encogerse de hombros.

—Todos hacemos cosas tontas de vez en cuando.

Sí, pensé, debe de ser cosa de familia. Primero Lucas me ve con una pandilla de subnormales y ahora me tiene que advertir acerca de los amigos impresentables de Dominic. Debe pensar que somos unos disfuncionales o algo así.

Lucas apagó su cigarro y me sonrió.

—No, no me preocuparía demasiado por eso. Estoy seguro de que tu hermano es lo bastante inteligente como para no meterse en problemas. Seguramente se hartará de ellos tarde o temprano. Mientras tanto, estaré alerta. Si algo empieza a salirse de control, lo arreglaré.

—¿Cómo?

—No lo sé —sonrió—. Ya pensaré en algo.

Se puso de pie y se acercó a la fogata para revisar la comida.

—¿Por qué haces eso? —le pregunté.

—¿Qué? ¿Cocinar?

—No, quiero decir, ¿por qué habrías de querer ayudar a mi hermano? ¿Qué ha hecho él por ti?

—Nada, hasta donde sé.

—Entonces, ¿por qué ayudarlo?

—¿Por qué me ayudaste tú en el puente cuando los otros me arrojaban piedras? ¿Qué he hecho yo por ti?

—Bueno, nada... pero...

—Un minuto —con la cuchara sacó de la olla un trozo de carne, le sopló. Luego puso un pedazo en su boca y lo masticó—. Creo que está listo.

Lo miré.

—¿Tienes hambre? —preguntó.

Asentí.

Sonrió.

—Está bien. Comamos, entonces.

Sólo hasta aquella inusitadamente rica comida de cangrejo, papas hervidas, galletas duras y té negro conseguimos al fin discutir lo sucedido en la regata.

—Yo estaba con papá y Deefer en el acantilado —le conté—. Lo vimos todo. Fue increíble.

Lucas no dijo nada, se limitó a asentir despacio y se concentró en comer. Sólo había un plato: un destartalado cacharro de estaño que Lucas insistió en darme, de modo que él comía directamente de la olla. Tomó un pedazo de carne y se lo dio a Deefer, quien lo aceptó con inusitada elegancia.

—¡Menos mal que estabas ahí! —dije—. De no haber sido por ti, esa niñita se habría ahogado. Nadie más pensaba hacer nada. Yo no podía creerlo. No sé qué les estaba pasando.

—Es sólo uno de esos días.

—¿Qué?

—Hay días en que todas las luces se apagan y todo aquel con quien te topas es frío y amargo. No les importa nada. Hoy ha sido uno de esos días. ¿No lo sentiste?

Pensé en Tait y en Sara Toms y en Lee Brendell sobre el rompeolas... las miradas obscenas, la risa burlona. En realidad, pensé, ellos siempre son fríos y amargos. Pero entendí a qué se refería

Lucas. Todo el día hubo un regusto amargo en el aire.

—¿Y que hay de ti? —pregunté—. ¿Por qué tus luces no estaban apagadas?

—Lo estaban... Por eso la mujer pensó que estaba haciendo daño a su hija.

—Pero *no* era así.

Se encogió de hombros.

—Sólo hizo lo que pensó que era correcto.

—Bueno, pues de todas formas papá va a hablar con ella. Por eso te seguí, para decirte que todo se arreglará. Papá va a explicar lo que ocurrió; es más, a estas alturas ya lo habrá hecho. De modo que no hay de qué preocuparse. La mujer no llamará a la policía ni nada.

—Gracias, es muy amable de tu parte. Dile a tu padre que se lo agradezco.

Sorbió su té de una taza de estaño y miró hacia el claro. El sol había salido. Una luz pálida se filtraba a través de los árboles proyectando sobre el pasto sombras sinuosas y pequeños pájaros piaban en los arbustos iluminados por el sol. La oscuridad de la jornada parecía replegarse. Pero no para Lucas. A juzgar por su expresión, parecía no estar de acuerdo con que todo estaría bien.

—Estoy segura de que todo va a estar bien —le dije tratando de tranquilizarlo.

—Lo siento —dijo volteando hacia mí—. Por favor, no creas que estoy siendo ingrato. Es sólo que estas cosas tienden a permanecer, no importa lo que pase —se limpió la boca con la mano—. No importa lo que diga tu padre. Aun así la policía querrá hablar conmigo. Ya han comenzado a indagar.

—¿Por qué? No hiciste nada.

Me dirigió una sonrisa de complicidad.

—A la gente no le agrada cuando no sabe lo que uno es. No le gustan las cosas que no cuadran. Los asusta. Prefieren tener un monstruo conocido que un misterio desconocido. En un lugar como éste el miedo arraiga y se extiende. Se alimenta de sí mismo. Pronto la policía comenzará a hacerme preguntas y luego empezarán los rumores...

—Pero papá y yo podemos decirles a todos lo que pasó...

—No hará ninguna diferencia. Ya he estado aquí antes. Sé cómo funciona —comenzó a retirar las ollas—. Por eso es mejor que siga moviéndome.

—¿Qué quieres decir? ¿Te vas?

—No de inmediato. Pero en unos días empezará a volverse incómodo...

—Puede que no.

—Créeme. Así será.

—¿Y Dominic? Dijiste que lo vigilarías...

—Lo haré.

—¿Por cuánto tiempo?

—El tiempo que sea necesario, un día o dos, tal vez un poco más. Mira, estoy seguro de que él está bien; no te preocupes por eso.

No me preocupaba por eso... al menos no en ese momento. Por lo que a mí tocaba, Dominic podía irse al cuerno. Sólo que no quería que Lucas se fuera. Pero, ¿qué podía decirle? No podía decirle cómo me sentía. No podía suplicarle que se quedara, ¿o sí? Pensaría que soy una idiota.

—¿Por qué no te quedas hasta el próximo sábado? —sugerí.

—¿Qué habrá el próximo sábado?

—El festival de verano... Es realmente bueno. Puestos, baratijas, música... —hice una pausa al notar la sonrisa en su rostro—. ¿Qué?

—Suena bastante parecido a la regata.

—No, no. Es mucho mejor que la regata. En serio, lo disfrutarás.

—¿Hay carrera de balsas?

—No, definitivamente no. No hay carreras. Yo estoy a cargo del puesto de la sociedad protectora de animales... Bueno, no es que esté exactamente a cargo, pero ahí estaré. Puedes venir y saludarme... —titubeé—. Quiero decir, que si aún sigues por aquí... te podría mostrar todo, si quieres...

Sonrió de nuevo.

—¿Me comprarás un helado?

—Podría.

—Suena tentador...

—Creo que será agradable. Podrías conocer a mi papá.

—Eso me gustaría.

—¿Así que lo pensarás?

Se levantó y apiló las ollas y las demás cosas fuera del refugio. Luego se limpió las manos en el pasto húmedo y las secó en sus pantalones. Salí para reunirme con él. Aunque me sentía avergonzada por mi comportamiento, estaba contenta de haber hecho un esfuerzo por persuadirlo para que se quedara hasta el sábado. Me habría sentido más que avergonzada de no haberlo intentado. Lucas también se veía más alegre. La preocupación se había desvanecido de su mirada.

Mientras estábamos ahí parados, bajo la tibia luz del sol, mirando a Deefer brincar por el arroyo, con los pájaros cantando al fondo y el olor del humo de la madera flotando en la brisa ligera, pensé que habría hecho cualquier cosa para congelar aquel momento para siempre. Era tan callado y tranquilo, tan simple, tan sereno.

Volteé y vi que Lucas me miraba. Sus ojos brillaban con una claridad dulce y salvaje que me quitó el aliento.

—¿A dónde irás? —le pregunté.

—No lo sé... Por la costa sur, probablemente. Hay algunos lugares agradables en Dorset y Devon. Siempre he querido ver los páramos —sonrió—. Te enviaré una postal.

Nos quedamos ahí parados otro rato, sin saber qué decir. Parte de mí deseaba saber lo que estaba pensando, pero otra parte —la más astuta— se alegraba de no saberlo. A veces es mejor confiar en tu imaginación. Los hechos te pueden decepcionar, pero tu mente siempre te protegerá.

—Me tengo que ir —dije al poco tiempo—. Papá me estará esperando.

—¿Qué le vas a decir? —preguntó Lucas.

—¿Acerca de qué?

—De mí.

Por un momento me sorprendió su honestidad. Era la clase de pregunta que la gente *quiere* hacer, pero que casi nunca hace.

—Sólo le diré la verdad —respondí.

Lucas me miró y asintió.

—Algún día lo harás.

No estaba totalmente segura de lo que Lucas había querido decir, si es que había querido decir algo... Pero no me detuve a pensarlo demasiado.

Volví al refugio a recoger mi gorro y mi capa. Al salir noté una hilera de pequeñas figuras de madera alojadas en los juncos de la pared, sobre la cama de Lucas. Me hinqué para verlas más de cerca. Eran unas tallas de animales burdas pero sorprendentemente hermosas. Había como una docena, no más grandes que un dedo y talladas en madera que había sido arrastrada hasta la playa. Perros, peces, aves, una foca, vacas, un caballo... No había más que rasgos mínimos en la talla, pero la personalidad de cada animal se notaba a leguas. Junto a las figurillas, colgado en la pared con un lazo de cuero, había un cuchillo con empuñadura de hueso y una hoja de siete pulgadas. La hoja era pesada y ancha en la base y se estrechaba hasta una punta filosa como de navaja. Era difícil de creer que esas figurillas maravillosas pudieran hacerse con una herramienta de aspecto tan mortífero.

Extendí el brazo sin pensarlo y tomé una de las figuras, un perro que me pareció familiar.

—¿Qué te parece?

El sonido de la voz de Lucas me sobresaltó y me hizo girar bruscamente, manoseando con torpeza la figurilla entre mis dedos.

—Oh... lo siento... sólo estaba mirando.

—No hay problema —dijo sonriendo—. ¿Qué opinas? ¿Capturé su alma?

Miré la talla en mi mano. Por supuesto, era Deefer. *Era* Deefer. Su mirada, su cabeza, la manera como alza la cola, todo. Un Deefer miniatura en madera.

Reí.

—Es perfecto... Es *exactamente* como él. ¿Cómo lo hiciste?

—Sólo encontré un pedazo de madera y quité todos los pedazos que no eran Deefer.

Asentí vagamente, sin estar segura de si Lucas bromeaba o no.

—Te puedes quedar con ella, si quieres —dijo.

—¿Estás seguro?

—Es tu perro.

—Gracias —le dije frotando mi pulgar sobre la talla. Se sentía suave y cálida, casi viva. Me quedé ahí parada por un instante, tratando de pensar en algo más qué decir... pero no pude encontrar palabras para expresarme. De modo que sólo le agradecí de nuevo y metí la talla en mi bolsillo—. De verdad, ya me tengo que ir. Papá comenzará a preocuparse si no llego pronto.

—Cuando quieras —dijo Lucas.

Con una mirada final en torno mío, me puse el gorro, me eché la capa sobre el hombro... y seguí a Lucas fuera del bosque.

De saber que nunca volvería a ver el refugio y el claro, me habría permitido un adiós más prolongado, habría absorbido cada pequeño detalle hasta que su recuerdo se grabara firmemente y para siempre en mi memoria. El suave murmullo del arroyo, los rododendros y los árboles moteados de sol, ese inolvidable césped de joyas...

Pero no es así como funcionan las cosas, ¿verdad? Tal vez sea mejor así. Porque algunas cosas no están destinadas a ser nada más que un momento. Y aquella era una de esas cosas.

SIETE

Papá me esperaba en la cocina. Estaba sentado frente a la mesa con un vaso de whisky y un cigarro, leyendo un ejemplar muy sobado del *Ulises*.

—¿Lo alcanzaste? —preguntó distraídamente cuando entré.

Mi corazón palpitaba desbocado mientras le explicaba apresuradamente cómo había alcanzado a Lucas en el Point y que habíamos charlado y que luego me había pedido que le diera las gracias de su parte. Luego, antes de que papá tuviera oportunidad de interrogarme, le pregunté qué tal le había ido con la mujer de los acantilados.

—Me temo que no muy bien. Su nombre es Ellen Coombe. Es una de esas personas que no pueden ver la verdad aunque les pique los ojos. Le dije lo que pasó, pero sencillamente no quiso escuchar. Ni siquiera escuchaba a su propia condenada hija.

—¿Cómo está ella... la niñita?

—Un poco conmocionada, pero bien. Se llama Kylie —apagó su cigarro—. Se la pasó diciéndole a su mamá: "Me salvó, el chico me salvó", pero su madre no quería saber nada del asunto. No creo que le importe, para ser franco. Nunca preguntó si la niña estaba bien ni nada, incluso le gritó y comenzó a culpar a alguien llamado Derek. Creo que era quien estaba a cargo de la balsa. Pobre niña... Todo lo que parece interesarle a la mujer es causar problemas.

—¿Crees que llame a la policía?

137

Papá asintió.

—Ya he hablado con Lenny al respecto. Lo llamé y le expliqué todo. Le dije que estábamos dispuestos a hacer una declaración. Dijo que lo solucionaría, no debía de ser un problema.

Lenny Craine es el sargento de la policía local. Toda la vida ha sido sargento en la isla. Ya estaba aquí cuando mamá y papá llegaron por primera vez y ha sido lo más cercano a un amigo que papá tenga en la isla. Ayudó mucho después de la muerte de mamá... sobre todo evitando que papá se metiera en problemas. Se reúnen de vez en cuando y se van a pescar juntos. Al menos eso es lo que ellos dicen. Hasta donde sé, todo lo que hacen es sentarse en el bote el día entero a beber cerveza.

—¿Y qué hay de los otros? —pregunté.

—¿Qué otros?

—Los otros testigos. ¿También a ellos Lenny tendrá que tomarles declaración?

—No lo sé. Supongo que depende de si la señora Coombe desea presentar cargos o no.

—¿Presentar cargos?

—Oye, no te preocupes. Todo saldrá bien. Lenny es un buen hombre y mantendrá las cosas bajo control.

Sacudí la cabeza. Lucas tenía razón, ya podía presentir el comienzo de los rumores.

—Como sea —dijo papá dando un trago de whisky—, volvamos al Chico Maravilla.

—Es sólo un chico, papá...

Sonrió pensativamente.

—Cuéntame de él.

—¿Qué quieres saber?

—¿De dónde es?

—No lo sé.

—¿Cuántos años tiene?

—Quince o dieciséis, creo.

—¿Qué hace en la isla?

—No lo sé... Nada, en realidad. Hace algunos trabajos de vez en cuando... Sólo está de paso.

—¿Un nómada?

—Supongo.

—¿Un genuino vagabundo?

—No es un vagabundo. Es limpio e inteligente.

—¿Acaso dije que hubiera algo de malo con los vagabundos? Me *gustan* los vagabundos.

—¡No es un vagabundo!

—Entonces, ¿qué es?

Suspiré.

—Es sólo una persona.

—Está bien, tienes razón —encendió un cigarro mirándome a través del humo—. Y tú, ¿qué piensas de esta *persona*?

—Es interesante.

—¿En qué sentido?

—No lo sé... simplemente lo es. Mira... —saqué de mi bolsillo la talla de madera y se la pasé—. La hizo él.

Papá estudió la figura con cuidado, analizándola desde distintos ángulos, frotando su pulgar sobre la superficie, tal como yo lo había hecho antes. Al cabo de un rato dijo:

—¿Es quien yo creo que es?

Asentí.

—¿Verdad que es bueno?

—Muy bueno... En serio, muy bueno —me devolvió la figurilla—. Lucas casualmente la traía consigo, ¿verdad?

—Pues... sí.

—Ya veo.

—Ha leído tus libros...

—No cambies el tema.

—¿Qué? No estoy... sólo te decía que...

—No hay necesidad de preocuparse. Sólo estoy cumpliendo con mi papel de papá. Soy tu padre, ya lo sabes. Se supone que debo hacer preguntas incómodas... viene con la descripción del puesto.

—No me estoy preocupando.

—Pues eso parecía.

—Bueno, todas esas preguntas... es bochornoso.

—Se supone que lo sea. Ahora... déjame aclarar esto. ¿Me estás diciendo que pasaste las últimas —miró su reloj—, las últimas tres horas parada en la playa hablando con Lucas?

Me encogí de hombros.

—Estábamos sentados.

—¿Durante tres horas?

Me encogí de hombros.

—Estábamos hablando.

Me observó durante un largo rato. No era una mirada amenazadora, ni siquiera era una mirada inquisitiva. Era una mirada que decía: "Estos somos, estos somos tú y yo, y es todo lo que tenemos. No necesitas mentirme".

No me gustaba mentirle, me odiaba por ello, pero no me parecía que tuviera alternativa. Y además, podía escuchar el eco de la voz de Lucas en mi cabeza:

—*¿Qué vas a decir?*

—*¿Acerca de qué?*

—*De mí.*

—*Sólo le diré la verdad.*

—*Algún día lo harás.*

En ese momento no entendí lo que quería decir, pero creo saberlo ahora. Creo que se refería a esto: a esta historia. Éste es mi "algún día". Ésta es mi verdad. Creo que Lucas sabía, incluso entonces, que la historia acabaría por salir, y que cuando lo hiciera, papá lo entendería. Y creo que también papá lo sabía.

—Está bien —dijo con una sonrisa—. No voy a apenarte más —empinó el whisky de su vaso—. Sólo *ten cuidado*, Cait. ¿Entendido? Por favor, ten mucho cuidado.

Asentí. Tenía la garganta demasiado cerrada para poder hablar.

Papá se levantó y enjuagó su vaso en el fregadero. Dándome la espalda, me dijo:

—Hay mucha agua caliente por si quieres darte un baño.

—Me bañé esta mañana.

—Esta mañana tu cabello no olía a humo de fogata.

Al día siguiente por fin localicé a Simon por teléfono y me disculpé por no haber llegado a tiempo el viernes. Parecía no tener mayor problema con eso, aunque sentí algo de cautela en su voz. No había por qué sorprenderse, en realidad. Lo había decepcionado, lo había humillado. Tenía derecho a mostrar reservas.

Por un rato hablamos de esto y lo otro, sobre todo de asuntos de la sociedad protectora de animales. Hice mi mejor esfuerzo por parecer interesada, pero Simon no es el narrador más cautivante, y mientras mascullaba sobre los últimos sucesos con tanques de petróleo y sobre el campamento para remolques, mi mente divagó de nuevo hacia lo que Lucas me había respondido cuando le dije que, si la gente hubiera sido menos codiciosa, todavía quedarían algunas ostras. "¿Para quién quedarían?", me preguntó. En ese momento pensé que era una respuesta frívola, pero ahora ya no estaba tan segura. Esas tres palabritas me habían puesto a pensar y ahora comenzaba a hacerme preguntas que jamás me había hecho: ¿Para quién tratamos de salvar el planeta? ¿Para nosotros? ¿Para nuestros hijos? ¿No es eso increíblemente egoísta? ¿Autocomplaciente? ¿Egocéntrico? Y si no estamos tratando de salvar el planeta para nuestro propio bien, entonces, ¿qué estamos haciendo? ¿Qué derecho tenemos de decidir sobre el destino de cualquier cosa? ¿Quiénes somos para decir si una ballena tiene más valor que un mosquito? ¿O si un gorila es más importante que una mosca? ¿Un panda más importante que una rata? ¿Por qué afecta que saquemos todas y cada una de las ostras del mar? De cualquier modo morirán todas, ¿no? ¿No da todo vueltas y vueltas sin jamás cambiar en realidad...?

Eran sólo preguntas sin respuesta.

Simon había oído del incidente en los acantilados. Su padre había escuchado de alguien en el bar —quien a su vez lo había escuchado de alguien cuyo hermano conocía a alguien que de hecho había estado ahí— que la pequeña Kylie Coombe se había tirado de la balsa intentando impresionar a unos chicos que estaban en la playa.

—Tonterías —le dije—. Se cayó de la balsa. Yo estuve ahí, Simon. Vi lo que sucedió. Se resbaló y cayó, eso es todo.

—¿Y qué con el chico gitano?

—¡Oh, Dios! ¿Tú también?

—¿Qué?

—No es un *gitano*. ¿Por qué todos piensan que es un gitano?

141

Es sólo un chico. Y aunque *fuera* un gitano... digo, ¿qué con eso? ¿Qué tienen de malo los gitanos? No son monstruos, ¿o sí? ¡Dios! ¿Qué le ocurre a la gente por aquí? ¡Es como vivir con unos malditos ignorantes!

Silencio al otro lado de la línea.

—No me refería a ti —suspiré—. ¿Simon?

—Sólo era una pregunta.

—Lo sé... lo siento. Es sólo que me molesta cuando la gente hace suposiciones estúpidas acerca de cosas que no comprenden. ¿Qué oíste acerca de Luc...? —me interrumpí justo a tiempo—. ¿Qué oíste acerca de ese chico? ¿Qué dicen de él?

Titubeó. Creo que mi arrebato lo había asustado un poco.

—Depende de quién lo diga —dijo con cautela—. Unos dicen que Kylie estaba en aprietos. El mar estaba un poco picado y la empujaba hacia las rocas cuando el chico se tiró al agua y la sacó.

—¿Y los demás?

Bajó la voz.

—Ellen dicen que el chico estaba... ya sabes... que la estaba manoseando. Dice que tiene testigos.

—¿Quiénes?

—No sé... sólo te estoy diciendo lo que escuché.

Aspiré hondo para calmarme.

—Escucha, Simon —le dije—. Dile a tu papá, y a quien quiera saberlo, que Ellen Coombe es una mentirosa. Yo estuve ahí, lo vi todo. Kylie se estaba ahogando mientras los demás estaban parados sin mover un dedo. Lucas se tiró al agua y la salvó. No la tocó ni la lastimó. No hizo nada malo. ¿De acuerdo? No hizo *nada* malo.

—De acuerdo —dijo él a la defensiva.

—Mira, no es por atacarlos a ti o a tu papá. Sé que no es tu culpa. Sólo te digo lo que sucedió.

Hubo un breve silencio. Luego Simon dijo:

—¿Cómo es que sabes su nombre?

—¿Qué?

—Lo llamaste Lucas.

—¿Lo hice?

—Sí.

Sin apenas pensarlo le dije:

—Me lo dijo Joe Rampton. Lucas le hizo algunos trabajos. Así es como dijo Joe que se llamaba... Lucas... Me lo dijo el viejo Joe.

—Ya veo.

No parecía muy convencido... pero, francamente, no me preocupaba mucho. ¿Por qué había de hacerlo? Tenía que llevar las riendas de mi propia vida, ¿no es cierto? No tenía que contarle todo a Simon. Quiero decir: no es que fuera mi *novio* ni nada por el estilo. Y aun cuando lo fuera... Bueno, no lo era. Era sólo un amigo. Y si yo no quería contarle nada de Lucas... ¿qué con eso?

Cuanto más mientes, tanto más fácil resulta.

El único problema es que, después de un rato, acabas por mentirte a ti misma.

Como sea, acordé reunirme el miércoles con Simon para finalizar los preparativos del festival. No me sentía muy entusiasta al respecto y supongo que —para ser honesta— sólo estaba tratando de congraciarme con él por haberlo plantado el viernes. Al principio fue un poco incómodo. No sabía cómo reaccionaría si le sugiría venir acá, pero en realidad tampoco quería que nos viéramos en su casa. Era difícil elegir las palabras precisas. Él no me fue de mucha ayuda: sólo conseguía decir *mmm* y *ajá* mientras yo parloteaba como una tonta. Al final simplemente le dije:

—Está bien. Te veo aquí a las seis, ¿Ok?

—¿En tu casa?

—Sí, el miércoles. Seis en punto.

—Umm... está bien, ok.

—Y no te preocupes —le dije en tono de broma—. Estaré aquí, lo prometo. Estaré esperando en la puerta... Y si no... —quise pensar en algo gracioso, algún castigo hilarante al que me haría merecedora si rompía con mi promesa. Pero no se me ocurrió ninguna maldita cosa. De modo que sólo le dije—: Estaré aquí. Confía en mí.

—Está bien —murmuró.

Más tarde subí a mi habitación y escribí "Simon-miér@6" en una docena de papeles adheribles y los pegué por todas partes. En los muros, en el reloj, en el techo sobre mi cama, en el espejo. Incluso pegué uno en el cajón de mi ropa interior.

Todo pareció estar bien mientras trataba de convencerme de que todo daba igual, que nada me inquietaba, que debía de hacerme cargo de mi propia vida... Pero todavía me quedaba algo de conciencia. Puede ser que nada le importara a mi corazón, pero mi cabeza no pensaba lo mismo.

Pasé el resto del día sentada sin hacer nada en mi habitación: leía, pensaba, miraba a través de la ventana... Sólo dejaba pasar las horas. No sabía qué estaba esperando. En realidad, no importaba nada.

La casa se sentía extraña. Fría y asfixiante, como una casa que ha estado vacía por mucho tiempo. El viento hacía retumbar las ventanas. Crujía el piso de madera. El aire suspiraba en la luz fatigada. Me eché en la cama y miré al techo. Sólo alcanzaba a oír el tanque de agua gotear en el ático: *tac, toc, toc, toc... tac, toc, toc...* como un reloj claudicante. Era un sonido extrañamente hipnótico. Mientras lo escuchaba, mi mente se elevó hasta el techo e imaginé una corriente de viento frío en el ático y un olor a hollín y a madera vieja. Podía ver en mi mente las vigas oscuras y la luz del cielo brillando a través de las tejas agrietadas. Podía escuchar la lluvia tintinear en el tejado y los pájaros rascar los aleros... y yo estaba allí. Era otra vez una niña, jugando sola en mi universo de ático. Era un universo de cosas polvorientas que colgaban de las vigas: trozos de cuerda, bolsas sin forma, abrigos viejos, cajas de cartón, pedazos de madera, alfombras enrolladas, latas de pintura, maletas rotas, pilas de periódicos amarillentos atados con cordel... aquel mundo era todo lo que yo quería que fuera. Podía hacer una caverna de un pedazo de sábana vieja prendida de las vigas e imaginar que había naufragado en una isla desierta o que me había extraviado en el bosque...

Una puerta se cerró abruptamente en el piso de abajo y el recuerdo se desvaneció.

Estaba de vuelta en mi habitación. Ya no era una niña. Tenía quince años. En menos de un año sería lo bastante mayor para casarme y tener un hijo propio. La idea me provocó escalofríos.

OCHO

El martes comenzó aburrido y frío, pero a medida que fue avanzando, el sol se alzó a través de la bruma y el cielo nublado gradualmente floreció en un esplendoroso fulgor azul. Hacia la media tarde un calor sofocante impregnaba el aire que transformaba las piernas en plomo. El calor era casi paralizante. Incluso el mar parecía pasarlo mal. Sólo estaba ahí postrado, moviéndose apenas bajo el calor, demasiado sofocado para producir brisa.

Papá y yo condujimos hasta el pueblo para adquirir algunas provisiones y un par de revistas. Compramos las provisiones en la tienda local. Es más cara que el supermercado en tierra firme, pero papá tiene un arreglo amistoso con el tendero, Shev Patel. Papá le compra a Shev las provisiones y Shev le guarda una dotación de whisky irlandés. Ambos hacen trampa, por supuesto. Papá le pide a Rita Gray que le traiga algunas cosas del supermercado cuando ella va para allá y Shev le cobra de más a papá por el whisky. A ninguno de los dos parece importarle.

Cuando volvimos a casa había un auto de policía estacionado en el patio y Lenny Craine estaba sentado en el porche, enjugándose la frente. Es un hombre grande, con una de esas barrigas de hombre grande que parecen comenzar en el cuello y extenderse hasta las rodillas. Es también desaliñado. Su casaca estaba abierta, la camisa desabotonada y su cara era de un rojo brillante. Papá estacionó el auto y Lenny se acercó y nos ayudó a meter lo que habíamos comprado.

En la cocina papá sacó cervezas frías para él y para Lenny, y una Coca para mí. Nos sentamos a la mesa. Lenny tuvo que apartar la silla para que cupiera su barriga. Un ligero gruñido escapó de sus labios mientras se sentaba, una mezcla de cansancio y de esfuerzo excesivo debido al sobrepeso. Destapó su cerveza, tomó un trago largo y luego limpió la espuma que le había quedado en la boca. Se veía exhausto. Las ojeras bordeaban sus ojos, su piel tenía un tono cetrino. Su poco cabello tenía ese tono opaco que resulta de trabajar demasiado.

Desde luego que papá opinaba lo mismo.

—Espero que no te importe que lo diga, Lenny, pero tienes un aspecto terrible.

Lenny sonrió.

—Gracias —sorbió su cerveza y me miró—. ¿Y tú cómo estás, Caitlin? ¿Aún encauzas a tu viejo por la senda del bien?

Su tono era festivo, pero pude percibir la preocupación en su mirada. Realmente le preocupaba papá.

—Estoy bien —le dije—. Todo está bien.

—Bien —dijo—. Oí que Dom está de vuelta.

—No es que se note mucho —dijo papá con acritud, y ofreció un cigarro a Lenny.

Lenny sacudió la cabeza y extrajo unos papeles de su bolsillo. Los colocó sobre la mesa.

—Necesito tomar su declaración acerca de lo que sucedió en la regata.

—¿Ellen Coombe aún piensa levantar cargos?

Lenny suspiró.

—No creo que sepa lo que hace. Un minuto despotrica sobre encerrar al muchacho y al siguiente se queja de acoso policial. Creo que sólo le gusta ser el centro de atención.

—¿Y por qué, entonces, no le dices que se vaya al cuerno? Sabes que son puras mentiras.

Lenny pareció titubear.

—Es un poco más complicado que eso.

—¿Qué quieres decir?

Por un momento Lenny se quedó mirando la mesa sin responder. Finalmente respondió:

—Mira, tenemos que ser cautelosos en extremo con este tipo de cosas. Sabes cómo ha sido últimamente toda la cobertura mediática. Tenemos que asegurarnos de que se tomen en cuenta todos los puntos de vista. Debemos ser concienzudos.

—¿Y? —preguntó papá.

Lenny prosiguió:

—He hablado con todos los que estuvieron ese día en los acantilados, al menos con todos los que admiten haber estado ahí. Y también he hablado largo y tendido con el muchacho.

—¿Interrogaste a Lucas? —pregunté.

Lenny asintió.

—Tenía que hacerlo.

—¿Y qué dijo?

Me miró.

—¿Qué tan bien lo conoces?

De repente la habitación se quedó muy silenciosa. Podía escuchar el latido de mi corazón. Al responder no pude evitar que me temblara la voz.

—No lo conozco muy bien —dije—. Me he topado con él un par de veces en la playa, nada más.

Lenny asintió despacio. Miró a papá:

—¿Mac?

Papá sacudió la cabeza.

—No he tenido el gusto.

Lenny se volvió de nuevo hacia mí.

—¿Qué piensas de él?

Me sentí ruborizar.

—Creo.... Bueno, no sé... Creo que es agradable. Sé que no le haría daño a nadie. No le hizo daño a nadie.

Lenny no respondió, sólo me miró. Tenía una mirada extraña, una mirada que era casi temerosa, pero no del todo. Una extraña mezcla de curiosidad, suspicacia e incertidumbre.

—¿Te contó algo de sí mismo? —me preguntó.

—No mucho. ¿Qué te contó a ti?

Lenny sonrió.

—Me temo que eso es confidencial.

—¡Ah, vamos Lenny! —interrumpió papá—. Estás hablando

147

con nosotros. No estás en el estrado de los testigos en este momento. ¡Suelta la sopa, hombre!

—No puedo, John, no está permitido.

—Pero beber en horas de trabajo sí está permitido, ¿o no?

—Eso es distinto...

Papá sonrió.

—Te diré qué haremos... Tú nos cuentas acerca del chico y yo no te delataré por beber en horas de trabajo. Y te traeré otra, muy fría. ¿Qué te parece el trato?

Lenny sonrió.

—Eres un hombre malvado, John McCann.

—Vivimos en un mundo malvado, Lenny Craine —replicó papá—. Ahora, ¿qué sabes de ese chico?

Lenny había ido a buscar a Lucas el domingo después de la regata. No sabía con precisión dónde encontrarlo, de modo que sólo se puso en marcha siguiendo la línea de la playa en compañía de uno de los agentes policiacos de la isla, un joven llamado Pete Curtis. Habían oído que Lucas había hecho algunos trabajos para Joe Rampton y también habían escuchado rumores de que alguien acampaba en el bosque, así que su plan era registrar la playa, visitar a Joe y después dirigirse al Point. Mas, apenas habían comenzado a andar cuando Pete le dio a Lenny un codazo y le preguntó:

—¿Es aquel muchacho?

Lenny alzó la mirada para reconocer a Lucas caminando por la playa en dirección a ellos.

—No parecía preocupado —nos dijo Lenny—. Sólo caminó hasta nosotros con una sonrisa en el rostro, extendió la mano y dijo: "Mi nombre es Lucas. Supongo que me están buscando".

—¿Cómo supo dónde encontrarlos? —preguntó papá.

—No lo sé —dijo Lenny—. Para serles franco, fue un poco extraño —hubo un breve silencio mientras Lenny se asomaba pensativo por la ventana, frotando la parte trasera de su cuello; luego sacudió la cabeza, aspiró y siguió con su historia—. Lo llevamos a la estación. Le explicamos que habían interpuesto una queja y queríamos hacerle algunas preguntas. Pareció bastante satisfecho con ello. Cuando le dijimos que no estaba bajo arresto y que era libre de acudir a un abogado, sólo sonrió y dijo que no creía que fuera necesario. Así que lo hicimos sentarse y comenzamos con las preguntas habituales: nombre, edad, dirección... Y ahí es donde todo se volvió un tanto descabellado.

—¿Descabellado? —pregunté.

Lenny frunció el ceño.

—Nos dijo que se llamaba Lucas. Cuando le pregunté si se era su nombre o su apellido, sólo me miró y dijo: "Ninguno, es sólo Lucas". Le dije: "¿Qué quieres decir? No puedes tener sólo un nombre". Y él me respondió: "No es un delito, ¿o sí?"

Papá rio.

—Y bien, ¿lo es?

Lenny sacudió la cabeza.

—No lo sé. Tengo a alguien averiguándolo.

—¿No llevaba consigo ninguna identificación? —preguntó papá.

—Nada. Ni certificado de nacimiento, ni licencia de conducir, ni registros médicos. Nada de nada. Todo lo que tenía en los bolsillos era una navaja y algo de tabaco.

Le dije:

—¿Acaso no pueden rastrearlo en los registros de la computadora?

—No con un solo nombre.

Papá dijo:

—¿Y no le pediste que explicara por qué sólo tiene un nombre?

—Claro que lo hice. Dediqué a eso casi una hora. Todo lo que saqué en claro fue que el chico no sabe cuándo o dónde nació, que es huérfano y que no puede recordar los nombres o la ubicación de ninguna de las casas en las que fue criado.

Recordé la fotografía en la pared del refugio de Lucas, la bonita joven con el cabello rubio en puntas y ojos oscuros. Y recordé a Lucas diciendo: "Es mi madre. Esa foto fue hecha hace unos quince años... Supongo que habrá muerto."

—¿Y qué hay de su edad? —le pregunté—. ¿Dijo qué edad tiene?

—Dieciséis —respondió Lenny—. Lo cual, de ser cierto, significa que es libre de vivir como y donde le plazca. Y eso es exactamente lo que está haciendo.

—¿Qué quieres decir? —preguntó papá.

—Sólo vaga de un lugar a otro. Hace algún trabajo de vez en cuando, si necesita el dinero. Pero la mayor parte del tiempo parece tener bastante con vivir de la tierra. Pesca, caza conejos, frutas silvestres, moras...

—Un Robinson cualquiera —dijo papá.

—Eso parece.

—Pues bien por él.

Lenny sacudió la cabeza.

—No lo sé, Mac. No parece correcto.

—¿Por qué?

—Bien. Primero, porque no estoy seguro de creerle. Todo ese rollo misterioso acerca de quién es y de dónde viene... apuesto a que se le busca por algo en alguna parte y que sabe que si nos da su verdadero nombre será encerrado o reenviado a de donde sea que viene.

—¿En verdad piensas eso? —le pregunté.

Me miró.

—Es lo que me dice la experiencia, Cait.

—¿Pero qué piensas?

Hizo una larga pausa. Luego dijo:

—Honestamente, no lo sé. Aun cuando fuera cierto, aun cuando fuera una especie de nómada inofensivo que sólo vagabundea por todas partes, no estoy seguro de que me guste.

—¿Por qué? —preguntó papá.

—Es sólo un chico, Mac. Alguien debería cuidar de él. El mundo allá afuera no es agradable... Quiero decir, mira el lío en el que se ha metido.

—¿Qué lío? —dijo papá—. Salvó a una niña de ahogarse... ¿dónde está el lío en eso?

Lenny parecía incómodo.

—Hay informes contradictorios sobre lo que realmente sucedió.

Papá frunció el ceño.

—Te he dicho lo que sucedió. La niña se estaba ahogando,

Lenny. Lucas se tiró al agua y la sacó. Es tan simple como eso.

—No de acuerdo con otros testigos.

—¿Cómo quiénes?

—Ellen Coombe, para empezar.

—Pero ella no vio nada. Sólo apareció después de que Lucas había sacado a Kylie del mar. Lo vio al lado de su hija, vio el estado en que ella se encontraba y sacó la conclusión errónea. Él sólo trataba que la niña se viera decente.

Lenny sorbió su cerveza y me miró.

—¿También es así como tú lo viste?

—Así fue —le dije.

Papá suspiró.

—No sé cuál es el problema, Len.

—El problema es que tengo media docena de testigos que apoyan la versión de Ellen.

—Pues bien, mienten —dijo simplemente papá—. O es eso, o están ciegos. ¿Quiénes son?

Lenny no respondió en seguida. Respiró hondo y echó la cabeza hacia atrás para mirar el techo. Supe lo que venía, pero aun así, cuando finalmente exhaló y comenzó a hablar, me sorprendió escuchar los nombres.

—Jamie Tait —dijo—, Bill Gray, Robbie y Angel Dean, Sara Toms...

—¡Oh, por Dios Santo! —dijo papá enojado.

—Estaban ahí, Mac. Ya lo confirmé. Vieron lo que sucedió.

—Ya sé que estaban ahí —escupió papá—. Andaban por las rocas meando al viento mientras Kylie se ahogaba...

—John...

—Tait es un mentiroso natural, Lenny, igual que su padre. Todos lo son. Lo *sabes*.

—Sólo tranquilízate, John. Tómalo con calma.

Papá le lanzó una mirada furibunda. Tenía la cara crispada y sus ojos ardían en llamas. Pensé por un momento que iba a perder el control. Pero después de un rato sus facciones se relajaron y vi la furia desvanecerse de sus ojos. Exhaló despacio y encendió un cigarro.

—Está bien —dijo con tranquilidad—. ¿Cuál es su historia?

Lenny parecía avergonzado.

—Bueno... como ellos lo vieron es que Kylie se arrojó de la balsa al llegar a la boya. No se estaba ahogando. Sólo nadaba —tosió nerviosamente—. Dicen que el muchacho se arrojó tras ella y la remolcó hasta la playa...

—Eso es basura —dijo papá.

—El señor Hanson ha confirmado que ella se arrojó al agua. También sus dos hijos.

—¿Quién demonios es el señor Hanson?

—Derek Hanson... Un amigo de la señora Coombe. Era la balsa de Derek...

—¿Qué clase de amigo?

—No lo sé... Ellen es divorciada. Supongo que es su novio.

—O sea que lo más posible es que esté mintiendo, ¿no es así? —bramó papá—. ¿Y qué hay de Kylie? ¿Qué dice ella?

—Dice que no puede recordarlo.

Papá había vuelto a enojarse.

—Eso es ridículo. ¿Por qué se tiraría alguien al mar y arrastraría a una niña para luego abusar de ella frente a cincuenta testigos? Es una idea endiabladamente absurda.

—Lo sé.

—Entonces, ¿por qué te molestas siquiera en escuchar a esos idiotas?

Lenny no respondió.

Papá dijo:

—¿Y qué hay de los demás? ¿Qué tenían que decir?

—No mucho. Uno o dos lo cuentan igual que tú. Otros coinciden con Tait y el resto. La mayoría no quiere comprometerse. O no vieron nada o todo ocurrió demasiado aprisa o no se acuerdan... Ya sabes cómo es esto.

—Sí... es patético.

Me levanté de la mesa y fui al fregadero a lavarme la cara. Me sentía arder. Caliente y sudorosa, y con mariposas en el estómago. Todo se estaba yendo al diablo, tal como Lucas lo había dicho: "A la gente no le agrada cuando no sabe lo que uno es. No le gustan las cosas que no cuadran. Los asusta. Prefieren tener un monstruo conocido que un misterio desconocido..."

En la mesa papá seguía discutiendo con Lenny.

—En verdad no puedes creerte todo eso, ¿o sí? Conociste al chico. ¿Actuó como un lunático?

—No.

—¿Parecía trastornado?

—No.

—Entonces, ¿por qué haría algo que sólo haría un loco?

—No lo sé... ¿por qué mentiría al respecto media docena de personas? Explícame eso, John. ¿Qué ganan con mentir? ¿Qué sacan de eso?

Placer, pensé en mí. Ganan placer de ver el sufrimiento ajeno. Particularmente el de aquellos a quienes perciben como una amenaza. Lucas es una amenaza para ellos porque es diferente, porque es un desconocido, porque hace cosas que ellos no entienden. Y eso lo hace sentir mal. Y cuando algo te hace sentir mal, o te aguantas y aprendes a aceptarlo o lo suprimes. Si suprimirlo es la opción más sencilla o la más placentera, esa es la opción que tomas.

Para bien o para mal, así son las cosas.

Llené mi vaso con agua de la llave y tomé un gran trago helado.

Lenny y papá seguían hablando.

—Yo quería retenerlo otro rato, al menos hasta que hubiéramos hecho más averiguaciones, pero Toms me dijo que lo dejara ir.

—Por supuesto —dijo papá.

Lenny bajó la voz.

—Por amor de Dios, John. No quería retenerlo para interrogarlo. Quería protegerlo. No puedes mantener en secreto algo así. ¿Qué crees que sucederá cuando los rumores comiencen a esparcirse? Ya sabes cómo es la gente.

—¿Crees que esté en peligro?

—No lo sé... Pero creo que será mejor si no anda por ahí...

—¿Se lo dijiste?

Lenny asintió.

—¿Y? —preguntó papá—. ¿Qué dijo?

Un gesto de perplejidad arrugó la cara de Lenny.

—Dijo que estaba contento con lo que era.

Papá guardó silencio por un momento. Sólo se quedó mirando la mesa, frotándose la frente con aire reflexivo. Finalmente alzó la vista y dio una calada a su cigarro.

—Marcial —dijo en voz baja.

—¿Qué?

Papá sonrió.

—Es una cita de un poeta latino del siglo primero, llamado Marco Valerio Marcial: "Conténtate con lo que eres y no busques cambiar; ni temas el último de tus días ni lo añores".

NUEVE

El miércoles por la mañana papá fue a Moulton con la madre de Bill. Necesitaba algunas cosas del gran expendio de papelería que hay en el pueblo y Rita necesitaba que alguien la ayudara con un armario de pino que pensaba comprar.

—Probablemente querrá comprarme una hamburguesa en el camino de vuelta —me dijo papá—. Pero no tardaremos mucho.

Le di un piquete de ombligo.

—Tómate el tiempo que quieras. Nunca se sabe... podrías llegar a pasarlo bien.

Me lanzó una sonrisa titubeante.

—Sí.

Cuando se marchó me di un baño y me vestí. Luego bajé y me preparé algo de desayunar. En el trajín de los últimos días había olvidado lo callada que puede ser la casa cuando está vacía, y fue un auténtico placer sentarme en la cocina a mordisquear pan y beber té mientras miraba por la ventana sin tener que hablar con nadie. Desde luego, no estaba completamente sola. Deefer estaba afuera, en el jardín, echado a la sombra de un cerezo, royendo perezosamente un viejo trozo de hueso. Podía oír la demoledora masticación de sus dientes traseros y el chasquido ocasional y repentino del hueso al astillarse en su boca. Deefer tenía el hueso aprisionado entre las patas delanteras y mientras lo roía sus ojos vagaban distraídamente por el jardín, fijándose en esto y lo otro. De vez en cuando se detenía a medio mordisco para concentrarse en el movimiento de un pájaro o de un insecto. Luego, satisfecho con lo que había visto, comenzaba a roer de nuevo.

Sorbí mi té y comencé a pensar en la jornada que me esperaba. No me tomó mucho tiempo. Había que lavar la ropa, pasar un poco la aspiradora... Simon vendría a las seis... Y eso era todo.

Aquella no era exactamente la Thrill City, pero no me importaba... de vez en vez disfruto un poco del aburrimiento.

Luego de apilar los platos en el fregadero comencé a vagar por la casa. Hasta donde podía notarlo, mi vagabundeo no tenía ningún motivo. Sólo deambulaba por ahí, disfrutando la soledad y el silencio, reconociendo la casa.

Acomodé algunas revistas en la habitación frontal, enderecé los cojines sobre el sofá, encendí la televisión, volví a apagarla. Eché un vistazo a los anaqueles de libros durante un rato; me acordé de todos los títulos que siempre tuve intención de leer y que nunca leí —*Matar a un ruiseñor, La campana de cristal, Mehalah, La balada del café triste*—. Luego me aproximé al ventanal que da al jardín. Allá lejos la marea se retiraba y el mar en fuga parecía plano y plateado a la luz baja del sol. Rayos parpadeantes se extendían en forma de abanico de un extremo al otro del agua, como las venas de un pétalo. Me tallé los ojos y me pasé los dedos por el pelo. La casa estaba en silencio.

Nadie en casa.

Sólo Deefer y yo.

Miré sendero arriba, vi que estaba vacío y subí luego a la habitación de Dominic.

Las cortinas estaban cerradas y la luz apagada. Me acerqué a la ventana y descorrí las cortinas. Afuera, el cielo comenzaba a nublarse; sombras frías avanzaban sigilosas por el patio. Me giré de cara a la habitación. Se veía mucho más vacía de lo que recordaba. Había una cama, una mesita de noche, una cajonera, una silla de mimbre junto a la ventana. Prácticamente eso era todo. Estantes vacíos, ningún adorno, ningún cuadro en la pared. Ya nadie vivía aquí. La cama estaba sin tender y una pila de almohadas se amontonaba en el piso. Había ropa sucia esparcida por todas partes y un caótico montón de pertenencias se extendía desde una mochila volcada a mitad del piso. Libros, revistas, navajas desechables, un paquete de cigarros, cartas, boletos de tren, envolturas de goma de mascar, monedas...

Me senté en la orilla de la cama y miré alrededor.

No sabía qué estaba haciendo ahí. No sabía qué buscaba o por qué, ni qué haría en caso de encontrar algo. Y aun cuando encontrara algo, sabía que eso no cambiaría nada. No remediaría ningún problema ni me haría sentir mejor. Lo más grave es que sabía, en el fondo de mi corazón, que lo que estaba haciendo estaba mal. Era artero, traidor, deshonesto.

Era estúpido.

Comencé a revisar los cajones de la mesita de noche.

En el cajón superior hallé una cajetilla de cigarros y un paquete roto de papel de liar con una nota garabateada en la tapa "—vi7ta1k—07712664150". Observé la anotación por un rato, tratando de descifrar su significado. El último fragmento era evidentemente un teléfono celular, pero el resto no tenía mucho sentido. *Vi* podría ser viernes, pensé, y *7* podía ser una fecha. A menos que quisiera decir el 7 de septiembre. Comencé a contar los días para ver si el 7 de septiembre caía en viernes, pero me perdí una y otra vez, así que me di por vencida. Tal vez significaba las siete en punto. O quizá era el número de una avenida. ¿Séptima...? ¿Siete-algo-avenida? ¿Una avenida que comenzaba con *T*?

Imposible.

Podía tratarse de una clave. Podía significar cualquier cosa.

Seguramente no significaba nada.

Devolví aquel lío de papeles al cajón, lo cerré y abrí el cajón intermedio.

Había un par de revistas —*FHM* y *Loaded*—, un horario de trenes, un paquete de condones y, escondido en un rincón, un rollo de billetes de veite libras unidos con una liga. Separé el dinero y lo conté. Algunos estaban manchados con un tenue polvo blanco, y daban señales de haber sido enrollados en forma de tubo. Había diecisiete billetes en total: trescientos cuarenta libras. No es que fuera una fortuna, pero ese no era el punto. El punto era que, mientras papá trabajaba día y noche sólo para alimentarnos, Dominic tenía un montón de dinero sospechoso oculto en su cajón. Fue eso lo que me indignó.

Devolví el dinero con el corazón apesadumbrado y abrí el último cajón, el más bajo. A primera vista su contenido parecía bastante inofensivo. No había códigos indescifrables, ni condones ni dinero. Sólo una hilera de calcetines enrollados y un par de calzones. Me gustaría haberlo dejado allí, simplemente haber aceptado las cosas tal cual, agradables y ordenadas y normales; pero sabía que no podía hacerlo. Metí la mano al cajón y comencé a hurgar entre los calcetines y los calzones. Sentía las manos entumecidas y extrañas, como si pertenecieran a alguien más, a alguien de corazón helado y rencoroso.

Hallé un frasco de píldoras metido en unos calcetines.

Era uno de esos frascos de plástico ámbar que se obtienen en la farmacia. La etiqueta estaba gastada y manchada y la inscripción resultaba ilegible. Sacudí el frasco y lo alcé a contra luz. Las tabletas eran pequeñas, blancas y redondas. El frasco estaba medio lleno.

Tiré de la tapa, intentando abrirla, pero no se movió. Alcé de nuevo el frasco hacia la luz y lo miré más de cerca para descubrir, con un movimiento de cabeza, que era una tapa a prueba de niños y que había olvidado alinear las pequeñas flechas.

—Idiota —me dije en voz baja.

Alineé las flechas y puse el pulgar bajo el borde de la tapa. Entonces, justo en el momento de abrirla, llegó desde el jardín un ladrido alto y repentino. El sonido me recorrió como una descarga de electricidad. Mi cuerpo se jaloneó, mi corazón dio un salto y el frasco de píldoras voló de mi mano y esparció su contenido por todas partes. Maldije a Deefer y luego me maldije a mí misma por reaccionar como un conejo asustado. Luego maldije en general. Las pastillas se habían esparcido por todos lados. Parecía que había miles. Busqué el frasco y comencé a recogerlas. Deefer seguía ladrando afuera. Era su ladrido de alerta. Me anunciaba que alguien se aproximaba a la entrada.

Dejé de recoger las pastillas y escuché.

Al principio sólo conseguí escuchar a Deefer.

Tal vez se equivoca, pensé. Tal vez escuchó a alguien en casa de Rita. O quizá sólo es el viento...

Entonces lo oí. Un auto hacía un ruido sordo por el camino de entrada. Débil al principio, más fuerte luego... Y más fuerte. Por un momento traté de convencerme de que era el auto de Rita, el de Lenny... pero sabía que no lo era. Sabía de quién era el auto. Recordaba su rugido calle abajo y su rechinar de llantas patio adentro en las primeras horas de la madrugada. Recuerdo el sonido de risas y voces ebrias interrumpiendo la noche: "¡Hey!, Dommo, Dommo... ¡Cuidado!... ¡Guau, grrr, guau grrr!... No puedo salir, hombre... Hey, hey, Caity..."

Era el auto de Jamie Tait.

Y ahora viraba hacia el patio, disminuyendo la velocidad, frenando...

Salté de la cama y corrí hacia la ventana y me asomé entre las cortinas. Un Jeep negro azabache con defensa y ventanas polarizadas se había estacionado a medio patio. El capote estaba abajo y de sus bocinas en la parte trasera tronaba música *dance*. Jamie Tait estaba sentado en el asiento del conductor, sorbiendo una lata de cerveza y Dominic estaba junto a él. Ambos traían lentes oscuros y fumaban. Mientras Deefer caminaba con sigilo a través del patio con intención de saludarlos, Jamie apagó la música y los dos comenzaron a salir del auto.

Miré sobre mi hombro las píldoras esparcidas en el suelo, luego miré de nuevo a través de la ventana. Jamie y Dom iban a medio patio. Estaban por entrar. Una vez dentro, subirían a la habitación. Y cuando entrara y Dom viera las píldoras por todas partes...

El corazón me martilleaba, bombeaba adrenalina a mi cuerpo, me gritaba que huyera: vete de aquí, rápido, antes de que te pesquen. Pero mi cabeza me decía otra cosa. Si te vas ahora, decía, Dom sabrá que has estado husmeando entre sus cosas... de modo que recoge las píldoras y luego te vas.

Corazón: No hay tiempo.

Cabeza: Sí lo hay...

No lo hay...

Sí lo hay...

Volví a mirar por la ventana. Estaban ante la puerta principal. Dom sacaba sus llaves...

Ya no quedaba tiempo para pensar.

Me alejé de la ventana, me dirigí a la cama y comencé a recoger las píldoras y a meterlas en el frasco de plástico. Alcé primero las que estaban encima del buró, después regresé a la cama. La colchoneta era blanca, del mismo color que las pastillas; no podía ver a esas miserables. Mientras pasaba la mano por la colchoneta, palpando las píldoras, escuché abrirse la puerta principal en el piso de abajo. Me detuve, escuchando. Voces graves, amortiguadas... una risa... la puerta cerrándose... pasos a lo largo del pasillo. Dejé salir el aire. Estaban entrando en la cocina. Volví a pasar las manos sobre la cama hasta estar segura de que tenía todas las pastillas y las eché en el frasco de plástico y miré al suelo. Dios, estaban por todos lados. Debajo de la cama, junto al zócalo, entre la ropa sucia de Dom... Tan silenciosamente como pude, me puse sobre mis manos y rodillas y comencé a gatear alrededor, recogiéndolas, con los oídos siempre atentos por si escuchaba pasos en la escalera. Me movía muy despacio, revisando la alfombra y agarrando las pastillas con ambas manos y, después de un momento comencé a pensar que lo lograría. Llevaba buen ritmo. La botella se estaba llenando. Las píldoras en el piso estaban desapareciendo poco a poco. Desde la cocina llegaban sonidos apagados que me decían que Jamie y Dom seguían abajo. Sólo necesitaba un par de minutos para meter las últimas pastillas en la botella, dar un último vistazo, poner la botella de vuelta en el cajón y entonces podría salir y escabullirme por el rellano hacia mi cuarto...

Entonces los escuché subiendo por la escalera.

Estaba en la puerta, levantando una pastilla atorada bajo la alfombra. La eché en la botella, me levanté de un salto y automáticamente traté de tomar la perilla de la puerta. Pero era demasiado tarde. Lo sabía. Estaban a media escalera. Podía escucharlos hablar, gruñir, reír. Me verían, incluso si salía en ese instante.

Estaba atrapada.

Respirando con fuerza, me alejé de la puerta y me moví rápidamente a través de la cama, asegurándome de que tenía todas las pastillas. No sabía qué hacía o hacia dónde iba. En alguna parte del fondo de mi mente podía ver a Dominic abriendo la puerta y preguntándome qué demonios estaba haciendo. Una letanía de excusas torpes corría ya por mi cabeza: Uh, sólo estaba buscando algo... Creí que había oído algo... Sólo hacía un poco de limpieza...

Aquello era una pérdida de tiempo. Dom sabría que estaba mintiendo.

Venían ya por el pasillo, frente al baño... entonces se detuvieron. Oí que alguien tocaba a la puerta y luego a Dominic llamandome por mi nombre:

—¿Cait? ¿Estás ahí dentro, Cait?

Descubrí que estaban afuera de mi habitación, verificando si me hallaba en casa. Oí a Jamie decir algo, pero no pude descifrarlo. Luego oí a alguien abrir la puerta de mi habitación.

Sentí que la piel se me congelaba.

Me agaché y puse el frasco de píldoras en el cajón del buró.

Me temblaban las manos.

Cerré el cajón sin un ruido.

Oí cerrarse la puerta de mi habitación, más voces apagadas y luego pasos que avanzaban por el pasillo y se detenían frente a la habitación de Dom.

No podía moverme.

Me quedé petrificada, mirando la perilla.

Por un instante no pasó nada. Tal vez cambiaron de opinión, pensé. Quizá olvidaron algo, no entrarán después de todo. Tal vez darán la media vuelta y bajarán y todo estará bien...

Entonces la perilla giró y la puerta se abrió de par en par.

Es increíble lo rápido que puedes moverte cuanto tu cabeza se bloquea y tu cuerpo toma el control. Supongo que es el instinto de supervivencia. El sistema nervioso autónomo, reflejos primitivos, luchar o morir... lo que sea. No sé qué es o cómo funciona... pero supongo que de eso se trata. Si supiéramos cómo funciona, no funcionaría. El pensamiento consciente es una maravilla, pero cuando lo analizas, quien hace el trabajo es el no-saber.

No *supe* qué hacía mientras se abría la puerta, pero mi cuerpo sí. Dobló mis rodillas, me tiró al suelo, extendió mis brazos y me rodó bajo la cama. Cuando me di cuenta, todo había terminado: *bam, bam, bam*. Medio segundo, cuando mucho. Para cuando mi mente se reconectó, yo estaba de nuevo sobre mi espalda, mirando fijamente la cara inferior del colchón de Dominic, escuchando atentamente mientras la puerta de la habitación se cerraba de golpe y el espacio se llenaba de voces.

—Probablemente en la playa o algo así. Puede ser que esté en casa de Reed. No lo sé.

—¿Lo viste?

—¿A quién?

—A Reed. Más temprano, con su estúpido abrigo, perdiendo el tiempo por el pueblo...

Podía ver dos pares de botas atravesando el piso en mi dirección. Dos pares de botas, dos voces que se movían. Por su manera de hablar, no creía que Dom y Jamie me hubieran visto, pero aún me sentía bastante asustada. Respiraba fuerte, casi jadeando. Sonaba increíblemente fuerte. Aun cuando no me hubieran visto, estaba segura de que me escucharían. Pero mientras estaba ahí, con la cabeza aplastada contra el piso y notando que ellos seguían su charla, mis miedos comenzaron a retroceder.

Seguían hablando de Simon.

—De modo que es el novio, ¿verdad? —preguntó Jamie.

Dominic se sentó en la silla de mimbre que estaba contra la pared.

—No —dijo—. En realidad, no. Creo que son sólo amigos.

Jamie rio.

—La pareja extraterrestre.

Dominic también rio, pero sin entusiasmo.

—Simon no tiene nada de malo. Sólo es un poco...

—Es un imbécil.

Jamie dejó caer al suelo un *six-pack* de cerveza y se tiró sobre la cama. Los resortes gimieron y el colchón cayó en picada a unos centímetros de mi cabeza. Una nube de pelusa y polvo cayó sobre mi cara y tuve que pellizcarme la nariz para no estornudar.

La voz de Jamie tronó por encima de mí.

—¿Ella lo hace con él?

—¡Por favor, Jamie! Es mi *hermana*. Es sólo una niña.

—¿Sí? ¿La has visto últimamente?

—Déjalo ya.

—Yo diría que no.

—¡Dios!

Jamie se tiró un pedo. El sonido retumbó a través del colchón y el olor se coló hasta mí como una nube de gas venenoso. Era repugnante. Oí a Jamie sorber su lata de cerveza, luego oí que alguno encendía un cigarro. Del otro lado de la habitación podía ver las piernas de Dom en la silla de mimbre. Sus manos entraron en mi campo de visión, sosteniendo un cigarro encendido. En la cama, Jamie cambió de posición y el colchón rebotó para luego volver a hundirse. Moví la cabeza lejos de la protuberancia y escuché la voz de Jamie. Seguía hablando de mí.

—Tiene la misma edad de Bill.

—¿Y?

—Con ella sí que no te importa meterte.

—Es ella la que se mete de todo.

Jamie rio.

—Eso he oído.

Con cuidado, saqué de mi boca un trozo de pelusa.

—Y de cualquier modo, ¿qué tiene que ver Cait? ¿Por qué te muestras tan interesado en ella? — dijo Dominic:

—¿Interesado? ¿Cómo podría ella interesarme?

—Tú dime. Tú eres el que husmea en su habitación y quien pregunta dónde está y quién es su novio...

—Sólo preguntaba, eso es todo. Me gusta saber qué pasa. Además, ya estoy apartado.

Dominic resopló.

—Eso no es lo que piensa Angel.

—Angel no necesita pensar... no con un cuerpo como el suyo. ¿La viste anoche? ¡Dios mío!...

La cama se sacudió sobre mí.

—Eres un hombre muy enfermo, Jamie.

Rio.

—Enfermo como un perro.

—No, en serio. Angel es sólo una niña. Aún está en la escuela, por amor de Dios. No sabe lo que hace.

—¿Tú crees?

—Vamos... ¿todo ese rollo de golfa? Es sólo una actuación. Es un juego. Si alguien la tocara saldría corriendo.

Por un instante se impuso un silencio incómodo. Luego, Jamie dijo:

—Sí, bueno... tarde o temprano todos tenemos que aprender.

Dominic suspiró.

—¿Y qué pasará si Sara se entera? Ya sabes cómo es. Se volvería loca. Recuerda lo que le dijo a aquella chica en el bar, ésa con la que te pescó en la trastienda. ¡Dios! Si no hubiera intervenido a tiempo el dueño, seguro que Sara la habría matado.

Jamie rio.

—Todo es parte de la diversión, Dom. Un poco de esto, un poco de aquello, un poco de golpes y porrazos.... Nada como un bofetón para mantener las cosas frescas. ¿Entiendes lo que quiero decir?

—En realidad, no.

—No, supongo que no lo entiendes —rio de nuevo—. Eres encabronadamente irlandés. Ése es tu problema. Piensas con esto —lo oí golpearse el corazón—, cuando en realidad deberías pensar con esto.

La cama se sacudió de nuevo, vibrando con la risa sucia de Jamie —*nyuh nyuh nyuh*—; por un momento creí que iba a vomitar. La verdad es que nunca antes había oído a chicos hablar de chicas; al menos no cuando se creían solos. Aunque tenía una idea bastante clara de lo que hablaban, lo cierto es que nunca había imaginado cómo lo hacían. Era tan frío y tan desagradable, tan inseguro, tan *falso*. Era nauseabundo. Por supuesto, sabía que estaba mal juzgar a otros con los estándares de Jamie Tait, pero tenía la extraña sensación de que él seguramente no era peor que la mayoría de la gente.

La cama rebotó y Jamie volvió a hablar.

—¿A qué hora vuelve tu viejo?

—Bill dijo que a eso de las cuatro. Rita lo llevará a comer a Sloppy Joe's.

—Buena elección. ¿Quieres otra cerveza?

—Sí.

La mano de Jamie se estiró hacia abajo para arrancar un par de latas del paquete que estaba en el suelo. Lo escuché arrojar una de las latas a Dom. Luego se echó en la cama y abrió la suya. Entretanto, Dominic se había levantado de la silla y caminado hacia la ventana. Desde donde yo estaba acostada apenas conseguía ver sus botas y la parte inferior de sus piernas, pero eso bastó para indicarme que no estaba muy a gusto. Quizá me equivocaba, pero me dio la impresión de que no tenía puesto el corazón en todo eso, lo que quiera que eso fuera. Ser adulto, actuar como adulto, decir groserías... No le salía natural. Le costaba un gran esfuerzo.

Lo oí abrir su cerveza y darle un trago. Luego oí cómo se abrió la ventana. Una corriente de aire expandió humo de cigarro por la habitación.

La voz de Jamie volvió a elevarse.

—¿Tienes un poco de esa cosa que trajo Lee?

—Sí —respondió Dominic.

—¿Es buena?

—No está mal. Un poco mareadora.

—Tully dijo que traería más...

No entendí de qué hablaban, pero imaginé que tenía que ver con contrabando de alcohol o drogas o algo así. Hay mucho contrabando menor en la isla: cigarros, tabaco, cerveza, vino, un poco de canabis de vez en cuando... todos lo hacen, de modo que no es grave. La mayoría de la gente no se preocupa por tocar el tema, pero supongo que Jamie y Dom pensaban que hacerlo era *coól*. Ondas, equipo, chupe... *bla, bla, bla*. Todo me sonaba bastante pueril, como si fueran dos chiquillos hablando de las malditas tarjetas de Pokémon o algo así.

Me desconecté por un rato y miré mi entorno. Tuve que torcer el cuello y me raspé la cabeza contra el piso. No había mucho que ver. Resortes de cama, polvo, pedazos de algodón, un clip, pelos de perro, una sucia moneda de dos centavos. La parte inferior del colchón estaba tachonada de agujeros y manchas mohosas y el óxido había perforado las juntas en la base de la cama.

Volví la cabeza para observar el otro lado de la habitación.

Entonces vi la pastilla.

Estaba en la alfombra al otro lado de la cama, como a un brazo de distancia del borde. La alfombra era gris oscuro, de modo que la pastilla resaltaba como una bola de nieve en un estacionamiento vacío. No pude creer que se me hubiera escapado. Por suerte, la cama la ocultaba de la vista de Dominic. Pero estaba segura de que Jamie podría verla, a menos que estuviera mirando hacia otro lado... ¿O quizá sí la había visto pero no creía que el asunto fuera digno de mención...?

La verdad es que eso daba igual.

Debía recuperarla.

Jamie y Dom seguían hablando, parloteaban sobre coches o barcos o algo así, y ambos habían abierto nuevas latas de cerveza. Imaginé que si seguían bebiendo no pasaría mucho tiempo antes de que alguno de ellos tuviera que usar el baño, y cuando eso sucediera era alta la probabilidad de que descubrieran la píldora. De modo que no me quedaba mucho tiempo.

Comencé a desplazarme por el suelo, arrastrándome tan rápido como podía sin remover el polvo. No tenía mucho espacio. Debía flexionar las piernas, equilibrarme sobre los codos y arquear la espalda. Luego tenía que arrastrarme por el piso un centímetro a la vez. No podía evitar hacer un poco de ruido, de modo que sincronicé mis movimientos con el sonido de sus voces. Cada vez que dejaban de hablar, me quedaba quieta. Por fortuna, no dejaban de hablar, así que no me tomó mucho tiempo alcanzar el borde de la cama. Entonces todo era cuestión de estirar el brazo y tomar la píldora. Pero aún no sabía hacia qué parte miraba Jamie. Si miraba en mi dirección, descubriría mi mano. Tendría que estar ciego para no verla. Me quedé quieta un rato mirando fijamente una rasgadura en el colchón, intentando decidir qué hacer, pero nada se me venía a la mente. No se me ocurría un modo seguro de distraerlo. Y no podía pensar en otra forma de recuperar la pastilla.

Al final sólo respiré hondo, conté hasta tres y saqué velozmente la mano para alcanzar la maldita pastilla.

Las voces se detuvieron de repente.

Contuve la respiración.

Luego escuché el clic de un encendedor y una honda inspiración de humo mientras Jamie encendía otro cigarro. Con mucho cuidado, volví a respirar. El olor a humo de cigarro impregnaba la habitación. Podía escuchar a Jamie hacer ruiditos tontos mientras trataba de festejar un chiste obsceno de Dom.

Me aparté de la orilla de la cama y me quedé quieta, esperando a que se me aplacara el corazón.

Luego de acabar su chiste y una vez que Jamie terminó de reírse como un idiota, oí a Dominic cruzar la habitación para tomar otra cerveza. Luego volvió a sentarse en la silla de mimbre. Oí suspirar a Jamie y lo sentí tenderse de nuevo sobre la cama.

Por un rato hubo silencio.

Noté que seguía apretando la pastilla en la mano. La podía sentir en mi palma, dura y redonda. Había recogido con tanta prisa las pastillas, que nunca me ocupé de revisar lo que eran. No es que importara. Pero ahora me sobraban el tiempo y la curiosidad para averiguarlo. Alcé la mano hasta mi cara y desdoblé los dedos. La luz bajo la cama era tenue, de modo que acerqué la mano a mis ojos y observé la diminuta pastilla. En realidad no sabía qué esperaba ver. ¿Éxtasis tal vez? ¿LSD? Nada me habría sorprendido. Pero cuando reconocí la simplicidad familiar del diseño, y al fin reconocí lo que era, me dieron ganas de gritar.

Era una aspirina.

Al cabo de un rato los efectos de la cerveza habían hecho lo suyo, y Jamie y Dom comenzaron a reír como tontos. Su conversación descendió hasta una serie de risas incomprensibles, oraciones truncas y digresiones irrelevantes. Sonaban como un par de niños de ocho años sobreexcitados, la clase de niños que no saben de qué están hablando pero están decididos a hablar de ello a toda costa. Yo había dejado de tomarme la molestia de escucharlos. Estaba harta. De manera que me quedé ahí acostada con los ojos cerrados y los brazos cruzados sobre el pecho esperando que se callaran y se marcharan.

Me sentía como un cadáver.

Un cadáver con la espalda adolorida y el trasero entumido.

No sé cuánto tiempo estuve ahí. Seguramente no fue más de una hora o algo así, pero lo sentí como un mes. Jamie seguía hablando, ambos bebían y fumaban y después de un rato la habitación se impregnó tanto con el humo y el gas de la cerveza, que comencé a sentirme un poco somnolienta. Para evitar quedarme dormida, pensé en la playa, imaginé la brisa en mi piel y el olor del aire de mar... Pero no hizo ninguna diferencia. Sofoqué un bostezo. Sentía la cabeza densa y el cuerpo entumido. Me estaba quedando dormida.

Justo cuando empezaba a perderme, oí que alguien decía "Lucas". Pensé al principio que lo había imaginado, pero luego volví a escucharlo. Era la voz de Jamie. De repente me hallaba por completo despierta.

—... me lo contó Sara —decía Jamie—. Craine se lo llevó para interrogarlo el domingo.

—¿Para qué?

—Le preguntaron sobre Kylie Coombe. Su madre piensa que él abusó de la niña. Vieja estúpida.

—¿Pensé que habías dicho que *sí* lo hizo?

—¡Claro que no! La pequeña vaca se estaba ahogando... estaba a punto de tirarme al agua para sacarla yo mismo cuando el gitano se adelantó.

—Entonces, ¿por qué apoyas la versión de Ellen?

Jamie no respondió.

Dom dijo:

—Él no le hace daño a nadie...

—¿No? ¿Alguna vez has *visto* un campamento gitano? Mierda por todas partes, perros, caballos, autos robados, camiones llenos de chatarra y asfalto.

—No seas ridículo.

—¿Que no sea *qué*?

—No quise decir que...

—¿Te parece que estoy siendo ridículo?

—No... sólo quise decir que...

—¿Qué?

—Bueno, pues está solo, ¿no? No es parte de una tribu nómada ni nada. Ni siquiera es gitano. Es sólo un chico.

—No me importa qué sea... El pequeño bastardo no se quedará aquí.

Se hizo un breve silencio, y noté que estaba conteniendo la respiración. La dejé salir despacio y aspiré. Me dolía el pecho. Aún sentía la cabeza atontada por el humo y me costaba trabajo asimilar lo que había dicho Jamie. Sabía que significaba problemas, pero no sabía por qué o cómo o cuándo o dónde. Era como encender la televisión en mitad de una telenovela que no has seguido y tratar de descifrar lo que sucede.

Jamie dijo:

—Ésta es nuestra isla, McCann. Aquí vivimos; la mayoría de nosotros nacimos aquí. Éste es nuestro hogar. No dejas entrar la mierda a tu propia casa, ¿o sí? La mantienes fuera... ¿cierto?

Dom masculló algo ininteligible.

Jamie continuó, su voz sonaba un poco alterada.

—Mira, el gitano no va a ser consignado por este lío con Kylie. No es que lo vayan a hundir por eso o nada semejante. Pero mientras más sigamos él parecerá más malo y mientras más malo lo vean será más fácil deshacerse de él. Una vez que se haya creado una reputación, la gente creerá lo que sea. Un rumor por aquí, otro por allá; ya sabes cómo es esto. Se meten en los coches... roban cosas... alguna chica puede ir caminando por la playa... le muestra su miembro... ella lo reporta al oficial Toms... esas cosas suceden.

—¿Y luego qué?

—Si es alguien sensato, se irá antes de que empeoren las cosas.

—¿Y si no?

—Lo hará. He pedido a Lee que hable con él. Lee puede ser muy persuasivo cuando quiere.

—¿Cómo dará con él?

Joe Rampton lo ha contratado para que trabaje con él mañana por la tarde, limpiando los cercos del terreno de abajo. Terminará a las seis. Joe bajará y le pagará antes de que termine, de modo que no tenga que caminar de vuelta a la casa. El chico cortará por el sendero. Estaremos esperándolo.

—¿Nosotros?

—Lee y yo... y tú, por supuesto.

—¿Yo?

—¿Por qué no? —había un aire burlón en su voz—. Ya es hora de que nos muestres de qué estás hecho.

Se marcharon al fin diez minutos más tarde, luego de que Dominic acabó de hurgar en sus cajones para encontrar una camisa limpia mientras Jamie se sentaba en la orilla de la cama rascándose las picaduras de mosquito en su pierna. Los oí bajar ruidosamente por la escalera, entrar en la cocina, regresar al pasillo. Oí la cola de Deefer golpeando contra la pared mientras Dominic le decía algo. Finalmente oí cómo se abría y se cerraba la puerta principal. Esperé hasta que pude oír sus pasos a través del patio, luego rodé fuera de mi escondrijo bajo la cama, me sacudí y corrí al baño.

Afuera podía oír a Jamie poner su Jeep en marcha. Aceleró, encendió el aparato de sonido, luego viró en el patio arrojando una lluvia de grava sobre el césped y corrió camino arriba en medio de un torbellino de acordes de bajo.

Me senté ahí, sosteniendo mi cabeza entre las manos.

Aquel estaba convirtiéndose en un verano del demonio.

DIEZ

Cuando se trata de creer, me considero una persona bastante ecuánime. No creo en Dios ni en el diablo. No creo en Superman ni en Santa Clos y no creo que los personajes de las telenovelas sean reales. No creo en estas cosas porque carecen de sentido. Estoy perfectamente a gusto con aceptar que otras personas crean en ello y si Dios se apareciera un día, me encantaría sentarme a charlar con él. Pero no lo digo desbordada de ilusión.

Religión, astrología, platillos voladores, círculos en maizales, fantasmas, cucharas dobladas, sanación por la fe... ninguna de estas cosas tiene sentido para mí, por eso no creo en ellas. Sé que suceden cosas extrañas —como cuando suena el teléfono mientras estás pensando en alguien y cuando contestas resulta que es esa misma persona—, pero eso no significa nada. Es mera coincidencia. ¿Cuántas veces no piensas en alguien sin que suene el teléfono? Sí, suceden cosas extrañas. Pero este mundo es enorme y en él suceden muchas cosas: sería extraño que no ocurrieran cosas extrañas de vez en cuando.

Como sea, el hecho de que no crea en estas cosas no significa que ellas no crean en mí. No estoy segura de lo que quiera decir con esto, si es que quiero decir algo, pero así es como lo siento. Porque, mientras bajaba por el sendero aquella tarde después de que Dominic y Jamie se marcharon, supe sin lugar a dudas que Lucas me estaría esperando en el arroyo. Lo *sabía*. Estaba ahí, en mi mente. Ya era parte de mí. No sólo lo imaginé: ahí estaba, como un recuerdo del futuro.

No tenía sentido.

¿Cómo sabía él que lo buscaba?

¿Cómo sabía que iría?

¿Cómo sabía yo que él estaba ahí?

No lo sabía.

Sigo sin saberlo.

Pero no me equivocaba.

Lucas estaba tranquilamente sentado en la ribera, recargado sobre un codo y masticando una brizna de pasto. El arroyo estaba casi inmóvil. El reflejo del sol ondeaba en su superficie y un par de cisnes flotaban en la orilla sin apenas moverse, los cuellos estirados y los ojos fijos en Lucas. Me detuve un instante para asimilarlo todo. El aire neblinoso, los colores moteados, la luz manchada... era como una escena de un cuadro impresionista.

La brisa de la tarde revolvió mi cabello mientras avanzaba por el sendero.

Me sentía asombrosamente tranquila pese a todo lo que había ocurrido. Era una extraña sensación de calma, una mezcla de aburrimiento y ausencia de emoción, lo cual normalmente me habría preocupado. Hubiera querido saber por qué no sentía nada. Por qué no estaba nerviosa, alegre, triste, asustada, enojada, emocionada. ¿Qué me estaba pasando? ¿Estaría enferma? ¿Nada me importaba? ¿Me engañaba a mí misma? Algo así me habría molestado y me habría hecho sentir peor; pero esa tarde no le di la menor importancia. Simplemente no parecía tenerla. Era casi como si hubiera estado antes ahí y como si cualquier cosa que me deparara el futuro ya hubiera sucedido. De modo que no tenía caso ponerse sentimental al respecto. Me encontraba por encima de mis emociones.

Lucas alzó la vista al notar que me acercaba. Una profunda soledad se asomó por un instante a sus ojos —una vida entera de aislamiento— y luego, al reconocerme, sacó de su boca la brizna de pasto y su cara se iluminó con una sonrisa cálida.

—Te ves linda —dijo.

Mis piernas se doblaron y casi me voy de bruces. No sabía qué decir. Sólo me quedé ahí, mirándolo. Su cabello estaba húmedo, círculos de sudor oscurecían en su playera las axilas. Puso de nuevo la brizna en su boca y volvió la mirada hacia los cisnes.

Me senté a su lado.

No hablamos por un rato.

El arroyo estaba oscuro pero transparente, como bronce líquido. La luz del sol se filtraba a través del agua revelando rocas lisas y pedazos de madera negruzca y podrida descansando en un lecho de arena. En las aguas menos profundas, nadaban velozmente pequeños peces que buscaban moscas en la superficie. Acentuaban el silencio sonidos apagados y burbujeantes.

Lucas lio un cigarro. Cuando lo hubo terminado lo observó unos instantes, rodándolo entre sus dedos, estudiando su forma. Luego lo alzó y se lo puso detrás de la oreja. Rascó distraídamente la cicatriz en su muñeca.

—No quise sonar extraño —dijo.

—¿Perdón?

—Lo que dije.

—¿Cuándo?

—Ahora... cuando dije que te veías linda. No quise insinuar nada... Sólo quise decir que te veías linda.

—Lo sé, está bien. Gracias.

Sonrió.

—De nada.

Sacó el cigarro de la parte trasera de su oreja y lo encendió.

No me agrada mucho el cigarro. No me gusta el olor y por lo general no me gusta cómo hace que se vea la gente. Hace que se vean tontas. Y el hecho de que crean que se ven *cool* sólo las hace ver más tontas. Pero con Lucas era distinto. No sabría decir por qué. En él parecía algo natural, como si lo estuviera haciendo sólo para su propio deleite. No era una adicción. No era un acto o una pose. Era simplemente algo que disfrutaba de vez en cuando. No sé por qué eso debía hacer alguna diferencia, pero la hacía. Ni siquiera me incomodaba demasiado el olor.

—¿Hoy no vino Deefer contigo? —preguntó.

—No.

—¿Vienes sólo a pasear?

Lo miré.

—De hecho, venía a buscarte.

Asintió ligeramente pero no dijo nada, siguió mirando a los cisnes en el arroyo. No se habían movido desde que los vi por primera vez. Seguían en la orilla, aún inmóviles y seguían mirando fijamente a Lucas.

—Son hermosos, ¿verdad?

Lucas frunció el ceño.

—¿Te parece?

—Son tan elegantes.

—Nunca me han gustado mucho.

—¿Por qué? ¿Qué tienen de malo?

—No es que tengan nada de *malo*. Sólo pienso que son un poco feos, nada más. Tontos cuellos largos, ojos pequeños, picos desagradables... —su boca se contrajo en una sonrisa—. Cuando era niño solía pensar que los picos eran la parte peligrosa. Había leído en algún lado que los cisnes te pueden romper una pierna con un solo golpe del ala. Pero de alguna manera todo se revolvió en mi mente y terminé creyendo que podían romperte la pierna con un simple *narizazo*.

Reí.

Lucas me miró, sonriente.

—A veces se me revuelven las ideas.

—Pasa hasta en las mejores familias.

—Supongo que sí —reencendió su cigarro y exhaló el humo. Luego se volvió a mirar a los cisnes. Noté que daba un pequeño tirón con la cabeza, una especie de saludo lateral, al tiempo que decía algo en voz baja. En el arroyo los cisnes se giraron como si fueran uno y se deslizaron corriente abajo.

Los observé, ligeramente desconcertada. No tenía sentido lo que acababa de ver o creía haber visto. No era natural. No era... no era importante. A veces suceden cosas extrañas. Este mundo es muy grande, y en él suceden muchas cosas...

Miré a los cisnes deslizarse en la distancia.

Cuando al fin me volví hacia él, Lucas estudiaba el cabo de su cigarro mirando el ascua encendida como si fuera la cosa más fascinante del universo.

—Necesito contarte algo —le dije.

Me miró con ojos de un azul tranquilo y claro.

—Tienes que irte —le dije.

—¿Qué? ¿Ahora mismo?

—No, quiero decir que debes abandonar la isla. No es segura para ti.

Rio con suavidad.

—Es en serio —le dije—. Oí a Jamie Tait hablando de ti. No cree que debas estar aquí.

—¿De verdad?

Asentí.

—Por eso dicen que te metiste con la niñita a la que salvaste. Están tratando de hacerte mala fama.

Sonrió.

—No les costará ningún trabajo.

Lo miré mientras masticaba su brizna de pasto y espantaba distraídamente las moscas: no parecía importarle nada en el mundo.

—Mira, Lucas —le dije—. Jamie no es tan tonto como parece. Si te quiere causar problemas, seguro lo hará. Además, se saldrá con la suya. Nadie lo tocará: su padre es miembro del Parlamento y su futuro suegro es policía...

—Lo sé.

—Jamie tiene algunos amigos bastante rudos —Lucas se encogió de hombros—. Me parece que piensan tenderte una trampa.

—¿Para qué?

—No estoy segura... algo que ver con una chica en la playa. Algún rollo de sexo...

—¿Rollo de sexo?

Me sentí apenada.

—Ya sabes lo que quiero decir.

Me sostuvo un momento la mirada. Luego bajó los ojos y miró hacia otra parte sin decir palabra. Me le quedé mirando, tratando de leer sus pensamientos, pero su cara no me revelaba nada.

Le dije:

—Vienen tras de ti, Lucas.

—¿Quiénes?

—Jamie Tait y Lee Brendell. Mañana por la tarde, después de que hayas terminado el trabajo en casa de Joe te estarán esperando en el sendero. Creo que mi hermano podría estar ahí también.

Asintió pensativo.

—Me preguntaba por qué Joe insistía tanto en que tomara ese trabajo.

—El padre de Jamie es dueño de la granja. Es probable que lo hayan obligado.

—O que le hayan dado algo de dinero.

—Joe no habría sabido para qué te querían. Quiero decir, no es tan malvado... Lo llamaré y le explicaré por qué no irás. Él comprenderá.

—No hace falta que hagas eso.

—No me importa hacerlo.

—Necesito el dinero, Cait.

—¿Qué quieres decir?

Alzó una pierna al aire y sacudió el pie.

—Necesito botas nuevas. Mira... —levantó un pedazo de cuero suelto—. Éstas se están desbaratando.

—¿Qué? De cualquier modo no piensas ir, ¿o sí?

—Necesito el dinero.

—Pero, ¿qué pasa con Tait y Brendell? No es un juego, Lucas. No lo hacen sólo por entretenerse. Son despiadados, especialmente Brendell. Podrías terminar en el hospital.

—Ya veremos.

Fruncí el ceño.

—¿Qué te sucede? Dijiste que de cualquier forma dejarías la isla. ¿Por qué no sólo te vas antes de que sea demasiado tarde?

Me miró.

—Pensé que querías que fuera al festival del sábado.

—Claro que quiero, pero no podrás venir con dos piernas rotas, ¿o sí? Mira, puedo darte algo de dinero si necesitas botas nuevas. Te compraré unas malditas botas.

—No sabes de qué número.

—¡Oh, por amor de Dios...!

Me sorprendió la emoción en mi propia voz y creo que también sorprendió a Lucas. Me miró por un instante, abrió la boca como para decir algo. Luego lo pensó mejor y miró hacia otra parte. De pronto el aire pareció demasiado quieto. Quise decir algo... lo que fuera. Pero no pude. Apenas podía respirar, no digamos hablar. El silencio era asfixiante.

—Mírame —dijo Lucas al fin.

Lo miré.

Habló en voz baja.

—No pueden hacerme daño, Cait. Es tan sencillo como eso. No pueden hacerme daño, así que no hay por qué preocuparse.

—No entiendo.

—Sólo confía en mí. Estaré bien.

Lo miré a los ojos.

—¿Por qué? ¿Por qué no pueden hacerte daño?

—No hay nada que dañar.

No pude hallar una respuesta para eso, de modo que sólo giré la cabeza y me quedé mirando sombríamente al suelo. Un diminuto escarabajo negro se deslizaba por el pasto. Lo observé preguntándome qué hacía y hacia dónde se dirigía. ¿Tenía un plan? ¿Sabía lo que hacía? ¿Pensaba en algo? ¿Reparaba en mi atención? No lo creo.

—No te enojes —dijo Lucas en voz baja.

Aspiré despacio, con la miraba todavía en el suelo. Podía oler el sudor de su piel. Era un olor agradable. Agradable y limpio y terroso. Alcé la vista. Lucas me sonreía. Alzó la mano para limpiarse la cara y por un segundo pensé que la extendería para tocarme, tal vez una amistosa palmada en el brazo o algo así... pero no lo hizo.

—Debo irme —le dije, poniéndome de pie—. Un amigo vendrá a verme. Probablemente ya voy tarde.

Lucas se levantó.

Lo miré de nuevo y por primera vez lo vi como en realidad era: un muchacho pequeño y frágil.

Le dije:

—Sabes qué va a suceder mañana, ¿verdad?

Asintió.

—¿Y no te importa?

Se encogió de hombros.

—Sucederá.

—Cuídate, Lucas.

—Tú también.

Nos miramos el uno al otro por un instante. Luego me di la vuelta y me alejé.

ONCE

Al llegar a casa sólo tuve tiempo para una ducha rápida y un cambio de ropa antes de que sonara el timbre. Me puse una playera blanca limpia, corrí escaleras abajo y abrí la puerta. Simon estaba a punto de tocar de nuevo. Al verme quitó la mano de un tirón y casi rueda por las escaleras. Era una de esas tardes húmedas y brumosas en que el calor hace que el aire sea casi irrespirable, pero Simon venía vestido como si fuera invierno. Largo abrigo negro, un destartalado sombrero flexible y, sobre el hombro, una mochila ajada por el uso. Del interior de la mochila se asomaban rollos de papel de dibujo y afiches de la RSPCA. A sus espaldas, en el patio, miles de hormigas voladoras se arrastraban por las paredes y se lanzaban al aire, sólo para ser devoradas por multitud de gaviotas y grajos hambrientos que hacían círculos en el aire y se abatían sobre ellas. Las miré preguntándome cómo sabían las hormigas que era el día correcto para volar. ¿Era por el calor? ¿Por la luz? ¿Por la humedad? ¿Cómo sabían? ¿Y qué sucedería si lo postergaban el verano entero y el día correcto no llegaba nunca?

Simon se aclaró la garganta.

—Perdón —le dije, mirándolo—. Estaba a miles de kilómetros de aquí.

Di un paso atrás. Entramos.

—¿No tienes demasiado calor con esa cosa? —le dije señalando su abrigo con la cabeza.

—En realidad, no —musitó.

Lo conduje a la cocina.

—¿Quieres algo de comer?

—No, gracias.

—¿Te importa si como algo? Me muero de hambre.

Me preparé un plato de ensalada y algo de pan y pollo frío. Me senté a la mesa y comencé a devorarlo todo. Simon se quedó ahí parado, mirándome.

—¿Seguro que no quieres nada? —le pregunté a través de un gran bocado de pan.

—No, gracias.

—Cohmo quierahs...

El resto de la tarde no paré de comportarme así de odiosa. Pobre Simon. Hizo su mejor esfuerzo —me mostró sus diseños para los carteles, diseñó un plano para el puesto, me habló de lo que debíamos vender o no vender en el festival—, pero mi corazón estaba en otra parte. Cada vez que él trataba de interesarme, yo decía algo estúpido o bien no decía nada. Estaba enojada, supongo; enojada, confundida y preocupada. Preocupada por Lucas, confundida por Lucas, enfadada con Lucas... Sabía que no era justo desquitarme con Simon y en realidad no era ésa mi intención. Pero de cualquier modo lo hice. A juzgar por mi comportamiento, creo que habría sido más sutil colgarme en el cuello un cartel que dijera *Lárgate*.

Después de algo así como una hora, Simon finalmente captó el mensaje y comenzó a empacar las cosas del festival en su mochila.

—Me encargaré del resto más tarde —dijo con una sonrisa abochornada.

—Bien —le dije.

Después del mal rato que le había hecho pasar, confiaba en que Simon se despediría y se iría directo a la puerta principal, de modo que me sorprendió un poco cuando vi que no lo hacía. En cambio, dejó caer su mochila y se me quedó mirando, balanceando su peso sobre un pie y sobre el otro con una sonrisa tímida en el rostro. Me le quedé mirando mientras pensaba: "Vete a casa, Simon... por favor... por tu propio bien... sólo vete a casa, ahora mismo, antes de que me ponga peor..."

Pero él no tenía ninguna intención de irse.

Debí haber tomado aquello como un cumplido, supongo, pero no estaba de humor para cumplidos. No estaba de humor para nada.

El resto de la tarde fue de mal en peor.

Miramos juntos televisión en medio de un silencio de muerte. Hice que me preparara un té. Le mostré fotografías de mi mamá y le contesté de mala manera cuando me preguntó sobre uno de sus poemas. Lo obligué a escuchar música que sabía que no le gustaba. Y cuando salimos a caminar en la oscuridad, lo empujé en el instante en que intentó tomar mi mano.

Era la Chica Diabólica.

Me odié por serlo, pero no pude evitarlo. Era como si alguien dentro de mí controlara todo lo que hacía, alguien a quien todo le importaba un comino. No sé a dónde fue esa tarde la verdadera yo. De vez en cuando escuchaba una voz llamarme desde alguna parte, suplicándome que pensara bien lo que estaba haciendo. Pero la voz estaba demasiado lejos para tener algún efecto. Era demasiado débil. Todo lo que tenía que hacer era decirle que se callara y se escurriera en su agujero con la cola entre las patas.

Cuanto peor me comportaba, tanto más humilde se volvía Simon. Me daba las gracias, se disculpaba, era *lindo* conmigo... Y yo sólo me deleitaba con todo aquello. Era casi como si estuviera intentando ver qué tan lejos podía yo llegar, poniéndole una carnada, observando qué tan lejos podía empujarlo antes de que se quebrara.

¡Dios! ¡Fue terrible!

Pensarlo ahora me encoge de vergüenza.

¿Por qué lo hice?

¿Por qué fui tan malvada?

No lo sé.

Me gustaría poder decir que no sabía lo que hacía. Pero sí que lo sabía; sabía perfectamente lo que hacía. Eso es lo que lo hizo tan terrible.

Lo siento, Simon.

DOCE

Tronó toda la noche. La mayoría de los truenos retumbaban en la distancia, pero ocasionalmente reventaban cerca y cruzaban el cielo con un rugido negro que hacía temblar los muros de la casa. El aire se sentía caliente y pesado, cargado de electricidad, y me asaltaban los sueños. En uno de ellos había una habitación, una habitación enorme, como una bodega sucia y vasta, con ventanas encortinadas, colchones en el techo y una alfombra hecha de píldoras. Había fiesta en ese cuarto gigantesco. Rugía música *dance* en bocinas, que iban de pared a pared y todos ahí bebían y fumaban y reían como lunáticos. Centelleaban luces brillantes y la habitación entera se estremecía al ritmo de la música. Yo estaba parada sola en medio de la habitación, mirando lo que sucedía alrededor. En una esquina podía ver a Simon hacer piruetas con Bill y Angel. Vestía su arruinado sombrero y su largo abrigo negro, pero debajo del abrigo, Simon estaba desnudo. Bill y Angel se habían arreglado con botas de tacón alto y ropa interior sexy, y se encaramaban en él, haciendo pucheros con sus enormes labios rojos mientras acariciaban su cabello y tiraban de los botones de su abrigo. Simon fingía alejarlas, pero era evidente que estaba encantado. Me miraba fijamente, asegurándose de que yo lo miraba a él. Cerca de la pared había un área de playa, un tramo de arena que se desvanecía en el interior del muro... pero de alguna forma el muro era el mar. Ondulaba con el vaivén de las olas y en la distancia un bote de motor verde recorría en silencio de punta a punta el horizonte. Abajo, en la arena, un grupo de muchachas jóvenes en diminutos bikinis, dispuestas en semicírculo, aplaudían y se reían de algo. Me moví hacia un lado para ver mejor. Vi a dos hombres, ambos vestidos con botas y bermudas. Uno de ellos era Jamie Tait y el otro era Dominic. Dominic estaba echado boca arriba en la arena con Jamie sentado sobre su cabeza. La cabeza de Dominic estaba medio enterrada en la arena y sus ojos estaban en blanco.

Entonces vi a los cisnes.

Eran dos. Caminaban hacia mí, cada uno tan alto como un hombre, con botas sin suela, agitándose con sus patas demasiado largas y sosteniendo cigarros en las puntas de las alas. Cada uno tenía una cabeza de hombre que rebotaba sobre sus largos cuellos blancos, y cada una de las cabezas era Lucas. Pensé primero que eran gemelos, y me pregunté por un instante si esa era la razón por la que estaba aquí, buscando a su gemelo perdido. Luego me di cuenta de que ambos eran la misma persona. Estaban unidos por el costado. Sólo tenían un par de alas. Ambos eran Lucas. Tenía dos cabezas: una de ellas sonreía, pero la otra no tenía boca, como no fuera una delgada cicatriz que corría horizontalmente bajo su nariz.... o donde debía estar su nariz. Porque no había nariz: era sólo un agujero vacío y negro como en un hueso. Y tampoco había ojos. Sin nariz, sin boca, sin ojos: sólo un cráneo cubierto de piel.

Estaba muerto.

Por eso no pueden lastimarlo, pensé. Ya está muerto.

Y con este pensamiento desapareció la habitación y todo lo que en ella había.

Esa noche vi muchas cosas. No puedo recordar algunas de ellas, y otras no puedo olvidarlas. Todas resultan demasiado dolorosas para pensarlas.

A la mañana siguiente, los truenos se habían ido dejando el aire rancio y exhausto. El día se sentía como si tuviera resaca. Irritable y lento. No sentí deseos de ponerme en marcha. Estaba cansada. Intranquila. Tenía dolor de cabeza. Había salido el sol, pero su luz estaba cautelosamente envuelta en bruma y los pájaros parecían cuidarse de no hacer demasiado ruido. Los imaginé de puntitas por los árboles, silbando en voz baja y entre sí, como niños pequeños que tratan de mantenerse fuera del alcance de sus padres en la mañana posterior a una noche singular.

Salí de la cama y fui al baño.

La casa parecía deprimida.

Yo parecía deprimida.

No hay nada peor que darte cuenta de que has hecho algo vergonzoso y saber que no puedes hacer nada para remediarlo. Había tratado pésimo a Simon. Lo había humillado, lo había desairado, le había arrojado su amistad a la cara. No podía haber sido más ruin. Y no importaba cuánto me arrepintiera o cuánto me disculpara por ello, nada cambiaría el hecho de que lo había hecho. Mi crueldad era irremediable. Yo lo hice. Estaba hecho. No había marcha atrás. No había camino de vuelta...

Demonios.

Abrí el baño de un portazo e irrumpí en él. Frené de golpe al encontrarme con Dominic. Estaba sentado en el inodoro, vestido sólo con unos boxers grises, sosteniendo la cabeza entre las manos. Mi enojo se convirtió en vergüenza y dejé salir un leve grito de sorpresa. Dominic alzó la mirada. Tenía los ojos enrojecidos y llenos de lágrimas.

—Lo siento —dije retrocediendo—. No sabía que estabas aquí.

—Está bien. No estaba haciendo nada.

Di media vuelta para marcharme.

—¿Cait?

Me detuve sin girar hacia él.

—No tienes que irte —me dijo—. Ya terminé. Ya me iba.

Era doloroso percibir cuánta vida le faltaba a su voz. Tiraba de mí, me recordaba lo que él había sido y lo que solíamos ser: hermano y hermana. Traté de resistirme, quise resistirme, pero no pude. Me di la vuelta. Dominic se había puesto una sudadera con capucha y estaba parado con la espalda hacia el lavabo. Había inclinado la cabeza y jugueteaba con el cordel de la capucha.

Era incapaz de mirarme a la cara.

Dejé escapar un largo suspiro.

—Tranquilo —dije—. No pienso morderte.

No pareció escucharme.

Me acerqué un poco.

—¿Dom?

Cansado, alzó la mirada. Era el vivo rostro de la confusión: miedo, dolor, amargura, orgullo... Era la cara de un niño esforzándose por arreglárselas en el cuerpo de un hombre joven. ¿O era al revés?

Se limpió la cara y suspiró.

—Es endiabladamente difícil, ¿no?

—Sip.

Nos quedamos ahí, parados bajo el peso del silencio: yo en mi camisón y Dominic en su sudadera y sus boxers, ambos desesperados por articular nuestros problemas pero ninguno de los dos dispuesto o capaz de comenzar. Dominic bajó los ojos y se quedó mirando al piso. Yo di una ojeada al desorden familiar del baño. Botellas polvorientas en repisas polvorientas, cepillos de dientes, una radio oxidada, macetas con geranios medio marchitos, un pez de cerámica, un cocodrilo de hule, un pato de plástico, una oveja de esponja... entonces mis ojos se posaron en la fotografía enmarcada que colgaba sobre el tanque. Ha estado ahí desde que puedo recordarlo. Muestra un alce bebiendo en un lago azul brillante, un lago rodeado de colinas y oscuros pinos. Es una fotografía bastante agradable, pero siempre ha habido en ella algo que me inquieta. El alce reclina la cabeza y mete el hocico en la superficie ondulante del agua y siempre he tenido miedo de que algo vaya a acercarse sigilosamente a él mientras está distraído y le brinque encima: un lobo, un oso pardo o algo por el estilo. Ya sé que es tonto. Sé que es sólo una foto, pero cada vez que entro en el baño tengo que decirle al alce que tenga cuidado. Cuídate de los osos, alce, le digo. Es algo así como una oración. No hace falta que lo diga en voz alta, basta un murmullo o, incluso, pronunciar las palabras sin sonido. Ya sé que no tiene sentido. Sé que es estúpido, pero en realidad no me importa. Como yo lo veo, sentirse como una completa idiota es un precio pequeño por salvar la vida de un alce, aunque sea sólo el alce de una fotografía.

Miré de vuelta a Dominic.

Me miró.

El momento mágico se había esfumado.

Ambos lo sabíamos. Si alguno de nosotros había pretendido decir algo, era ya demasiado tarde. Habíamos tenido tiempo para pensarlo o para no pensarlo y nos había parecido demasiado difícil. Había demasiadas cosas en juego. Demasiados esqueletos en el armario.

Dominic se aclaró la garganta.

—Bueno... —dijo—. Me tengo que ir.

Sonreí.

—Yo también *tengo* que ir...

Al principio Dominic no entendió. Luego, las comisuras de sus labios se torcieron en una sonrisa. No tenía mucho de sonrisa, pero era mejor que nada.

—Bueno —dijo aproximándose a la puerta.

Lo observé.

Caminaba con pesadumbre, los hombros reclinados y los ojos hacia abajo. Titubeó al pasar junto a mí. Luego se detuvo y sentí su mano sobre mi hombro. Un roce muy leve. Lo miré a los ojos. Me sostuvo un instante la mirada. Entonces habló en un murmullo entrecortado:

—Nada significa nada, Cait.

Sacudí la cabeza. No estaba segura de lo que había querido decir, pero sabía que se equivocaba.

—No lo hagas, Dom —le dije—. Sabes que no debes.

Un dejo de preocupación asomó de pronto en su rostro, luego parpadeó y la vida volvió a faltarle.

—Te veré más tarde —dijo.

Soltó mi brazo, dio media vuelta y salió.

Oí sus pies descalzos caminar sigilosamente por el pasillo, luego cerré la puerta, me senté en la orilla de la bañera y miré la fotografía en la pared. El alce seguía ahí, bebiendo con tranquilidad en el lago. Estaba a salvo.

Me pregunté si las oraciones para alces servirían también para la gente.

El resto de mi jornada fue sólo esperar. Lo creyera o no, Lucas estaba en problemas. A las seis de la tarde acabaría su trabajo, cortaría por el sendero de Joe Rampton y enfrentaría a Tait y Lee Brendell. Sus problemas eran serios. Alguien tenía que ayudarlo. Lucas no se ayudaría solo. Yo seguía repasando las opciones: decirle a papá, decirle a Lenny Craine, incluso pensé llamar a Joe Rampton y decirle; como lo viera, el resultado era siempre el mismo.

Todo dependía de mí.

Quise convencerme de que no estaba por hacer una tontería, pero en mi corazón sabía que la haría. Nuestro futuro está marcado. A veces no puedes verlo; lo sabes. Puede ser que no lo comprendas y puedes no tener ninguna fe en él, pero en el fondo de tu mente, en esos rincones desconocidos que te dicen lo que debes hacer, sabes hacia dónde te diriges. Lo sabes todo el tiempo.

Yo lo sabía.

Una vez que lo hube admitido, todo era cuestión de esperar.

De modo que esperé.

Nada ayudó a que el tiempo pasara, sólo se arrastró haciéndose más y más lento... y más lento... y más lento... hasta que los minutos se transformaron en horas y las horas en días y comencé a pensar que algo andaba mal. O bien todos los relojes se habían descompuesto o hacía demasiado calor. El calor había derretido el tiempo, lo había convertido en alquitrán o algo así... lo había hecho demasiado espeso para que pudiera fluir.

El calor derretía mi cerebro.

A eso de las dos de la tarde me tiré en el sofá del cuarto delantero y cerré los ojos. Sabía que no podría dormir, estaba demasiado excitada. Pero pensé que hacerlo me ayudaría a calmarme un poco...

Desperté con el húmedo hocico de Deefer en la cara. Por un segundo no supe dónde estaba ni qué día era. Luego recordé todo y entré en pánico. Empujé a Deefer, me restregué el sueño de los ojos y miré el reloj. Es un reloj viejo y estropeado con manecillas rechonchas y grandes números romanos y a veces resulta muy difícil de leer. Por un momento pensé que indicaba las doce y veinte. "¡Oh, Dios! —pensé—. ¡Dormí diez horas!" Luego reparé en que había confundido las manecillas y que eran las cuatro en punto.

Dejé escapar una honda exhalación.

Las cuatro de la tarde era bastante temprano.

Me lancé hacia el sendero de Joe Rompton.

La luz del sol se empañaba a través de las ramas de los álamos que flanqueaban el sendero. Y mientras me dirigía hacia el arroyo podía sentir cómo el sudor me brillaba en la piel. Los mosquitos zumbaban en el aire, atraídos por mi calor corporal mientras nubes de mosquitos más pequeños revoloteaban silenciosamente alrededor de mi cabeza.

Me tomé mi tiempo, caminé más despacio.

No sabía lo que hacía.

El único pensamiento firme en mi cabeza era llegar al sendero de Joe Rampton antes de que alguien más lo hiciera, encontrar dónde esconderme y entonces esperar. Y luego... no quería pensar en ello.

El sendero de Joe Rampton corre casi paralelo al nuestro. Comienza en su granja, serpentea por una serie de tierras de cultivo, luego se endereza y se dirige a la playa, emergiendo en un recodo bajo del arroyo que está al lado opuesto del fortín. La mayor parte del terreno entre ambos senderos la ocupa el campo. Sin embargo, hacia el último cuarto del camino en descenso hay un pequeño tramo boscoso que se extiende de un sendero al otro. No hay mucho que ver ahí, sólo un grupo de árboles raquíticos y esparcidos; la mayoría se ven como si bastara un golpe de viento para derribarlos. Pero son perfectos si necesitas cruzar de un sendero a otro sin pasar por la playa.

Con aquellos árboles a la vista, me trepé al cerco de setos, me escabullí a través de un hueco y brinqué hasta el otro lado sobre un campo de maíz. Bordeé el campo hasta la alambrada de púas en la parte inferior. Con cuidado subí en ella a horcajadas, resbalé después sobre un montículo terroso y ahí estaba, en el bosque. Parecía otro mundo. Aunque los árboles no estaban lo bastante altos como para ofrecerme sombra, la luz se había atenuado y el aire había refrescado de repente. Era el tipo de luz que se ve en esos pequeños bosques despeinados que crecen en el borde de la carretera, una luz fría y olvidada. Era una luz sin energía. Como si se dijera: ¿Qué caso tiene? No hay nada aquí... ¿Para qué brillar cuando no hay en qué reflejarse?

Me adentré en el bosque y comencé a caminar. No había sendas, pero el terreno era tan ralo que no hacían falta. Aunque el sendero de Joe no era todavía visible, podría ver su granja en la distancia, y al este podía distinguir la luz del sol reflejarse en la bahía, de modo que sólo tenía que dirigirme a un punto medio entre la casa y la bahía para desembocar en algún punto del sendero.

La tierra bajo mis pies estaba seca y suelta. El aire era fresco y quieto. Aún no había mosquitos que me inoportunaran. No había una mínima señal de vida. Ni pájaros ni flores. Nada. Aquel era un bosque inhóspito y silencioso.

Seguí caminando.

El sendero no estaba lejos, pero sentí que tardaba una eternidad en llegar hasta él. En cierto punto el suelo se empinaba hasta un área fangosa llena de troncos podridos y charcas lodosas que me forzaron a caminar un rato en círculos hasta encontrar un paso seguro por donde atravesar. Cuando al fin volví a la tierra seca, no sabía dónde me encontraba. Me encaramé en un pequeño montículo y miré alrededor intentando ubicar el sendero, pero todo parecía diferente. Mi perspectiva había cambiado. Los árboles parecían más altos, y de pronto más bajos. El cielo se veía más gris. El horizonte encaraba el lado incorrecto... entonces, cuando empezaba a creerme perdida, todo se acomodó de repente. Era como una de esas pinturas mágicas en las que comienzas por mirar sin esperanzas una mancha de puntos sin sentido. De pronto, los puntos cobraron forma y pude ver más allá de los árboles hasta una cerca de madera sobre un seto demasiado crecido a unos diez metros de distancia. Más allá de la cerca pude ver la silueta del sendero darme la bienvenida.

Por si acaso desapareciera, fijé la vista en la cerca y me apresuré a pasar entre los árboles. El silencio ahora comenzaba a desvanecerse. Podía escuchar los ruidos característicos de una granja.

El débil escarbar de los pollos. Un tractor en alguna parte de los sembrados. Y más allá, un distante martilleo metálico, como si alguien golpeara una placa de acero. Me pregunté si sería Lucas. ¿Qué estaría haciendo? ¿Arreglaba el techo de un cobertizo? ¿Colocaba postes para un enrejado? Lo que quiera que estuviera haciendo, imaginé que tendría calor. Lucas tendría calor y sed y estaría empapado de sudor...

Trepé la reja y caí en el sendero de Joe.

Ahora que había salido del bosque, la luz era otra vez brillante y el sendero mostraba su exuberancia y color. Altos setos a ambos lados estaban llenos de flores y moras, y flotaba un dulce olor a madreselva. Las mariposas revoloteaban en la calidez del aire. Yo solía visitar con frecuencia aquel sendero cuando era niña, a veces con papá, otras con Bill, ocasionalmente sola. Era un lugar agradable, especialmente en verano, cuando salían las mariposas, y siempre me sentí ahí como en casa. Sin embargo hacía mucho que no iba por ahí y la distribución del sendero parecía alterada. Todo parecía distinto. No estaba segura en qué medida era distinto —tal vez era sólo mi estado de ánimo—, pero el caso es que todo me parecía poco familiar. El sendero era más angosto y sinuoso de lo que recordaba y los setos eran demasiado altos para alcanzar a ver por encima de ellos. De modo que era casi imposible juzgar con precisión dónde me encontraba. Además, no sabía dónde Jamie Tait y los otros planeaban toparse con Lucas.

Me detuve a pensar por un momento.

Jamie y los otros no vendrían de la granja, eso lo tenía bastante claro. Y si lo hacían, corrían el riesgo de no toparse con Lucas. Tendrían que venir de la playa, a menos que vinieran por nuestro sendero y cortaran camino por el bosque... no, vendrían de la playa. Tenían que hacerlo. Era el único camino posible.

Llegué hasta la cerca y me subí a ella. Me las arreglé para pararme encima manteniéndome cerca del seto y sosteniéndome de la rama de un pino. No me sentí muy segura, pero al menos abarcaba una parte considerable del entorno. A mi izquierda podía ver el sendero serpentear hacia la playa. De hecho, no alcanzaba a ver la playa ni de qué parte llegaba el sendero, pero sabía que no podía estar demasiado lejos. En la otra dirección podía ver la silueta distante de la granja de Joe rodeada por varios establos y edificios aledaños, y desde ahí podía seguir la ruta del sendero a través de un laberinto de sembradíos de colores. Había cuadros de colza de un amarillo brillante, otros azules de borraja, y maíz dorado... pero no conseguía ver a Lucas por ninguna parte. Me estiré más alto sobre las puntas, revisando los campos... Entonces la cerca comenzó a tambalearse y entré en razón. Descendí con cuidado.

Tenía la información que necesitaba.

Tal como yo lo veía, Jamie, Lee y Dom vendrían por la playa, rodearían luego por el sendero y esperarían a Lucas en alguna parte entre la cerca y la granja. No podían darse el lujo de aguardar en el final del sendero en caso de que Lucas rodeara la cerca y se fuera por el bosque. Dom sabía que la cerca conducía hasta el bosque, y asumí que Jamie y Lee también lo sabían. Pero, aunque lo supieran, pensé que querrían esperar a Lucas en algún lugar tranquilo, en donde pudieran hacer lo suyo sin que nadie los molestara.

Miré alrededor. En esa parte el sendero era angosto, oculto, nadie pasaba nunca por allí... era tan buen lugar como cualquier otro.

Comencé a buscar dónde esconderme. Caminé un trecho por el sendero, busqué entre los setos, luego regresé a la parte alta, hacia la granja. No sabía exactamente qué buscaba y pensé que me tomaría un rato. Después de unos minutos lo encontré. Estaba justo pasando la cerca del lado derecho, según se va hacia arriba: un extraño lugarcito donde el seto se había adelgazado y el montículo de tierra era lo bastante bajo como para dejarme pasar sin demasiado esfuerzo al campo aledaño. Sólo llevaba puesta una playera y unos shorts, de modo que después de atravesar tenía rasguños en brazos y piernas. El campo al otro lado estaba sembrado de maíz. Crucé hacia la parte más espesa y me incliné entre los tallos que se alzaban junto al montículo. Era perfecto. Podía ver a través de ellos hasta el sendero, pero nadie podía verme a mí.

Todo estaba en silencio. Podía escuchar todos los sonidos que por lo general no se escuchan: el crujido de ratones invisibles, el llamado de los insectos, la brisa del mar susurrando en el aire. Además, el lugar era cómodo. El suelo estaba bajo la sombra y era suave, y el maíz olía a grano. De haber sido menos grave la situación, aquel habría sido un lugar agradable para pasar unas horas.

Busqué una postura confortable, me aseguré de tener una buena visión del sendero y me dispuse a esperar.

Una de las cosas que me extrañan de los personajes en libros y películas es que casi nunca tienen que ir al baño. Los puedes ver haciendo toda clase de cosas —se enamoran, pelean, conducen autos, comen, beben whisky, fuman, se van a la cama, se drogan—, pero sólo los ves en el baño cuando necesitan escapar de alguien saltando por una ventana o cuando van a ser golpeados o acuchillados o algo así. Nunca oyes a nadie decir: "Disculpa, tengo que hacer pipí". O si lo oyes, sabes que no van de veras a hacer pipí, sino que van a saltar por la ventana o les van a dar una paliza o los van a apuñalar o algo así. Sé que no es importante, pero parece raro que algo tan básico, tan universalmente esencial, sea ignorado casi completamente. No digo que quiero ver a los actores en las películas yendo al baño cada diez minutos; es sólo que cuando veo una película o leo un libro no puedo dejar de pensar de vez en cuando si fulano o mengano no necesitarán ir a hacer pipí. Puedo estar viendo a Leonardo Di Caprio correr por un barco que se hunde o a Russel Crowe en su papel de gladiador y de pronto pienso: "No ha hecho pipí en años. Debe estar a punto de estallar".

Como dije, en realidad no importa. Sólo lo menciono porque, mientras esperaba ahí, inclinada en el maizal, de pronto noté que estaba a punto de hacerme pipí. No sé de donde vino... tal vez eran los nervios... simplemente me entraron ganas. Un segundo estaba sentada muy cómoda y al siguiente danzaba pensando qué hacer al respecto. Comencé por repetirme que debía ignorarlo, que aguantara, que aquél no era el momento ni el lugar para preocuparme por la vejiga. Pero después de un rato ya no pude ignorarlo: en verdad tenía que ir al baño. No quería hacer pipí en mi escondite, pero tampoco quería perder de vista el sendero. De modo que me arrastré afuera del escondite y me escabullí hacia el seto, donde encontré un lugar apropiado justo al lado del hueco donde había plantas de maíz apartadas del resto. Aunque el seto era denso, estaba lo bastante cerca como para ver a través de él hacia el sendero, y me sentía razonablemente segura de que nadie podría verme. Me detuve un momento, eché un buen vistazo alrededor, me bajé los shorts, me acuclillé y comencé a orinar.

Fue entonces que escuché las voces subir por el sendero.

Estaban cerca, sorprendentemente cerca. No podía comprender cómo se habían acercado tanto sin que yo lo notara. Podía oír a Jamie Tait vociferar sobre algo y luego a Dominic asentir en un susurro. Cada vez se acercaban más. Dejé de orinar y miré sobre mi hombro. Estaban justo ahí, podía verlos a través del seto: Jamie al frente, Dom junto a él y Lee Brendell caminando encorvado detrás de ellos. De la mano de Jamie colgaba una botella semivacía de whisky y llevaba la camisa abierta. De la boca de Lee Brendell colgaba un enorme porro y Dom parecía completamente harto. De repente no estuve segura de que no me verían. Si yo podía verlos a ellos tan claramente...

Demonios.

No debí haber entrado en pánico. Tendría que haberme quedado completamente quieta en donde estaba... pero no estaba pensando. En retrospectiva, no había pensado en todo aquel día. Hasta ese preciso momento me había engañado diciéndome que no pasaría nada. Cuando mucho, esperaría una hora o algo así en el maizal, me encontraría con Lucas y de algún modo lo convencería de volver por el otro lado o quizá de ocultarse conmigo en el maizal...

Pero ahora aquel estúpido sueño había terminado. Entré en pánico a medida que se asentaba la pesadilla.

Mi primer error fue tratar de subirme los shorts y al mismo tiempo correr para esconderme. La combinación de miedo, vanidad y vergüenza, con una absoluta falta de juicio, me hicieron caer con las rodillas enredadas en los pantaloncillos. Mi segundo error fue prenderme de mis shorts mientras caía en vez de extender una mano para amortiguar la caída. De haber estirado una mano es probable que no me hubiera clavado en la rodilla un trozo de metal que estaba semienterrado en el suelo y el metal no me habría cortado la piel y yo no habría emitido un agudo grito de dolor. Y sin ese agudo grito de dolor, nadie se habría enterado de que estaba ahí y no habría acabado tirada en el suelo, medio desnuda en un campo de maíz con Jamie Tait trepando por el seto y burlándose de mí con ojos de borracho.

TRECE

Me las ingenié como pude para alzarme los shorts antes de que Jamie pudiera echar un buen vistazo. Me puse de pie. La rodilla me punzaba con un dolor agudo. Miré hacia abajo para descubrir que la sangre me escurría desde una herida profunda. Una exclamación ebria me hizo alzar la vista. Jamie se tambaleaba hacia mí, dando tragos a su botella de whisky y relamiéndose. Sus pies tropezaban en la tierra suelta. Su cara estaba enrojecida por el alcohol y sus ojos eran dos orificios de alfiler que se clavaron en mí como si se tratara de rayos láser.

—¡Miren esto! —dijo—. ¡Miren *esto*...!

—Quédate donde estás —le dije retrocediendo.

Rio.

—¿Por qué? ¿Qué piensas hacer? ¿Echarme al perro? *Guof, guof...* —se detuvo a escasa distancia de mí y dio un sorbo a la botella; escurría whisky de su boca—. Toma —me dijo ofreciéndome la botella—. ¿Quieres un trago? Dale un trago... ¡anda!

Sacudí la cabeza.

—¿Qué te pasa, eh? Mírate... —se limpió la boca y me miró de arriba abajo, señalando mi rodilla con la cabeza—. ¡Qué feo! ¿Quieres que le dé un beso para que se mejore? ¿La chupo?

—Déjame en paz —le dije.

Sonrió y comenzó a acercarse. Mi corazón latía y tenía la boca seca. Nunca había estado tan asustada en mi vida. Retrocedí aún más, preguntándome dónde demonios estaba Dominic. Sobre el hombro de Jamie podía ver a Lee Brendell mirar ociosamente a través del hueco en el seto, pero no había señal de Dominic. Brendell seguía echando miradas sobre el hombro, mirando al suelo y comencé a temer lo peor.

—¡Dominic! —llamé—. ¡Dominic!

Jamie se detuvo en seco.

—Cállate —dijo en voz baja.

Comencé a gritar de nuevo:

—Domin... —pero antes de que pudiera terminar Jamie dio un paso al frente y me dio una fuerte bofetada. No me dolió tanto, pero la sorpresa fue muy grande. Me pegó. De verdad, me pegó. No podía creerlo. Nadie me había golpeado *jamás*. Una oleada de furia gélida se disparó por mis venas y sin pensarlo hice ademán de lanzarme sobre él. Jamie no se movió. Simplemente se me quedó mirando, retándome a intentarlo. Su mirada me dejó sin vida. Mientras me replegaba, escuché la voz de Dom llamándome débilmente por detrás del seto.

—Cait... ¿Cait?

Jamie se volvió y llamó a Lee.

—¡Noquéalo, por Dios santo!

Brendell desapareció de mi vista. Escuché una trifulca, luego un golpe seco seguido de un quejido... y otro golpe seco... luego todo quedó en silencio. Brendell caminó tranquilamente de vuelta al hueco en el seto y asintió en dirección a Jamie. Jamie se volvió hacia mí. La sonrisa había desaparecido. Sus ojos estaban fríos y apagados.

—Ven acá —me dijo.

Sacudí la cabeza.

Sin decir palabra se estiró, me prendió del brazo y comenzó a arrastrarme hacia el seto. Al principio opuse resistencia, pero mientras más tironeaba, más me apretaba Jamie, enterrando sus uñas en mi piel. Dejé de resistirme y lo seguí a trompicones. Jamie ya no hablaba. Tenía la cara detenida en una especie de trance y continuamente se humedecía los labios y se limpiaba la boca con el dorso de la mano. De cerca, olía terrible: una repugnante mezcla de whisky, humo de cigarro y sudor mezclado con loción de afeitar.

Mientras nos acercábamos al seto, Brendell encendió un cigarro y echó humo al aire. Por un momento me devoró con la mirada y luego se dirigió a Jamie.

—No hay tiempo para eso —dijo.

—¡Cállate! ¿Dónde está McCann?

Brendell se encogió de hombros.

—Duerme.

Jamie me empujó hacia el seto.

—Vamos.

Lo miré.

—¡Muévete! —silbó.

Trepé por el hueco en el seto. Brendell me prendió del brazo y me arrastró hacia un lado. Dominic estaba al otro lado del sendero, tirado en el borde con las rodillas encogidas en el pecho. Le escurría sangre de la boca y un desagradable moretón comenzaba ya a colorearle un costado de la cabeza. Comencé a tirar hacia él, pero Brendell me jaló de vuelta con un simple movimiento de muñeca. La fuerza de su brazo era enorme.

—¿Qué le hiciste? —grité.

Brendell me ignoró.

—¿Qué hiciste?

Me apretó más. Un dolor cegador me recorrió el brazo. Brendell volteó a mirarme en cuanto me oyó aullar. Sus ojos eran un par de cuencas vacías.

—Está respirando —dijo mirando a Dom.

Tan sencillo como eso.

Entre tanto, Jamie se había escurrido por la cerca y daba un largo trago a su botella de whisky. Brendell sólo lo observaba. Cuando Jamie hubo terminado de beber, respiró hondo y miró en torno suyo. Sus pies se apoyaban con firmeza en el suelo, pero la parte superior de su cuerpo se balanceaba en círculos.

—¿Qué hora es? —preguntó.

Brendell miró su reloj.

—Acaban de dar las seis.

Jamie eructó y escupió en el suelo. Miró sendero arriba.

—¿Dónde demonios está?

—Llegará —dijo Brendell tranquilamente.

Jamie volvió la mirada hacia mí. No pude resistir la forma como me miraba y tuve que bajar la vista hacia el suelo. Se hizo el silencio por espacio de un minuto. Miré a Dominic. La sangre había dejado de manar de su boca. Aún no se movía, pero podía ver su pecho alzarse y me pareció percibir un débil temblor en sus labios. Escuché a Jamie suspirar y avanzar hacia mí.

—No tiene caso, Lee —dijo—. Le traigo ganas a ésta. Tendrás que reventar al gitano tú sólo.

Oí a Brendell musitar algo. Luego dijo:

—Ahora no, Jamie. Déjalo para después.

—No puedo —dijo.

Yo aún miraba al suelo cuando sentí la mano de Jamie en mi cuello. Me estremecí y lo esquivé. Me agarró del cabello y me jaló hacia él. Brendell me soltó el brazo. Jamie tiró de mi cabeza, obligándome a mirarlo. Tenía la mandíbula trabada y los ojos fuera de control.

—Hora de irse a pasear por el bosque —dijo soltando mi cabello y tomando mi mano. Comenzó a jalarme hacia la cerca. Enterré mis pies y me resistí. Se detuvo y se me quedó mirando.

—Más te vale que cooperes —dijo.

—Mi papá te hará pedazos —dije en voz baja.

Sonrió.

—Probablemente; pero eso no te ayudará mucho por ahora, ¿no crees?

La fría realidad de sus palabras me drenó la sangre por un momento, y mientras Jamie apretaba mi brazo y me arrastraba hacia la cerca, bajé la guardia. No tenía caso luchar en ese momento, era un desperdicio de energía. La fuerza física no me llevaría a ninguna parte: Jamie era demasiado fuerte. Tenía que usar la cabeza, pensar con claridad, ir despacio, esperar el momento justo, esperar la oportunidad para tomarlo por sorpresa.

Mientras él jalaba otra vez mi brazo y me enderezaba, eché un vistazo alrededor. A la distancia el bosque se esparce como una cobija oscura y sucia arrojada en el suelo. Me estremecía imaginando los árboles desnudos y la tierra estéril y aquella luz fría y remota...

No te rindas, pensé.

Nunca te rindas.

Casi habíamos llegado a la cerca. Jamie tiraba de mí y avanzaba a un paso frenético, jaloneando mi brazo, sacudiéndolo como si fuera yo un perro con correa. Respiraba con pesadez. Miré a Brendell por encima de mi hombro, esperando con desesperación que se apiadara de mí. Pero él ni siquiera nos miraba. Estaba orinando en el seto.

Jamie volvió a tirar de mi brazo y me hizo rodear la cerca. Miré hacia el bosque. Ya está, me dije. Es tu última oportunidad. Si entras allí no valdrá la pena volver.

Estudié la cerca mientras Jamie daba un trago a la botella. Era un vejestorio de madera que llegaba a la altura de mis hombros. No podía asegurarlo, pero imaginé que tendría que soltar mi brazo para poder saltarla. Bastaría un segundo. Tenía que bastar. Luego lo pensé mejor. O bien Jamie tendría que saltar la cerca primero —en cuyo caso yo correría sendero abajo hacia la playa—, o bien me haría saltar primero... lo cual significaría correr hacia el bosque. Las opciones no eran precisamente tranquilizadoras... pero era mucho mejor que nada.

—¿Lista? —preguntó Jamie arrastrando la voz. Lo miré. La botella en su mano estaba casi vacía y él apenas podía tenerse en pie. Giró la cabeza y observó la cerca, se tambaleó hacia un lado y luego volvió a mirarme—. Ya sé lo que estás pensando —me dijo.

Entonces, con una sonrisa de loco, se giró y dio un puntapié a la cerca. Los goznes tronaron, los postes se partieron, y el vejestorio entero se tambaleó y cayó al suelo.

Jamie se volvió hacia mí y me guiñó el ojo. Con el corazón encogido, incliné la cabeza y me despedí de mi cordura.

Sentía su mano apretarme de nuevo y doblé el codo para reducir el espanto de otro brusco jalón... pero el jalón nunca llegó. Esperé unos segundos y al final alcé la mirada, esperando ver a Jamie beber de nuevo o burlarse de mí. Nada de eso. Ahora miraba otra vez hacia el sendero. Sus ojos de pronto estaban alerta.

Los siguientes minutos pasaron como un torbellino. Todo sucedió tan rápido en ese momento, que no pude asimilarlo; pero ahora, siempre que pienso en ello —y lo hago con mucha frecuencia—, puedo recordar cada detalle. Recuerdo el destello del cielo azul pálido contra el verdor de los setos mientras giraba la cabeza y miraba sendero arriba, y recuerdo el torrente de emociones que fluyó por mi cuerpo al ver a Lucas caminar por el sendero. Las puedo sentir ahora: una intoxicante mezcla de éxtasis, miedo, alivio, esperanza, amor... y aborrecimiento. Por primera vez en mi vida deseaba que alguien saliera lastimado.

Brendell avanzó con torpeza hasta la mitad del camino para bloquearle el paso a Lucas. Se veía enorme así erguido, con las piernas ligeramente separadas y las manos colgando a los lados. En comparación, Lucas parecía frágil, pero eso no pareció importarle. Caminaba directo hacia Brendell sin siquiera titubear ni quitarle los ojos de encima. Mientras más se acercaba Lucas menos confiado parecía Brendell. Sus pies comenzaron a bailar. Se rascó la cabeza. Encorvó los hombros. Lo escuché decir algo, pero Lucas no respondió. Sólo siguió caminando.

Era como si Brendell no existiera.

Lucas se acercó rápidamente, caminando como un poseso. Brendell esperó hasta que estuvo a menos de un metro de distancia y entonces atacó. Era inusitadamente ágil para ser un hombre tan grande. Contuve el aliento cuando lo vi estabilizar los pies y lanzarse de pronto hacia el frente, pero Lucas fue más rápido. En el instante mismo en que Brendell se movió, Lucas lo esquivó inclinándose a la izquierda y luego se movió como un relámpago hacia la derecha para levantar del seto un tronco de un metro. Ocurrió tan rápido que Brendell todavía se tambaleaba en el vacío mientras Lucas lo rodeaba y le aporreaba la nuca con el tronco. Sonó un crujido de huesos rotos y Brendell se desplomó pesadamente. Mientras estaba ahí tirado en la tierra, con una pierna moviéndose espasmódicamente, Lucas se acercó, alzó el tronco con ambas manos y lo dejó caer de nuevo sobre la cabeza de Brendell.

—¡Dios mío! —susurró Jamie.

Me había olvidado de que estaba ahí.

Lucas dejó caer el tronco y se volvió hacia nosotros. Estaba como a treinta metros de distancia, pero aún así alcancé a ver la mirada en sus ojos. Era de un salvajismo aterrador. Mientras Lucas avanzaba hacia nosotros, Jamie giró y me tomó del cuello hasta ponerme delante de él. Podía sentir la tensión de su cuerpo. Podía escuchar su aterrada respiración en mi oído. Podía oler el pánico en su transpiración. Comenzó a arrastrarme hacia la cerca rota y pensé por un instante que se echaría a correr, pero se detuvo al llegar a la cerca. Podía sentir cómo miraba alrededor y me preguntaba qué estaría buscando. Su brazo estaba tan apretado en torno a mi cuello que yo apenas podía respirar. Quise decirle que aflojara el brazo, pero sólo me salió un chillido gutural. Entonces se movió nuevamente, jalándome hacia el poste caído de la cerca mientras hacía un extraño gruñido. Me apretó más, sentí un movimiento repentino a mis espaldas y escuché el estallido hueco del vidrio rompiéndose.

Lo siguiente que noté fue que Jamie sostenía una botella rota junto a mi rostro.

Su mano temblaba y yo podía sentir el filo del vidrio rozar mi mejilla. Sabía que si lo miraba, probablemente moriría del susto. De modo que mantuve la cabeza quieta y concentrada en Lucas, que se acercaba a nosotros, bajando por el sendero con la misma determinación primitiva de antes: los ojos fijos, la cabeza firme, el cuerpo listo para la acción.

El sudor me escurrió sobre los ojos.

Podía oler el whisky en la botella rota.

Mientras Lucas se acercaba, Jamie me arrastró lejos de la puerta de la cerca hacia la mitad del sendero. Ahora su respiración era áspera y rápida, como si no consiguiera airear sus pulmones. Su piel estaba empapada de un sudor ácido.

Lucas casi había llegado junto a nosotros.

Jamie me apretó más. Sentí la presión de la botella rota contra mi piel y luego la voz de Jamie carraspeó en mi oído.

—Demasiado cerca —advirtió a Lucas—. Acércate más y le corto la cara.

Lucas aminoró la marcha y se detuvo. Estaba como a un metro de distancia. No dijo nada. Ni siquiera me miró. Sólo mantuvo fija la mirada en Jamie mientras se llevaba las manos a la espaldas y sacaba un cuchillo. La luz del sol refulgió sobre aquella hoja de aspecto malévolo. La reconocía como aquella que había visto colgada antes en la pared de su refugio.

Jamie se tensó y su brazo apretó mi cuello.

—Suéltalo —dijo—. Suéltalo o cortaré a la perra.

—¿Y luego?

Jamie titubeó.

—¿Crees que estoy bromeando?

Lucas se encogió de hombros.

—En realidad, no me importa. De cualquier modo te lo voy a clavar—. Levantó el cuchillo y lo balanceó ligeramente en la mano.

Jamie ahora temblaba. La voz se le atoraba en la garganta mientras hablaba.

—Escucha... si algo me pasa.

—¿Quieres vivir?

—¿Qué?

Lucas dio un paso al frente y alzó el cuchillo a la altura de los ojos de Jamie. No estaba a más de dos centímetros de mi cara. Lucas seguía sin mirarme. Su cara estaba en blanco y fría, sin emociones. Habló en voz baja.

—Suelta la botella o te sacaré los ojos.

—No te atreverías...

—Hazlo —el cuchillo se acercó hasta rozarme—. Ahora.

Los segundos que siguieron duraron una eternidad. Nadie habló. El calor disminuyó y el aire se había espesado con el olor a madreselva y sudor. El fondo era un manchón borroso e inexistente. Yo sólo podía ver a Lucas. Su mano sosteniendo el cuchillo con empuñadura de hueso. Su cara, sus ojos, los poros de su piel. En el sendero había un silencio sepulcral, interrumpido apenas por el sonido de la respiración aterrorizada de Jamie. Él sabía tan bien como yo que Lucas no bromeaba. Aquella no era una amenaza: era un hecho. Puro y simple. Si Jamie no tiraba la botella y me dejaba libre, Lucas usaría el cuchillo. Jamie sólo tenía una opción, y al final la tomó. Con un extraño gemido relajó su abrazo en torno a mi cuello y retrocedió. Segundos después oí la botella rota caer al suelo. Sentí que las rodillas se me aflojaban y por un momento pensé que caería, pero mantuve el equilibrio. Lucas no había movido un músculo. Aún tenía el cuchillo en la mano y miraba fijamente a Jamie.

—¿Estás lastimada? —me preguntó.

—Creo que no.

—Ven aquí.

Di un paso hacia él. Lucas dijo:

—Apártate del camino.

—¿Qué?

—Ponte detrás de mí. Ahora.

Di un paso a un lado y me coloqué a sus espaldas. Al girar pude ver a Jamie parado frente a nosotros. Su rostro estaba demacrado y lívido. Temblaba de pies a cabeza y sus ojos estaban blancos por el miedo. Es difícil de creer, pero casi sentí lástima por él.

Lucas no fue tan comprensivo.

En cuanto estuve a salvo fuera del camino, Lucas bajó el cuchillo y se aproximó a Jamie. Jamie apenas tuvo tiempo de alzar las manos en señal de dócil rendición antes de que Lucas virara hacia un lado y le diera un duro puntapié en el estómago. Mientras Jamie gruñía y se doblaba, Lucas lo asió del cabello y le metió la rodilla en la cara. La nariz de Jamie se rompió con un crujido nauseabundo mientras él caía al suelo con la cara cubierta de sangre.

Pensé que eso era todo. Suficiente. Pero me equivocaba. Lucas no había terminado. Ni siquiera había empezado.

Mientras Jamie se retorcía en el suelo sosteniendo la cara entre sus manos, Lucas se paró sobre él y se acuclilló sobre su pecho. Luego usó las rodillas para asegurarle los brazos contra el suelo y acercó el cuchillo a su garganta. Jamie tosió, salpicando sangre. Lucas lo miró por un momento y se inclinó sobre él para susurrarle algo al oído. Los ojos de Jamie se abrieron y comenzó a llorar.

—¡No! ¡Por favor! ¡No!

Cuando me di cuenta, Lucas había girado con el cuchillo entre los dientes y desabrochaba los pantalones de Jamie. Jamie gritaba y se contorsionaba de pánico, pero Lucas le detenía los brazos con las rodillas y no había nada que Jamie pudiera hacer.

Me quedé atónita por un momento.

Pensé: "No lo hará, ¿o sí? Seguramente no..."

¡Dios mío!

Grité:

—¡Lucas, no! ¡Lucas! —pero no me hizo caso. Ya había des-abrochado el cinturón y sacaba el cuchillo de entre los dientes—. ¡Lucas! —grité—. ¡Baja el cuchillo! ¡Bájalo! —esta vez sí pare-ció escucharme. Miró el cuchillo en su mano, luego alzó la vista para mirarme. No lo hagas, Lucas —dije, respirando fuerte—. Por favor... guarda el cuchillo.

Me miró. No había furia en su mirada, ningún rastro de saña. Parecía tan dócil como un cachorro. Mientras miraba furtiva-mente el cuchillo en su mano, noté una mancha oscura en el pantalón desarreglado de Jamie. Se había orinado encima. Miré a Lucas a los ojos:

—Con eso basta —le dije con suavidad.

Miró a Jamie sobre su hombro. También lo miré yo. Era un de-sastre. Su nariz estaba roja e hinchada, la cara cubierta de sangre y tenía un trozo irregular de diente roto pegado en el labio. Sus ojos se enfocaron en mí y trató de decir algo, pero todo lo que salió fue un *nn... uuuh...*

Lucas me miró.

—¿Sabes? Le evitaría a todos muchos problemas si lo cortara en pedazos y lo enterrara en el bosque.

—¡Por amor de Dios, Lucas!

Me contuve al notar que me sonreía.

Mientras volvíamos al sendero para ver a Dominic, no dejaba de pensar en lo que acababa de ver. Nunca antes había asistido a una escena de violencia real y ahora que la había presenciado no sabía cómo tomarlo. Claro, me alegraba estar a salvo y no niego que disfruté ver sufrir a Jamie Tait... pero cualquier sensación de alivio que pudiera tener se veía ahora sobrepasada por mi reac-ción ante la violencia en sí. Su mero poder, su brutal simplicidad, la forma como iba derecho al corazón de las cosas... todo eso me dejaba sin aliento. Hasta entonces siempre había albergado la idea de que la violencia no resuelve nada... pero ahora no estaba tan segura. Empezaba a darme cuenta de que la violencia *puede* ser una respuesta legítima. *Puede* resolver problemas. Y no esta-ba segura de que eso me gustara.

Miré de soslayo a Lucas, que caminaba tranquilamente junto a mí. Había recuperado su cara de muchacho. Era casi imposible creer que unos instantes atrás había estado a punto de cometer una atrocidad. De no haberlo disuadido cuando lo hice...

Miré sobre mi hombro. Jamie se había puesto de rodillas y vomitaba junto al sendero.

—¿De verdad lo habrías hecho? —le pregunté a Lucas.

—¿Qué cosa?

—Ya sabes... cortarle su cosa.

Me miró. Su cara era la inocencia encarnada.

—¿Pues por quién me tomas? ¿Por una especie de animal?

Dominic seguía inconsciente. Lucas se arrodilló para inspeccionarlo. Primero examinó su cabeza, mirando dentro de su boca y sus ojos. Luego palpó su cuerpo y finalmente revisó su pulso.

—Está bien —dijo irguiéndose—. Volverá en sí en unos minutos. Ponlo de costado y afloja su ropa —miró sendero abajo, contemplando a Jamie alejarse a tumbos en la distancia y se volvió hacia mí—. Se ha marchado. Voy a averiguar qué pasa con el otro.

Lo vi acercarse a Brendell y acuclillarse junto a él. Luego atendí a Dominic. Su piel era pálida y fría al tacto y su respiración aún era bastante débil. Lo coloqué en postura de recuperación. Sus ojos comenzaron a parpadear y un débil quejido emergió del fondo de su garganta. Extraje un pañuelo del bolsillo, escupí en él y di pequeños golpes a la hinchazón del tamaño de un huevo que se había formado en un costado de su cabeza.

Al cabo de un rato oí a Lucas acercarse a mis espaldas.

Lo miré.

—¿Cómo está Brendell?

—Vivirá.

Limpié la mancha de tierra de la cara de Dominic. Lucas se inclinó junto a mí con un manojo de hojas de acelga trituradas en la mano. Puso una mano en mi pierna y me pidió que me estuviera quieta. Luego limpió con cuidado la herida en mi rodilla. Las hojas trituradas se sentían frías y refrescantes sobre mi piel.

—Gracias —le dije.

Sonrió.

—Quiero decir, por todo. Si no hubieras llegado... —mi voz comenzó a temblar, mi cuerpo entero comenzó a temblar—. ¡Oh, Lucas! ¡Él me iba a...!

Lucas tomó mi mano y me ayudó a levantarme.

—Ya pasó —me dijo—. Estás a salvo. No volverán a molestarte.

Sacudí la cabeza.

—Nunca terminará.

Entonces me derrumbé y lloré. Lloré tan fuerte que pensé que moriría. Las lágrimas subían desde algún lugar muy hondo en mi interior, agitando mi cuerpo con un violento temblor que succionaba el aire de mis pulmones y me hacía jadear. Dios, dolía tanto... dolía todo. Y eso sólo me hizo llorar aún más. Lucas dio un paso al frente y me estrechó en sus brazos. Lo abracé fuerte y dejé salir las lágrimas.

—Está bien —susurró—. Todo está bien.

Pero yo sabía que no era así.

Cuando al fin dejé de llorar, me sentí drenada, asqueada y fea. Mis ojos estaban hinchados, me dolía el pecho, me dolía el cuello y tenía la cara empanizada de mocos y lágrimas. Además, me dolían los dedos por aferrarme tan fuerte a Lucas. Mientras yo me sorbía la nariz y alcanzaba mi pañuelo, Lucas se apartó con cuidado.

—Tu hermano —dijo.

—¿Qué?

Asintió en dirección a Dominic.

Bajé la vista para ver que Dominic se levantaba con cautela, deteniéndose la cabeza y gimiendo.

—¿Qué demonios pasa? —musitó, oscilando de un lado a otro y parpadeando ante la luz del sol—. ¿Cait? ¿Qué haces aquí? ¿Qué pasó? —miró a Lucas con los ojos entrecerrados. Luego sus ojos se abrieron y dio un paso atrás—. Oye... ¿Qué ha...? —gimió de nuevo y se llevó una mano a la cabeza—. ¡Dios! ¿Quién me pegó? ¿Fuiste tú? ¿Dónde está Jamie?

—Cállate, Dom —le dije.

—¿Qué...?

—Sólo cállate y escucha.

Lo sentamos y le explicamos todo... bueno, casi todo. Minimicé las intenciones de Jamie y dejé fuera algunos detalles innecesarios, pero le dije tanto como debía saber. Creo que sufría una ligera contusión. Al principio no parecía entender lo que le decía. Sólo estaba ahí sentado con la mirada aturdida. De repente saltó y comenzó a vociferar y a despotricar diciendo que mataría a Jamie, que mataría a Brendell...

—Por amor de Dios —suspiré.

—Lo mataré, carajo...

—¡Cállate!

Se me quedó mirando, completamente herido y ofendido.

—¿Qué? ¿Qué pasa? Sólo estaba...

—No lo hagas —le ordené, al borde ya de las lágrimas—. No digas una sola palabra.

Su boca se abrió y comenzó a decir algo, pero cambió de opinión en cuanto vio mi mirada.

No pudo quedarse así por mucho tiempo. Un par de segundos después ya había vuelto su atención a Lucas.

—¿Sí? —le dijo—. ¿Qué miras?

Lucas sonrió.

—Creo que es hora de que tengamos una pequeña charla.

Luego de verificar que Jamie se había ido y que Brendell seguía inconsciente, Lucas se alejó con Dominic por el sendero y habló unos minutos con él. No hubo índices amenazadores ni voceríos, sólo estuvieron ahí el uno frente al otro, charlando como un par de ancianas. Al volver Dominic estaba callado y pensativo, y no podía mirarme a los ojos.

No sé qué le dijo Lucas —nunca he preguntado y Dominic nunca me lo ha dicho—, pero mientras caminábamos de vuelta a través del bosque comencé a sentir que podía volver a tener un hermano.

Después de todo lo que me había pasado, aquello era tan reconfortante como ganar una lotería de diez libras al día siguiente de incendiarse tu casa.

Caminamos en silencio, como soldados exhaustos que vuelven de la batalla, cada quien perdido en su mente atribulada. Ahora que lo pienso, seguramente parecíamos soldados de verdad. Dominic con la cabeza magullada, yo con la rodilla herida, y Lucas en su verde traje de faena con su cuchillo al cinto. Fue un trayecto duro, tanto mental como físicamente y para cuando llegamos al maizal en la orilla del bosque, tanto mi mente como mi rodilla habían comenzado a punzar.

Lucas, que nos guiaba, se detuvo y dio media vuelta. Dominic y yo arrastramos los pies hasta detenernos frente a él.

—Bien —dijo, mirándonos—. Más vale que comiencen a pensar qué van a decirle a su padre. ¿La verdad o mentiras? No pueden llegar a casa con ese aspecto y esperar que no se dé cuenta de nada.

Miré a Dominic esperando que tuviera alguna idea, pero él aún no estaba listo para hablar. Tenía la mirada en blanco, casi como si estuviera drogado. No sé si era la autocompasión o la culpa o qué, pero lo que quiera que fuera, comenzaba a enervarme.

—No creo poder decirle la verdad a papá —le dije a Lucas—, al menos no todavía. Es demasiado complicado. Necesito un poco de tiempo para pensar las cosas.

—Tendrás que decirle algo —dijo Lucas.

—Si puedo entrar en la casa sin que me vea, creo que estaré bien. Mientras no me ponga shorts, no notará la herida en mi rodilla.

—Será mejor que te cubras también los brazos —sugirió Lucas.

Miré hacia abajo. Tenía un moretón del tamaño de una mano en la parte del brazo donde Jamie me había agarrado.

—¿Y cómo está mi cuello? —pregunté—. Lo siento un poco adolorido.

Lucas me alzó el mentón cuidadosamente con el dedo y miró de cerca.

—No, está bien. Sólo un poco enrojecido. Apenas se nota —me sonrió, luego sus ojos se endurecieron y se volvió hacia Dominic—. ¿Y tú?

Dom parpadeó:

—¿Eh?

Lucas se acercó a él.

—Vamos, reacciona. Después tendrás tiempo suficiente para sentir pena de ti mismo. Ahora tienes que ayudar a tu hermana.

Dom me miró y asintió.

—Bien —dijo Lucas—. Comienza a pensar. Miénteme un poco. ¿Qué le pasó a tu cabeza?

Dom se humedeció los labios.

—Eh... estaba borracho.

—¿Dónde?

—¿En el bote de Brendell?

—Bien, ¿y qué pasó?

—Me golpeó con un taco de billar.

—¿Quién?

—Brendell.

—¿Por qué?

—Le gusta golpear a la gente.

Lucas asintió.

—Eso bastará. Es lo bastante tonto como para ser creíble. Cuando llegues a casa, entras tú primero y buscas a tu padre. Le cuentas lo que acabas de decir. Luego, cuando comience a despotricar, Cait podrá entrar sin ser vista. ¿Entendiste?

Dom asintió de nuevo.

Lucas lo miró.

—Bien... ¿y qué esperas?

—¿Tú no vienes?

—Quiero decir algo a Cait. No tomará mucho. Espérala en el sendero.

Dom me dirigió una mirada titubeante.

—Estaré bien —le dije.

Lo pensó un momento, mirando fijamente a Lucas. Luego trepó el montículo hacia el campo de maíz y se encaminó al sendero. Esperé hasta que estuviera fuera de mi vista y me acerqué a Lucas. No lo pensé. Sólo sucedió. Parecía lo más natural del mundo, pero cuando lo hube alcanzado y quise abrazarlo, dio un paso atrás con el rostro abochornado.

—¿Qué pasa? —pregunté.

—Cait...

—¿Qué?

Me miró a los ojos sin decir palabra. Lo miré de vuelta. No tenía que decir nada, sus ojos lo dijeron todo. Supe lo que quería decir.

Retrocedí sintiéndome un poco tonta.

—Lo siento.

Lucas sonrió.

—Yo también.

—Ha sido un día extraño, como diría mi padre.

—Esa es la pura verdad.

Sólo por un momento me sentí como si antes ya hubiera estado allí... sólo que no era allí, sino en otra parte. Y Lucas era alguien más, alguien que me resultaba familiar, alguien con quien compartía mis secretos...

No soy una niña.

—¿Cait? —dijo Lucas.

Lo miré.

—No soy...

—¿No eres qué?

Sacudí la cabeza.

—Nada. Sólo estaba... no es nada.

Estiré el cuello y contemplé el cielo. Luego respiré hondo y miré al suelo. La luz se volvía gris y las sombras de la tarde se alargaban. Extrañamente, el bosque se veía más pálido que en la tarde que acababa de pasar.

—¿Qué piensas hacer? —pregunté a Lucas.

—¿De qué?

—Vamos... ya sabes de qué. Jamie Tait no olvidará lo que le hiciste.

—Lo sé.

—Habrá mucha gente buscándote.

—Lo sé.

Lo miré.

—Te irás, ¿verdad?

—Siempre fue esa mi intención.

—¿Cuándo?

—Probablemente el domingo.

—¿El domingo?

Se encogió de hombros.

—Hasta ahora me las he arreglado para evitar que me quiebren las piernas. Supongo que puedo durar un par de días más. Además, hay un festival al que tengo que ir...

Reí.

—Y unas botas nuevas que comprar.

—Pensé que me las comprarías tú.

—No sé tu número.

Nos reímos. Era un momento incómodo, con toda clase de cosas por decir burbujeando bajo la superficie. Después de un momento ambos desviamos la mirada.

Eso éramos nosotros en ese momento, ahora me doy cuenta. Nosotros... un momento. Es todo lo que éramos: un momento. Sin pasado, sin futuro, nada más allá del presente. Era como si fuéramos personas distintas cuando estábamos juntos, como si sólo existiéramos en el presente. Y a su modo, era perfecto. Sólo pienso de vez en cuando que habría sido agradable estar en otra parte.

—Más vale que te vayas —dijo Lucas—. Tu hermano se estará preguntando qué sucede.

—Déjalo que se pregunte lo que quiera. ¿Qué harás en estos días?

—Básicamente, esconderme.

—Bien.

—No sé a qué hora llegaré el sábado...

—No te preocupes. Estaré ahí todo el día.

Me miró.

—No seas demasiado dura con tu hermano. Y trata de no preocuparte. Siempre estaré cerca.

Antes de que pudiera preguntarle qué quería decir, se acercó y me dio un beso en la mejilla. Luego dio media vuelta y se alejó por el bosque. Yo estaba tan sorprendida, que por un momento no pude moverme. Mientras lo miraba fundirse silenciosamente en la oscuridad del bosque, toqué mi mejilla y me llevé la mano a la boca.

Su beso tenía el dulce sabor del tabaco.

CATORCE

Desde aquel día no he vuelto al sendero de Joe Rampton, y no creo hacerlo jamás. Es una pena, porque solía gustarme ese lugar. Los setos frondosos, las cálidas sombras del verano, el olor a maíz y madreselva... era un lugar especial.

Ahora es sólo un mal recuerdo.

Trato de no pensar demasiado en ello, pero a veces es difícil no hacerlo, especialmente de noche, cuando el aire es denso y caliente, o cuando percibo el olor de ciertas cosas, como el whisky o el vidrio o la loción de afeitar rancia, o a veces incluso cuando estoy orinando. Entonces todo vuelve a inundarme: la amenaza ebria, la violencia, el calor, la paralizante sensación de miedo...

Supongo que habría ayudado contarle a alguien lo que ocurrió. Como dijo papá, probablemente no me hubiera hecho sentir mejor, hasta habría podido empeorar las cosas por un tiempo, pero al menos le habría dado alguna vitalidad al dolor. Tal vez es por eso que lo estoy contando ahora: para aliviar el dolor... o quizá no. No lo sé. Las cosas son distintas ahora. Mi perspectiva ha cambiado. Soy mayor, las cosas han seguido su curso...

Las cosas son distintas.

En ese entonces no parecía tener mucho sentido hablar de ello. Había terminado, estaba hecho. Hablar no habría cambiado nada. Era igual que antes: sabía que debía contarle a alguien, pero no podía pensar en quién. Si le hubiera contado a papá se habría vuelto loco y probablemente acabaría matando a alguien, lo cual

215

de seguro no le habría hecho bien a ninguno de los dos. Y si le hubiera contado a la policía... bueno, ¿qué debía contar? ¿Lo que de hecho había sucedido? No era mucho. Un poco de maltrato, una bofetada, algo de violencia verbal, amenazas veladas... todo imposible de probar. Habría tenido que explicar lo que hacía ahí, y lo que había ocurrido después. Entonces Lucas resultaría involucrado y ya se había metido en suficientes problemas...

No tenía caso.

Por supuesto, si lo hubiera pensado un poco menos egoístamente, las cosas tal vez no hubieran terminado como terminaron. Pero eso no podía saberlo en ese entonces.

Cuando bajé la mañana siguiente me sorprendió encontrarme a Dominic y a papá sentados juntos a la mesa de la cocina. No discutían, ni siquiera se fruncían el ceño, sólo estaban ahí en silencio, fumando y sorbiendo tazas de café caliente. La hinchazón en la cabeza de Dom había menguado un poco, pero los moretones se habían extendido por toda su cara. Desde la parte inferior del ojo hasta atrás de la oreja, su piel era una espantosa mezcla de morado, negro, carmesí y azul.

Papá sonrió.

—Lindo, ¿no crees?

Claro, papá no sabía que yo estaba al tanto de lo que había pasado. Así que, mientras me miraba, intenté parecer impresionada. No fue muy difícil; en verdad estaba impresionada. No por el moretón, claro, sino simplemente porque papá se veía tan alegre al respecto. La noche anterior, tal como Lucas había propuesto, Dominic había entrado primero y yo me había deslizado dentro unos minutos después. Para entonces los gritos ya habían comenzado. Mientras subía las escaleras con la intención de ducharme y cambiarme, podía oír a papá gritarle a Dominic en la habitación trasera. Así siguieron por horas: gritando y maldiciendo, estrellando puertas, pateando los muros. Seguían así mientras yo me preparaba un chocolate caliente y me iba a la cama.

Y ahora estaban allí, todos dulzura y tranquilidad.

No me lo esperaba.

—¿Qué pasó? —pregunté poniendo mi mejor cara de perplejidad.

Papá sonrió de nuevo.

—Alguien lo ha hecho entrar en razón a fuerza de golpes.

Miré a Dom. Una sonrisa avergonzada le cruzó el rostro.

—No es nada —dijo—. Se ve peor de lo que está. Te cuento luego. ¿Quieres un poco de café?

Después de dudarlo un momento, me les uní a la mesa. Mientras me servía una taza de café, Dom me dirigió una mirada fugaz y me hizo un gesto de complicidad con la cabeza. Entendí que tenía las cosas bajo control. Se había arreglado con papá, había mentido con éxito. Había sido golpeado hasta la inconsciencia y casi me habían violado... y aun así nos habíamos salido con la nuestra. Sí, todo estaba perfectamente bien.

Sorbí mi café. Me supo amargo.

Papá dijo:

—Perdona todo el escándalo de anoche. Teníamos que limar algunas asperezas; la cosa se calentó un poco.

—Parece que ahora están bien —dije.

Papá miró a Dom.

—Creo que estamos bastante cerca de estar bien.

—Vaya, pues eso está muy bien —me volví hacia Dom—. Has visto la luz, ¿no?

Parecía incómodo.

—No lo pondría de esa manera.

—¿*Cómo* lo pondrías?

—Mira —dijo—. Lo siento si he estado insoportable...

—¿Lo siento?

Estaba muy serio.

—Sí... lo siento.

Sabía que estaba siendo sincero, pero la verdad es que no me importaba. Tal como yo lo veía, lamentarlo no cambiaría nada. No deshacía lo que yo estaba sintiendo ni por lo que había pasado. Nada podría hacerlo. Ni ahora ni nunca. Dominic me había lastimado. Seguramente no había sido su intención y probablemente aquello habría ocurrido de cualquier forma, pero Dom era mi hermano. Se supone que los hermanos no te lastiman.

217

Me levanté de la mesa y me di la vuelta para salir.

—Espera, Cait —dijo Dominic—. Sólo un minuto...

—Me tengo que ir —le dije—. Te veo más tarde.

Cuando salí oí a papá llamarme por mi nombre. Había una silenciosa preocupación en su voz. De pronto sentí pena por él. Por fin había recuperado a su hijo... todo estaba bien... y entonces su histérica hija se le pone de mal humor. Estuve a punto de regresar, pero sabía que si lo hacía comenzaría a compadecerme también de Dominic y entonces empezaría a pensar en perdonarlo y no *quería* perdonarlo.

De modo que llamé a Deefer y me alejé por el sendero. No reduje la velocidad hasta que logré recuperar la rabia.

El problema fue que, en cuanto tuve el bosque a la vista, la rabia se convirtió en inquietud y no pude avanzar más. Lo intenté, pero cada vez que me aproximaba al hueco en el seto mis piernas se convertían en gelatina y no podía respirar bien. Si caminaba hacia la casa, volvía a sentirme bien... pero no quería volver a casa. Al final me limité a sentarme en un tronco podrido durante casi una hora mientras Deefer se me quedaba mirando y gimoteaba.

El resto del día transcurrió con bastante tranqulidad. Papá siguió escribiendo, Dominic permaneció en su habitación y yo me entretuve por ahí tratando de sentirme otra vez normal. Al principio no creí que eso fuera posible. Pasaban demasiadas cosas por mi cabeza, cosas con las que no sabía cómo lidiar: estaban Lucas, Jamie, Simon, Bill, Dominic, papá; tenía sentimientos encontrados de deseo, odio, dolor, ignorancia y duda; había recuerdos del pasado y temores futuros. Y luego estaba yo. Caitlin McCann. ¿Quién era? ¿Qué estaba haciendo? ¿Hacia dónde iba? ¿Era yo inocente? ¿Culpable? ¿Tonta? ¿Crédula? ¿Estaba siendo honesta conmigo misma?

Todas estas cosas estaban interconectadas, pero no acababan de encajar unas en otras. No conseguían sincronizarse. Era como uno de esos rompecabezas donde tienes que mover pequeñas piezas de un lado a otro para componer ciertas figuras. Todas las piezas están ahí, pero sólo hasta que las colocas en el orden correcto consigues ver la figura que se supone que representan. De modo que eso es lo que intenté hacer: poner las piezas en orden.

Conforme caía la tarde me concentré en mover las piezas más pequeñas de mi cabeza, tratando de acomodarlas; pero, a diferencia de un rompecabezas de plástico, estos pedacitos no se quedaban quietos. Seguían moviéndose por doquier y cambiando de forma. Intenté trabajar con dos o tres piezas, las acomodaba y luego las dejaba un rato para atender otras. Pero para cuando había acomodado esos pedacitos, aquellos habían dejado de encajar. Se habían transformado en otra cosa. Entonces, cuando volvía a trabajar en ellos, los otros pedacitos comenzaban a cambiar.

Era exasperante.

En cualquier caso seguí intentándolo y hacia la media tarde estaba bastante convencida de que tenía todo tan claro como era posible. Aún estaba algo endeble, algo fuera de foco, pero las piezas estaban en su lugar y al fin me fue posible ver el cuadro completo. Lo único malo es que era un cuadro abstracto, y por más que lo miraba no podía descifrar qué se suponía que era.

Más tarde esa misma noche, como a las diez, apareció en casa Lenny Craine. Yo estaba en la bañera cuando llegó. La radio tocaba suavemente y el baño estaba lleno de vapor. Oí a papá abrir la puerta, los oí entrar en la sala y luego a Dominic bajar para reunirse con ellos. La sala queda directamente debajo del baño, de modo que apagué la radio y me quedé quieta, tratando de escuchar lo que decían. Pero lo único que oía a través de la duela era un murmullo apagado.

Volví a encender la radio y sumergí la cabeza en el agua.

Olvídalo, me dije. Ignóralos. ¿Qué te importa saber de qué hablan? Probablemente no sea nada, de todos modos. Es sólo Lenny de visita para tomarse un trago veloz... tal vez varios tragos veloces... una charla apacible... no es nada... nada que ver contigo...

Me senté y enjuagué el jabón que tenía en la cabeza.

... y aunque *sí* tuviera algo que ver contigo, en realidad no quieres saberlo ahora, ¿o sí? Déjalo que espere. Vete a la cama.

Estás cansada. Mañana es sábado. Tienes que levantarte temprano para el festival. No quieres bajar... imagínate... estarán sentados, fumando y bebiendo cerveza y hablando de pesca o cosas así... Dominic, papá y Lenny... divirtiéndose...

No vienes a cuento.

Salí de la bañera, me paré frente al espejo y me hice callar. Luego me sequé velozmente el cabello, me puse un camisón y bajé las escaleras.

Las cortinas de la sala estaban abiertas y una brillante luna llena alumbraba todo a través de la ventana. Era una luna baja en el cielo, tran brillante y clara como un blanco sol pálido. Papá estaba parado junto a la ventana, Dominic en el sillón y Lenny echado pesadamente en el sofá. Todos tenían tragos en la mano y las caras largas.

Pesaba el silencio en la habitación.

Papá se volvió desde la ventana y me sonrió. Fue un buen intento... pero no pudo engañarme. La mayor sonrisa del mundo no habría bastado para esconder la tensión en sus ojos.

—¿Quieres un vaso de vino? —preguntó.

Asentí.

—¿Dom? —preguntó.

—Yo lo traigo —dijo Dominic.

Me acerqué y me senté junto a Lenny. No llevaba uniforme, vestía una camisa suelta color caqui y unos viejos pantalones abombados.

—Hola, Cait —me dijo—. ¿Lista para el festival?

Su voz tenía ese quiebre de alegría forzada que usualmente significa malas noticias.

Asentí.

—¿Irás?

—Por supuesto —sonrió—. Alguien tiene que mantener la paz. Ya sabes como son estos terroristas ambientalistas cuando se salen de control. La RSPCA, la Liga de Protección a los Gatos, el Instituto para la Mujer...

Sonreí tanto como pude.

Dominic volvió con otra cerveza para Lenny y una copa de

vino para mí. Al dármelo me dirigió una mirada de "ten cuidado". Pero como yo no tenía idea de qué tenía de *que* cuidarme, pensé que su gesto había sido bastante estúpido. Mantuve la mirada fija en él mientras se sentaba en el sillón y encendía un cigarro. Esperaba que me diera una pista, pero su rostro era inexpresivo. Di un sorbo al vino y miré a papá. Estaba parado junto a la ventana sorbiendo su whisky y observándome con ojos de halcón.

—¿Dónde te hiciste eso?

—¿Qué cosa?

Movió la cabeza, señalando.

—Esa herida en tu rodilla.

Miré hacia abajo. La orilla de mi bata se había deslizado hacia un lado revelando la abertura amoratada en mi rodilla.

—En la playa —me apresuré a decir—. Me resbalé sobre... había una estaca de metal o algo enterrado en la arena.

Papá me miró con atención.

—¿Cuándo?

—No recuerdo... Ayer, creo.

—¿Y por qué no me lo dijiste?

Me encogí de hombros.

—Es sólo una cortada.

Me dirigió una mirada larga, penetrante.

—¿Hay algo más que no me hayas contado?

—¿Acerca de qué?

—De Lucas.

Miré a Dominic, quien contemplaba el infinito. Miré de vuelta a papá.

—¿De qué se trata todo esto? —dije.

—Tú dime.

—No hay nada que decir.

—¿Cuándo fue la última vez que lo viste?

—No sé... Hace un par de días. Lo vi cerca del arroyo. ¿Por qué?

Papá dio un sorbo a su whisky y Lenny se hizo cargo del interrogatorio.

—Exactamente, ¿cuándo fue eso, Cait?

—Lo acabo de decir: hace un par de días.

—¿Miércoles? ¿Jueves?

Lo miré, luego miré a papá.

Papá dijo:

—Sólo dile que día fue, Cait.

Tuve que pensarlo. Estábamos sentados junto al arroyo, que estaba casi quieto. El reflejo del sol ondeaba sobre la superficie y un par de cisnes flotaban inmóviles en la orilla del agua... parecía hace tanto tiempo.

—Miércoles —dije.

—¿Estás segura?

—Era miércoles.

—¿Qué hacía él?

—Nada... sólo me topé con él en el arroyo. No hacía nada.

—¿Hablaste con él?

—Sí.

—¿Acerca de qué?

—No me acuerdo... de cosas, ya sabes. Nada importante.

Lenny se frotó la boca.

—¿Pasó algo?

—¿Como qué?

—Te...

—¿Me *qué*?

Papá se acercó y se arrodilló frente a mí.

—¿Te tocó, cariño?

—¿*Qué*? ¿Qué quieres decir con "me tocó"? ¿De qué demonios hablas?

Lenny dijo:

—Lo siento, Cait. Tenemos que preguntar.

—¿Por qué? —dije bruscamente—. ¿Eso que tiene que ver contigo?

Papá posó su mano en mi rodilla.

—Está bien, Cait...

—No —dije enojada—. No está *bien*. ¿Qué pasa? ¿Por qué me hacen todas estas estúpidas preguntas?

Lenny respondió.

—Ha habido otra queja contra Lucas —me volví a mirarlo previendo lo que iba a decir; continuó—. Una joven fue acosada

222

esta tarde cerca de los acantilados. Nos han dado una descripción bastante precisa de su atacante...

—¿Y ustedes creen que fue Lucas?

Lenny asintió.

—Muchacho joven, estatura entre baja y media, cabello rubio, ropa verde, con una mochila de lona.

—La chica —dije—. ¿Quién fue?

Lenny miró a papá.

—Angel Dean —dijo papá.

Me reí. No pude evitarlo.

¿Angel Dean?

Papá frunció el ceño.

—No es gracioso, Cait. Tenía un cuchillo. Ella dice que la amenazó...

—Claro que lo hizo.

—¿Perdón?

Suspiré.

—Está mintiendo, papá. Lo está inventando. Lucas no le hizo nada. No se *acercaría* a ella. Es obvio que está mintiendo.

Lenny dijo:

—¿Por qué habría de mentir?

—Porque... —de pronto me di cuenta de que no podía decirles por qué. Si les dijera por qué, tendría que contarles todo. Y si les contara todo... bueno, tendría que contarles todo.

—¿Cuándo sucedió este supuesto acoso? —pregunté.

—Como a las dos —dijo Lenny.

—¿Le han preguntado a Lucas dónde estaba?

—Todavía no hemos podido encontrarlo.

Respiré hondo.

—Estaba conmigo.

Dos pares de ojos me atravesaron.

Miré a papá.

—Cuando salí con Deefer hoy... ¿Recuerdas? Bajamos a la playa. Nos encontramos a Lucas y fuimos a caminar. Estuve con él como de una y media a dos y media.

—¿Y por qué no dijiste eso antes? —preguntó papá.

Me encogí de hombros.

—No lo sé.

—¿No *sabes*? —dijo Lenny.

—No me apetecía.

—Vamos, Cait.

—Yo estaba con él —dije rotundamente—. No pudo haberlo hecho. Yo estaba con él.

Lenny sacudió la cabeza.

—Aún así tendremos que traerlo.

—¿Con qué evidencia? ¿Tienes alguna evidencia?

Lenny me miró.

—Angel nos dijo quién era, Cait. Lo describió...

—¿Tienen alguna evidencia forense? ¿Heridas? ¿Moretones, piel bajo las uñas, sangre, fluidos o algo así?

—¡Cait! —exclamó papá.

Mantuve los ojos clavados en Lenny.

—¿Tienes algo?

Lenny me miró.

—No, aún no.

—¿Y no te parece un poco extraño?

—Tal vez... no sería la primera vez...

—Pero esperarías encontrar algo, ¿no?

Asintió.

—Normalmente...

—Tal vez deberías pedir más detalles a Angel —sugerí—. Examinarla más detenidamente.

—Mira, Cait. Si sabes algo...

—Todo lo que sé es que Lucas no lo hizo. No lo haría. Créeme, él no es así. Si quieres que haga una declaración, lo haré. Si quieres que testifique, lo haré —miré a papá—. Él no lo hizo.

Siguieron haciéndome preguntas por un rato, pero yo ya no tenía nada más que decir. No, no sabía dónde estaba Lucas. No, no sabía si aún estaba en la isla. No, no sabía adónde iría si dejara la isla... no sabía nada. Lo cual era bastante cierto. No parecían muy contentos con eso, pero tampoco yo estaba contenta. Me imaginé que eso nos dejaba más o menos a mano.

Antes de marcharse, Lenny me llevó aparte y me susurró al oído:

—No tientes a la suerte, Cait. Me agradas y me agrada tu papá. Son buenas personas. Me alegra tenerlos como amigos, pero sigo siendo un oficial de policía. Tengo que hacer mi trabajo. Sólo puedo llegar hasta cierto punto... ¿Comprendes?

—Puedes llegar tan lejos como quieras —le dije.

Me miró. Sus ojos reflejaban decepción.

—Ah, Cait —suspiró—. Pensé que eras una de las buenas.

Aquello me sorprendió. Creo que no debió hacerlo, pero lo hizo. También me hirió. No era justo. Sí, era una de las buenas, por eso hacía lo que hacía, intentaba hacer lo mejor... era buena...

¿O no?

Bajé los ojos y miré al suelo.

Ya no lo sabía.

Papá acompañó a Lenny hasta la puerta y me dejó sola por un minuto con Dominic. En cuanto escuché la puerta abrirse me incliné hacia delante sobre mi silla.

—¿Saben algo? —susurré.

—¿Acerca de qué? —dijo.

—De lo que sea.

Frunció el ceño.

—No lo creo.

—¿Dijo Lenny algo sobre Tait o Brendell?

—No a mí... le conté la historia de Brendell pegándome con el taco de billar, pero no pareció interesarle gran cosa —miró nerviosamente de soslayo hacia la puerta—. Este rollo con Angel y Lucas...

—Tait lo urdió. ¿No lo sabías?

Sacudió la cabeza.

—Pensé que bromeaba. No creí que lo...

La puerta se azotó.

Dominic me miró.

—No digas nada —le susurré—. Solamente no...

Papá entró en la habitación y se quedó en el quicio de la puerta, mirándonos. Sus ojos no reflejaban mucho afecto. Mientras yo esperaba que dijera algo, mi mente divagó de vuelta al día en que estaba sola con Lucas en la orilla del bosque, cuando sentí como si hubiera estado antes ahí y que Lucas era alguien más...

y mientras pensaba en esto volví a experimentar esa misma sensación. Sólo que esta vez estaba aún más revuelta. No podía decir si *éste* era el momento en el que pensaba entonces, y si papá era aquella otra persona, o si *entonces* era el momento en el que pensaba ahora y Lucas era otra persona —alguien familiar—, y compartíamos secretos...

No soy una niña.

—¿Cait? —dijo papá.

Lo miré...

—No soy...

—¿No eres qué?

Sacudí la cabeza.

—Nada, sólo estaba... no es nada.

A una señal de papá, Dominic se puso de pie y abandonó la habitación. Papá lo vio salir, cerró la puerta. Luego se acercó y se sentó a mi lado. El sofá se hundió por la mitad y nos acercó.

Papá colocó la mano sobre mi rodilla.

—Creo que es hora de que tengamos una pequeña charla.

Ahora que estábamos solos, temía que mis instintos tomaran el control... que me derrumbaran y me hicieran escupir la verdad. Era lo más natural para mí la forma como siempre había manejado las cosas en el pasado, y no creía ser capaz de evitarlo. No creí tener las agallas... o la falta de agallas. Al final no fue tan difícil como pensé.

Papá no estaba enojado. O si lo estaba, no lo mostró. Incluso cuando evité responder a sus preguntas, se mantuvo bajo control. No gritó, no echó humo, no se puso como loco. De hecho, sus ojos estaban tan firmes y su voz tan calmada, que casi me costó trabajo mantenerme despierta. Hubo muchas preguntas: preguntas sobre Lucas, preguntas sobre Dominic, preguntas sobre Angel. Pero la mayor parte eran preguntas sobre mí: ¿Qué sientes? ¿Qué piensas?, ¿Qué es lo que no va bien? ¿Por qué mientes? ¿Por qué no confías en mí? ¿Qué quieres? ¿Qué esperas que haga? ¿Cómo puedo ayudar? ¿Estás triste? ¿Contenta? ¿Enferma? ¿Sola? ¿Celosa? ¿Aburrida? ¿Enojada?... Eran preguntas que yo me había hecho desde que era lo bastante mayor como para razonar, y no podría haberlas respondido aunque quisiera. De modo que hice lo que se supone que debe hacer una adolescente confundida: clavé silenciosamente los ojos en la pared, distante e incapaz, deseando que las cosas fueran de otro modo.

Sé que debí haber dicho algo, siquiera para dejar que descansara la mente de papá, pero simplemente no podía. No encontraba las palabras. Mi mente se iba constantemente a la deriva. No sabía hacia dónde ir. Ni siquiera sé en qué estaba pensando. Me sentía demasiado cansada. No podía concentrarme. Mis pensamientos eran vaporosos e indistintos.

Debía ser medianoche cuando me di cuenta de que papá había dejado de hablar. Sólo estaba ahí sentado, con el brazo sobre mi hombro, mirando a través de la ventana. La luna se había movido y la habitación estaba a oscuras y en silencio. Me recargué en él y lo miré a los ojos.

—Lo siento —dije.

Sonrió.

—Sé que lo sientes. Hablaremos de ello por la mañana. Ahora creo que más vale que duermas un poco.

Le di un beso de buenas noches y lo dejé sentado solo en la oscuridad.

QUINCE

Al día siguiente me levanté temprano y me di un duchazo. Luego comencé a alistarme para el festival. Apenas eran como las siete de la mañana, pero el calor del sol ya era feroz y parecía tener intenciones de quedarse así. El cielo estaba alto y azul, y apenas había un soplo de viento en el aire. Era un día para shorts y una blusa sin mangas. Aun así estaba consciente de la herida en mi rodilla y del moretón en mi brazo, de modo que me puse unos pantalones por encima del tobillo y una blusa de manga larga. Comencé a juguetear con mi cabello, intentando hacer con él algo un poco especial. Después de un rato me harté de mirarme al espejo y me di por vencida. De cualquier forma no estaba realmente de humor para verme bonita. ¿Qué caso tenía? Me pusiera lo que me pusiera e hiciera lo que hiciera con mi cabello, de todos modos sería un sudoroso desastre hacia el final del día. Además, aquel era sólo un estúpido festivalucho. Nada de qué emocionarse. No sucedería nada.

Lucas no estaría ahí.

No era tonto. Sabía que la policía lo buscaba y también sabía que esa debía ser la menor de sus preocupaciones. Para entonces la historia de Angel se habría esparcido y con ayuda de Jamie habría crecido de un rumor sin fundamento hasta un hecho puro y duro; Lucas era un pervertido, un abusador de menores, un violador y, lo que era peor, un maldito ladronzuelo gitano. Habría un motín si Lucas asomaba la cara cerca del festival.

No, Lucas no estaría ahí. Si tenía algo de sentido común, para entonces estaría ya a varios kilómetros de distancia, camino de la costa sur... "Hay algunos lugares agradables en Dorset y Devon... Siempre he querido ver los páramos... Te enviaré una postal..."

Grandioso, pensé. Una postal...

Ojalá estuvieras aquí.

Me pasé un peine por el cabello. Me encajé un sombrero de sol en la cabeza, y me ordené olvidarlo. Se ha ido. Olvídalo. Fue lindo mientras duró... lo que quiera que haya sido. Pero se ha terminado. Está hecho. Se acabó. Es hora de seguir adelante...

Mierda, mierda, pura maldita mierda.

Fue lindo, carajo. Fue divertido. Fue emocionante. Fue deprimente. Fue duro. Fue aterrador. Fue devastador. Fue vivificante. Fue auténtico. Es todo lo que fue.

¿Y ahora...?

Ahora todo lo que tenía por delante era un largo y caluroso día al lado de Simon y su madre vendiendo insignias de *Salvemos la playa* y bebiendo latas de Coca tibia.

¿En verdad quería eso?, pensé. ¿Lo quería?

Me quedé mirando al espejo.

¿Hace alguna diferencia lo que tú quieras?

¿Significa algo?

La muchacha en el espejo me miró de vuelta con la cara en blanco y los ojos vacíos: no fue de mucha ayuda.

Me quedé ahí sentada un par de minutos sintiendo lástima por mí misma. Luego fui al baño, sostuve una charla silenciosa con el alce, eché en una bolsa todas mis cosas de la RSPCA y me encaminé hacia el pueblo.

El Festival de Verano de Hale tiene lugar cada año en el segundo sábado de agosto. No es el más emocionante de los sucesos, pero siempre ha sido una jornada bastante agradable. La mayor parte del pueblo se cierra al tráfico de automóviles y hacia las nueve la Avenida Principal y las calles aledañas se ven repletas de toda clase de puestos: instituciones locales de beneficiencia, artesanías, tómbolas, chácharas, plantas, ropa, cosas usadas... todo lo que se puede esperar del festival de un pueblo pequeño. Los bares abren el día entero. Hay carros de helado, carros de hamburguesas, puestos para vegetarianos, gente que vende pasteles y pan casero. Por lo general hay una banda en alguna parte, y un grupo del bar local toca en la parte trasera de un camión de redilas: se trata de bandas de dos o tres integrantes, con batería y un teclado electrónico y una mujer de mediana edad que canta alegres tonadas antiguas que ponen a aplaudir a los ancianos que han tomado unos tragos de más. Durante todo el día las calles retumban con espectáculos de malabaristas y payasos y obras de teatro al aire libre. Es un festival muy concurrido, en especial cuando hace buen tiempo. A la población local se suma la afluencia de visitantes de otras tierras, y hacia la media tarde es habitual que las calles estén atestadas.

Cuando llegué era aún temprano y todos estaban ocupados en montar sus puestos. Conocía a casi todos, por lo menos lo bastante como para saludarlos, y conforme avanzaba hacia el puesto de la sociedad protectora de animales, que estaba frente a la biblioteca, me saludaron un coro de amistosos gestos de cabeza y mano que en algo ayudaron a levantarme el ánimo. La calle era una colmena en plena actividad, con gente ocupada por doquier, que descargaba cosas de sus camionetas, reía y gritaba y cantaba al ritmo de música de radio. Flotaba un zumbido expectante en el ambiente... pero flotaba algo más, algo no dicho. Había nerviosismo en el aire. Ojos entrecerrados, ceños fruncidos entre sonrisas y miradas furtivas...

Es Angel, pensé mientras me aproximaba al puesto de la sociedad. Todo el mundo había oído hablar de la pobrecilla de Angel y el monstruo que la había atacado. Primero Kylie Coombe, luego esto... ¿A dónde va a parar el mundo?

—Buenos días, Cait —dijo la señora Reed—. Gracias por venir.

Alcé la vista y sonreí.

La mamá de Simon es una de esas mujeres a quienes no les importa cómo se ven pero que de todas maneras siempre se ven bastante bien. En sus cuarenta-y-tantos, con cabello rubio pálido a la altura de los hombros y un rostro fresco y agradable, vestía un sencillo vestido blanco, sin accesorios, sin zapatos ni maquillaje. Sus ojos brillaban como pedrería.

—Ven —dijo agarrando mi mochila—, déjame tomar esto. Te vez acalorada. ¿Quieres beber algo?

Puso mi bolsa de mano en el mostrador y me pasó una lata de cola de marca libre. En realidad no me apetecía, pero de cualquier modo se lo agradecí. Vi a Simon, que engrapaba carteles en la pared trasera.

—Hola, Simon —le dije.

Me sonrió. Era una sonrisa genuina y me sentí aliviada al verla. Después de lo que había pasado la última vez, no lo habría culpado por no querer saber de mí. Volvió al cartel y terminó de engraparlo. Luego puso la pistola de engrapar en su bolsillo y se dirigió a su madre.

—¿Puedes arreglártelas unos minutos? Quiero hablar con Cait.

—Está bien —dijo ella—. De todas formas, no tarden. Hay mucho que hacer.

—Cinco minutos —dijo él indicándome que lo siguiera.

Caminamos hacia la Avenida Principal y torcimos por un tranquilo camino que conduce a la parte trasera de la biblioteca. Aún tenía la lata de refresco sin abrir en la mano. Se la ofrecí a Simon mientras nos sentábamos en la banqueta.

Frunció la nariz.

—No sé por qué la compra. No soporto esa cosa.

Vestía una camisa negra gruesa y arremangada, pantalones desteñidos negros y botas negras. La oscuridad de su ropa acentuaba la palidez de su piel. Parecía un punto menos que anémico. Aparte de eso, parecía bastante contento.

—¿Oiste lo que pasó? —preguntó.

—¿Acerca de qué?

—Angel Dean... alguien la atacó.

—Sí, lo sé.

—Creen que fue el chico, ya sabes, el chico que...

—No quiero hablar de eso.

—Corre el rumor de que lo vieron en Moulton...

—Simon —le dije lanzándole una mirada de impaciencia—. De verdad no quiero hablar de eso, ¿de acuerdo?

Me contempló un instante, con aire un poco perplejo. Luego se apartó el fleco con los dedos y bajó la mirada.

Nos sentamos ahí en silencio por un rato, sólo mirando torpemente el suelo. Mi mente divagó de vuelta a aquel sábado por la tarde, dos semanas antes, cuando estaba yo en la parada del autobús esperando a Bill y leyendo el cartel de las Actividades del Pueblo: "sábado 29 de julio: venta de garaje en el Ayuntamiento del pueblo; domingo 30 de julio: concierto gratuito en el Country Park, bandas y bastoneras de Moulton; sábado 5 de agosto: regata de West Hale: día de diversión familiar; sábado 12 de agosto: Festival de Verano de Hale..."

En ese entonces todo parecía inofensivo.

—Más vale que regresemos —dijo Simon.

—Está bien.

Mientras íbamos de vuelta al puesto intenté disculparme por mi conducta del miércoles, pero Simon le restó importancia. O bien estaba siendo amable o realmente no se había dado cuenta de cuán desagradable había sido con él. Preferí pensar que sólo estaba siendo amable. De lo contrario, si en verdad pensaba que mi comportamiento era aceptable... vaya, eso era demasiado patético como para siquiera considerarlo.

A media mañana el festival estaba en su punto. La banda había comenzado a tocar, las rocolas sonaban con estruendo desde los bares y las calles estaban abarrotadas. Nunca lo había visto tan lleno. Estábamos ocupadísimos. Hacía un calor inaudito y el calor se intensificaba según avanzaba el día. La gente se quitaba la ropa hasta quedar con los torsos desnudos o en bikini y el aire ardía con el olor a perfume y loción bronceadora. Supongo que la gente había venido atraída por el calor... por eso y por los jugosos rumores que flotaban por doquier. Todos tenían su opinión: clientes, locales, dueños de puestos, incluso la gente de tierra firme... y mientras trabajaba podía escuchar un torrente de comentarios mezclados: "malditos gitanos...", "casi la mata, aparentemente...", "gente así debe ser exterminada...", "no creas, están acostumbrados a ello: es la endogamia, ¿sabes?", "repugnante..."

Nadie tenía nada *razonable* que decir acerca de nada. Era como si el calor y el ruido y la turba hubieran enloquecido a todos;

incluso la gente que yo sabía que era ecuánime y lúcida decía de pronto puras tonterías.

"El infierno son los otros", dijo alguien cierta vez. No estoy segura de quién fue, pero seguro vivía en una isla.

Aunque sabía que no aparecería por ahí, estuve alerta para descubrir a Lucas. Fue tonto, lo sé. Pero en alguna parte del fondo de mi mente una vocecilla no me dejaba en paz: *podría disfrazarse... podría enviar un mensaje... podría estar observando desde los acantilados...*

Sí, pensé. Y podría venir montado en un gran caballo blanco y llevarme al País de las Maravillas.

En cualquier caso me mantuve pendiente. Una o dos veces me pareció inclusive que lo veía: un lejano destello verde al final de la calle, un mechón de cabello rubio desplazándose en medio de la multitud, una figura solitaria caminando en los acantilados; pero todo estaba en mi imaginación.

Al mediodía tuve un ligero problema con un niño de aire gracioso, con lentes, que quería comprar un cartel con la imagen de un perro hambriento. No estaba a la venta, desde luego. Era una de esas fotografías que la sociedad utiliza para mostrar cómo la gente maltrata a sus mascotas. Pero cuando le dije que no podía comprarlo, el niño comenzó a llorar. Para tranquilizarlo le mostré algunas gomas de borrar con figuras de fantasía, pero no le interesaron. Seguía señalando al flaco y viejo perro diciendo:

—Ése, ése, ése...

Entonces alguien dijo:

—Dale lo que quiere, por amor de Dios.

Giré hacia la voz, a punto de perder la paciencia, pero sólo vi a papá parado ahí con una gran sonrisa en la cara. Dominic estaba junto a él, y al otro lado de la calle me sorprendí al ver a Rita y Bill Gray.

—Hola, John —dijo la Señora Reed.

—Hola, Jenny —respondió papá—. ¿Cómo les va?

—Vueltos locos. No creerías lo ocupados que hemos estado

—me sonrió y luego volvió a mirar a papá—. No nos la habríamos podido arreglar sin Cait.

—Espero que la estés haciendo trabajar duro.

—Bueno, es por una buena causa —lanzó una mirada al niño del cartel; seguía llorando—. Simon —dijo—, ¿por qué no atiendes a este jovencito? Cait puede tomar un descanso mientras está aquí su familia.

—No hace falta —comencé a decir.

—No seas tonta. Anda, ve.

Mientras me alejaba, Simon estiró el brazo y comenzó a descolgar el cartel del perro.

—No le puedes dar eso —le dije.

—¿Por qué no? Es lo que quiere.

—Es sólo un niño... tendrá pesadillas.

—¿Y?

Sacudí la cabeza y lo dejé hacer.

Fuera del puesto, papá se abrió camino entre la multitud para reunirse conmigo.

—¿Cómo te va? —preguntó—. ¿Todo bien?

Asentí.

—Estoy algo acalorada.

—Es por el sol —sonrió—. Eso es lo que suele ocasionar el sol.

Pasó el brazo sobre mis hombros y me condujo hacia el otro lado del camino.

—Queríamos ir al Dog and Pheasant. ¿Qué te parece?

—Sí... está bien —miré hacia el otro lado del camino, donde estaban Rita, Bill y Dominic—. ¿Vinieron juntos?

—Dom y yo íbamos de salida cuando Rita se acercó con el auto y preguntó si queríamos que nos llevara. Espero que no te incomode.

—No. ¿Por qué habría de incomodarme?

—No sé... sólo no puedo entender qué pasa, me doy por vencido.

Nos reunimos con los demás y nos dirigimos al bar.

Bill se veía muy diferente desde la última vez que la vi. Su cabello había recuperado su color natural y vestía con bastante sencillez;

llevaba una falda de verano y una blusa blanca con tirantes. Aparte de una ligera capa de brillo labial, no parecía llevar nada de maquillaje. Escondía los ojos tras unos lentes de sol y se veía cansada, como si hubiera pasado muchas noches en vela. Al menos su cansancio parecía natural.

En el bar, los otros se quedaron dentro con una bandeja llena de cerveza y sándwiches mientras Bill y yo tomábamos Cocas heladas en la terraza. Era bastante raro estar con ella, me sentía entre bien y mal, tranquila e intranquila al mismo tiempo. No conseguía descifrar qué era lo que yo quería. Deseaba hablar con ella... no quería hablar con ella. Quería entrar y hablar con Dominic... no quería hablar con Dominic. Quería saber qué estaba pasando... y no quería saberlo. Sobre todo, ansiaba ver a Lucas, pero ya ni siquiera estaba segura de eso.

La terraza estaba atiborrada de ruidosos bebedores y niños que perseguían patos alrededor del estanque. Nos las arreglamos para hallar un lugar relativamente tranquilo al final del jardín, donde había una vieja banca de madera mohosa con vista al arroyo seco. Nos sentamos y bebimos a sorbos nuestros refrescos, sonriendo con torpeza la una a la otra. El sol calentaba más que nunca y el barullo del festival flotaba distante en el aire.

—Y bien —aventuré—. ¿Cómo estás?

Bill se encogió de hombros.

—He estado mejor. ¿Y tú?

—Podría estar peor.

Sonrió.

—¿Cómo va el puesto?

—Caluroso. Ocupado.

—Simon, ¿está bien?

La miré buscando algún atisbo de malicia en su rostro, pero lo único que pude ver fue un destello de tensión nerviosa.

—Está más o menos como siempre —le dije.

—¿Irritablemente amable?

Reí sin querer. No fue una gran risa, apenas un veloz resoplido, pero me dejó un sabor amargo en la boca. Dios mío, pensé. ¿Por qué eres tan tremendamente *débil* todo el tiempo? ¿Por qué no puedes ser un poco menos indulgente por una vez en la vida?

Se supone que estás enojada con Bill. Se supone que tendrías que evitarla en vez de estar teniendo una charla civilizada y burlándote con ella de Simon.

¿Qué demonios te pasa?

Respiré hondo y traté de relajarme. El fresco olor de la cerveza llegó a mi nariz para recordarme que la terraza era la parte trasera del principal bar del pueblo... Más abajo, el tráfico rugía en ambos sentidos de la carretera... Trevor y Malcolm estaban sentados en una mesa bajo una sombrilla de plástico...

—Piensas que he sido una bruja estúpida, ¿verdad? —dijo Bill.

La miré. No sabía qué decir.

Suspiró.

—Probablemente tengas razón. Eso he sido, pero no pienso disculparme por ello.

—Tú sabrás lo que haces —le dije.

—Tú no sabes lo que hago.

Me encogí de hombros.

—No soy una golfa, Cait. Sólo quiero divertirme un poco de vez en cuando.

—Lo sé.

—Sólo eso... un poco de diversión. Hay toda clase de personas allá afuera y quiero ver cómo son. Quiero saber qué hacen. Quiero divertirme, nada más.

—¿Y te diviertes?

Bill espantó un mosquito de su cara y se quedó mirando al vacío. Sorbí la Coca fría y observé una libélula volar velozmente sobre el estanque, su cuerpo brillaba con un fulgor azul metálico. Se quedó suspendida un instante con alas invisibles y luego inclinó la cabeza y salió disparada sigilosamente al otro lado del estanque, como una extraña y hermosa nave espacial.

Me volví hacia Bill.

—Oí que fuiste a una fiesta de Lee Brendell.

Se encogió de hombros.

—No fue realmente una fiesta. Sólo una bola de gente y un montón de tragos. Vi a Dominic por ahí.

—Lo sé —la miré—. Tú y él se...

—¿Qué?

—Ya sabes...

—¿Qué? ¿Dominic y yo? Tienes que estar bromeando.

—Pensé que...

—Vaya, pues pensaste mal —sacudió la cabeza—. Dios mío, Cait. ¿Cuándo vas a madurar? Hay un mundo de diferencia entre coquetear y que te guste alguien y de hecho hacer algo al respecto. Que me guste alguien no significa que me bajaré los calzones en cuanto lo vea.

—¿No?

Una sonrisa se dibujó en su rostro.

—Bueno, no a menos de que *en verdad* me guste.

No pude evitar sonreír. Bill volvió a sacudir la cabeza, todavía sonriente e intercambiamos miradas, ninguna de las dos realmente segura de si bromear estaba bien o no. Yo no sentía que estuviera bien, pero tampoco sentía que estuviera mal. Para disimular mi confusión, estiré el brazo para alcanzar mi Coca y le di otro largo trago. Bill hizo lo mismo.

—Entonces —dije bajando mi vaso—. Esa fiesta en el bote de Brendell... ¿estuvo bien?

Rio.

—No mucho. Son todos iguales, la gente esa. Una vez que se te ha pasado el entusiasmo inicial, todo es bastante aburrido. Drogas y tragos... más drogas y más tragos...

—Con una basta —dije sarcásticamente.

Una mirada de enojo se reflejó en la cara de Bill.

—Al menos estoy haciendo un *esfuerzo* por madurar. No puedes aprender todo en los libros, Cait. No puedes envolverte en algodón y hacer de cuenta que todo es como antes. Ya no somos unas niñas. Las cosas cambian. A veces tienes que salir y hacer cosas por ti misma.

—Ah sí, claro... rebajándote a salir con gentuza como Jamie Tait y Lee Brendell, pavoneándote por todos lados en Jeeps y lanchas de motor, inhalando coca y emborrachándote... eso es crecer... ¿verdad?

—¿Qué?

—¿Tienes una *remota* idea de cómo es Jamie Tait en realidad?

—Sí, te lo he dicho. Es aburrido. Es un idiota altanero...

—¿Y qué piensas de los otros? ¿Qué hay de Angel?

—¿Qué con ella?

Titubeé.

—¿Todavía te agrada? ¿Te sigue pareciendo *divertida*?

Bill aspiró.

—Eso no es justo.

—¿Por qué?

—Mira, puede que Angel tire un poco hacia el lado fácil. Puede que sea un poco escandalosa, pero en el fondo es igual a ti o a mí.

—No seas ridícula.

—Está bien. No es exactamente igual. Y tal vez se acerca demasiado al borde de vez en cuando, pero eso no significa que merezca lo que le pasó. Nadie merece algo así.

—No dije que lo mereciera. Todo lo que quise decir es que eso es lo que puede sucederte cuando empiezas a jugar con cosas malas, cuando llevas demasiado lejos la diversión.

—Oh, vamos, Cait. ¿Cómo puedes culparla? Lo que le pasó a Angel puede sucederle a cualquiera. Estaba en el lugar equivocado a la hora equivocada, eso es todo. Si has de culpar a alguien, culpa primero a quienes lo dejaron salir.

—¿Dejaron salir a quién?

—Al gitano, ¿a quién más? Ya lo tenían, ¿no es así? La policía ya *lo tenía* por lo que le hizo a Kylie Coombe y luego lo dejaron salir. Si no lo hubieran liberado no habría atacado a Angel.

La miré. Por un segundo no pude decir a cuál Bill estaba yo mirando. Su cara parecía brillar entre dos distintas personalidades: la antigua Bill, la que yo solía conocer tan bien, y la nueva Bill, la que me disgustaba. Eran dos personas distintas, eran la misma, se fusionaban, mitad y mitad, se fundían y se derretían para luego volver a separarse...

Sacudí de mi cabeza aquella imagen.

—No te entiendo —le dije algo cansada—. De verdad que no. Un minuto hablas con algo de sensatez y el siguiente me vienes con rollos como ese.

—¿Cómo cuál?

—Tú viste lo que sucedió en la carrera, Bill. Estabas ahí. Lo viste con tus propios ojos. ¿Cómo puedes mentirte a ti misma? —suspiré—. Creo que has pasado demasiado tiempo con la gente equivocada.

—Y tú no, supongo.

—¿Y eso qué se supone que significa?

Bajó la mirada.

—Nada.

Me sentí harta de todo aquello. Era demasiado confuso, demasiados sinsentidos, demasiado amor y demasiado odio, todo mezclado. Me daba náuseas.

—Creo que es mejor que me vaya —le dije.

Bill no dijo nada mientras me levantaba y caminaba a través del jardín, pero podía sentir cómo me observaba. No sabía cómo sentirme al respecto. Ya no tenía la menor idea de lo que pensaba acerca de nada.

Llevé mi vaso vacío de vuelta a la barra. Luego me acerqué a papá para decirle que me marchaba. Él y Rita compartían una botella de vino y Dominic estaba sentado a un lado tomándose un vaso de cerveza. Un parche de gasa le cubría la herida en la cabeza.

—¿Tuvieron una charla agradable? —preguntó Rita.

—Sí, gracias... —me volví hacia papá—. Tengo que volver ya.

—¿A qué hora terminas?

—Como a las seis, creo.

Miró a Rita.

—Seguiremos aquí para entonces, ¿no?

—Espero que sí.

Papá se volvió otra vez hacia mí.

—Estamos estacionados detrás del banco al final de la Avenida Principal. Si no te vemos en el puesto, estaremos en el auto. ¿Está bien?

Asentí. Luego miré a Dom. Tenía una mirada que no había visto en mucho tiempo. Una expresión ligeramente preocupada, pero calmada y tranquilizadora, que me recordó al antiguo Dominic. Realmente se sentía bien verla, y no pude evitar sonreírle.

—¿Te quedas? —le pregunté.

—Tal vez —dijo—. Te alcanzo luego, si quieres. Cuando se calmen un poco las cosas.

—Eso estaría bien.

Sonrió.

—Está bien.

A través de la ventana vi a Bill cruzar el jardín. Por un instante sentí el impulso de salir y volver a hablar con ella, pero sabía que no serviría de nada. De modo que di media vuelta y me marché.

DIECISÉIS

Hacia la media tarde el cielo había comenzado a nublarse y el aire se cargó con el olor del mar. Una fina bruma de luz entre blanca y plateada filtraba el resplandor del sol, trasmitiendo una falsa impresión de frescura. El calor quemaba tanto como antes. Muchos bebían animados por el olor salitroso del mar mezclado con los aromas de carne asada y cerveza y con el aire caliente que resecaba la atmósfera. La mayoría bebía de forma bastante inofensiva, pero a veces resonaban ecos de gritos ebrios en la calle y había noticias sobre una o dos escaramuzas. Por lo general no me hubiera molestado tanto, pero con todo lo que había pasado en los últimos días, aquello me enervaba un poco. Además, no parecía haber policías por ahí. No había señales de Lenny... o para el caso, de nadie más. Imagino que tenían cosas más importantes que hacer, como buscar maniáticos imaginarios en Moulton. De cualquier modo, tendrían que haber enviado a alguien para que estuviera al pendiente del festival.

Es probable que estuviera reaccionando de forma exagerada, pero podía sentir un incómodo y creciente nerviosismo que no me gustaba nada.

Aunque había prometido venir a verme, me sorprendió que Dominic apareciera por el puesto. Eran como las dos de la tarde. El puesto estaba relativamente en calma por ahora, de modo que pregunté a la señora Reed si podía tomar un breve descanso y luego hice una señal a Dom para que se reuniera conmigo en la parte trasera.

Dominic fumaba un cigarro y parecía acalorado. El parche de gasa en su cabeza se notaba flojo y sudado.

—Te queda bien —le dije.

Sonrió avergonzado, dando unos golpecitos a la curación.

—Alguien me metió a golpes un poco de sentido común.

—No muy a tiempo.

—Sí... lo sé.

Su cara se entristeció.

—Nunca fui muy bueno para juzgar a las personas, ¿verdad?

Lo miré.

—Supongo que querrás hablar de ello.

—En realidad no... tal vez más tarde.

Dio una calada a su cigarro y miró de soslayo a una linda muchacha que pasaba. Ella lo notó y actuó con coquetería, pestañeando como solía hacerlo la princesa Diana, pero fue demasiado obvia y al final no funcionó; parecía que tenía algún problema en los ojos.

Dom me miró.

—¿Sabes algo de Lucas?

—No. Probablemente ya se fue.

—Es una lástima. En realidad, nunca tuve oportunidad de agradecerle.

—Yo tampoco.

—Tal vez vuelva cuando todo se haya apaciguado.

—No lo creo. No es la clase de persona que regrese a ningún lugar.

—Pero sí podría regresar a una persona.

También yo había pensado lo mismo, pero pensarlo me había conducido a un incómodo mundo de autoengaño, y eso no me había gustado. No es que yo misma no supiera apreciarme, sólo estaba siendo realista. Estoy bien... pero no soy nada fuera de lo común. ¿Por qué demonios alguien especial querría regresar a *mí*?

Dom encendió otro cigarro.

—Estás fumando demasiado —le dije.

—Suenas igual que...

Su voz se fue apagando y su rostro se descompuso cuando vio a Jamie Tait y Sara Toms aparecer de pronto, tomadas del brazo, a la vuelta del puesto. Mi estómago dio un vuelco. Era inevitable encontrarme tarde o temprano con Jamie y había tratado de prepararme para la ocasión diciéndome que debía mantenerme fría, que conservara la calma y fuera valiente, que no perdiera el control... pero al verlo en verdad mi valiente corazón sólo se hundió hasta el piso. Miedo, impacto, asco, vergüenza... el peso de todo aquello fue más de lo que nunca imaginé y, de alguna forma, verlo con Sara, tan íntimos y civilizados, sólo empeoró las cosas. Jamie vestía una camiseta Nike y un traje de baño y Sara un pareo largo sobre un escotado bañador de una pieza.

—Vaya, qué agradable sorpresa —dijo Jamie con un ligero ceceo—. ¿Cómo te va McCann? ¿Cómo está tu cabeza?

Dom lo miró.

—Mejor que la tuya, supongo.

Jamie hizo una mueca de dolor. Su cara era un amasijo de carne magullada y puntos de sutura. Una horrible herida partía un costado de su nariz y la propia nariz estaba descolorida e hinchada por el rodillazo que Lucas le había propinado en la cara. Su boca también estaba hinchada de un lado y cuando sonrió pude ver que le faltaba un pequeño trozo a uno de sus dientes frontales. De ahí el ceceo. Me pregunté qué le habría dicho a Sara de sus heridas. Lo que quiera que fuera, estaba bastante segura de que no había sido la verdad.

Jamie trató de minimizar las cosas, encogiéndose de hombros y torciendo una sonrisa.

—Al menos yo tendré una cara digna de ser recordada cuando sane —me miró—. Tú no la olvidarás, ¿verdad, Caity?

—No —dije tratando de controlar el temblor de mi voz—. No *cdeo* que *do* haga.

Su sonrisa se esfumó. Jamie dio un paso hacia mí. Sara lo jaló.

—Mantente alejado de ella, cariño —le dijo mirándome fijamente—. No sabes dónde ha estado.

Jamie sonrió metiendo la lengua en la abertura entre sus

dientes. Sara metió la mano bajo su camiseta y siguió mirándome. Sus ojos eran como nada que hubiera visto antes: fríos, carentes de emoción, inhumanos. Daban miedo.

Dominic se acercó a mí y se colocó a mi lado.

—Sólo ignórala —me susurró—. Es una desequilibrada —alzó la voz y se dirigió a Jamie—. Así que, ¿cómo te va, Tait? ¿Todavía te mantienes al día?

Las palabras eran casuales, pero el tono de su voz era cortante.

—Lo bastante al día —respondió Jamie.

—Supongo que ya escuchaste acerca de Angel.

Jamie sonrió fríamente.

—Impresionante, ¿verdad?

—Y el chico ya se fue.

—Eso dicen.

—Parece que entonces te saliste con la tuya.

—Siempre lo hago, McCann.

—Nunca hay que dejar entrar mierda en tu casa, ¿no es cierto?

—Exacto.

—¿Y qué hay de mí?

—Tuviste tu merecido.

Dom suspiró y sacudió la cabeza.

—Te gustan tus jueguitos, ¿verdad?

—Como dije, tuviste tu merecido —me miró—. Tú también. ¿Qué tal duermes, por cierto?

—No muy bien —le dije—. Pero al menos no me he mojado los pantalones últimamente.

Su cara se congeló. Sara lo miró y Dominic me miró a mí, pero por un breve instante ambos dejaron de existir. Éramos sólo Jamie Tait y yo y el recuerdo compartido de él tirado en el sendero con la cabeza bañada en sangre y los pantalones empapados de orina. No me sentí orgullosa por habérselo recordado; hacerlo fue bastante ruin. Pero mientras estábamos ahí, mirándonos fijamente, debo admitir que disfruté la humillación en su rostro.

Sara me clavó una mirada asesina y luego le susurró a Jamie en el oído:

—¿De qué habla?

Jamie no le respondió. Sólo siguió mirándome.

Sara lo sacudió.

—¡Jamie!

—Cállate —le respondió con violencia—. Nos vamos.

—Quiero saber...

—¡Cierra el pico! —comenzó a arrastrarla y luego dio media vuelta y me amenazó con el índice—. Tú... te las verás conmigo, pequeña golfa. Y cuando eso suceda desearás no haberlo detenido. Piénsalo... piensa en *eso* —luego giró sobre sus talones y se largó calle abajo, con Sara intentando mantener el paso y lanzándome miradas desagradables sobre el hombro.

Dominic los miró alejarse.

Yo suspiré con pesadez.

Simon asomó la cabeza por la parte trasera del puesto.

—¿Qué fue eso? ¿Se ha ido? ¿Están bien?

—Sí... todo está muy bien —le dije—. Regreso en un minuto —Simon parecía preocupado—. De verdad —le dije—. No hay nada de qué preocuparse. Jamie estaba un poco ebrio, eso es todo. Sólo necesito decirle algo rápido a Dominic y enseguida vuelvo.

Simon no parecía demasiado contento con la idea, pero cuando lo pienso, Simon nunca parecía demasiado contento con nada. Asintió despacio y desapareció de vuelta en el interior del puesto. Cuando me di la vuelta Dominic me observaba con una mezcla de orgullo y confusión.

—Vaya —dijo—. Eso fue interesante.

—Tú empezaste.

Sonrió.

—Pero parece que me perdí lo mejor de todo. ¿Vas a decirme a qué te referías con lo que le dijiste?

—No quieres saberlo.

Alzó las cejas y me miró.

—Mira —le dije—. Tengo que volver. Hablamos luego, ¿está bien? Te contaré lo que pueda.

Asintió.

—Puedo quedarme aquí, si quieres. No creo que Jamie intente nada, pero por si acaso...

—No... gracias de todas formas. Estaré bien.

—Si tú lo dices.

Se acercó a mí, me quitó el sombrero y me despeinó. Sentí un nudo en la garganta. Le dije:

—Sigo enojada contigo, Dom. Aún no te he perdonado.

—Está bien —me dijo poniendo el sombrero de vuelta en mi cabeza y encasquetándomelo hasta los ojos—. Puedo esperar.

Quité el sombrero de mis ojos y lo miré pasear tranquilamente calle abajo con las manos en los bolsillos y la cabeza erguida. No sabía qué pensar. Era como si cada vez que perdiera algo encontrara otra cosa a cambio. Había perdido a Bill y había encontrado a Lucas. Perdí a Dominic y encontré a Bill. Perdí nuevamente a Bill y encontré a Dominic. Perdí a Lucas... perdí a Lucas...

Había perdido a Lucas.

Tragué saliva y volví al puesto.

En realidad no tuve tiempo de pensar en nada durante una hora más o menos. El festival seguía llenándose. Hacía más calor y la gente seguía llegando. Era increíble. No tuve un minuto de descanso. En cuanto terminaba con un cliente, llegaba otro a tomar su lugar. "¿Cuánto cuesta esto?", "¿Qué opinan de aquello?", "¿Por qué debería dar dinero a la RSPCA cuando mueren niños por todas partes?", "¿Por qué no hacen algo por las gaviotas?", "¿Qué opinan de la pesca?", "¿Dónde están los baños?""¿De qué está hecho eso?", "¿Cuál es el mejor lugar para comprar una lechuza?..."

Me estaba costando mucho trabajo aguantar. Demasiadas preguntas estúpidas, demasiada gente que no se tomaba la molestia de pensar por sí misma, demasiados rostros insolados, medio ebrios...

En un momento, después de un encuentro especialmente molesto con un partidario local de la cacería, alcé la mirada y vi al niño de aspecto gracioso que había comprado el cartel con la imagen del perro famélico. Estaba ahí parado con el cartel enrollado en la mano. Su padre —que era idéntico— estaba parado junto a él con el ceño fruncido.

Mi corazón se hundió y miré a Simon, pero estaba ocupado en otra cosa.

—¿Qué cree que es esto? —preguntó el padre.

Lo miré.

—¿Disculpe?

—Esto —tomó el cartel de la mano de su hijo y lo agitó frente a mí—. ¿Qué demonios se supone que sea esto?

Miré al chico, que comenzaba a llorar de nuevo.

Su padre dijo:

—Te podría hundir por esto. Podría echarte encima a las autoridades sancionadoras o como se llamen. Es una maldita infamia. Míralo. Eso no es un perro: es un maldito cadáver. Mira, es un jodido *esqueleto*. Mi hijo no pondrá eso en la pared. Quiero mi dinero de vuelta y una disculpa. Quiero... ¿Me estás *escuchando*?

No. No, lo escuchaba. Miraba fijamente a la distancia, veía a Jamie Tait desaparecer por un sendero solitario al final de la calle, rumbo a la playa. Se resguardaba la cara con la visera de una gorra de beisbol. El sol refulgía en mis ojos, pero en mi mente no cabía la menor duda: claro que era él. Y la chica en el top corto que lo abrazaba por la cintura... era Angel Dean. Mientras me inclinaba hacia un lado y entrecerraba los ojos contra el reflejo del sol para ver mejor, un Mercedes blanco con vidrios polarizados rodó por la calle y aminoró la marcha a la entrada del sendero, bloqueando mi vista por un momento. El auto se detuvo unos segundos, luego aceleró y se alejó con un ronroneo. Alcancé a ver fugazmente que Jamie miraba sobre su hombro y Angel se estiraba para acariciar su oreja con su nariz. Luego se marcharon deprisa a través de las sombras en dirección a la playa. Por un momento mantuve fija la vista en el sendero, reproduciendo aquella escena en mi mente, tratando de convencerme de que me había equivocado; pero sabía que no era así.

—Hey —dijo el hombre enojado, dando un golpe sobre el mostrador con el cartel enrollado—. ¡Oiga usted, señorita!

Aparté la vista del sendero y lo miré. Su cara era de un rojo brillante, los ojos saltones y su hijo berreaba hasta salírsele los ojos.

—Ahora, escúcheme bien... —comenzó.

—Lo siento —le dije—. No me siento bien. Si quiere esperar aquí un minuto traeré a alguien que lo atienda.

Llamé a la señora Reed, le expliqué lo sucedido, luego me disculpé y salí por la parte trasera del puesto y me dirigí al pequeño callejón donde había un baño portátil para el festival. Lo abrí y entré en él. No olía demasiado bien, pero al menos estaba fresco y en silencio. Me senté y esperé a que mi cabeza dejara de girar. Luego intenté decidir qué hacer. Jamie y Angel... Jamie y Angel... Jamie y Angel... ¿Adónde iban? ¿Qué hacían? ¿Qué significaba eso? ¿Debía decírselo a alguien? ¿Ayudaría a Lucas que se lo dijera a alguien? ¿Era importante?

No podía pensar con claridad. Había demasiados datos desconocidos, demasiados miedos e imágenes desagradables como para lidiar con ellos. Simplemente no podía pensar las cosas a fondo. Finalmente decidí que quizá no sería nada. Sólo se escapaban para una rápida manoseada en las dunas. No era de mi incumbencia y sería mejor olvidarlo.

Dadas las circunstancias, no creo ahora que aquella haya sido la mejor decisión. Tal vez no sea la decisión más objetiva que haya tomado en mi vida, pero quiero pensar que eso es comprensible. De cualquier modo, no puedo dejar de sentir que, de haberlo pensado mejor, quizá me habría dado cuenta... habría hecho algo diferente... habría cambiado las cosas. De haber sabido... habría intentado detenerlo... lo habría intentado. Pero no lo hice. No lo sabía. ¿Cómo podía saberlo?

Sólo hice lo que me pareció correcto.

Pensé que sabía qué era *lo correcto*.

A medida que el festival se acercaba a su fin comencé a pensar que lo peor había pasado ya, de verdad deseaba que así fuera. Tenía calor, estaba cansada. Me dolían los pies, mi ropa estaba sucia y sudada, y mis emociones estaban tan mezcladas que había olvidado lo que era sentirse normal. También tenía hambre. En el día apenas había comido un par de bolsas de papas fritas y alrededor de una docena de latas de cola barata y llena de gas. Tenía un sabor dulce y pegajoso en la boca y sentía la panza henchida de gas. En resumen, me sentía como —y probablemente me veía como— caca. La señora Reed, por su parte, seguía tan fresca como una lechuga. Charlaba, sonreía, tarareaba y cantaba para sí, con la ropa limpia y seca y la piel tan fresca como pudiera desearse... era como para enloquecer. Simon comenzaba también a ponerme nerviosa. Casi no había dicho palabra desde el incidente con Jamie. No estaba siendo antipático ni mucho menos, sólo estaba enfurruñado. No podía culparlo por ello. Supongo que se sentía hecho a un lado, apartado, tal vez incluso apenado. Yo sólo ansiaba que Simon *hiciera algo* al respecto en lugar de ser tan *sumiso* todo el tiempo. Quería que me insultara o que me lanzara miradas de furia o algo, cualquier cosa. Pero lo único que hacía era andar deprimido por ahí con una mirada herida pero inofensiva. Me estaba enloqueciendo.

Como a las seis menos cuarto yo ya había tenido suficiente. Mientras Simon y la señora Reed estaban ocupados intentando persuadir a un hombre barbado de que no tenían nada contra los remolques en sí, me escabullí hacia la parte trasera del puesto y me senté en un banco decidida a quedarme ahí hasta que terminara la jornada. No faltaba mucho. Todo estaba apaciguándose. Una o dos camionetas se habían detenido a un lado del camino y los responsables de los puestos habían comenzado a empacar sus cosas. Había cajas vacías apiladas en el pavimento y la calle estaba tapizada de restos de comida. La basura crujía en la brisa de la tarde. Aunque la mayoría de los visitantes se había marchado, aún circulaban algunos rezagados con aire harto y cansino, algunos un poco ebrios. Pero eso no importaba. Papá llegaría pronto. Un breve trayecto en auto hasta llegar a casa, llenar luego la bañera con agua fría y quedarme ahí dentro en paz. Después, algo de comer, un gran vaso de agua helada y a dormir temprano. Sábanas frescas, limpias, brisa nocturna atravesando la ventana, un sueño largo y agradable para después quedarme en cama toda la mañana. La felicidad absoluta. Mañana sería domingo. Habría suficiente tiempo para hablar con Dom y arreglar las cosas con papá. Suficiente tiempo.

Los gritos llegaron desde la playa. Al principio pensé que sólo serían algunos vándalos borrachos fuera de control y ni siquiera me molesté en alzar la vista. Me quedé sentada en mi banco y mantuve la cabeza inclinada. No quería saber nada. Pero conforme los gritos se aclararon comencé a percatarme de que era algo más que un simple alboroto. Era una voz solitaria, fuerte pero clara, y a pesar de sonar descontrolada pude notar que estaba perfectamente sobria. Sobria pero desesperada.

—Hey... hey... ayúdenme... necesito ayuda... hay una chica...

Alcé la cabeza y miré calle abajo. Un anciano flaco con barba amarillenta subía corriendo desde la playa. Tendría unos sesenta o sesenta y cinco años, vestía pantalones abombados con las perneras enrolladas y un par de sandalias. No llevaba camisa. Por alguna razón lo recuerdo con bastante claridad: aún puedo imaginar su pecho casi famélico y su estómago hundido, huesudo y pálido, y sus brazos marchitos agitándose en el aire mientras gritaba y corría.

—Ayuda... por favor... ayuda.

Me puse de pie con el pulso acelerado. Pude ver los ojos del viejo, desorbitados y aterrados, y escuchar su voz ya sin aliento.

—Por amor de Dios... por favor...

Ahora la gente se le acercaba. El sonido de pasos y voces perplejas aumentaba mientras todos descubrían que algo andaba mal.

—¿Qué pasa? —preguntó Simon—. ¿Qué dice?

—Quédate aquí —dijo la señora Reed—. Iré a ver qué sucede.

Salí tras ella en cuanto se echó a andar.

—Tú también, Cait —dijo—. Quédate aquí.

La ignoré y comencé a correr.

—¡Cait!

Adelante, en mitad de la calle, el viejo estaba inclinado con las manos sobre las rodillas, jadeando. Lo rodeaba un círculo creciente de caras, todas acribillándolo a preguntas: "¿Qué pasa?", "¿Está usted bien?", "¿Cuál es el problema?" Alguien le acercó una silla y lo sentó. Alguien más le dio un vaso de agua. Cuando me acerqué corriendo a la multitud, el viejo estaba vaciando el vaso, sediento y enjugando las gotas de su barbilla. Me abrí paso hacia el centro del círculo.

—Hay una chica —decía—. Hay una chica...

—Tranquilo —le dijo alguien—. Recupere el aliento.

Sacudió la cabeza.

—Hay una chica... en la playa. Una chica joven. La vi. Fue horrible...

Un hombre en gorra blanca se acuclilló frente a él e intentó tranquilizarlo.

—Tómese su tiempo —le dijo—. ¿Qué vio exactamente? —reconocí la voz; era Shev Patel, el tendero del pueblo. Suavemente puso la mano sobre la rodilla del hombre y lo miró a los ojos—. Dígame qué vio —repitió.

El anciano lo miro con un estremecimiento.

—Una chica... toda cortada... creo que está muerta.

DIECISIETE

Por un instante nadie habló. Todos se quedaron mirando al anciano, sin saber si creerle o no. Pude ver la duda en sus ojos: es un viejo, ha estado demasiado tiempo al sol, seguramente sólo está imaginando cosas. El anciano los miró de vuelta reconociendo en ellos la suspicacia y alzó las manos para mostrar sus palmas manchadas con sangre seca.

—Está en el fortín —dijo.

Alguien exclamó:

—¡Ay, Dios! —y entonces todos comenzaron a bullir y a saturar el aire con un clamor de pisadas que se atropellaban y voces excitadas: "¿Qué ha dicho?", "¿Qué pasó?", "¿Una chica?", "¿Quién es?", "¿Dónde está?", "¿Está muerta?" En mitad del bullicio y las sacudidas de cabeza pesqué un par de veces la palabra "gitano" y me pareció oír que alguien decía "Lucas", pero no podría asegurarlo. Me embargaba una extraña sensación de desapego. Me sentía desconectada de todo, incluso de mí misma. No sentía nada. Estaba en shock, no tenía miedo. No tenía emociones. Estaba ahí, pero no estaba *ahí*. A medida que disminuía el pánico y todos comenzaban a *hacer* cosas, yo sólo pude quedarme ahí, inmóvil en medio de la calle, observándolos.

Shev Patel se hizo cargo de la situación. Lo primero que hizo fue sacar velozmente su teléfono celular y llamar al número de emergencias. Mientras esperaba respuesta, ladró una serie de instrucciones:

—Todos mantengan la calma. No hagan ruido: apártense, denle un poco de espacio. Ustedes dos —se dirigía a unas señoras encargadas del puesto del Instituto de la Mujer—, cuiden al viejo. Denle un poco más de agua y cúbranlo con una cobija —después llamó a la señora Reed—: Jenny, averigua exactamente... ¿Hola?

Mientras pedía por teléfono a la policía y una ambulancia, la señora Reed se arrodillo frente al anciano y le habló en voz baja. No pude escuchar lo que le decía. La calle rebozaba ruido.

Miré despacio alrededor.

Un grupo de jóvenes se había organizado y se dirigía hacia la playa cargando tablas y cobijas y un equipo de primeros auxilios. Uno de ellos llevaba también un tubo. Había gente parada en techos de camionetas revisando la playa con binoculares. Los niños lloraban. Podía escuchar a quienes llamaban a sus amigos con sus celulares para hacerles saber lo que sucedía. Otros se alejaban: parejas silenciosas, mujeres jóvenes, familias que llevaban sus niños a casa. Una o dos personas solitarias estaban paradas con aire adusto, disfrutando el alboroto. Shev seguía al teléfono:

—... es correcto, el fortín cerca del Point. El hombre que la encontró es un tal señor Willington, Stanley Willington —los ojos de Shev se enfocaron en alguien calle arriba y alzó la mano e indicó que se acercaran mientras seguía hablando por teléfono—: Nos estamos encargando de cuidar al señor Willington. Está en Avenida Principal. Llevaré a alguien conmigo y nos encontraremos en el Point... no, ya sé... no tocaré nada... Ok... En cuanto pueda —colgó el teléfono y alzó la vista mientras papá aparecía entre la multitud—. Gusto en verte, Mac —dijo Shev—. Un minuto —se volvió y gritó al grupo de jóvenes que se apresuraban hacia la playa—. ¡Hey! ¡Esperen! ¡Esperen un momento!

Los jóvenes no se detuvieron.

Papá me miró.

—¿Qué pasa, Cait? ¿Estás bien?

Antes de que pudiera responderle, Shev lo tomó del brazo y lo condujo calle abajo, hablándole con rapidez mientras avanzaban y miraban ansiosamente a los jóvenes que estaban ganando velocidad y comenzaban a correr.

Alguien en la multitud gritó:

—¡Atrápenlo! ¡Atrapen al maldito bastardo!

Alguien más gritó.

—¡Sí! ¡Denle una lección!

De pronto todos comenzaron a azuzar a los jóvenes con gruñidos a voz en cuello y con puños alzados.

Shev miró molesto sobre su hombro y la multitud se tranquilizó por un momento. Shev llamó de nuevo a una de las mujeres que se hacían cargo del señor Willington.

—Se aproxima la marea alta, Betty, de modo que la policía puede tardar. Si no llegan en media hora lleven al señor Willington a la biblioteca, pero asegúrate de que alguien se quede esperando acá afuera —la mujer llamada Betty alzó la mano y asintió; Shev se volvió hacia la multitud—· El resto de ustedes conserven la calma y no se metan. Y por amor de Dios, manténganse alejados de la playa.

Con una última mirada furibunda se volvió hacia papá y ambos se alejaron aprisa en pos de los demás. Mientras se alejaban de nuestro radio de alcance, oí a alguien decir:

—Maldito paquistaní... ¿quién demonios se cree que es? Sólo ha estado aquí cinco minutos y ya cree que dirige el jodido lugar.

El comentario fue recibido con murmullos de aprobación.

—Lo mismo va por ese irlandés —añadió alguien.

—Sí...

Yo había bajado la mirada, pero podía sentir la mirada de la gente. Sentía en sus voces cómo crecía la histeria.

—Venir aquí a quitarnos nuestros trabajos...

—¡Malditos!

—Es nuestra isla...

Las cosas se estaban saliendo de control.

—Trae la camioneta, Tully —dijo alguien—. Hay que atrapar un gitano.

Los pies comenzaron a moverse, las llaves a tintinear, las puertas de los autos a abrirse.

Betty dijo:

—Vamos, esperen. Ya escucharon al señor Patel. La policía no tardará en llegar...

Pero no había ya quien la escuchara.

—Alguien vaya al Stand y bloquéelo, asegúrense de que no escape.

—De acuerdo.

—La marea comienza a subir... lleven un bote por allá.

—Revisen el viejo bosque, expúlsenlo... lleven con ustedes al viejo Jack, él conoce bien los llanos.

—¿Quién se anima?

—¡Vamos!

El torbellino iba cobrando fuerza en torno mío y todo lo que yo podía hacer era bajar la cabeza y escuchar su horrible fragor. El sonido de camionetas que arrancaban, pesados pies que corrían, el primitivo apremio de voces envalentonadas...

Era de no creerse.

En menos de diez minutos la mayoría de los hombres se había marchado y la calle estaba de nuevo en silencio. El viento crecía esparciendo basura por las calles semidesiertas, y la temperatura descendía con bastante rapidez. Oscuros nubarrones amenazaban desde la distancia y el aire presagiaba tormenta.

Dirigí la mirada hacia los que se habían quedado. No reconocía algunos de los rostros y pensé que serían gente de tierra firme que se había quedado para ver lo que pasaba, pero la mayor parte eran locales. Además de un puñado de jóvenes, en su mayoría eran mujeres y hombres mayores. Simon estaba ahí, parado junto a su madre. Betty y algunos más seguían ocupándose del señor Willington. Dominic se había aparecido por allí con Rita y Bill. Y al fondo, los dueños de los puestos restantes se apresuraban de vuelta a sus locales para seguir empacando. Una nube de resignación vergonzosa oscurecía la calle. Estaba por doquier. En la forma en que la gente caminaba, en su modo de hablar, en cómo evitaban el contacto visual. Tenían todos en el rostro esa expresión de no-tengo-nada-que-ver-con-esto, la expresión de la gente que sabe que presencia algo impropio pero que está o demasiado asustada o demasiado apenada para hacer algo al respecto.

Era una sensación increíblemente patética.

Cuando se desataba la tormenta y los manchones de lluvia

comenzaban a humedecer el suelo, Dominic llegó hasta mí y pasó el brazo sobre mi hombro.

—Vamos —dijo suavemente—. Vámonos a casa.

Sacudí la cabeza.

—Aquí me quedo.

—No tienes nada que hacer...

—Es Angel —le dije.

—¿Qué?

—La chica... es Angel.

—¿Cómo lo sabes?

Lo miré.

—La vi hace rato con Jamie, iban rumbo a la playa; los *vi*, Dom.

—¿Cuándo?

—No lo sé... Como media hora después de que lo vimos con Sara. A eso de las tres y media, supongo. Bajaron por el sendero que está al final de la calle.

—¿Juntos?

Asentí.

—¿Le has dicho a alguien?

—¿A quién? No hay nadie a quien decirle.

—¿Dónde está Lenny Crainc?

—En Moulton, probablemente. Estará buscando a Lucas.

La lluvia caía con bastante intensidad y rachas de viento agitaban ruidosamente los toldos de los puestos. La gente se ponía sus abrigos y luchaba con sombrillas. Algunos de los de tierra firme comenzaban ya a alejarse. La señora Reed ayudaba a Betty con el señor Willington, alzándolo y llevándolo a refugiarse en una tienda cercana. Pude ver a Simon y a Bill parados juntos en la escalinata de la biblioteca.

Dominic miró al cielo.

—Será mejor irnos —dijo—. Trae a Bill y nos reuniremos en el auto de Rita.

—Pero, ¿qué hay de...?

—No hay nada que podamos hacer aquí. Tengo el teléfono celular de Shev. Cuando lleguemos a casa lo llamaré y luego llamaré a Lenny y le contaré lo de Tait.

—¿Y qué hay de toda esa gente que está buscando a Lucas?

—No te preocupes. Hablaré de ellos con Lenny.

—No hará nada.

—Sí lo hará. Ahora vamos —me dio un pequeño empujón—. Te veré en el auto.

Cuando salíamos del pueblo el cielo se partió con estrépito y llovió a cántaros. Fuertes vientos zarandeaban el auto y tiraban las ramas de los árboles a la vera del camino. Los caminos más estrechos se anegaban con rapidez. Rita conducía despacio, concentrada en mantener el auto en el camino. Tenía el cuerpo rígido y la cara tensa mientras se asomaba atentamente a través de las olas que desfilaban frente al parabrisas. El resto de nosotros sólo íbamos ahí sentados, temblando con la ropa empapada, escuchando el ruido de la lluvia martillear con fuerza en el techo. Nadie decía nada. No había nada que decir.

Había tráfico por doquier, en su mayoría autos del festival que abandonaban la isla. Me sorprendió ver casi tanto tráfico de ida como de vuelta, rumbo al pueblo. Primero pensé que serían morbosos visitantes de tierra firme que llegaban atraídos como moscas por el olor de la sangre, pero a medida que nos aproximábamos a la intersección en el Stand descubrí que estaba equivocada.

—Miren esto —dijo Rita deteniendo el auto.

Miré con ojos entrecerrados a través del parabrisas hacia la hilera de autos que serpenteaba desde el Stand. Debe de haber tenido medio kilómetro de largo. El nivel del agua en el estuario estaba más alto de lo que jamás lo había visto. Daba lengüetazos por encima de los pretiles y seguía ascendiendo. El Stand estaba por completo sumergido bajo las tormentosas aguas de un lago color café lodoso.

—Dios —murmuró Dom.

En la intersección, una camioneta blanca del Departamento de Tránsito cerraba el paso a la calle Black Hill, bloqueando la entrada a la parte este de la isla. Un hombre con cara de pocos amigos que fumaba un cigarro estaba sentado en el asiento del conductor estudiando los autos que se aproximaban al Stand.

Tres o cuatro más daban vueltas encauzando el tráfico de vuelta al pueblo. Mientras se inclinaban para explicar la situación a los frustrados conductores, pude ver cómo revisaban subrepticiamente el interior de los vehículos. La escena parecía extraída de la película *Vigilantes*.

La hilera del tráfico avanzaba centímetro a centímetro mientras los de adelante viraban para regresar al pueblo. Podía ver a los conductores sacudir la cabeza en señal de consternación.

—No irán a casa en un buen rato —dijo Rita.

—A este paso, tampoco nosotros —añadió Dom.

Algunos autos salían de la hilera y se volvían antes de llegar al Stand. Pero la mayoría sólo seguían en la fila, ya sea con la esperanza de averiguar qué estaba pasando o esperando poder pasar sin mucha esperanza. Nos tomó unos veinte minutos llegar a la intersección. Entretanto, una motocicleta nos rebasó con un rugido y corrió hasta la camioneta blanca, donde patinó al frenar. El conductor, un hampón sin casco con chamarra de cuero, se dirigió a alguien en el asiento de pasajeros de la camioneta. Luego dio vuelta con su motocicleta y aceleró por Black Hill. Vi a Dom observarlo con un gesto de preocupación.

—¿Lo conoces? —le pregunté.

—Micky Buck —susurró—. Es amigo de Brendell.

Empecé a decir algo, pero Dom me dio una patada en la pierna moviendo la cabeza en dirección a Bill y a Rita, que iban en el asiento delantero y sacudió la cabeza. No entendí muy bien qué quería decir, pero capté que debía callar.

Rita cambió la velocidad y nos acercamos al frente de la fila. Ya sólo quedaba por pasar un auto delante de nosotros y yo tenía una perspectiva clara del estuario desbordado. En la orilla opuesta los carros se detenían junto al agua antes de dar la vuelta y girar hacia tierra firme. En mitad del estuario, un pequeño barco de remos rebotaba en las olas. En él había dos hombres que recordé haber visto en el festival. Se asomaban por un costado del barco como pescadores borrachos en busca de tiburones. Era difícil creer que pudieran comportarse de manera tan estúpida. Aún cuando Lucas *estuviera* aún en la isla, ¿de verdad creían que intentaría escapar nadando a través de un estuario bien custodiado en mitad de una tormenta? Y de hacerlo, ¿cómo pensaban detenerlo? ¿Qué harían? ¿Arponearlo?

Idiotas.

Mientras los observaba, uno de ellos miró hacia arriba y señaló el cielo. El otro estiró el cuello y se irguió, pero el barco comenzó a tambalearse y el hombre se apuró a sentarse de nuevo, mirando aún hacia arriba. Entonces también yo lo escuché: el ronroneante *chop chop* de un helicóptero. Me incliné hacia la ventana y alcé la vista justo a tiempo para reconocer un pequeño helicóptero amarillo volando bajo sobre el estuario y enfilándose en dirección al Point.

—Ambulancia aérea —dijo Dom—. Tendrán problemas para aterrizar con este clima.

—Al menos lo intentan —dije.

Dom me miró. Estaba a punto de decir algo cuando alguien tocó en la ventana del conductor. Un rostro empapado de lluvia apareció al otro lado del cristal. Rita bajó la ventana y un hombre bajo y fornido asomó la cabeza llenando el auto con una bocanada de olor a cerveza.

—Tienen que volver —dijo echando un vistazo hacia la parte trasera—. La marea está alta. No pueden pasar.

Rita lo miró enfurecida.

—¿Le importaría sacar la cabeza de mi auto?

El hombre sonrió.

—Sólo trato de ayudar, cariño. ¿Sabes? Cuando la marea sube...

—Vivimos aquí idiota. He visto más mareas crecidas que espinillas tienes en la cara. Ahora saca la cabeza de mi auto y quita esa maldita camioneta. Quiero ir a casa.

El hombre había dejado de sonreír. Se quedó mirando a Rita un instante, lanzó otra mirada a Dom y a mí. De repente, echó la cabeza hacia atrás e hizo una señal hacia la camioneta.

—¡Oye, Tully! Ésta dice que viven aquí. ¡Quieren que movamos la camioneta!

El hombre de la camioneta giró la cabeza y habló con alguien en el asiento del pasajero. Luego se asomó por la ventana y gritó algo a través del fragor de la lluvia.

El hombre bajo y fornido se inclinó de nuevo y dijo:

—¿Cuál es su nombre?

—¿Qué demonios es *esto*? —estalló Rita—. No tengo por qué darle mi nombre a *usted*. ¡Dios mío! ¡Quítese de mi camino antes de que llame a la policía!

El hombre sorbió y escupió al suelo.

—La policía está ocupada, señora. Hay un asesino suelto...

Rita sacudió la cabeza y puso el auto en marcha.

El hombre estiró el brazo y colocó la mano sobre el volante.

—Yo no lo haría si fuera usted.

Rita lo fulminó con la mirada y lo golpeó en la mano. El hombre la maldijo e intentó agarrar las llaves. Dominic se inclinó sobre el asiento y le tomó la muñeca.

—Dile a Tully que es McCann —dijo.

El joven lo miró.

Los ojos de Dom se habían endurecido.

—Dile que pasaremos y que más le vale mover la camioneta ahora mismo.

Soltó la muñeca y el hombre se echó para atrás. Dom puso su mano sobre el hombro de Rita.

—¿Estás bien?

Ella asintió echando un vistazo al hombre.

—Estaré bien cuando este gordo haya quitado su jeta de aquí.

Dom lo miró.

—¿Qué esperas?

El hombre lo miró con furia por unos instantes. Luego volvió a escupir y comenzó a caminar hacia la camioneta. Dom volvió a hundirse en su asiento. La agresividad no iba con su personalidad y se veía casi tan impresionado como yo. Tenía el rostro lívido y le temblaban las manos.

—¿Quién es Tully? —le pregunté.

—El que está en la camioneta. Tully Jones. Uno de los lacayos de Tait. No es nada sin Jamie, igual que todos ellos.

Justo entonces el auto detrás de nosotros sonó la bocina. Rita se volvió e hizo un gesto furibundo a través del parabrisas trasero. Bill, que no había dicho palabra hasta entonces, pidió calma a su madre. Fue entonces cuando *ellas* comenzaron a discutir.

Dom sacudió la cabeza.

—¡Dios mío! ¡No lo puedo creer! Todo se está convirtiendo en una maldita pesadilla.

Mientras tanto, vi en la intersección la camioneta blanca echarse en reversa hasta la mitad de la calle.

—Vámonos de aquí —dije.

Rita no me escuchó, estaba demasiado ocupada acribillando a Bill.

—... mira *quién* habla, señorita. Eres tú quien ha estado juntándose con vagos como esos, de modo que no te atrevas...

—¡Basta! —grité.

Rita guardó silencio. Todos me miraron.

—¿Podríamos, por favor, tan sólo irnos a casa? —les dije.

Hubo un instante de silencio gélido. El auto detrás de nosotros volvió a sonar la bocina. Esta vez, Rita lo ignoró. Cerró la ventanilla, puso el auto en marcha y atravesó la intersección hacia Black Hill. Un hombre en un largo impermeable negro se había reunido con el joven bajo y fornido y ahora ambos nos observaban recargados contra la portezuela de la camioneta. El pelo mojado se aplastaba contra sus cabezas y la lluvia les escurría por la cara. Al acercarnos a la camioneta, Dominic pidió a Rita que redujera la velocidad.

—¿Para qué? —preguntó Rita.

—Sólo detente por allí un momento.

Rita avanzó por el camino y se detuvo junto a la camioneta. Dominic bajó la ventanilla y asomó la cabeza. Mientras las ráfagas de lluvia entraban en el auto, lo escuché hablar con el hombre en el asiendo del conductor.

—Hola, Tully —le dijo.

El hombre volteó lentamente a mirarlo. Era delgado y recio, con cabello cortado a rape, enrojecido el borde de los ojos y un cutis accidentado. Justo debajo de su ojo izquierdo tenía tatuadas con tinta roja tres letras pequeñas. Las letras decían: R.I.P.

—Dile a Buck que si lo veo cerca de mi casa le rompo el cuello. ¿Te quedó claro?

El hombre llamado Tully rio. Vi cómo se inclinó hacia un lado para hablar con alguien que ocupaba el asiento del copiloto y luego oí otra risa —*jom jom jom*— y al reconocerla un grito se ahogó en mi garganta.

Tully se asomó por la ventana, me vio, y entonces habló de nuevo con el pasajero escondido.

—Está bien, Rita —dijo Dom—. Vámonos.

Mientras Rita echaba el auto en reversa, Tully llamó desde la camioneta.

—¡Oye, McCann! La tuya es esa casucha al final de la calle, ¿verdad? ¿Qué se siente estar allá completamente solo? ¿Tranquilo? Debes sentirte un poco solo a veces, ¿verdad? Especialmente de noche.

Dominic no respondió.

Con la punta de los dedos, Tully arrojó una colilla de cigarro encendida en la lluvia y volvió a reír.

—Ya nos veremos. Duerme tranquilo.

Nos alejamos por la cuesta de Black Hill mientras la camioneta volvía a obstruir el camino. Miré de nuevo a través del medallón trasero intentando ver al otro hombre en la camioneta, pero lo único que alcancé a distinguir en la lluvia fue un rostro sin facciones tras la ventanilla. Miré a Dom. Se mordía una uña mirando pensativamente al vacío.

—Era él, ¿no es así? —le susurré.

—¿Quién?

—Ya *sabes* quién. El otro dentro de la camioneta... era Jamie.

Me miró. Luego desvió la mirada.

—Quizá... no sé.

—Sí que sabes.

Se encogió de hombros. Luego forzó una sonrisa.

—No te preocupes.

—¿Qué no me *preocupe*?

Dom me miró y yo lo miré de vuelta. Sus labios comenzaron a temblar. La boca se le descompuso en una sonrisa. Entonces ambos comenzamos a reír como idiotas. Rita frunció el ceño hacia nosotros por el espejo retrovisor y Bill se volvió con una expresión de perplejidad en la cara.

—¿Qué les pasa? —dijo.

—Nada —rio Dom—. N-nada... no nos hagas caso...

Ahora resulta bastante estúpido. Pero en ese momento nos pareció lo más gracioso del mundo.

Eran casi las ocho cuando subimos por el sendero y detuvimos el auto en el patio. El camino de grava estaba inundado y el cielo tan oscuro y azotado por la lluvia que con trabajos pude distinguir la casa. El auto avanzó con sigilo hasta detenerse al tiempo que el cielo retumbaba. Un relámpago iluminó el sendero y sólo por un momento pude ver los álamos azotándose al viento, sus hojas desprendidas balanceándose hacia el cielo. Luego volvió la oscuridad y todo lo que pude ver fue una muralla de lluvia negra.

—¿Quieren que entremos con ustedes? —preguntó Rita.

—No, gracias —respondió Dom—. Estaremos bien. Vayan a su casa. Las llamaré en cuanto sepa algo —se volvió hacia mí—. ¿Lista?

Agradecí a Rita que nos hubiera llevado, me despedí de Bill y salimos del auto para atravesar corriendo la lluvia hacia la casa. Eran sólo unos doce pasos, pero para cuando llegamos a la puerta ya estábamos otra vez empapados hasta los huesos. Mientras Dom sacaba sus llaves, el cielo volvió a tronar y se encendió con otro relámpago. Nos estremecimos. Podía ver trozos de teja rota esparcidos por el cobertizo y desde el interior de la casa podía escuchar a Deefer ladrar y gemir.

Dom batallaba torpemente con las llaves.

—Vamos —le dije—. ¿Qué haces?

—Tengo las manos heladas.

—A ver, dame eso.

Le arrebaté las llaves, abrí la puerta y nos apresuramos a pasar. La casa estaba fría y oscura. Olía a madera húmeda y a perro. Olía a hogar.

Encendí la luz del pasillo y me dirigí hacia las escaleras.

—Espera un momento —dijo Dom deteniéndome.

—Necesito hacer pipí.

—Sólo espera un minuto.

—¿Para qué? Me estoy congelando...

—No tardo.

Desapareció por el pasillo y entró en la sala de estar. Lo oí encender la luz y cerrar las cortinas. Luego salió y entró en la cocina. Después de revisar todas las habitaciones y de encender todas las luces de la casa, desapareció en la planta superior. Lo oí abrir más puertas, encender más luces, cerrar cortinas. Finalmente lo escuché hurgar en la habitación de papá.

Deefer se sentó a mi lado y frotó la cabeza contra mi pierna.

—Sí, ya sé —le dije—. Nos dirías si hubiera alguien aquí, ¿verdad? Dom sólo se está asegurando, nada más —le acaricié la cabeza— ¿Quieres salir?

Abrí la puerta principal. Deefer se levantó, echó un vistazo a la lluvia. Luego volvió a sentarse. Cerré la puerta.

Al cabo de unos minutos bajó Dom. Se había cambiado la ropa mojada y llevaba en la mano un bate de beisbol.

—Es de papá —dijo en respuesta a mi mirada inquisitiva—. Lo guarda bajo su cama.

—¿Crees que lo necesitemos?

Se encogió de hombros.

—Probablemente no.

Intenté pensar en algo gracioso que decir, algo para aligerar la atmósfera, pero no se me ocurrió nada.

La hora de las bromas había terminado.

—Me voy a quitar esta ropa —le dije.

Dom asintió.

—Encenderé el fuego y haré unas llamadas.

No sé si fue el efecto de la tormenta o si fue sólo porque había estado sola tanto tiempo con Dom, pero por alguna razón sentía que la casa era anormal. Las escaleras parecían más empinadas que de costumbre y los techos demasiado altos. Las alfombras parecían delgadas y duras bajo mis pies. La noche era demasiado oscura, las luces demasiado brillantes, los truenos demasiado ruidosos. Los muros, las ventanas, el piso.... todo estaba ligeramente distorsionado, como en las visiones de un sueño que no es exactamente un sueño.

Un pensamiento en voz alta penetró mi mente: "Éste es tu mundo, Cait. No es un sueño. Mil millas y una pulgada son lo mismo. Eso es todo. El mundo se vuelve elástico."

No sabía qué quería decir con esto o de dónde venía el pensamiento y de hecho no me importaba. Había dejado de intentar comprender nada.

Entré en mi habitación y me quité la ropa empapada. Ráfagas de lluvia golpeaban la ventana y pude sentir cómo una corriente fría sacudía las cortinas. Me acerqué a revisar la ventana. Estaba cerrada. El viento entraba por las rendijas del marco. Apreté el cerrojo, saqué una toalla del armario y me sequé. Olía a sudor. Mi piel estaba fría y arrugada y moteada con pedacitos de pelusa húmeda.

Me acerqué a la cajonera para sacar ropa limpia. Fue entonces cuando vi la pequeña figura sobre la cama. Era la talla que Lucas me había dado: el Deefer en miniatura. Sólo estaba ahí, encima de la cama, justo en medio, como si la hubieran puesto ahí deliberadamente.

¿La había puesto yo ahí?

Me senté en la orilla de la cama e intenté recordar cuándo fue la última vez que estuve aquí. Esta mañana... fue esta mañana. Me levanté temprano, me duché, me vestí, alisté las cosas de la RSPCA... ¿había visto la figura? No podía recordarlo. La guardaba en el cajón de mi mesita de noche, el cajón donde guardaba mi ropa interior. ¿La habría sacado mientras me vestía? Alcé la figura y le di vueltas en la mano, tratando de disparar mi memoria. Desde arriba alcanzaba a escuchar el tanque de agua gotear en el ático, *tac, toc, toc, tac, toc, toc, tac, toc, toc...* como un reloj vacilante. Era un sonido extrañamente hipnótico. Mientras lo escuchaba y contemplaba la talla en mi mano, mi mente flotó a través del techo e imaginé el aire frío del ático y su olor a hollín y a madera mojada. Podía ver las vigas oscuras y los pares carcomidas y el destello de relámpagos brillar a través de las tejas agrietadas. Podía escuchar la lluvia martillando en el techo y el viento en los aleros... y yo estaba ahí. Era otra vez una niña, jugando sola en el mundo del ático. Era un mundo de cosas polvorientas colgadas de las vigas: rollos de cuerda, bolsas amorfas, abrigos viejos, cajas de cartón, pedazos de madera, rollos de alfombra, latas de pintura, maletas rotas, alteros de periódicos amarillentos atados con cuerda... aquel mundo era de lo que yo quería que fuera.

Podía construir un refugio a partir de un viejo pedazo de sábana colgada de las vigas y hacer de cuenta que había naufragado en una isla desierta o que estaba perdida en el bosque...

La puerta se abrió de golpe y Dominic entró resueltamente.

—¿Te importa? —le dije cubriéndome con la toalla.

Dom retrocedió hacia afuera de la habitación con la cara enrojecida.

—Disculpa... sólo revisaba. Me pareció que tardabas demasiado, eso es todo. Lo siento.

—Bajaré en un minuto.

Cerró la puerta.

Había vuelto a mi habitación.

Tenía quince años.

Era una niña.

DIECIOCHO

Al bajar encontré a Dom sentado frente a la chimenea con un vaso de whisky en una mano y un cigarro en la otra. Una luz tenue brillaba desde una lámpara de peltre en un rincón, proyectando en la pared sombras largas y amenazantes. El calor de la hoguera crujía en el aire. Dom contemplaba las llamas.

—¿Le diste de comer a Deefer? —le pregunté.

Asintió.

Me senté en el brazo del sillón y doblando mis piernas bajo el cuerpo. Traía puesto uno de los suéteres viejos de papá, los pantalones de una piyama y gruesos calcetines de lana. Picaban pero estaban calientitos. Dom dio un trago a su whisky y una fumada a su cigarro. El humo se quebró en el aire y subió en espiral por el tiro de la chimenea. Dio otra fumada y luego tiró el cigarro al fuego y se volvió hacia mí.

—No pude comunicarme con Shev —dijo—. Debe tener apagado su teléfono.

—Tal vez sea por la tormenta —sugerí.

Se encogió de hombros.

—¿Y qué hay de Lenny? —pregunté.

—Está atorado en Moulton. Bajó esta mañana con Bob Toms y Pete Curtis en busca de Lucas. Alguien les dijo que se escondía en alguna parte del bosque cercana al río —me miró—. Una "llamada anónima".

Sacudí la cabeza.

—No fui yo.

—Lenny sonaba bastante enojado por eso.

—¿Por qué?

—No lo sé... probablemente porque tuvo que pasar el día entero con Bob Toms vagando por el bosque.

Bebió más whisky y encendió otro cigarro. La luz de la hoguera lo avejentaba y por un instante se vio idéntico a papá. Todo estaba ahí: la cara de preocupación, la voz distante y carente de emoción, la manera como miraba las cosas. Hasta su forma de sentarse: reclinado, con su cigarro, sorbiendo whisky y contemplando el fuego con honda tristeza... era papá vuelto a nacer.

—¿Le dijiste a Lenny que vi a Jamie con Angel? —le pregunté.

—Le conté todo.

—¿Y qué piensa hacer al respecto?

—Pues... como te dije, está atorado en Moulton, pero ha estado en contacto con Bom Toms... Toms volvió en el helicóptero con los paramédicos. A estas alturas ya deben estar en el lugar.

—¿Lenny ha sabido algo de ellos?

—Aún no.

—¿De modo que no sabes si es Angel?

—Lenny no sabe nada. Parece que la comunicación no anda muy bien.

Comenzaba a tener un mal presentimiento de todo aquello. Las cosas no eran como debían ser.

—¿Quién más iba en el helicóptero? —le pregunté.

—Sólo Toms, los paramédicos y un sargento del Departamento de Investigación Criminal de Moulton.

—¿Nada más?

—No cabía nadie más. Pete Curtis y el otro oficial... ¿cómo se llama, el rubio?

—Warren, creo. Jeff Warren.

—Warren, sí. Él y Pete están en una patrulla al otro lado del Stand. No podrán hacer nada mientras no baje la marea.

—Podrían remar hasta la otra orilla, ¿o no?

—Toms no los deja hacerlo.

—¿Por qué?

—Dice que es demasiado peligroso.

—¿Demasiado *peligroso*? Tenemos una chica seguramente muerta, tenemos pandillas de matones rondando la isla en busca de problemas... ¿Y piensan que es demasiado peligroso...? ¿Qué demonios sucede, Dom?

—¿Qué quieres decir?

—Nada tiene sentido. ¿Por qué Lenny no ocupó el lugar del sargento del Departamento de Investigación Criminal en el helicóptero? ¿Cómo es posible que Toms pueda ordenar a su gente que no cruce el estuario y que además no pueda informar a Lenny sobre lo que está sucediendo? Y, en todo caso, ¿para qué volvió? Bob Toms es un oficinista. No sabe cómo lidiar con algo así. ¿Por qué no envió a Lenny?

Dom sacudió la cabeza:

—No tengo idea.

Lo miré.

—¿Toms sabe algo acerca de Jamie y Angel?

Dom guardó silencio un instante. Dio una larga fumada a su cigarro y lo golpeó levemente para tirar la ceniza en la hoguera. Afuera, la noche era negra y la tormenta todavía feroz. Podía oír la lluvia caer pesadamente sobre el césped y el sonido de las hojas arrancadas del olmo en el jardín.

Dom suspiró.

—No sé. Es muy cercano a los Tait, de modo que no me sorprendería que supiera que *algo* está pasando... pero no podría asegurarlo. A decir verdad, ni yo supe nunca qué era lo que sucedía con ese grupo en realidad —parecía avergonzado—. Yo sólo estaba... no sé... son un grupo raro, Cait. Especialmente Jamie y Sara. Al principio pensé que eran interesantes, creí que sólo se divertían, que solamente buscaban entretenerse, ¿sabes? No pensé que hubiera nada de malo en ello. Supongo que debía haberlo sabido... —sacudió la cabeza—. ¡Dios! ¡Qué tonto puedo llegar a ser!

Me puse de pie y me acerqué a la ventana. Podía sentir que Dom me observaba y me pregunté qué esperaba que dijera... ¿Está bien? ¿Todos nos equivocamos? ¿Te perdono?

Descorrí la cortina y miré hacia el patio. Podía ver mi reflejo brillar en la ventana y, más allá, la mancha blanca del auto de papá templando bajo la lluvia. Todo lo demás se perdía en la tormenta. No había nada que ver, ningún sitio a donde dirigirse. No había nada que hacer salvo esperar.

Dejé caer la cortina y regresé al brazo del sillón.

—¿Crees que esté allá afuera? —preguntó Dom en un susurro.

—¿Lucas?

Asintió.

Froté el pulgar y el índice, imaginando la sensación de la figura de madera, y recordé la voz de Lucas: "No seas demasiado dura con tu hermano. Y trata de no preocuparte. Siempre estaré cerca..."

¿Estaba Lucas allá afuera, en alguna parte? ¿En la playa, en el bosque, cansado y hambriento, oculto en la oscuridad como un animal acosado...? Por su bien, *quería* pensar que no era así, pero en el fondo no podía dejar de desear que así fuera. Era un deseo bastante egoísta, lo sé: egoísta, sin corazón, estúpido y cruel. Pero, ¿que otra cosa podía pensar?

No puedes evitar desear ciertas cosas, ¿o sí?

La noche avanzó despacio y la tormenta no daba señales de amainar. No sé por cuanto tiempo estuvimos ahí sentados, casi sin hablar, esperando sólo que pasara algo, pero pareció una eternidad. De vez en cuando uno de los dos iba al baño o hacía café o —en el caso de Dom— se preparaba otro trago; pero al final, quien se había levantado volvía a sentarse.

—¿Llamó alguien?

—No.

Dom intentó comunicarse con Shev un par de veces, pero su teléfono seguía apagado. Cuando quiso llamar a Lenny sólo obtuvo un mensaje automático diciendo que la red no estaba disponible. Hasta el teléfono de Rita y Bill estaba muerto. Nos habíamos quedado solos. Solos yo, Dom, Deefer, mil presagios desagradables y el incesante estrépito de los truenos y de la lluvia.

Después de medianoche los oídos de Deefer se aguzaron y un gruñido retumbó en su garganta. Giró la cabeza en dirección al camino y dejó escapar un ladrido corto y áspero. Lo había visto venir, pero igual me hizo dar un brinco. Dom se levantó y agarró el bate de beisbol que había recargado contra la pared.

—Debe ser papá —dije.

Dom caminó hasta la ventana y descorrió la cortina. Deefer bajó del sofá y caminó tenso hacia la puerta, la garganta gruñendo y el pelo de la nuca erizado.

—Déjalo salir —dijo Dom.

Abrí la puerta y dejé que Deefer saliera al pasillo. Comenzó a ladrar con fuerza en dirección a la puerta. Yo seguía sin escuchar nada por encima de la tormenta, pero a través de los páneles de cristal esmerilado sobre la puerta podía ver los haces gemelos de la luz ambarina de los faros barriendo el patio. Al cabo de unos segundos las luces se apagaron y Deefer dejó de ladrar.

—¿Quién es? —le pregunté a Dom— ¿Es papá?

—No puedo ver. Parece que es una camioneta... Será mejor que vuelvas.

Volví a la sala de estar y me reuní con Dom junto a la ventana. Estaba parado con la cara pegada al vidrio y el bate cogido detrás de la espalda. Acuné las manos contra la ventana y escruté la oscuridad. Apenas podía distinguir el contorno de un vehículo del tamaño de una camioneta estacionado detrás del Ford Fiesta. La lluvia lanzaba destellos sobre su parabrisas oscurecido.

—Mierda —susurró Dominic—. Esto es ridí...

Calló al ver que una luz se encendía en el interior de la camioneta. La cara de papá apareció en el cristal de la ventana y ambos suspiramos.

—¿Quién viene con él? —pregunté.

—Creo que es Shev... debe de ser su camioneta.

Vimos a papá estrechar la mano de Shev en señal de despedida. Luego abrió la puerta y se apresuró a través del patio, echando un vistazo al pasar por la ventana. Dom alzó la mano y yo fui a abrir la puerta principal. Deefer ladraba de nuevo, pero éste era su ladrido de "bienvenido a casa", y agitaba de lado a lado su pesada cola. Descorrí el cerrojo de la puerta. El viento la abrió de golpe y la estrelló contra la pared. Papá entró dando saltos, sacudiendo la lluvia de su cabeza. Se veía fatal. Estaba pálido y chorreaba lodo, su cabello era un desastre, su ropa estaba empapada y desarreglada y olía a rayos.

Lo tomé por la cintura y lo estreché fuerte.

—Vamos, vamos... está bien —murmuró acariciando mi cabello—. Todo está bien.

Enterré la cara en su pecho.

Después de ducharse y cambiarse de ropa, papá nos alcanzó en la sala. Dom le sirvió un gran vaso de whisky. Papá se derrumbó en el sillón y se bebió medio vaso de un solo golpe.

—Eso está mejor —suspiró—. ¡Dios, qué día! ¿Ustedes están bien?

Ambos asentimos.

—Intenté llamar a Shev —dijo Dom—. Pero su teléfono estaba apagado.

—Se le acabó la batería —dijo papá terminándose el whisky; luego encendió un cigarro—. ¿llamó Lenny?

—No —respondí.

Papá sacudió la cabeza.

—¡Dios! ¡Esto es un lío! ¿Vieron a esos imbéciles en el Stand?

—Tully Jones estaba ahí —dijo Dom—. Y Mick Buck. ¿Siguen bloqueando el Stand?

Papá asintió.

—Si esta tormenta sigue, no creo que el agua baje hasta la mañana. Y tal vez ni siquiera entonces. Todo allá afuera parece un maldito lago.

Se quedó mirando al vacío y dio pensativas bocanadas a su cigarro.

—¿Qué pasó, papá? —le pregunté.

Me miró con preocupación.

—¿La encontraron? —pregunté.

Aspiró profundamente y lentamente dejó salir el aire.

—La encontramos.

—¿Era Angel?

Me miró en silencio por un largo rato. Finalmente me preguntó:

—¿Cómo lo sabes?

—¿Era ella?

Asintió con seriedad.

—Más vale que me digas lo que sabes.

No había razón para seguir escondiendo nada. No había por qué, no tenía caso, no tenía sentido no decirle —de hecho, ya no conseguía recordar por qué no le había dicho todo desde un principio—, y cuando abrí la boca y comencé a hablar tenía toda la intención de decirle la verdad. Pero algo pasó. Algo se echó a andar e invalidó mis intenciones y las palabras que salieron no fueron las que yo tenía intención de pronunciar.

—Jamie Tait ha estado detrás de Lucas —dije—. Jamie y Lee Brendell, algunos de los otros. Lo querían fuera de la isla. Por eso mintieron todos a la policía acerca de lo que sucedió con Kylie Coombe. Pensaron que Lucas se iría de la isla si la policía iba tras él y todos se convencían de que era un pervertido.

—¿Cómo sabes todo esto? —preguntó papá.

—Lucas me lo dijo.

Sacudió la cabeza en señal de desaprobación.

—Está bien... volveremos a eso más tarde. ¿Cómo entra Angel Dean en todo esto?

—Ya sabes cómo es, papá. Ha estado persiguiendo a Jamie durante años... lo ronda todo el tiempo, coquetea con él, se exhibe por todas partes...

—¿Y?

—Cuando Jamie supo que Lucas no se había asustado, lo amenazó. Dijo que si no dejaba la isla, se hallaría en serios problemas. No dijo qué clase de problemas, pero Lucas tuvo la impresión de que le iba a tender alguna trampa.

—¿El supuesto ataque a Angel?

—Sí.

—¿Y Lucas te dijo todo esto?

Asentí.

—Él no lo hizo, papá. Lucas no lastimaría a nadie.

—¿No?

—Esta tarde en el festival vi a Jamie y a Angel dirigirse hacia la playa. Ella tenía el brazo alrededor de la cintura de Jamie.

—¿A qué hora los viste?

—Tres y media, quizá un poco más tarde. Lenny lo sabe. Dom se lo dijo. Dijo que se lo diría a Bob Toms.

Papá se veía perplejo. Se levantó y rellenó su vaso. Luego comenzó a pasear por la habitación, tirando de su barba. Se detuvo en la ventana.

—¿A qué hora te pusiste en contacto con Lenny? —preguntó.

—En cuando llegamos —dijo Dom—. A eso de las ocho y media.

—¿Qué pasa, papá? —le pregunté—. ¿Qué le pasó a Angel?

Papá lanzo una mirada a Dom. Luego se sentó y me miró. Su cara estaba demacrada y sus ojos llenos de dolor. Se llevó la mano a la boca y respiró a través de los dedos.

—Estaba en el fortín cerca del Point —dijo despacio—. Estaba casi a oscuras cuando llegamos. Esos malditos chicos corrían por todas partes, armando un desorden, buscando a alguien a quien matar... —sacudió la cabeza—. Hasta la tomaron contra Shev. Nos debe haber tomado una hora deshacernos de ellos. Pero cuando llegamos al fortín la lluvía era tan intensa que no veíamos a más de un metro —hizo una pausa y tomó un largo trago de whisky—. Bajé... —se aclaró la garganta—. Bajé al fortín. Estaba muy oscuro. Había prendido mi encendedor... —me lanzó una mirada, luego bajó los ojos—. ¡Oh, Dios!... ¡Fue horrible! Estaba ahí, tendida en el suelo... completamente sola. Se veía tan pequeña... —aspiró y se enjugó los ojos—. Estaba toda cortada... su cara, todo. Cortada en mil pedazos. ¡Dios mío... había sangre por todas partes! Pensé que estaba muerta.

—¿Estaba? —pregunté en voz baja.

Papá sacudió la cabeza.

—Creo que saldrá adelante. Estaba inconsciente y había perdido mucha sangre, pero aún respiraba cuando llegaron los paramédicos... —suspiró pesadamente, sus ojos desbordaban angustia al recordar la escena—. La mayoría de las heridas no eran demasiado profundas, gracias a Dios... pero tenía una en la pierna, justo aquí... —se señaló un punto en la parte superior del muslo—. De alguna manera se las arregló para amarrarse un pedazo de tela y mantener la pierna levantada... Dios sabe lo que habría pasado si no lo hubiera hecho: seguramente se habría desangrado.

—Creo que dijiste que estaba inconsciente...

Papá me miró:

—Lo estaba.

—Entonces, ¿cómo se las arregló para vendarse la pierna?

Se encogió de hombros.

—No lo sé... debe de haberlo hecho antes de perder el conocimiento —cerró los ojos y se restregó la frente con cansancio—. ¡Dios!... ¿Te *imaginas* cómo se debe haber sentido la pobre muchacha?

Un largo silencio impregnó la habitación.

El sabor frío y cobrizo había vuelto al fondo de mi garganta. El sabor a centavo sucio y viejo. Con él llegó el recuerdo de Lucas, cuando me encontré con él por primera vez en la marisma y me habló de Angel: "No es de Robbie de quien tienes que preocuparte. ...es de Angel". Podía verlo sentado en la roca lisa, la brisa despeinándolo mientras él bajaba la vista. "Es... nada. Eso es lo que vi —y mirándome—: no tenía rostro."

Entonces, ahora.

El futuro era ahora.

Sentía morirme por dentro.

Había visto a Jamie y a Angel partir juntos. Los había *visto*. La había visto sonreír y besar la oreja de Jamie... y ahora estaba ahí, tendida en un sucio fortín con la cara hecha trizas. La había visto... la había *visto* con él... y la dejé partir. Sabía cómo era Jamie. Había estado con él en el sendero de Joe Rampton. Había sentido lo que ella debió sentir. Yo estuve ahí, estuve ahí con Angel... y ahora ella estaba arruinada.

Pude haber sido yo.

Dios, pude haber sido yo.

Había demasiado en qué pensar en aquella habitación insonora; demasiadas cosas malas, demasiado egoísmo, demasiadas mentiras...

Era demasiado tarde.

Dom rompió el silencio.

—¿Y ahora qué está pasando, papá? ¿Qué está haciendo Toms?

Papá sacudió la cabeza.

—¡Sabe Dios! Cuando el helicóptero apareció, acordonaron el área y nos echaron de ahí. Toms no nos decía nada. Lo único que le importaba era sellar el maldito lugar y mantener seco su cabello.

Dom preguntó:

—¿Y el sargento del Departamento de Investigación Criminal?

—Era igual de malo —suspiró papá—. Uno de esos malditos bastardos que creen estar en una teleserie policiaca. Creo que trabajaba con Toms cuando ambos estaban en Moulton. Tomó nuestros datos y luego nos envió a casa.

—¿Qué harán ahora? —le pregunté—. ¿Están buscando a Lucas?

—No lo sé, amor. Cuando me fui seguían discutiendo con el piloto. Los paramédicos habían subido a Angel al helicóptero, pero el piloto se negaba a despegar con tan mal clima. Hasta donde sé, siguen ahí.

—¿No deberíamos hacer algo? ¿Decirle a alguien acerca de Jamie Tait?

Papá miró a Dom.

—¿Se lo contaste a Lenny?

Dom asintió.

—Pero no conseguí comunicarme con él la última vez que llamé. La red está suspendida o algo así.

—Volveré a intentarlo. ¿Hablaste con Rita?

—No pude comunicarme.

—Me daré una escapada al rato para verla —terminó su whisky—. ¡Dios! ¡Qué lío! —se volvió hacia mí—. Tuviste que haberme dicho antes esto acerca de Lucas, Cait.

—Lo sé... lo siento.

—¿Sabes dónde está?

Sacudí la cabeza.

—Dijo que vendría al festival, pero nunca apareció.

—¿Esa es la verdad?

—Lo juro... no sé dónde está. No lo he visto desde el jueves. Supongo que estará a kilómetros de aquí.

—Eso espero.

—No hizo nada, papá. Es inocente.

—Nadie es inocente.

Finalmente nos fuimos a la cama en algún momento de la madrugada. Para entonces la lluvia había amainado y los truenos se habían desvanecido en la distancia. Sin embargo, el viento seguía soplando entre los árboles con fuertes ráfagas y vibrando escandalosamente contra las ventanas. Yo no podía dormir. Estaba tan cansada que sentía el cuerpo entumido. No podía sacar de mi cabeza la voz del hombre del tatuaje: "¿Qué se siente estar allá completamente solo? ¿Tranquilo? Debes de sentirte un poco solo a veces, ¿verdad? Especialmente de noche". Yo sabía que las puertas y las ventanas tenían doble cerrojo, y sabía que de cualquier forma aquella seguramente era sólo una amenaza hueca. Pero saberlo no me hacía sentir mejor. El miedo no escucha razones.

Otras cosas me atormentaban. La imagen de Angel oculta en el fortín, el dolor que debió haber sentido, el terror, la soledad, la sinrazón de todo aquello, la confusión, la complejidad, el sentimiento de que su mundo se caía a pedazos... y Lucas. ¿Dónde se había metido? ¿Estaba a salvo? ¿Estaría asustado? ¿Tendría frío? ¿Pensaba en mí? Imaginé su cara, su sonrisa, sus ojos azul claro y de pronto aquellos ojos se congelaron y vi a Lucas acuclillado sobre Jamie Tait con un cuchillo en la mano y por una minúscula fracción de segundo un terrible pensamiento taladró mi mente: ¿Qué tal si me equivoco respecto a él? ¿Qué tal si *sí* fue él quien atacó a Angel...?

Sofoqué un lamento de indignación. Dios... ¿Cómo podía? ¿Cómo podía siquiera *pensar* algo semejante? Es enfermizo...

Estás cansada, no te preocupes. Vete a dormir.

No era mi intención pensar eso. No era mi intención...

Lo sé.

Lo siento.

Vete a dormir.

Estreché en la mano la figura de madera y cerré los ojos. El viento rugía su furia salvaje entre los árboles y yo escuchaba con atención buscando la magia. Estaba ahí. Sabía que estaba ahí. En el olmo del jardín trasero, en los álamos a lo largo del camino, en el antiguo roble que está en el campo detrás de la casa...

Estaba ahí.

Estaba cerca.

La sentía venir.

DIECINUEVE

Puedo oler el sudor en su piel y la arena húmeda en su ropa. Huele a mar. Sus manos están frías y mojadas, pero suaves. Suaves y duras, igual que sus ojos. Sus ojos... joyas azules quemadas con un corazón negro, un corazón cuya mirada llega hasta el confín del mundo. También puedo oler su cabello. Huele a tierra, como el pelo de un animal. Húmedo aunque seco por debajo. Seco y espeso y cálido. Su boca... una luna creciente. Sus labios se mueven dando forma a los contornos de su cara. Lo escucho hablar en el silencio de la noche.

Caity...

Siento su mano sobre mi boca.

Cait... soy yo...

Saboreo el dulzor de la lluvia en su piel.

Cait... despierta...

Abro los ojos... me abro yo...

—¿Cait?

—¿Lucas?

—Shhh...

La voz era real. Las yemas de los dedos que descansaban suavemente en mis labios eran reales. No era un sueño. Lucas estaba parado junto a mi cama, inclinado sobre mí, su silueta enmarcada en un débil resplandor. Podía sentir el roce de su aliento sobre mi piel.

—¿Qu...? —dije.

—Shhh... —susurró mirando sobre su hombro—. No quiero despertar a nadie.

Lentamente apartó sus dedos de mis labios.

—¿Qué haces aquí? —le pregunté—. ¿Estás bien? ¿Cómo entraste?

Me sonrió.

—Son muchas preguntas.

Me senté cubriéndome con el edredón. Miré el reloj. Eran las tres y cuarto. La lluvia golpeteaba acompasadamente contra la ventana. La habitación estaba fría. Un silencio prealborada aquietaba el aire. Lucas dio un paso hacia atrás y limpió la lluvia de su cara. La ropa mojada se pegaba a su piel y había surcos de lodo en sus manos y en su cara. Traía consigo su morral, echado sobre el hombro. Se veía exhausto.

—Creí que te habías ido —le dije—. Pensé que habías dejado la isla.

—¿Pensaste que me iría sin despedirme?

—No hacía falta que...

—Lo sé.

Ladeó la cabeza, como si escuchara algo. Luego prosiguió:

—Quise ir al festival, pero las cosas se pusieron un poco raras.

—¿Sabes acerca de Angel?

Asintió.

—Te están buscando, Lucas. Creen que tú lo hiciste.

—Lo sé. He pasado casi toda la noche tratando de evitarlos. Creí que estaría seguro en el bosque, pero un anciano dirigió a un grupo a través de los pantanos. Encontraron mi refugio y lo hicieron pedazos. Están por todas partes, Cait. No hay modo de salir de la isla.

—Puedes quedarte aquí —le dije.

Visiblemente incómodo, Lucas barrió el suelo con los pies.

—Sólo necesito un lugar donde esconderme mientras baja la marea. Una vez que comience a retirarse podré vadear los juncos y evitar la muchedumbre en el puente... —me miró—. No quiero causar problemas.

—No será un proble...

La puerta se abrió de golpe y una figura en bata entró en la habitación. Lucas reaccionó enseguida. Vi moverse una mancha, oí un destello sordo de metal. Lo siguiente que supe fue que la figura en bata estaba sujeta contra la pared con un cuchillo contra la garganta.

—No —le grité a Lucas—. ¡Es mi papá!

Sin bajar el cuchillo, Lucas me lanzó una mirada. Luego movió bruscamente la cabeza hacia un lado mientras Dominic aparecía en el quicio de la puerta y encendía la luz. La escena se congeló en un resplandor súbito. Lucas sosteniendo a mi padre contra la pared a punta de cuchillo, presionándolo contra su garganta, papá mirando la navaja con ojos desorbitados y Dominic parado en el quicio de la puerta con la mano en el apagador y la boca abierta.

—¿Papá? —dijo—. ¿Qué demo...?

—Está bien —le dije—. Es Lucas.

—¡Dios mío! ¿Qué está haciendo?

—Lucas —le dije—. Lucas, escúchame... está bien. Es mi papá. Baja el cuchillo.

Lucas miró a papá.

Papá se mojó los labios y le sostuvo la mirada.

—¿Así que tú eres Lucas? —dijo con voz ronca mirando de reojo el cuchillo—. Gusto en conocerte.

Por un instante Lucas se mantuvo quieto. Sus ojos taladraron a papá, fríos y calculadores, sopesando la situación. Luego bajó despacio el cuchillo y dio un paso atrás. Papá exhaló y se llevó la mano a la garganta para limpiarse una gota de sangre del tamaño de una cabeza de alfiler. Se examinó la mano y alzó los ojos para mirar a Lucas.

—¿Siempre saludas así?

—Lo siento —dijo Lucas—. No sabía quién era.

—¿A quién demonios esperabas? ¿A King Kong?

La sombra de una sonrisa asomó en la boca de Lucas.

—Estoy un poco nervioso esta noche.

—¿Nervioso? Jesús... —papá se apartó de la pared y miró a su alrededor, el cuerpo tambaleándose ligeramente por la impresión. Me miró rápidamente y luego volvió su atención a Lucas—. ¿Cómo demonios entraste aquí? Las puertas están cerradas con llave... ¿Dónde está el perro? Si le hiciste daño...

Lucas hizo un movimiento de cabeza en dirección de la puerta.

Papá volteó. Deefer estaba tranquilamente sentado en el quicio de la puerta, mirando a Lucas con adoración.

—Se supone que debes *ladrar* —le dijo papá—. ¿Qué te ocurre?

Deefer lo ignoró.

Papá se volvió hacia Lucas y lo miró de arriba abajo.

—Guarda eso —le dijo con frialdad, señalando el cuchillo; Lucas lo deslizó en su cinturón. Papá se le acercó. Ya no estaba en *shock*. Sólo estaba enojado y cansado—. Escucha, hijo —le dijo en voz baja—, he escuchado mucho acerca de ti. Algunas cosas me gustan, otras no. Mi hija parece confiar en ti y normalmente eso me basta. Pero esto es distinto. No podía ser más distinto. ¿Entiendes lo que digo?

—No soy su hijo —dijo Lucas tranquilamente, viéndolo a los ojos.

La cara de papá se tensó. Pensé por un momento que iba a golpearlo, pero después asintió lentamente con la cabeza.

—Está bien. Tienes razón, discúlpame. Ahora dime si entiendes lo que te digo.

—Entiendo.

—Bien —lo miró un instante, luego se dio la vuelta y se dirigió a Dom—. Vuelve a tu habitación.

—Pero yo quería...

—No lo eches a perder, Dom. Sólo vuelve a tu habitación y duerme un poco. Probablemente lo necesitarás.

—Está bien.

Papá lo miró partir, luego se volvió hacia Lucas:

—Tú, espera afuera.

Lucas salió sin decir palabra. No me había mirado desde que Dom encendió la luz y no me miró al salir.

Papá cerró la puerta, se acercó y se sentó en la cama.

—¿Estás bien?

Asentí.

—¿Qué pasa? —preguntó—. ¿Qué hace él aquí?

—Lo están persiguiendo, papá... No tiene a dónde ir.

—¿Cuánto tiempo lleva aquí?

—Un par de minutos...

—¿Estás segura?

—Acabo de despertar...

—¿Intentó algo...?

—¡No! ¡*Claro* que no! ¡Cómo puedes...!

—Soy tu padre —me dijo, como si eso explicara todo... y supongo que lo hizo—. Escúchame, Cait —me dijo—. Yo sé que últimamente te has guardado cosas... no, déjame terminar. No te estoy regañando, sólo te estoy diciendo las cosas como son. Por favor, escucha un minuto. Es importante, ¿Ok? —asentí y él prosiguió—. Está bien que no me digas algunas cosas, es natural. No digo que me *guste*, porque no me gusta, pero puedo vivir con ello. Confío en ti... incluso cuando te equivocas. No importa. Está bien equivocarse, pero no debes tener miedo por eso. Sólo tómalo como es... no intentes enmendar las cosas, no te castigues, no le des muchas vueltas. Sólo tómalo como viene, úsalo, haz lo correcto y mantenlo puro. Lo único que importa es que conozcas tus propias reglas... porque si no lo haces, no te darás cuenta cuando las rompas —se echó hacia atrás y miró hacia el techo; luego aspiró y me miró—. ¿Algo de esto tiene sentido?

—No mucho.

Sonrió.

—Eso temía.

Tomé su mano.

—Intento hacer lo que creo que está bien, papá, pero sigue saliendo mal.

—Lo sé.

—¿De verdad?

Alzó la figura de Lucas de debajo del edredón y dio con ella unos golpecitos en el dorso de mi mano.

—No eres la única que ha estado escuchando el viento, ¿sabes?

Me le quedé mirando. Se levantó y se ciñó la bata de dormir. Luego me arrojó una bata de baño que colgaba detrás de la puerta.

—Ponte esto. Le diré al Llanero Solitario que vuelva a entrar. Tenemos que hablar muy seriamente.

VEINTE

Quince minutos después papá y yo estábamos sentados hombro con hombro sobre la cama mientras Lucas daba vueltas por la habitación con las manos en torno a un tazón de un café negro cargado. Se había negado a comer o a cambiarse de ropa, pero aceptó el café con gratitud y pidió con timidez tres cucharadas de azúcar. Papá se había puesto una camisa gruesa y unos pantalones de pana. Fumaba. La ventana estaba abierta para dejar salir el humo. El aire estaba frío.

Lucas se detuvo junto a la ventana. Por un momento hundió los ojos en las profundidades del tazón. Luego alzó la cabeza y volvió a caminar de un lado a otro, sus botas crujiendo sobre la duela. La habitación resonaba con paciencia al compás del reloj en el silencio del amanecer.

Por un rato papá lo observó con atención. Finalmente le dijo:

—Comienza a hablar muchacho.

Lucas habló. Primero le explicó que había ciertas cosas que no tenía derecho a divulgar. Cosas acerca de mí.

—No hay nada que esconder, señor McCann. Le doy mi palabra. Pero si yo dijera algo que su hija no le ha dicho, estaría traicionando su confianza en mí. Y no puedo hacer eso.

Papá lo estudió con detenimiento. Finalmente dijo:

—Está bien. Eso me lo compro por ahora. Pero quiero saber qué sucedió hoy en la playa. Sin condiciones, sin derechos, sin estupideces. Quiero saberlo todo.

Lucas asintió.

—Ok. Empezó el viernes por la tarde. Yo buscaba cangrejos al otro lado de la bahía cuando escuché a un par de adolescentes hablar de una chica que había sido atacada en los acantilados. Era una pareja joven y estaban un poco... ocupados. Ellos no notaron que yo estaba ahí y en cuanto me di cuenta de lo que estaban haciendo los ignoré. Sin embargo, oí lo suficiente para saber que la chica de la que hablaban era Angel Dean y que, por la descripción que había dado a la policía, se supone que era yo quien la había atacado.

—¿Y lo eras?

—¡Papá! —exclamé—. No puedes...

Alzó la mano.

—Déjalo responder. ¿Atacaste el viernes a Angel Dean?

—No.

—¿Puedes probarlo?

—No.

—¿Dónde estabas?

—¿Cuándo?

—Esa tarde.

Lucas lo pensó.

—Estuve en el bosque como hasta las tres. Pasé una hora pescando en la bahía. Luego volví al bosque.

—¿A hacer qué?

Se encogió de hombros.

—No mucho. Comer, dormir, leer, sentarme, pensar, observar cosas...

—¿No te acercaste a los acantilados?

—No.

—Está bien. Entonces, qué sucedió hoy —miró su reloj—. Quiero decir, ayer.

Lucas terminó su café y colocó el tazón sobre la mesita de noche.

—¿Le importa si me siento?

Papá le indicó una silla cerca de la ventana.

Lucas se sentó.

—¿Puedo fumar?

Papá asintió. Lucas comenzó a liar un cigarro.

—Jamie Tait y Angel Dean se inventaron una historia para poner la isla en mi contra...

—¿Por qué? —interrumpió papá.

Lucas me miró, luego miró de vuelta a papá.

—Por varias razones.

—¿Cómo cuáles?

—Tait me tiene miedo.

¿Miedo? ¿A ti? ¿Por qué?

—Soy diferente. No sabe qué soy. Sabe que no le tengo miedo. Sabe que lo mataría si tuviera que hacerlo. Y sabe que soy más guapo que él.

Papá sonrió.

—¿Eso piensas?

Lucas encendió su cigarro.

—Lo sé.

No había ninguna arrogancia en su voz. No estaba jactándose. Simplemente establecía un hecho. *Era* más guapo que Jamie. Lo sabía. Y sabía que eso significaba algo. A pesar de que todos pretendan que no es así, la apariencia *es* importante. Puede que no te importe cómo te ves, pero a los demás sí. Y pequeños detalles como éste pueden determinar su reacción hacia ti.

En todo caso, pienso que eso es lo que Lucas pensaba.

Una nube de humo salió de su boca y se enroscó para salir por la ventana hacia la lluvia. El viento había cesado y la lluvia caía densa y a plomo. En la distancia, muy lejos sobre el mar, la luz del día empalidecía el cielo.

—¿Y Angel? —preguntó papá—. ¿Por qué le siguió el juego a Tait?

—Lo deseaba.

—¿Cómo sabes?

—Reconozco el deseo cuando lo veo.

—Sí, pero...

—Por favor, señor McCann... Si dejara de hacer preguntas y me dejara continuar, todo le quedaría más claro.

Un destello apareció en los ojos de papá, pero fue un destello más o menos respetuoso.

—Por favor —dijo con sarcasmo—. Y deja de llamarme "señor". Me hace sentir viejo. Me llamo John.

—Pensé que lo llamaban Mac.

—Mis *amigos* me llaman Mac.

Lucas asintió y volvió a su relato.

—Habría dejado la isla en ese momento, pero había prometido a Cait que la vería en el festival. Sabía que habría gente buscándome, pero creí que estaría bastante a salvo en el bosque. De modo que pasé la noche y casi todo el sábado escondido y luego fui al festival alrededor de las cuatro. No sabía exactamente lo que haría cuando llegara, pero con el festival en marcha pensé que la playa estaría tranquila y que ya se me ocurriría algo en el camino.

—¿Por qué no pensaste algo durante la noche?

—Lo intenté. No se me ocurrió nada.

—¿Aun así estabas dispuesto a arriesgarte?

—Ya pensaría en algo.

Papá encendió otro cigarro. Luego se lo pensó bien y le extendió el paquete a Lucas. Lucas seguía fumando el cigarro que había liado. Sacudió la cabeza y prosiguió.

—Comenzaba a entrar la marea. La costa estaba estrecha y yo tenía una buena vista de la playa frente a mí. Había un anciano sentado en la orilla del mar leyendo un libro, pero fuera de eso la playa estaba vacía. Me mantuve cerca del saladar, bordeando la playa. De ese modo, si llegaba a toparme con alguien podría correr hacia los pantanos o bajar y esconderme.

—¿Y qué hay del camino a lo largo del arroyo? —preguntó papá— ¿Había alguien allí?

Lucas sacudió la cabeza.

—No en ese momento. Nadie a quien yo pudiera ver.

—Está bien. Continúa.

—Al acercarme al fortín escuché unas voces débiles que venían del interior. Un hombre y una mujer, o un chico y una chica... era difícil saber. El concreto amortigua el sonido. Eran sólo voces. Yo estaba del lado pantanoso del fortín, junto a la entrada —titubeó mirando a papá—. ¿Sabes lo que suele pasar ahí dentro?

Papá asintió.

—¿Lo sabes tú?

—Parejas, hombres, drogas... —se encogió de hombros—. A donde quiera que vaya siempre hay un lugar así. Me mantengo alejado. No es asunto mío.

—Pero esta vez no te mantuviste alejado.

—No... algo no andaba bien. No sé qué era. Tal vez el tono de sus voces. Un aroma a miedo en el aire... no lo sé.

¿Qué hiciste entonces?

Lucas pellizcó la orilla de su cigarro y echó la colilla en su bolsillo.

—Hay una pequeña ventana en la pared del fortín... No es exactamente una ventana... ¿Cómo se llama? Como una ranura, un agujero en la pared...

—Ya sé lo que quieres decir —le dijo papá—. Sólo dinos qué pasó.

—Decidí asomarme —hizo una pausa, visualizando la escena—. El sol estaba alto y me daba de frente. Yo estaba en la sombra. Me acerqué con cuidado y me acuclillé junto a la ventana. La arena estaba húmeda. El aire olía a desperdicios. Las voces ahora eran más claras. Reconocí la de Tait, pero no la de la chica. Principalmente era él quien hablaba. Su voz era baja y ronca y no pude entender lo que decía. Pero me di cuenta de que estaba borracho. No lo bastante borracho como para arrastrar la voz, aunque no le faltaba mucho —miró a papá—. Seguramente sabes a lo que me refiero.

Papá asintió.

Lucas prosiguió.

—La chica sonaba borracha. Y asustada. Trataba de disimularlo riendo y maldiciendo todo el tiempo, pero eso sólo empeoró las cosas. No creo que supiera qué hacer.

—¿Con qué?

—Con su miedo. La avergonzaba. Y la vergüenza la tomó por sorpresa. No estaba acostumbrada a sentirla —se puso de pie y miró a través de la ventana—. Después de un par de minutos acerqué la cabeza poco a poco y miré dentro. Había un viejo colchón sucio en el suelo rodeado de botellas vacías y latas de cerveza y de toda clase de basura. Tait y la chica estaban sentados sobre el colchón dándome la espalda. No podían verme, pero yo sí a ellos. Fue entonces cuando vi que era Angel Dean. Tait tenía el brazo sobre su hombro y jugueteaba con su blusa. Ella reía y trataba de subirla de vuelta. Tait daba sorbos a una media botella de whisky. Se la ofrecía constantemente a Angel, casi la forzaba a beber, y ella aceptaba.

Lucas dejó de hablar y lio otro cigarro.

—¿Estaba con él? —preguntó papá—. Quiero decir, ¿crees que ella *quería* estar ahí?

Lucas encendió su cigarro y apartó la vista de la ventana.

—No creo que ella supiera qué quería. Probablemente sabía qué buscaba él y ella probablemente pensaba que sería divertido, pero finalmente entró en razón y creo que se dio cuenta de que aquello ya no era un juego. No era una fotonovela. No era un besuqueo y un abrazo. Era algo más, algo frío y sucio y malvado —succionó el humo del cigarro y miró a papá—. Estaba asustada.

Papá no sabía qué decir.

Lucas exhaló el humo y se quedó mirando al vacío. El aire a su alrededor estaba cargado de oscuridad y la habitación estaba llena del mismo silencio sepulcral que yo había percibido la primera vez que posé los ojos en él. El viento de repente se había calmado y el cielo de la mañana refulgía con pálidos destellos. Sentía la piel fría. Estaba ahí, en la playa, en el fortín. Estaba ahí. En la sucia oscuridad. Podía olerla: cerveza rancia, whisky, orina, miedo. Podía sentir la arena húmeda bajo mis pies y podía ver con los ojos de Lucas. Podía ver piel, vidrio, tela, cabello, manos, dedos, contornos, carne trémula, bocas abiertas, un rostro descompuesto y rígido de ansiedad...

Papá accionó su encendedor y la visión se disolvió. Su mirada volvió a mí. Yo estaba sentada en la orilla de la cama mirando fijamente a Lucas y él miraba fijamente a papá. Pude ver todo tal cual era. El chico, el hombre, las paredes, la ventana, hojas dobladas mecidas por el viento. Podía ver sólo lo que podía ver, nada más.

Papá habló en voz baja.

—No hay tiempo, Lucas. Dime qué sucedió.

Lucas se sentó cansadamente en la silla. Estudió el ascua palpitante de su cigarro y su voz se tornó fría.

—Comenzaron... él la arrojó sobre el colchón y ella cerró los ojos. No se resistía, no lloraba ni nada. No lo estaba disfrutando... pero... no sé. No la forzó. No físicamente. Y ella no dijo que no... tampoco es que él le haya preguntado... —bajó la cabeza y se quedó mirando al piso—. No pude seguir mirando. Me volví hacia los pantanos, me agazapé y esperé. No sabía qué más hacer —hizo una nueva pausa mientras se rascaba la cicatriz en la muñeca; entonces continuó—: Por un rato sólo hubo silencio. Después de unos diez minutos, volví a escuchar la voz de Tait. Tranquila, primero, luego más alto. Al final él le gritaba, la insultaba con toda clase de malas palabras. Ella comenzó a llorar, él gritó otro poco. Entonces escuché una bofetada, un grito agudo y todo volvió a quedarse en silencio. Comenzaba apenas a levantarme cuando lo vi salir. Se jalaba la camisa y daba tumbos por doquier. Tenía la cara enrojecida, los ojos vidriosos, estaba borracho. Me agaché y lo miré partir. Luego entré a ver cómo estaba ella.

—¿Qué dirección tomó? —preguntó papá.

—Por la playa.

—Ese anciano que viste sentado en la playa... ¿lo habría visto?

—Seguramente... estaba cerca de esa pequeña hondonada de arena que hay por los escollos. ¿Sabe a cuál me refiero?

Papá asintió.

—¿De modo que Tait habría pasado frente a él?

—A menos que cortara por los pantanos, hacia el arroyo.

—¿Y qué hay de *Angel*? —pregunté con impaciencia—. ¿La viste?

Lucas asintió.

—Sí, estaba bien. Desarreglada. Un poco borracha y llorosa, compadeciéndose de sí misma y muy enojada. Pero estaba bien.

—¿Qué? No estaba...

—Tait no la lastimó. No seriamente, al menos. Le dio una bofetada, pero él no la cortó. Ni siquiera estoy seguro de que haya... ya sabe. Y aun cuando lo hubiera hecho, ella no parecía molesta por eso. Al menos eso es lo que ella quería que yo pensara.

295

—¿Hablaste con ella?

—Le pregunté si estaba bien.

—¿Qué respondió?

—Me dijo que me fuera.

—¿Qué te fueras?

—Algo así.

—¿Y qué hiciste?

—Me fui.

Miré a papá esperando que dijera algo. Pero él guardaba silencio. Miré a Lucas. Miraba fijamente a través de la ventana.

—¿Oyeron eso? —dijo Lucas de repente.

—¿Qué?

—Escuchen —susurró.

Yo no oía nada.

—No hay nada...

—¡Shhh!

Deefer ladró en el piso de abajo.

—Ahí —dijo Lucas—. ¿Oyeron eso?

—Ese fue Deefer —le respondí.

—Eso no... había algo en el sendero —se asomó a la oscuridad de afuera—. Era un sonido metálico... —siguió escrutando la noche por un rato. Luego dio un giro y comenzó a hablar. Había una nueva urgencia en su voz—. Como sea, después de hablar con Angel dejé el fortín y quise volver al bosque. Ya no tenía caso ir al festival. Angel volvería ahí pronto y no era difícil imaginar lo que tendría que decir. Me había visto en el fortín, la habían golpeado, mis huellas estaban por todas partes. Yo no habría durado allí ni cinco minutos —me miró; su cara parecía vieja y demacrada: el azul de sus ojos se estaba desvaneciendo. Miró otra vez por la ventana—. Había cruzado la mitad del pantano cuando miré hacia atrás y vi a alguien atravesando el saladar hacia el fortín. Una joven, una niña. De diecisiete o quizá dieciocho años.

—¿Sabes quién era?

Lucas evadió la pregunta.

—Tenía cabello negro largo y ajustados lentes oscuros, paso firme. Llevaba puesto un traje de baño negro bajo una blusa blanca suelta... cargaba algo, una especie de bolso colgado al hombro. Debe de haber llegado por el camino del arroyo.

—¿Te vio?

—Creo que sí. Se detuvo un momento y miró en mi dirección. Luego se apresuró hacia el fortín. Primero pensé que podía ser una amiga de Angel que tal vez la había estado cuidando o algo así... pero no daba el tipo. Había algo en ella... algo inquietante —Lucas pellizcó la cortina y miró hacia la calle, luego se volvió hacia nosotros—. Emprendí el camino de regreso, pero la marea estaba alta y los pantanos ya daban casi a la cintura. De modo que avanzaba muy despacio. Para cuando conseguí atravesarlos y llegar a la playa, la chica del traje de baño ya había salido del fortín y regresaba por el camino del arrollo. Cuando llegué a la orilla del saladar, ya se había marchado —se quedó mirando al vacío—. Ella lo hizo. No fue Tait... fue ella. Ella fue quien atacó a Angel.

—¿Estás seguro? —preguntó papá con delicadeza.

Lucas asintió.

—Cuando bajé al fortín Angel estaba tirada en el piso con la cabeza entre las manos... estaba cubierta de sangre. La revisé. Perdía y recuperaba la conciencia y su pulso era débil. Pero su respiración estaba bien. Despejé su boca y la coloqué en postura de recuperación. Luego intenté detener lo peor de la hemorragia...

—¿Tú arreglaste su pierna? —preguntó papá.

Asintió de nuevo.

—Estaba en ello cuando escuché a alguien husmear afuera. Por un minuto pensé que sería Tait o la chica en traje de baño. De modo que me escondí en las sombras al fondo del fortín. Entonces el viejo de la playa asomó la cabeza por el hueco en la pared. Cuando vio a Angel casi se muere de la impresión.

—¿Te vio?

Lucas sacudió la cabeza.

—No lo creo. Estaba bastante oscuro ahí dentro y el viejo no se quedó mucho tiempo. Bajó al fortín y echó un rápido vistazo a Angel. En cuanto vio toda la sangre se fue y se dirigió hacia el pueblo.

—¿Qué hiciste entonces?

Lucas se encogió de hombros.

—No mucho... Hice lo que pude por la chica: la mantuve caliente, revisé su pulso, reduje el sangrado... y después de un rato lo escuché a usted con el señor Patel acercarse por la playa, discutiendo con un grupo de chicos — miró a papá con un atisbo de impotencia en los ojos—; tenía que irme entonces; tenía su sangre por todas partes, llevaba un cuchillo en el cinturón... ya se sospechaba que yo la había atacado antes. Nadie habría creído lo que en verdad pasó. Nadie. *Tenía* que irme...

—Está bien —dijo papá en voz baja—. Lo entiendo.

Lucas aspiró hondo y se dejó caer pesadamente en la silla.

—Volví al bosque y comencé a reunir mis cosas. Los vi salir del fortín, luego llegó el helicóptero... y en realidad, eso es todo. Ya conocen el resto.

Papá se puso de pie y se acercó a él. Puso la mano en su hombro, le dio un apretón y se alejó pesadamente hacia la ventana.

—Fue Sara —dije en voz baja.

Papá se volvió.

—¿Qué?

—La chica a la que vio Lucas: era Sara Toms. La novia de Jamie. Cuando vi a Jamie y a Angel dirigirse a la playa había alguien mirándolos desde un carro. Un Mercedes blanco. Sara tiene un Mercedes blanco.

Papá me miró, pensándolo. Después de un minuto se volvió hacia Lucas. Le preguntó:

—¿Conoces a Sara Toms? ¿La has visto alguna vez?

—Desde lejos.

—¿Puede haber sido ella?

Asintió.

—¿Qué tan seguro estás?

—Era ella.

—Demonios.

Lucas sonrío con frialdad.

—Eso lo complica todo, ¿no es así?

—Lo complica para ti —replicó papá—. Dios... por eso Bob Toms actuaba tan extraño. ¿Cómo diablos lo supo?

—¿Olió el perfume ahí adentro? —preguntó Lucas.

Papá lo miró.

—¿Era de Angel?

Lucas me miró.

—¿Angel usaría Chanel?

—De ninguna manera.

—¿Conoces a alguien que lo use?

No tuve que responder.

Lucas se volvió hacia papá.

—¿Reconoce un padre el perfume que usa su hija?

—Yo no, pero Bob Toms probablemente podría hacerlo. ¡Dios mío! ¡Debe haberlo sabido de inmediato! Debe haberlo adivinado.

—Exactamente —dijo Lucas—. Por eso tengo que abandonar la isla. Es probable que Toms pueda ocultar las pruebas forenses y arreglar una coartada para Sara. Aunque al parecer soy yo al que realmente tiene que arreglar.

—No —dijo papá—. No lo creo. Bob Toms podrá ser muchas cosas, es muchas cosas, pero no puedo creer que vaya tan lejos...

—Claro que lo hará —dijo Lucas—. Ya ha comenzado.

—No... hablaré con él...

—Es inútil. Está tratando de salvar a su hija. No escuchará razones —miró a papá—. Imagine que Cait hubiera acuchillado a alguien y usted tuviera el poder para culpar a un nómada mugriento que además todos creen que es un pervertido. No me diga que no lo haría.

—No lo haría.

Lucas sonrío.

—Es usted un excelente cuenta cuentos, John... pero un mentiroso sin futuro.

La habitación se hundió en el silencio.

Deseaba estar confundida. Deseaba no haber comprendido lo que estaba ocurriendo. Deseaba sólo poder meterme en la cama e irme a dormir y levantarme en la mañana para descubrir que todo había vuelto a la normalidad. Sin embargo, sabía que eso no iba a suceder. Podría verlo todo con demasiada claridad. Todo conducía hasta aquí. Así de claro. Ya no había hacia donde dirigirse.

Era un callejón sin salida.

Justo entonces se escuchó desde el sendero un fuerte tintineo metálico. Esta vez lo escuchamos todos. Deefer ladró. Papá y Lucas corrieron hacia la ventana. Mientras los seguía escuché el rugido de una motocicleta echarse a andar en alguna parte del camino. Papá apartó a Lucas de la ventana.

—¡Agáchate! —silbó.

Lucas se arrodilló y papá descorrió de golpe las cortinas. Aunque había amanecido, la luz era tenue y nebulosa y el cielo estaba oscurecido por nubes de tormenta. Podía escuchar el ruido de la motocicleta por el camino, pero no alcancé a ver nada.

—¿Dónde está? —pregunté.

—Tiene las luces apagadas —replicó papá—. Espera un momento... ¡Ahí!

Señaló más allá del patio y pude ver un destello negro contra el gris del seto. Observé la negra forma borrosa acelerando por el camino y estrellándose contra los charcos. Luego se perdió de vista. Escuché el motor desacelerar en lo alto del camino, lo oí entrar en la calle y correr luego a toda velocidad en la penumbra matutina.

—Mierda —dijo papá dejando caer la cortina y volviéndose hacia la puerta al tiempo que Dominic entraba—. ¿Lo viste?

Dom asintió.

—Mick Buck.

Lucas se levantó.

—Debe haber estado ahí toda la noche, esperándome. Ha ido a decirles a los demás que estoy aquí. Lo siento, debí haberlo sabido. Me voy.

Papá lo detuvo.

—Tú no iras a ninguna parte, hijo.

—No soy...

—Cállate y escucha. Estás exhausto. Se acerca otra tormenta. Te quedarás aquí.

—No, no puedo...

Papá lo empujó suave pero firmemente hacia la silla.

—Tenemos como media hora antes de que lleguen. Una hora cuando mucho. Dom, ve a casa de Rita y hazles saber qué sucede.

No debe de haber problema, pero diles que permanezcan dentro y que mantengan todo cerrado con llave. Cuando vuelvas, toma el auto y estaciónalo a través del camino, como a medio camino. Luego vuelve acá.

—Ok.

Papá se volvió hacia mí.

—Vístete y lleva a Lucas al ático. Quiero que ambos se queden ahí hasta que yo diga. ¿Está claro?

Asentí. Papá miró a Dom:

—¡Ve!

Luego miró a Lucas:

—¿Puedo confiar en que cuidarás a mi hija?

—Sería más seguro para ustedes si me marchara. Ellos no se irán si saben que estoy aquí.

—Te hice una pregunta.

Lucas me miró. Luego miró a papá.

—Puede confiar en mí.

—Bien. Entonces... ¿qué esperas? La dama quiere vestirse. Sé útil y prepara un poco de café —sonrió—. ¿Sabes cómo usar una cafetera?

Lucas aspiró entre dientes y miró hacia arriba.

—Vaya, no estoy seguro... ¿es una de esas cosas eléctricas modernas?

Papá sonrió y abrió la puerta.

—Fuera.

Salieron juntos y comencé a vestirme. Mientras iban por el pasillo los oí hablar. Parecían viejos amigos. Calmados, callados, perfectamente a gusto el uno con el otro. Escuché con atención tratando de oír lo que decían, pero todo lo que pude oír fue la risa suave de papá flotando escaleras abajo.

VEINTIUNO

Me vestí deprisa y comencé a bajar la escalera que lleva al ático. La tormenta volvía a arreciar. La lluvia empezó a golpear contra las ventanas y el cielo tronaba. Por un instante pensé que si la lluvia arreciaba, enfriaría un poco las cosas. Un viento helado, un buen chubasco... quizá apagaría el fuego...

Sí, pensé, exactamente como lo hizo ayer.

La escalera rodó lenta y ruidosamente. Por instinto me hice a un lado para evitar que me golpeara la cabeza. El chirrido era tal y como lo recordaba: un sonido de secretos y tinieblas. Comencé a trepar por los fríos peldaños de metal, uno a la vez. Iba a medio camino cuando Lucas apareció en el rellano armado con dos tazones de café.

—Tu padre dice que nos apresuremos —dijo.

—Un minuto.

Trepé a través de la compuerta y sentí el familiar golpe de aire frío refrescar mi cara. Aspiré el olor a hollín y madera vieja. Nada había cambiado. Me volví hacia Lucas.

—Vamos, pues. Pásame eso.

Lucas subió un peldaño y me alcanzó los cafés. Los coloqué en el piso del ático.

—Deja que yo entre y entonces podrás subir —me erguí, encendí la luz y me senté con las piernas cruzadas—. Está bien —llamé.

Mientras Lucas subía por la escalera eché un vistazo al ático. Podía ver las vigas oscuras y los pares carcomidos y la luz del cielo brillando a través de las tejas agrietadas. Podía escuchar la lluvia tintinear sobre el tejado y a los pájaros rascar los aleros... entonces lo supe. Todo el tiempo supe que acabaría ahí. Ahí, entre los objetos polvorientos que colgaban de las vigas... ahí había un mundo que era tal como yo quería que fuera. Una isla desierta, el bosque...

Sólo que ahora no estaba sola.

La cabeza de Lucas se asomó por la compuerta.

—¡Qué agradable! —dijo mirando a su alrededor.

—Sí, lo es. Me gusta.

Lucas se impulsó hacia arriba y se sentó junto a mí. Presioné un interruptor y la escalera comenzó a subir de vuelta lentamente. Lucas la observó fascinado.

—Eléctrica —sonreí.

—Ah...

El pie de la escalera se deslizó a través de la trampa. Al detenerse la escalera hizo un ruido metálico y la trampa se cerró tras ella. Extendí el brazo hacia el otro lado y eché el cerrojo.

—Toma —dije pasándole un café y señalando el ático con la mano—. Siéntete como en casa.

Lucas se levantó y comenzó a inspeccionar el ático, manteniendo la cabeza gacha para evitar las vigas.

—¿Es seguro? —preguntó mirando el piso.

—Mientras te mantengas en el pasillo central.

—¿Y qué pasa si no lo hago?

—Te caerás a través del techo.

Mientras seguía husmeando, mirando esto y lo otro, estudiando las cosas que colgaban de la pared, examinando el contenido de las cajas, me acerqué y me senté en una silla destartalada junto al tanque de agua. Una luz sombría emergía del foco desnudo que colgaba de los travesaños. Era sólo una luz débil y el ático aún estaba bastante oscuro. Oscuro aunque no tenebroso, como el interior de una tienda de campaña en un día de lluvia. O el interior de un refugio cómodo y tibio, con la lluvia tintineando en la lona, una hoguera en el exterior, el olor del humo flotando en la lluvia...

—¿Qué es esto? —preguntó Lucas.

Alcé la vista. Lucas estaba parado en el extremo opuesto del ático, donde colgaba de las vigas un viejo pedazo de sábana.

Sonreí.

—Solía jugar aquí cuando era niña. Eso era... pues, no se qué era exactamente. Mi rincón secreto.

—¿Tu escondite?

—Sí.

Sonrió.

—¿Qué pensabas cuando estabas aquí arriba? ¿Qué deseabas?

—No lo sé... Supongo que sólo quería estar sola. Quería alejarme de la gente.

Asintió.

—Es bueno alejarse.

—Sí... pero siempre regresé.

Me miró.

—Eso es lo que deseabas.

—Supongo. ¿Y tú? ¿No querías regresar?

Sacudió la cabeza pensativamente, mirando más allá de mí hacia las sombras.

—No... —dijo en voz baja—. No quería volver...

Sus palabras se disolvieron mientras miraba sin mirar la pared.

El viento silbó a través de las tejas y el foco se meció entre los pares, distorsionando las sombras.

Temblé. De repente había comenzado a hacer frío.

Lucas volvió de su trance.

—¿Hay alguna forma de mirar hacia fuera? ¿Podemos ver el patio desde acá arriba?

—Por aquí —le dije; caminó hacia donde yo estaba sentada. Le señalé una grieta en una parte del techo donde faltaban las tejas y el fieltro del tejado estaba roto—. Si te acuestas en esa tabla y te arrastras sobre ella podrás ver hacia afuera —me sacudí el hollín de las manos—. ¿Qué hace papá?

Lucas se movió hacia la grieta en el techo.

—Está al teléfono intentando llamar a Lenny. No parece tener mucho éxito — se deslizó hasta el suelo y se arrastró hasta que estuvo lo bastante cerca de la grieta para mirar hacia afuera—. Esto está bien —dijo.

—¿Qué crees que vaya a pasar? —le pregunté.

Ajustó su postura moviendo las piernas para abrirse espacio.

—En unos diez minutos —dijo—, un montón de personas vendrá por tu calle buscando mi pellejo. Probablemente vendrán guiados por Tait y Brendell y el hermano de Angel. Vendrán reforzados por los chicos del Stand y quien quiera agregarse. Estarán borrachos y llenos de coca y de *speed*, y la mayoría vendrán desbordados por el odio. Bob Toms estará ahí, supuestamente para arrestarme, pero no hará nada para detener los problemas cuando se presenten. Ese viejo Fiesta con que ustedes han bloqueado el camino los detendrá por dos segundos. Entrarán en tropel por el patio y tu papá saldrá y los enfrentará. Les dirá que no estoy aquí. Les dirá que estuve aquí porque sabe que lo saben, pero que ya no estoy. Me fui hace media hora, en dirección al Stand.

Me levanté de la silla y me reuní con Lucas en el suelo. Mientras me deslizaba junto a él, se movió para hacerme lugar.

—¿Y luego qué? —le pregunté.

—Pues tu padre piensa que se golpearán la frente, darán media vuelta e irán a buscarme al Stand.

—¿Y tú qué crees que harán?

Titubeó un instante moviendo la cabeza para dejarme ver a través de la grieta. Ahora estaba justo a su lado, podía olerlo, podía oler su piel y su aliento. Podía sentir la humedad de su ropa. Nos tendimos el uno al lado del otro y nos asomamos al patio debajo de nosotros. Se veía extraño desde ahí arriba. Estrecho y desconocido. Demasiado pálido. Demasiado plano. Su color y sus dimensiones distorsionados por la altura.

—¿Y tú qué crees que hagan? —repetí.

—No sé lo que sucederá.

—Sí lo sabes.

Giró la cabeza y me miró. Ya antes había estado cerca de él, pero no así. Ahora podía ver cada línea y cada poro de su cara, cada pequeña cicatriz. Podía ver lo más profundo de sus ojos...

—Pronto lo sabremos —dijo con toda calma—. Ya está sucediendo.

Miré afuera.

Un convoy de vehículos se acercaba por la calle.

VEINTIDÓS

Tendidos uno junto al otro en el piso del ático observamos la hilera de autos y camionetas que retumbaban por el camino que da entrada a nuestro patio. El gruñido de motores avanzando a baja velocidad sacudió el aire, hizo vibrar las vigas del ático y dejó caer sobre nosotros una lluvia de polvo. Los truenos retumbaban a lo lejos, los rayos destellaban y la calle oscurecida por la lluvia estaba en llamas por las luces de los faros. Debe haber habido una docena de vehículos en total. El Jeep de Jamie Tait estaba al frente, seguido por la camioneta blanca y, más atrás, por una mezcla indistinta de autos, camionetas, motocicletas...

—Esto es increíble —susurré.

—Créelo —dijo Lucas.

El Jeep negro se acercó al lugar donde el Fiesta bloqueaba la entrada. Redujo la velocidad, se hizo a un lado y frenó. Jamie se paró sobre el asiento del conductor y gesticuló hacia la camioneta blanca que tenía detrás. Parecía un dictador de pacotilla dirigiendo una banda de guerrilleros. La camioneta avanzó con una sacudida, rodeó el Jeep y aceleró hacia el Fiesta. El minúsculo auto blanco estaba perdido. Se escuchó un crujido seco cuando la camioneta aceleró y se estrelló contra él. El Fiesta rebotó a través del camino y se deslizó dentro de unos arbustos con la resistencia de una pelota de ping pong rota. Brillaron en la lluvia sus cristales rotos y el cofre se abrió con un ruido de óxido. Ebrios vítores se elevaron al viento. La camioneta se echó en reversa, el Jeep volvió a su lugar y el convoy volvió a retumbar.

—Son demasiados —le dije a Lucas—. No tenemos ninguna esperanza. ¿Qué vamos a hacer? No podemos simplemente...

—No te preocupes —dijo Lucas tocando mi hombro—. Siempre hay una salida. Es sólo cuestión de hallarla.

Lo miré. Apenas parecía consciente de mi presencia. Su cara era sombría e intensa. La mirada que tenía puesta en los vehículos que se aproximaban era la mirada de un cazador. Un cazador cazado.

—Espera y verás —susurró para sí—. Espera y verás.

Ahora los carros viraban en dirección al patio, las llantas crujían sobre la grava mojada al tiempo que uno por uno rodaban hasta frenar formando un semicírculo irregular de cara a la casa. Los motores tosieron hasta silenciarse y el humo ascendió por los aires. Los faros de los coches relumbraban fríamente bajo la lluvia. Las portezuelas comenzaron a abrirse, emergieron figuras de los autos. Pude distinguir sus rostros. Reconocía a la mayoría. Jamie Tait y Robbie Dean en el Jeep, Lee Brendell y Tully Jones al frente de la camioneta, otra media docena que salía a tumbos de la parte trasera. Mick Buck, algunos motociclistas locales, otros a los que no reconocí. Probablemente venían de Moulton. Rostros del pueblo: buscapleitos, muchachos jóvenes, adultos que a su edad ya deberían comportarse con más madurez. Incluso mujeres. Ellen Coombe, un puñado de madres malencaradas. Algunos llevaban palos, garrotes, barras, botellas. Uno de ellos llevaba un machete. Iban todos narcotizados con una cosa u otra: bebida, drogas, odio, excitación, moralidad torcida, promesas de sangre.

Se me revolvió el estómago.

Atrás, tratando de pasar inadvertidos vi a Bob Toms y a un hombre con cara glacial que bajaba de un sedán oscuro embozado en un largo abrigo negro.

Se escuchó una voz a través de la lluvia.

—¡Hey! ¡McCann! ¡Sal de ahí!

Miré hacia abajo y vi a Jamie Tait parado ante la multitud gritando hacia la casa. Le ceñía la cabeza una gorra negra de lana. Su playera negra y sus jeans estaban empapados. Brendell estaba parado junto a él, sólido como una roca, y Robbie Dean estaba al lado, vacío y sin emociones, con una barreta colgando de la mano.

Jamie se llevó las manos a la boca.

—¡McCann! ¡No te queremos a ti! ¡Sólo al chico! ¡Envíalo fuera! ¡Hey! ¿Me escuchas, McCann...?

Su voz se cortó abruptamente cuando se abrió la puerta principal y vio salir a Dom y a papá acompañados por Deefer. Dominic llevaba consigo el bate de beisbol.

Jamie sonrió y dio un paso atrás alzando una mano para silenciar a la multitud que murmuraba reuniéndose detrás de él.

—Buenos días, Mac —dijo despreocupadamente—. Dom.

Papá lo ignoró mientras seguía revisando a la multitud.

—¿Dónde está Toms? *¿Toms?*

Jamie avanzó.

—¿Dónde está el gitano, Mac?

Papá miró a Robbie.

—Robbie... siento mucho lo de tu hermana. Es algo terrible...

—*¿Dónde está el gitano?* —gritó alguien en la multitud.

Papá alzó la mirada.

—Él no está aquí. Él no lo hizo.

Jamie rio.

—Claro que no lo hizo.

Papá volvió a ignorarlo y se dirigió a Dean.

—Escúchame, Robbie. Sé lo que le sucedió a Angel. Sé quién lo hizo. Puedo...

Una voz en la multitud ahogó la suya.

—*¡Mentiroso!*

Más gritos...

—*Bastardo...*

—*¡Agárrenlo!*

—*¡Arrástrenlo fuera!*

Las voces aumentaron hasta la incoherencia y la turba comenzó a avanzar.

—¡No! —susurré—. No...

—Está bien —dijo Lucas con tranquilidad—. Tait quiere jugársela. Sólo espera un poco.

Vi a Jamie dar la vuelta y alzar ambas manos gesticulando hacia la multitud para detenerlos.

—¡Esperen! —gritó—. ¡Un minuto! ¡Sólo *un minuto*!

La muchedumbre titubeó y el griterío se desvaneció hasta convertirse en un rabioso murmullo. Mientras la lluvia silbaba y el viento aullaba alrededor del patio, Jamie se quedó ahí parado con los ojos encendidos y las manos extendidas en señal de súplica, como un predicador enfrentando a su congregación desde el púlpito. Esperó a que bajaran las voces y entonces habló. Su voz resonaba a locura.

—¡Escúchenme! ¡Escuchen! No somos animales. Somos personas civilizadas. No somos asesinos. Todo lo que queremos es que se haga justicia. Déjenme hablar con el hombre. Déjenme razonar con él.

—Se ha deschavetado —dijo Lucas—. Enloqueció —murmuró—. Cuidado con el hermano, John. El hermano...

Miré hacia abajo.

Jamie había volteado de cara a papá. Brendell seguía inmóvil. Papá observaba a la multitud. Deefer estaba sentado junto a él, rígido como una tabla, gruñendo por lo bajo. Y Robbie Dean contemplaba el suelo con una mirada asesina mientras apretaba la barreta en la mano.

La cara de Jamie ardía con una intensidad maniática.

—¿Ves, Mac? —dijo—. ¿Ves a lo que te enfrentas? Puedo intervenir hasta cierto límite. No puedo detenerlos para siempre. De modo que, ¿por qué no les das lo que piden? Envía al chico afuera. Sé que está ahí. Sólo sácalo. Entonces podremos irnos a casa y tú y los tuyos podrán volver a lo que sea que estaban haciendo. ¿Qué tal? Puedes tomar otro trago, escribir otro libro de cuentos. Tu linda hijita puede soñar los sueños que quiera. Y tú —sonrió a Dom—, tú puedes escribir un ensayo —dejó escapar una risa ahogada y se volvió de nuevo hacia papá—. ¿Qué dices, Johnny?

Papá habló con suavidad:

—Ya te lo dije, muchacho. No está aquí.

Jamie entrecerró los ojos.

—¿Por quién me tomas, McCann? ¿Crees que soy tonto? Está aquí. Lo sabes. Yo lo sé. Todos lo sabemos.

—Estuvo aquí —dijo papá—. Y ahora se ha ido. Se fue hace unos veinte minutos. Probablemente ya esté a medio camino en dirección a Moulton —alzó la voz hacia la multitud—. ¿Oyeron eso? No está aquí. Se ha ido. Ahora váyanse, salgan de mi propiedad y vuelvan a casa.

Hubo un revuelo entre la multitud y Jamie volvió a reír.

—Vamos, hombre... hazte un favor. Sólo envíalo afuera. El chico es un animal, un violador. No quieres algo así en tu casa, ¿o sí? Piensa en tu hija. ¿Está ahí dentro con él ahora? ¿Lo está? ¿Crees que está a salvo con él? ¿Viste lo que le hizo a esa chica? ¡Dios, qué desastre...!

Sin decir palabra Robbie Dean comenzó a caminar hacia papá. Sus ojos estaban fijos en el suelo y su cuerpo se movía con rigidez, como el de un zombi. En la multitud se hizo el silencio y Jamie observó la escena con una sonrisa torcida. Escuché a Lucas recuperar el aliento y sentí su cuerpo tensarse.

—Ahora espera, Robbie —le dijo papá—. Robbie... no...

Robbie no escuchaba. No creo que pudiera hacerlo. Sólo seguía avanzando. Al acercarse a papá alzó los ojos y lo atravesó con la mirada. Deefer gruñó y Dominic alzó el bate, pero papá estiró el brazo para bajar el de Dom.

—¡Robbie! —dijo bruscamente—. ¡Mírame! ¡Mírame, Robbie!

Robbie se detuvo y lo miró. No dio ninguna señal de reconocerlo. No podía ver. No podía pensar. Era un hombre sin alma.

Junto a mí, Lucas se movió resbalándose hacia atrás sobre el piso.

—¿Qué? ¿A dónde vas? —le dije.

—No está funcionando —respondió—. Dean es la mecha. Está a punto de explotar.

Lo así de la pierna e intenté jalarlo.

—No, Lucas... debes quedarte aquí. Papá te dijo que te quedaras aquí. *Lo prometiste.*

Zafó su pierna y se irguió.

—Dije que te cuidaría y eso es lo que estoy haciendo.

—Pero...

—No hay tiempo —se agachó y besó mi mano—. Fue bueno, Caitlin McCann. Gracias —me sonrió con un destello de sus ojos azules, luego dio la vuelta y cruzó apresuradamente hacia la compuerta.

—Lucas...

Con un movimiento veloz de la bota abrió de golpe la trampa, se balanceó un instante en el borde, dio un brinco al vacío y cayó fuera del alcance de mi vista. Cerré los ojos y apreté los dientes esperando el escalofriante estrépito, pero todo lo que escuché fue un débil golpe, el sonido de un gato al brincar y el veloz pisar de botas que corrían por el pasillo y escaleras abajo.

Por un momento me quedé sólo ahí sentada entre el polvo, estupefacta, frotando la parte trasera de mi mano y contemplando el vacío que había dejado Lucas. Un momento... el momento.

Mi momento.

Se fue.

Con el corazón a punto de vaciarse me encaramé de vuelta hasta el lugar donde estaba la abertura en el tejado y me asomé al patio. Nada parecía haber cambiado. La lluvia, el cielo oscuro, los autos, la horrible multitud. Robbie seguía parado frente a papá. Jamie Tait no había dejado de esbozar su sonrisa asesina. Y papá seguía hablando.

—... sólo tú y yo, Robbie. Ven adentro y tómate un trago tranquilamente, una taza de té. No puedes pensar bien en medio de todo este ruido. Necesitas descansar...

Entonces estalló.

Alguien —probablemente Jamie— gritó:

—¡Se acabó el tiempo, Robbie! ¡Angel te espera! ¡Deshazte de él!

Las palabras tardaron un momento en asentarse. La cabeza de Robbie se movió de pronto, sus ojos se proyectaron mientras él se movía hacia papá con la barreta levantada. No creo que supiera lo que estaba haciendo. Simplemente reaccionaba al sonido del nombre de su hermana. Las palabras dichas en voz alta no significaban nada para él. Pero *Angel... Angel...* era todo lo que necesitaba escuchar. Se acercó a papá con un gruñido lastimero y blandió la barreta de metal hacia su cabeza. Papá no se movió hasta que tuvo que hacerlo. Incluso mientras la barreta silbaba en el aire, papá seguía esperando que hubiera otra manera de salir de aquello. Sabía lo que estaba pasando. Sabía lo que todo eso significaba. Podía verlo en sus ojos. "Oh, Dios, por favor, no me hagas hacer esto..." En el último segundo se desvió hacia un lado y la barreta rebanó el aire sobre su cabeza. La inercia tiró de Robbie y, mientras se iba de boca, papá alzó la mano y lo golpeó con fuerza en la nuca. Robbie se tambaleó hacia el frente, estrelló la cabeza en el marco de la puerta y se desplomó en el piso. La barreta cayó de su mano y resonó fuertemente sobre el escalón de concreto. En medio de un silencio estupefacto, el ruido retumbó por el patio como el repicar de una campana.

Papá miró por un momento el desmadejado cuerpo de Robbie. Luego sacudió la cabeza con desaliento y se volvió para encarar a la multitud. La gente lo miró de vuelta como si se tratara de un organismo desbaratado: cincuenta ojos sin vida ardiendo a través de la lluvia. Dominic avanzó y se paró junto a papá. La bestia multitudinaria parpadeó, y luego se desplazó. *Cronch... cronch...* cincuenta piernas y cincuenta brazos, una masa irreflexiva de carne y hueso respondiendo a un simple estímulo.

Papá volvió a intentarlo:

—¡Piénsenlo! —gritó—. ¡Deténganse y *piensen*...!

Pero sus palabras se perdieron ante el sonido de la bestia. Voces inhumanas, gruñidos, escupitajos y rugidos, pies inconscientes haciendo crujir la grava.

Papá renunció a usar la razón y se dispuso a pelear. Su cuerpo se inclinó y dio un paso al frente para enfrentar la embestida. Deefer peló los dientes y se movió con él, cuidando su flanco. Y Dominic se desplazó para cubrir el otro lado. Los ojos de papá revisaron la multitud en busca de los líderes de la turba que se aproximaba. Sabía que era su única oportunidad: si sometía a los líderes quizá el resto se rendiría.

Busqué con él. Jamie... ¿dónde está Jamie? Ahí... se mantiene a poca distancia del frente, escudado por Brendell, azuzando a los otros pero manteniéndose fuera de peligro. Demasiado listo. ¿Y Toms? No... no había señal de él. Tampoco había rastro de su sargento...

Vi los ojos de papá posarse en Tully Jones, que estaba al frente, moviéndose deprisa y blandiendo un pico.

Mi corazón estallaba en fuego. Me sentía arder. Me sentía tan mal que ni siquiera puedo describirlo. Todo al mismo tiempo: un

miedo paralizante, vacío, pánico, locura, furia... mi cuerpo gritaba, ardía, lloraba... mi cabeza entumida, girando, fría, sobrecar-
gada de nada y de todo...

Lo vi todo.

Tully Jones se acercó con una sonrisa taimada y fintó a papá un
golpe de pico: lo alzaba como si fuera a golpear y luego se movía
rápido hacia un lado. Mientras papá lo seguía, dos motociclistas se le acercaron sigilosamente por detrás. Uno era bajo y con
aspecto de comadreja, sostenía por la espalda una navaja Stanley; el otro era un montañés de cabello negro grasiento y manos
tan grandes como palas. Deefer se hizo cargo de la comadreja: lo
mordió en la pierna. Dom fue tras el montañés. El motociclista
grande lo arrojó como un oso espantaría una mosca. Luego se
acercó a papá por detrás, le sostuvo los brazos a los lados mientras Tully Jones se acercaba por enfrente con ojos encendidos por
la droga y con el pico al hombro.

Pensé que todo había terminado.

Entonces, un relámpago iluminó el cielo, partiendo la oscuridad y Lucas voló fuera de la casa con su cuchillo en una mano
y una botella de whisky en la otra. Se movió rápido y sin ruido.
Rompió la botella en la cara de Jones, luego dio la vuelta y rajó
con su cuchillo el brazo del motociclista. Jones se desmoronó en
el suelo y el motociclista gritó y se aferró el brazo sangrante.
Gritó de nuevo cuando Deefer le hincó los dientes en el trasero.

El resto de la muchedumbre se quedó aturdida por un momento.

—*¡Es él!* —gritó alguien.

Entonces, como uno solo, se dieron cuenta de quién era aquel
chico.

—*¡Es él!*

—*¡El gitano!*

—*¡Atrápenlo!*

Comenzaron a avanzar, pero Lucas los ignoró. Limpió distraídamente una capa de lluvia en su cara, tiró al suelo la botella,
enfundó su navaja y habló en voz baja con papá. No pude escuchar lo que le dijo, pero papá me contó después que su voz era
inolvidablemente clara. Sus palabras exactas fueron: "He dejado
mi mochila en su habitación, todo está ahí. Cuando me haya

marchado désela a Craine —luego sonrió y añadió—: Tal vez podamos charlar de nuevo un día de éstos".

Para entonces la multitud había comenzado a estrecharse aprisa en torno a ellos, moviéndose bruscamente y gruñendo como una manada de chacales. Pero a Lucas aquello no parecía preocuparle. Con una calma atemorizante estrechó la mano de papá y le agradeció todo. Luego sonrió y me dijo adiós con la mano. Finalmente, con un cansancio casi arrogante, encaró la horda que se aproximaba. Su cuerpo se detuvo y su mirada se vació. La mirada de Lucas: sin miedo, sin ira, sin dolor, sin odio... nada. Nada de nada, absolutamente nada. La mirada sin emociones de un animal, una mirada de puro instinto.

Estaban casi encima de él y por un terrible instante pensé que Lucas se había rendido. Sólo se iba a parar ahí y aceptar lo que viniera. Pero entonces, justo cuando las manos de la multitud se estiraban para cogerlo y parecía que era demasiado tarde, Lucas se balanceó hacia atrás, dio un delicado salto hacia un lado y escapó entre la lluvia.

Mi corazón cantó mientras lo miraba correr. Sus pies apenas rozaban el suelo. Rodeó la orilla del patio, recargado en el viento, surcó el césped como un dardo, pasó por encima de la reja del jardín y se fue volando, con su harapienta elegancia, por el camino que lleva a la playa.

Para cuando la turba se dio cuenta de lo que había pasado, Lucas ya estaba fuera de su alcance.

Sonreía a través de mis lágrimas.

Falsas esperanzas. Eso fueron: falsas esperanzas. Lucas no tenía a dónde ir. La isla seguía incomunicada. No había hacia dónde huir. Yo lo sabía. Él lo sabía. La multitud lo sabía. Lucas sólo estaba comprando tiempo, alejándolos de nosotros. Podía enredarlos en una carrera de locos, podía aguantar algunas horas, acaso un poco más, pero al final lo alcanzarían. Esa fue siempre la realidad. Estaba escrito en sus ojos. En las estrellas. Lucas había nacido para eso.

Pero siempre se puede esperar algo distinto, ¿no? Incluso cuando sabes que pierdes tu tiempo, ¿qué daño puede hacer la esperanza?

Para entonces el cielo se oscurecía minuto a minuto. Un viento devastador sopló al ras del suelo, se arremolinó por los aires y dio vueltas en torno al patio, esparciendo la lluvia en todas direcciones. El cielo tronaba y las nubes relampagueaban a escasa distancia.

Abajo, en el patio, Jamie Tait ladraba órdenes mientras la turba se dispersaba para lanzarse torpemente por el camino en pos de Lucas. El sendero era demasiado angosto para los autos, pero noté que algunos hombres corrían por sus motocicletas...

Salí a gatas de debajo del tejado, me apresuré hacia la trampa y apreté el botón que acciona la escalera del ático, la cual rugió despacio al ponerse en movimiento. Mientras bajaba pulgada a pulgada a través de la trampa, di un paso prudente hacia la orilla y miré hacia el pasillo que había abajo. Era una caída larga. Dios sabe cómo se las arregló Lucas. Si yo saltara, mis piernas se quebrarían como fósforos.

Vamos, dije golpeando la escalera.

La escalera siguió bajando a la misma velocidad... muy... muy... des... pa... cio...

Escuchaba venir de fuera el sonido de la multitud que avanzaba a empellones por el camino, perdiéndose en la distancia. Podía oír los motores de las motocicletas, gritos, el viento y la lluvia tomando fuerza.

La escalera sólo iba a medio camino. Si aguardaba por más tiempo...

Brinqué sobre la escalera todavía en movimiento. El peso repentino hizo que el motor chirriara. Medio segundo después algo tronó y la escalera se vino abajo y se estrelló contra el piso. No sé qué sucedió exactamente. Recuerdo apenas un dolor agudo en la espalda y que luego, de algún modo, estaba de pie y corría escaleras abajo y me abalanzaba hacia el patio a través de la puerta principal.

Una mano me cogió del brazo con fuerza y me detuvo en seco. Di la vuelta bruscamente y lancé un golpe con la mano que me quedaba libre; la cabeza de papá apenas se libró del golpe.

—Heeeeey —dijo—. Soy yo... tranquila.

Miré rápidamente alrededor. La turba había desaparecido sendero abajo, persiguiendo a Lucas y el patio estaba casi vacío. Tully Jones intentaba ponerse en pie mientras sostenía un trapo sucio contra la cara. Más adelante, los dos motociclistas heridos se ayudaban a atravesar el patio hasta sus motocicletas.

Llamé a Deefer y lo vi saltar de entre las sombras.

—¿Puedes verlos? —le dije señalando a los motociclistas—. ¡Atrápalos!

Se arrancó al galope hacia las dos figuras.

—Qué demonios... —dijo papá—. ¿Qué estás haciendo?

—Está bien... espera un minuto.

Los dos motociclistas se giraron de pronto al escuchar el sonido de las patas galopantes. Vi sus rostros palidecer, sus mandíbulas caer, sus ojos abrirse. Entonces grité:

—¡Quieto!

Deefer derrapó hasta detenerse frente a ellos.

—¡Sentado!

Se sentó, mirando a los motociclistas con ojos hambrientos. No irían a ninguna parte.

Me volví hacia papá.

—Sabes conducir una motocicleta, ¿verdad?

Un minuto más tarde, luego de acudir a los métodos de convencimiento de Deefer, teníamos en nuestro poder dos juegos de llaves grasientas para dos motocicletas grasientas. Dom echó a andar una y papá arrancó la otra. Rugieron los potentes motores, las luces de los faros acuchillaron la lluvia mientras los escapes elevaban al viento nubes de humo negro. Subí al asiento detrás de papá y le di una palmada en el hombro.

—Estoy lista —le grité—. Vámonos. Anda, papá. ¡Vamos!

No era un trayecto sencillo. Con tanta lluvia y tantas huellas, el sendero estaba inundado de charcos profundos con largos trechos de lodo grueso y viscoso. Demasiado aprisa y las motos resbalarían con nosotros. Demasiado despacio y se atascarían en el lodo. De modo que mantuvimos una velocidad constante. No tan aprisa como me hubiera gustado, pero bastante aprisa. Soplaba un fuerte viento cruzado que agitaba las motos de lado a lado y la lluvia daba fuertes latigazos que lastimaban mi piel.

—¡Mira! —gritó papá.

Me asomé sobre su hombro y sentí en la cara el golpazo del viento. Delante de nosotros, al otro lado del camino, yacían dos motocicletas chocadas. Sentados junto a ellas había un par de motociclistas salpicados de lodo. Uno de ellos sostenía la cabeza entre las manos y el otro se curaba una pierna herida.

Papá rio.

—¡Parece que alcanzaron a Lucas!

El viento estaba tan frío que mis ojos se habían llenado de lágrimas. No conseguía llenar los pulmones con aire suficiente para poder hablar. Di a papá otra palmada en el hombro para que supiera que entendía lo que quería decir. Papá rodeó a los motociclistas emboscados, salpicándolos con más lodo, y luego aceleró. Miré sobre mi hombro. Dominic nos seguía de cerca, acelerando. Su camisa abierta ondeaba al viento y tenía una sonrisa eufórica en su cara. Más atrás Deefer galopaba sobre el lodo. También él parecía divertirse.

Yo no.

Con cada segundo que pasaba mi corazón se volvía más pesado. En el horizonte, el gris aluminio del mar se fundía con la penumbra del cielo para formar una elevación de aire oscuro y agua que lo abarcaba todo, como algo primigenio. Algo frío y duro. Como un lugar sin atmósfera, sin vida, sin esperanza. Como el final de algo. Hacia allá nos dirigimos, pensé. Hacia la negrura, la oscuridad. Hacia el lugar donde no hay nada...

Sacudí aquel fatalismo de mi cabeza y busqué mi esperanza.

Esperanza.

Esperanza.

Esperanza.

Papá viró bruscamente y sonó la bocina de la motocicleta mientras gritaba al viento. No entendí una palabra, pero al inclinarme reconocí los restos humeantes de un par de motocicletas tiradas en el fango. Lucas había estado ocupado. Había un cuerpo semienterrado bajo una de las motos accidentadas: un joven cubierto de costras y enfundado en una sucia chamarra de mezclilla y en unos pantalones de cuero rasgados. Sus ojos estaban abiertos, mirando caer la lluvia, pero no se movía. El otro motociclista estaba arrodillado junto a él, bajo la lluvia, escupiendo sangre.

¿Qué está pasando?, pensé.

¿Qué *está pasando*?

Papá siguió su marcha a través de la espesa lluvia. Chilló el motor, el cielo rugió sobre nosotros iluminado por un rayo, tembló la tierra... no había esperanza. Cerré los ojos y recé porque todo aquello fuera una pesadilla. Es posible despertar de una pesadilla. Recé por la lluvia con la que había soñado, el sueño de Lucas corriendo por la playa con la gente tras él, lanzándole piedras, insultándolo. "¡Gitano! ¡Ladrón! ¡Degenerado!" Cientos de ellos, blandiendo palos y tubos, palas y piedras, lo que encontraban a mano, sus rostros de pesadilla desfigurados por el odio y chorreando lágrimas de lluvia. "¡Cerdo gitano! ¡Cerdo bastardo!" Jamie Tait estaba ahí, cubierto de aceite, en su traje de baño demasiado ajustado. Angel y Robbie. Lee Brendell, Bill, Dominic, Deefer, Simon, papá. Todos los de la isla abalanzándose en la playa, clamando sangre... también yo estaba ahí. Estaba con ellos. Corría con la multitud. Podía sentir la arena húmeda bajo mis pies, la lluvia en mi cabello, el peso de una piedra en mi mano, podía sentir mi corazón latir de miedo y emoción mientras corría por la playa, pasando el fortín en dirección al Point. El muchacho había dejado de correr y estaba parado a la orilla del pantano. En torno a él el aire brillaba con colores nunca antes vistos. Miró sobre su hombro y me miró con ojos suplicantes, pidiendo ayuda. Pero, ¿qué podía yo hacer? No podía hacer nada. Ellos eran demasiados. Era demasiado tarde. "¡No pares! —gritó una voz; era mi voz—. ¡No lo hagas! ¡No pares! ¡Sigue corriendo! ¡No te des por vencido! ¡Sólo corre! Corre para siempre..."

La motocicleta se deslizó vibrando hasta hacer alto. Abrí los ojos. La pesadilla no era una pesadilla. Esta vez no habría despertar. Estábamos en el arroyo. El puente estaba inundado más allá del saladar. Podía ver a la multitud extendida en la playa, una oscura masa amorfa que atravesaba con dificultad las empapadas arenas con dirección al Point, donde Lucas estaba parado en la orilla de los pantanos esperando bajo la oscura luz celeste. Se veía tan pequeño. Luego me fijé de nuevo y lo vi crecer, alzándose por encima de la arena. La tormenta disminuía en su proximidad y el mar estaba en calma. Aves marinas volaban silenciosas en círculos sobre su cabeza. La marea había retrocedido y la viscosa plataforma de color fangoso se extendía ante él. Un soplo de viento silbó sigilosamente a través de los pantanos. Luego se apagó. Una luz pálida se desprendió de las nubes y brilló débilmente sobre los destellos de diminutas conchas de mar.

Me estremecí.

Dominic se detuvo junto a nosotros y aceleró el motor.

—¿Qué hacen? —gritó sin aliento—. ¿Qué esperan?

Papá señaló el puente inundado.

—Demasiado hondo para las motos.

—¿Entonces? ¡Bájense! ¿Qué les pasa? *¡Vamos!*

Sin siquiera detenerse a apagar el motor, Dominic saltó de la motocicleta y echó a correr. Desperté de mi trance y lo seguí. Mientras chapoteábamos por el borde inundado del puente escuché a papá salpicar detrás de nosotros.

—¡Corten por la izquierda! —gritó—. ¡Es más rápido por allí!

Emergí del charco y corrí por la arena con Dominic muy cerca detrás de mí. Adelante podía ver a la multitud acercarse despacio al Point. Los de enfrente habían bajado la velocidad para dejar que el resto los alcanzara. Habían visto que Lucas los aguardaba y no querían enfrentarlo solos. Yo corría más aprisa que nunca. El suelo desaparecía bajo mis pies y la playa pasaba como una mancha. Vagamente me percataba de la lluvia y de los gritos de papá y de los ladridos de Deefer. Pero no me decían nada. Mis sentidos estaban de cabeza. Nada importaba; sólo correr. El olor turbulento del mar, la arena, el aire extrañamente fresco... nada. El peso de mis piernas y doloridos pulmones... nada. El fortín, un bulto de concreto gris cercado con cinta azul y blanca, un recipiente de arena donde había aterrizado el helicóptero... el fortín. Una turbia penumbra de cerveza rancia, whisky, orina, miedo... arena húmeda bajo mis pies... piel, vidrio, tela, pelo, manos, dedos, contornos, carne trémula, bocas abiertas, un rostro deshecho, rígido de ansiedad...

Nada.

Corre.

En torno a la orilla de la bahía, bajo las nubes, por el aire, a través de la arena, corriendo fuerte, bajando a la orilla, bajando al mar, bajando a los pantanos, allí donde comienza y termina el mundo... de repente estaba ahí, atravesando una muralla de gente, jaloneando, empujando, gritando...

—¡Quítense de mi camino! ¡Muévanse! *¡Muévanse!*

Se apartaron. Sus cuerpos estaban laxos y callados. Ojos en blanco, cabezas huecas, se apartaron y me dejaron pasar sin importarles quién o qué era yo. Sólo tenían ojos para Lucas. Entendía el motivo al abrirme paso hacia el frente de la turba y al tropezar sin aliento en el borde de los pantanos. Lucas caminaba despacio a través de los pantanos hacia el bosque... andaba su camino, recitaba secretos... era un sueño andante. La lluvia había cesado. Sonidos débiles y burbujeantes flotaban en la superficie del lodo. Goteos, chasquidos, el acuoso reventar de las burbujas, el sonido de gusanos y moluscos enfrascados en sus quehaceres fangosos, tal como lo han hecho por millones de años. Así es como es, pensé. Luz, oscuridad, juegos de odio, corazones torcidos... cosas cuyo espíritu aún no maduraba. Cosas sin mañana. Sin historia. Un latido del corazón...

¿Cómo sabes hacia dónde ir?

La voz de Lucas susurró en el viento: "Es fácil, puedes ver el suelo firme. Mira. ¿Notas cómo colorea el aire?"

Ahora lo veía.

El aire coloreado.

Diáfano y brillante.

Fácil.

Di un paso al frente. Una voz familiar me llamó por mi nombre. Creo que era papá. No lo sé. Yo no estaba ahí. Me adentraba en el aire coloreado...

Entonces desapareció.

El aire estaba gris y el lodo era café y yo, no sabía a dónde iba. Nunca lo supe. Algo me arrancó de la orilla. Algo me hizo respirar y alzar los ojos... miré hacia el lado opuesto de los pantanos. El mar y el aire se habían aquietado de forma sobrenatural. Nada se movía. Sin aves ni viento ni olas.

El instante eterno.

Lucas se había detenido junto a los restos del viejo barco de madera y miraba hacia el bosque sobre el lodo. Me daba la espalda, recargaba la mano sobre una viga ennegrecida que sobresalía del lodo. No podía ver su rostro, pero no tuve que hacerlo. Sus rasgos estaban grabados en mi mente: sus ojos azul pálido, su sonrisa triste, su presencia efímera. Las nubes se apartaron y una columna de luz solar cayó del cielo y envolvió a Lucas en oro. Vi su piel, su ropa, su cabello, su cuerpo... lo vi arrancar del barco náufrago una astilla de madera y desmoronarla entre los dedos. Lo vi mirar más allá del naufragio hacia el corazón del lodo.

Entonces, con un simple movimiento, salió de la luz y se hundió en las profundidades sin aire.

VEINTITRÉS

Tenía razón papá cuando dijo que escribir esto no me haría sentir mejor. No lo ha hecho. Me ha aclarado algunas ideas. Me ha enseñado un poco acerca de mí misma. Me ha enseñado lo que soy, o lo que era o lo que yo pensaba que era. Y sí, ha dado alguna vida a mi tristeza... pero no creo que me haya ayudado a comprender nada. No ha servido para responder a ninguna pregunta. No ha cambiado nada.

Pero al menos lo he hecho: he llorado una historia.

Algo es algo, supongo.

Ahora, mientras estoy sentada aquí, frente a mi escritorio, reconociendo rostros, me pregunto cómo termina.

Cuando Lucas abandonó la luz y se hundió en el lodo, cuando vi aquel pelo rubio color paja ser tragado por la viscosidad resplandeciente... ése fue el final del instante. Lucas se había ido. Todo estaba hecho. Terminado. Concluido. Ahora lo sé y lo supe entonces, incluso mientras se asentaba el lodo y las burbujas dejaron de brotar: lo supe. Lo supe incluso mientras lloré y grité y me abalancé sobre el lodo. Lo supe incluso mientras papá y Dominic brincaron en el lodo y me arrastraron fuera, sacando a zarpazos el lodo de mi boca. Lo supe: había terminado. Me lo decía el corazón.

Aquel era mi final.

Pero el resto seguía su marcha.

El mundo seguía girando.

No tengo ningún recuerdo consciente de lo que sucedió en seguida. Vagamente recuerdo haber sido cargada de vuelta a casa, llorando y pataleando, increpando al cielo, golpeando a papá, maldiciéndolo, maldiciendo al mundo... y recuerdo también la sensación de la lluvia helada chorreando por mi cara, revolviéndose con el lodo y las lágrimas, llenando mi boca, y un granuloso sabor a sal y podredumbre en el fondo de mi garganta. Sí... recuerdo eso. Puedo saborearlo ahora: el sabor añejo del lodo ennegrecido. Pero eso es todo lo que puedo recordar con cierta verdadera claridad. El resto es sólo una imagen borrosa. Papá debe de haberme cargado todo el camino de vuelta, a través de la playa, sobre el arroyo, camino arriba, a través del patio, dentro de la casa. Debe de haberme ayudado a quitarme la ropa empapada de lodo. Debe de haberme lavado, secado, metido en la cama, calmado, llamado al doctor... pero no recuerdo nada de eso. Yo no estaba ahí. Estaba fuera de mi cuerpo, sin espíritu, perdida en el infierno. Mi consciencia se había rasgado en un millón de jirones.

Los días que siguieron el mundo exterior desapareció y yo viví un sueño de luz entre visillos y voces susurrantes. Dormía sin dormir, flotando en un curioso estado entre consciente e inconsciente. Sucedieron cosas extrañas. Las dimensiones de mi habitación se descontrolaron. Las paredes, las ventanas, el piso, el techo, todo resplandecía como en un sueño. Sin embargo, aquello no era un sueño. Era una percepción febril en la que mil millas y una pulgada eran lo mismo. El mundo se volvió elástico. Ángeles y aviones asumían atributos extraterrestres, distorsionándose. Los colores se separaban y se conectaban y luego volvían a unirse en una luz amorfa. Vi rojos sangre y verdes vaporosos y negros infinitos. Vi figuras caprichosas, formas y colores que nadie ha visto nunca. Vi cometas de objetos en un viento fantasmal. Mis sentidos internos estaban trastornados. Dejaron de funcionar las cosas que debían decirme dónde me encontraba y quién era. Mis extremidades pertenecían a alguien más: a un gigante de largos brazos, o a un tonto paralítico con dedos gigantes que se extendían hasta el cielo. No era *yo*. Era una pequeña niña náufraga en una isla desierta. Era una niña drenada de sangre tendida en un búnker de roca. Era un niño adolescente, un pescador que rasgaba a ciegas el lodo subterráneo en busca de ostras. Estaba fría, ardiente, cansada. Estaba mal. Enferma. Mi cuerpo luchaba contra mí. No quería hacer lo que se le pedía. A veces no podía moverme ni para salvar mi vida, otras veces no podía *parar* de moverme: giraba, daba vueltas, gateaba, me sacudía, me envolvía en las sábanas empapadas de sudor, lloraba, lloraba, lloraba...

No sé qué fue.

No tenía sentido.

Aquello siguió por dos, tres, quizá cuatro días. Luego, gradualmente, comencé a volver en mí. Comencé despacio a percatarme de lo que me rodeaba. Reconocí a la gente que me visitaba. Papá, el doctor, Lenny, Dominic, Simon, Bill y Rita. Podía escuchar lo que decían. Escuchaba. Hablaba. Pensaba. Y al cabo de unos días más en cama descubrí que —físicamente— había vuelto a ser yo misma. Era Caitlin McCann. Podía levantarme por la mañana, vestirme, comer, beber, respirar. Podía caminar, podía hablar, ver cosas y escuchar cosas y sentir cosas y hacer cosas... pero todo eso ocurría sólo en la superficie. En el lugar que verdaderamente importa —mi corazón, mi alma, mi yo— no estaba en ninguna parte.

No dejé de llorar en mucho tiempo. Días, semanas, meses... el tiempo carecía de significado. Los días fueron y vinieron, pasó el verano, comenzó la escuela. Dominic volvió a la universidad, las hojas de los árboles amarillearon y todo el tiempo las lágrimas seguían fluyendo. Algunos días eran mejores que otros. Días de escuela, días ocupados, días en que no tenía tiempo para pensar... algunos días casi no lloraba. Sin embargo, en la noche, sola, en el silencio de mi cama, era cuando en verdad dolía. Cuando no había ningún lugar a donde ir y ningún rincón donde esconderse, cuando el viento susurraba en los árboles y el aliento del mar silenciaba la noche...

Cuando lloraba la lluvia de verano.

Lloré tanto...

Pensé que no pararía jamás.

No había razón para parar. Nada me hacía ilusión, no había nada por qué sonreír, nada que querer o necesitar, sólo días largos e interminables noches de vacío y dolor. A veces era tan malo que casi me perdía. Los pensamientos más oscuros se instalaron en mi mente. Negras preguntas: ¿Qué clase de vida es ésta? ¿Vale la pena? ¿En verdad vale la pena vivirla?

No tenía respuestas. No sabía dónde buscarlas. ¿Y si no hubiera respuesta? Quizá por eso dolía tanto. Incluso comencé a pensar en Dios. Quizá para eso está, pensé, para llenar el vacío cuando *no* hay respuestas, para aliviar el dolor que no tiene alivio.

Como sea, nada tenía sentido.

Una noche, aproximadamente un mes después de lo ocurrido, papá me oyó llorar y entró en mi habitación. Era cerca de la medianoche. La ventana estaba abierta y el cielo estaba iluminado por las estrellas. Un tenue olor a madreselva endulzaba el aire y traía de vuelta recuerdos semiamargos de cierto día de verano junto a una marisma, una pesca de cangrejos. Lucas y yo... estábamos en un tramo pequeño y poco profundo, sombreado por dunas repletas de aulagas y pastizales de playa. Aunque el sol aún estaba alto, el suelo alrededor se sentía fresco, húmedo, y el aire era frío. Podía oler el ligero aroma a coco de las flores de aulaga, las algas en la charca, la terrosidad del lodo, la arena, la sal en la brisa, y desde la orilla podía escuchar el chillido lastimero de un zarapito. Lucas jaló el cordel y vi la carnada deslizarse lentamente por detrás de la roca. Lucas la dejó descansar allí un segundo y luego dio al cáñamo un pequeño tirón. Algo se movió debajo de la roca, un movimiento rápido y cortante que levantó una pequeña nube de limo y luego el agua volvió a aquietarse.

Lucas rio mientras enrollaba el cordel.

—Éste es listo. Recuerda lo que le ocurrió a su amigo.

Mientras se concentraba en la marisma, el color de sus ojos parecía reverberar con la luz que reflejaba. Observé, fascinada, cómo pasaban de un azul de lino pálido hasta un tono casi transparente, tan pálido como el azul de una solitaria gota de agua. Luego, mientras arrojaba la cuerda y la luz del sol rasgaba la superficie del agua, sus ojos se oscurecieron de nuevo. Reinició el proceso, jalar la cuerda, dejarla reposar, una pequeña sacudida, un jalón, otro descanso...

Cuando papá llamó con sigilo a mi puerta y preguntó si podía pasar, el recuerdo giró en espiral sobre sí mismo y se escabulló. Me senté, enjugué mis lágrimas e hice lugar en la cama para papá. Se sentó con cuidado y miró por la ventana.

—Es una noche hermosa...

Había estado bebiendo, pero no mucho. Su voz era clara, sus ojos se veían fatigados pero brillantes y en su aliento apenas se adivinaba un leve y penetrante olor a buen whisky irlandés. Desde la muerte de Lucas, papá había bajado mucho su afición a la bebida. Seguía bebiendo con regularidad, pero nunca lo bastante como para perder el control. Sólo lo suficiente, creo, para aliviar el dolor. A menudo entraba por las noches en mi habitación. No hablábamos mucho. La mayor parte del tiempo sólo nos sentábamos juntos, nos manteníamos juntos hasta que uno de los dos terminaba por quedarse dormido. Papá me escuchaba si yo quería hablar, aunque casi nunca quería hacerlo. Ambos sabíamos que no había mucho que decir.

Pero esa noche, después de un rato de estar sentados juntos respirando el aire nocturno, me dijo algo que nunca olvidaré. No sé si lo dijo con la intención de ayudar o si fue sólo algo que pensó que debía decir. Y todavía no estoy segura de qué quiere decir exactamente, pero se quedó conmigo, y cuando algo se queda contigo, normalmente vale la pena que lo recuerdes.

Me dijo que el dolor dura para siempre, que si no duraba siempre no era un auténtico dolor. Dijo:

—Sé que es difícil de creer, pero una vez que dejas de luchar contra él y lo aceptas como parte de ti, ya no es tan malo. Aún dolerá, todavía te hará pedazos, pero de forma distinta. De una forma más íntima. Puedes utilizarlo. Es tuyo. Te pertenece. Pero el *dolor* que viene de la pena —vaciló un momento—... el dolor que estás sintiendo ahora no durará para siempre, Cait. No puede ser. Lastima demasiado. No puedes vivir con tanto dolor... no para siempre. Tu cuerpo no lo resiste. Tu mente no lo resiste. Sabe que te matará si no te repones. Y no quiere eso. De modo que te hace reponerte.

—Pero no quiero...

—Lo sé..., lo sé. Pero escucha, reponerte no significa olvidarlo, no significa traicionar tus sentimientos, sólo significa reducir el dolor a un nivel tolerable, un nivel que no te destruya. Sé que ahora la idea de recuperarte es inimaginable. Es imposible. Inconcebible. Impensable. No quieres sobreponerte. ¿Por qué tendrías que hacerlo? Es todo lo que tienes. No quieres palabras amables, no te *interesa* lo que otras personas piensen o digan, no quieres saber cómo se sintieron *ellos* cuando *ellos* perdieron a alguien. No son *tú*, ¿o sí? No pueden sentir lo que tú sientes. Lo único que quieres es lo único que no puedes tener. Se fue. No volverá. Nadie sabe lo que se siente. Nadie sabe qué se siente estirar los brazos y tocar a alguien que no está ahí y que nunca más estará ahí. Nadie conoce ese vacío imposible de llenar. Nadie más que tú —me miró con una solitaria lágrima en el ojo—. Tú y yo, amor. No queremos nada. Queremos morir. Pero la vida no nos deja. Somos lo único que tiene.

Después de eso me decidí a contarle todo. Le hable de mi encuentro con Jamie Tait en la playa. Le conté lo que pasó en el camino de Joe Rampton. Le dije lo que sentía por Lucas, le hablé del día en que me llevó a su casa en el bosque, acerca de lo que le hizo a Jamie y de lo que estuvo a punto de hacer. Todo. Estaba muy sorprendida de la calma con la que lo tomó papá. No gritó ni dio voces ni amenazó con matar a nadie. Sólo sostuvo mi mano y escuchó, asintiendo de vez en cuando y consolándome cuando mis recuerdos se hacían insoportables. Cuando hube terminado, cuando había sacado todo de mi sistema, se sentó conmigo en silencio durante algo así como una hora haciendo preguntas, aclarando algunos detalles, repasando cosas que no había entendido bien. Entonces comenzó a hablar.

Además de algún paseo diario por la playa, no había ido a ninguna parte desde la muerte de Lucas. No había ido al pueblo, no había hablado con nadie. No sabía qué ocurría en otras partes de la isla. No me interesaba. Daba igual. No había hablado con nadie de lo sucedido con Lucas. Ni con papá ni con nadie. Era demasiado doloroso. Lenny había venido un par de veces para hacerme algunas preguntas, pero no habíamos entrado en muchos detalles. Creo que papá le pidió que me dejara en paz lo más posible. Supongo que debo de haber estado consciente de que estaban pasando cosas —pesquisas, noticias, esa clase de cosas—, pero nada parecía tener ninguna importancia. Todo sucedía *allá afuera*... y *allá afuera* era un lugar fuera de mi comprensión. No era nada. Sonidos, movimientos, palabras... nada. Y mientras supiera que algún día tendría que pensar en ello, sabía también que ese *algún día* no era hoy. Algún día era siempre más tarde, un tiempo siempre más allá del horizonte.

Esa noche, mientras papá hablaba, el horizonte llegó hasta mi casa.

—Ya no tienes que preocuparte por Jamie Tait —dijo—. No tienes que preocuparte de nada. Lucas dejó un relato completo en un cuaderno en su mochila. Fechas, horas, lugares, personas...

—¿Todo? —dije.

Papá asintió.

—Luego de traerte de la playa aquel día encontré la mochila en mi habitación y la escondí. Me preocupaba la muchedumbre en la playa. Pensé que podrían volver en busca de más problemas... pero ni siquiera hubo necesidad. La mayoría simplemente se alejó por la playa de vuelta al pueblo. Vi a Jamie y a sus muchachos acercarse por el sendero como una hora más tarde, pero se les habían acabado las ganas de pelear. Habían perdido el interés.

—Habían logrado lo que querían —dije con amargura.

—No creo que jamás hayan *sabido* lo que querían. Tal vez Jamie lo supiera de una forma más bien retorcida, y Sara; pero el resto... —sacudió la cabeza—. No lo sé. Sólo se subieron a sus autos y se fueron. Ni siquiera miraron hacia la casa. Se veían medio muertos. Confundidos. Impactados. Avergonzados. Como si sólo entonces se dieran cuenta de en qué se habían metido... como si no lo entendieran bien.

—¿Y qué hay de Bob Toms? —pregunté.

—Llegaré a él en un momento —se levantó y se acercó a la ventana, se quedó ahí durante un rato tocándose la barba y contemplando las estrellas; luego comenzó a hablar de nuevo—: apenas se aplacó la tormenta y se despejó el Stand, el lugar enloqueció. Había policías por toda la isla. Policías, ambulancias, helicópteros, guardacostas... era como algo salido de una película de catástrofes. La mayoría de los policías venían de Moulton y yo no sabía si podía confiar en ellos, de modo que guardé silencio acerca de la mochila de Lucas hasta que Lenny apareció más tarde esa noche. Le conté todo lo que sabía y le di el cuaderno y la mochila y dejé que se ocupara de ello —volteó desde la ventana y me miró—. Jamie y Sara fueron arrestados la mañana siguiente y Bob Toms fue suspendido de su cargo en espera de una investigación completa.

—¿Y qué hay del resto de ellos? —pregunté—. Lee Brendell, los motociclistas, Tully Jones y Mick Buck...

—Esto continúa. Es un proceso complicado, Cait. Toda la policía de Moulton está involucrada. Hay mucho que esclarecer. Varios cargos por ataques, intento de violación, engaño, corrupción, complicidad... me han entrevistado como una docena de veces. Han entrevistado a Dominic. Bill, Rita, Shev... la isla entera está siendo investigada.

—Bien —dije.

—La policía también quiere hablar contigo.

—¿Sobre qué? —respondí bruscamente.

Me lanzó una gentil mirada de regaño, y por primera vez en mucho tiempo sentí un asomo de sonrisa en mi cara. Era una pregunta bastante estúpida.

Papá se acercó y se sentó junto a mí.

—Es lindo verte sonreír de nuevo.

Lo miré.

—Ha sido toda esta charla de dolor y muerte... me ha subido el ánimo.

Rio en silencio.

—Hago lo que puedo.

—Lo sé... gracias.

Nos sentamos en silencio por un rato. Contemplé por la ventana el cielo nocturno preguntándome ociosamente acerca de todo aquel espacio, toda aquella negrura, toda esa nada. Y mientras estaba ahí, sentada y contemplando el vacío allá arriba, comencé a pensar en el arroyo, en el bosque, en el agua. Pensé en cómo todo da vueltas y vueltas sin nunca cambiar en realidad. Cómo la vida recicla todo lo que usa. Cómo el producto final de un proceso se convierte en el punto de partida de otro, cómo cada generación de seres vivientes depende de las sustancias liberadas por las generaciones que la precedieron...

No sé decir con precisión *por qué* pensaba en eso. Sólo se me ocurrió.

Pensaba también, curiosamente, en los cangrejos. Me preguntaba si tenían memoria, como Lucas había sugerido. Y si en efecto la tenían, ¿Qué era lo que recordaban? Recordaban su niñez, su bebé-cangrejez? ¿Se recordaban como cosas minúsculas escurriéndose por la arena e intentando no ser devorados por peces y por otros cangrejos y por casi cualquier otra cosa que fuera más grande que ellos? ¿Pensaban en eso mientras rascaban con sus pinzas sus huesudas cabezas? ¿Se acordaban del día previo? ¿O sólo recordaban los últimos diez minutos? ¿Los últimos cinco minutos? Y me preguntaba qué se sentiría ser arrojado en una olla llena de agua hirviente...

Pensaba en todo esto y en más; pero en realidad no estaba pensando en nada de eso. Las cosas sólo estaban ahí, flotando en el fondo de mi mente, pensándose solas.

En lo que *realmente* pensaba, desde luego, era en Lucas.

—¿Por qué crees que lo hizo? —preguntó papá casi en un susurro.

Lo miré. Bajo su barba y sus ojos cansados vi el rostro de un niño, un niño pequeño pidiéndole a su mamá que le explique algo. Algo tan simple que le resulta desconcertante. ¿Por qué? ¿Por qué se mató?

—No lo sé, papá —le dije—. Lo he pensado tanto, que ya casi ni sé en qué estoy pensando.

Papá asintió reflexivamente.

—Tal vez sea mejor no saber. Tenía sus razones, sus secretos... déjalo guardarlos. Creo que se los merece —me miró—. Todos merecemos nuestros secretos.

—Sí... supongo... pero es difícil no preguntarse.

—Lo sé —me lanzó una mirada larga y penetrante, luego me dio una palmada en la mano—. Espera aquí... tengo algo para ti. Creo que ya estás lista para ello.

Se levantó y salió de la habitación. Lo oí entrar en su recámara, abrir una puerta del armario. Luego escuché sus pisadas de vuelta por el pasillo. Cuando entró traía consigo la mochila de Lucas.

—La policía ya ha terminado con ella —dijo sentándose—. Han guardado el cuaderno como evidencia. Todo lo demás está tal cual lo dejó —me la entregó—. Lenny pensó que te gustaría.

Tomé la maltratada bolsa en mis manos y sentí cómo los ojos se me llenaban de lágrimas. La mochila olía a Lucas. Arena, sal, sudor, cangrejos... cogí el basto material verde entre mis manos y lo apreté contra mi pecho. No podía hablar. Ni siquiera podía llorar.

Papá se inclinó sobre mí y me besó la mejilla.

—Aprovéchalo. Hazlo parte de ti.

Luego se puso de pie, me dio las buenas noches y salió en silencio.

No había mucho en la mochila. Dos playeras verdes, un par de pantalones verdes, calzones, su botella de agua, un tramo de cordel, algunos anzuelos, una naranja, un puñado de guijarros y conchas marinas, y una pequeña talla de madera envuelta en tela. Supongo que el resto de sus cosas estaba en sus bolsillos cuando murió, o fue destruido o robado cuando destrozaron su casa en el bosque.

Conservo su ropa en mi armario. La mochila de lona cuelga en la parte trasera de mi puerta. El resto nunca está lejos. Ahora puedo verlo todo. Mientras me siento aquí y miro hacia fuera por la ventana de mi habitación, puedo ver el pedazo de cordel que cuelga de un clavo en la pared, puedo ver los anzuelos alineados en fila sobre mi estantería, puedo ver la navaja descansando en mi portalápices y los guijarros y las conchas lindamente acomodados en un joyero de cristal transparente. Y puedo ver la pequeña talla de madera en mi mano. Por lo general la guardo en la mesita de noche junto con la otra talla, el Deefer miniatura, pero a menudo me sorprendo cogiéndola y alzándola, no necesariamente para verla, sólo deteniéndola cómodamente en la palma de mi mano. Me ayuda a pensar. Me tranquiliza. Es la talla de una cara. Igual que la de Deefer, es tosca, pero sorprendentemente hermosa. No es más grande que un dedo y está tallada en esa madera que llega a la playa arrastrada por el mar. Se siente suave y cálida, casi viva. La he he estudiado durante horas, he contemplado la cara, los diminutos ojos, la nariz perfecta, la boca cautivante, y aún no sé qué pensar de ella. Parece cambiar cada vez que la miro. A veces estoy segura de que la intención es que fuera yo. Soy yo. Y cuando la miro, miro lo que siento. Si estoy alegre, está alegre. Si estoy triste, está triste. Si me siento sola, la talla se siente sola. Pero otras veces no se parece en nada a mí. Se parece a papá. Y refleja también *sus* emociones. Es un misterio.

A veces, por lo general en las primeras horas de la mañana, la talla adquiere el aspecto de Lucas. Cuando sopla el viento entre los árboles y el cielo truena con furia en la distancia, o cuando simplemente no puedo dormir por alguna razón, despierto y miro el reloj y en la pálida luz roja de la pantalla digital veo el rostro de Lucas contemplarme desde el armario. A diferencia de mi cara o la de papá, la de Lucas nunca cambia. Siempre es la misma: tranquila, serena y hermosamente triste.

Ahora mismo, cuando sostengo la talla cerca de la luz, puedo vernos a los tres reunidos. Tres caras en una. Nunca había visto algo así.

Me agrada.

Ahora es media tarde, como las cinco y media. Mitad del verano. Calor, pero no demasiado. Suficiente como para usar shorts y playera. El cielo brilla con esa maravillosa luz plateada que se queda suspendida hacia el anochecer y la casa está en silencio. Dominic ha vuelto otra vez de la universidad. Ha tomado un baño después de haber ido a correr a la playa. Puedo escuchar el tanque de agua que gotea en el ático: *tac, toc, toc... tac, toc, toc... tac, toc, toc...* como un reloj claudicante. Abajo puedo escuchar a papá teclear en su estudio y desde el jardín escucho a Deefer mordisquear un hueso a la sombra de un cerezo.

Mañana es el primer aniversario de la muerte de Lucas.

Me levantaré temprano y daré un paseo por la playa y me

detendré un rato a mirar por encima de los pantanos, como hago todos los días. Probablemente diré algunas palabras y escucharé el viento. Puede que hasta pase unos minutos buscando un destello del aire coloreado. Pero ya sé que no lo encontraré. Sólo me pararé ahí, respirando el olor del mar y escuchando las olas lamer gentilmente la orilla, el viento en el aire, la arena crujiente, las aves marinas. Entonces volveré a casa y seguiré con mi vida.

Así sucede siempre.

Simplemente sigues con tu vida.

No hay finales.

Lucas, de Kevin Brooks,
se terminó de imprimir y encuadernar en marzo de 2013
en Impresora y Encuadernadora Progreso, S. A. de C. V. (IEPSA),
calzada San Lorenzo, 244; Paraje San Juan,
C. P. 09830, México, D. F.

El tiraje fue de 2 200 ejemplares.